Ana Woods

Rosefield Academy of Arts – The Secrets We Keep

W0325692

ANA WOODS

ROSEFIELD ACADEMY OF ARTS

1

THE SECRETS WE KEEP

everlove
by PIPER

Mehr über unsere Autorinnen, Autoren und Bücher:
www.everlove-verlag.de

Wenn dir dieser Roman gefallen hat, schreib uns unter Nennung des Titels »Rosefield Academy of Arts – The Secrets We Keep« an *empfehlungen@piper.de,* und wir empfehlen dir gerne vergleichbare Bücher.

Von Ana Woods liegen im Piper Verlag vor:
Make a Difference:
Finding Paradise – Weil ich dir vertraue
Finding Home – Weil du alles für mich bist

Wir behalten uns eine Nutzung des Werks für Text und Data-Mining im Sinne von § 44b UrhG vor.

Unser Versprechen für mehr Nachhaltigkeit
Klimaneutrales Produkt
FSC®-zertifiziertes Papier
Hergestellt in Europa

FSC
www.fsc.org
MIX
Papier | Fördert gute Waldnutzung
FSC® C083411

ISBN 978-3-492-06447-7
© everlove, ein Imprint der Piper Verlag GmbH, München 2024
Redaktion: Michelle Stöger
Satz: psb, Berlin
Gesetzt aus der Adobe Caslon Pro
Druck und Bindung: CPI Books GmbH, Leck
Printed in the EU

Für mich
Ich hätte nie geglaubt, jemals so weit zu kommen.
Nun erscheint mein bereits zehntes Buch.
Danke, Vergangenheits-Ich, dass du niemals aufgegeben hast.

Playlist

Samuel Barber – Adagio for strings, op. 11
The Verve – Bittersweet symphony
Counting Crows – Colorblind
Maisie Peters – Feels like this
Amber Run – I found
Cody Fry – I hear a symphony
Jason Mraz – I won't give up
Yiruma – Kiss the rain
Emily Watts – La vie en rose
Adele – Love in the dark
David Garrett & Andrea Bocelli – Ma dove sei
Counting Crows – Raining in Baltimore
BANNERS – Somebody to you
Hozier – Take me to church
Panic! At the disco – The ballad of Mona Lisa
James Arthur – Train wreck
Sleeping at last – Turning page
Lana Del Rey – Young and beautiful

1

Hazel

Meine Kleidung hing an mir wie ein nasser Sack. Nur mit größter Mühe konnte ich meinen Koffer über den matschigen Untergrund hinter mir herziehen. Wieso musste es auch gerade heute wie aus Eimern schütten? Verflucht sei dieses wechselhafte britische Wetter!

Durch den Regen hatten Schlamm und Geröll die Straße versperrt, die zur Universität führte. Daher hatte der Bus mich nicht den kompletten Weg bringen können. Stattdessen wurde ich an der Kreuzung der verlassenen Hauptstraße rausgeworfen, die eher einem Schotterweg glich, und musste mich die restlichen Meter selbst vorankämpfen. Zu allem Übel lag das Gebäude der Universität auch noch auf einem Hügel, der vom Regen natürlich ebenfalls völlig aufgeweicht war. Wie hätte es auch sonst sein sollen.

Mit der freien Hand hielt ich mir den dunkelbraunen Trenchcoat zu. Mehr aus Reflex, denn der Regen drang nichtsdestotrotz durch jede Ritze. Dabei hatte ich mich extra schick gemacht. Die braunen Haare hatte ich in einen ordentlichen Dutt gebunden und mit goldenen Haarnadeln fixiert und meinen Pony ausnahmsweise sogar geglättet. Nun stand er mir wild zu Berge. Anstatt meiner üblichen weiten

Highwaist-Shorts hatte ich mich in ein kariertes Kleid in den Universitätsfarben – beige und bordeauxrot – gezwängt und das Outfit mit einer Wollstrumpfhose und schwarzen Lackschuhen kombiniert.

Dass ich nun wie ein begossener Pudel vor den Rektor treten musste, war leider nicht zu ändern. Trotzdem hoffte ich, dass er mich nicht naserümpfend gleich wieder fortschicken würde. Schließlich war die Rosefield Academy of Arts eine Eliteuniversität, die pro Jahrgang und Studienfach nur eine Handvoll neuer Studenten aufnahm.

Lange Zeit war es mein Traum gewesen, an einem solchen Ort klassische Musik mit Schwerpunkt Klavier zu studieren. Nachdem ich im vergangenen Jahr durch die Aufnahmeprüfung gerasselt war, hatte ich mir für dieses keine Chancen mehr ausgerechnet. Als vor wenigen Wochen dann die Zusage für einen Platz mit Teilstipendium ins Haus geflattert war, hatte ich mein Glück kaum fassen können. Auch jetzt konnte ich es noch nicht so recht glauben. Das würde sich vermutlich erst ändern, sobald der Unterricht am Montag begann.

Weiterhin angestrengt, hievte ich mein Gepäck die letzten Meter die Straße hoch. Ich wich zahlreichen Steinen aus und versuchte, auf dem glitschigen Untergrund nicht wegzurutschen.

Wegen des Starkregens hatte ich das Gebäude von unten kaum erkannt, aber nun, da ich direkt davorstand, war ich ehrfürchtig und aufgeregt zugleich.

Ich schirmte mit der einen Hand mein Gesicht vor dem Regen ab und legte den Kopf in den Nacken. Schon das große Eingangstor, das aufgrund der rechts und links verlaufenden Pilaster dem Barockstil ähnelte, war unglaublich imposant. Der kühle beige Stein war mit unzähligen künstlerischen Verzierungen versehen. Und hoch oben über dem Rundbogen prangte das schildförmige von Rosenranken umrahmte Wappen. Während im Schriftband der Name der Universität zu lesen war, erkannte ich innerhalb des Wappens ineinander verschlungene Ballettschuhe, eine Theatermaske, eine Schere mit Nadel und Faden, Hammer mit Meißel und Musiknoten.

Instinktiv hoben sich meine Mundwinkel. Für einen Moment verdrängte ich sogar die Tatsache, dass ich noch immer mitten im Regen stand. Ich war hier. Hier in Lincolnshire, und stand vor den Toren einer der weltweit renommiertesten Akademien der Künste.

Als der Himmel von grellen Blitzen durchzuckt wurde, die diesen in gleißendes Licht tauchten, atmete ich ein letztes Mal tief durch. Ich passierte das Tor und trat in den weitläufigen Vorgarten, hinter dem sich das u-förmig angelegte Hauptgebäude erstreckte. Die Turmspitzen ragten majestätisch vor der dichten Wolkendecke auf. Der von den Giebeln prasselnde Regen, der hin und wieder von einem dumpfen Donnerschlag durchbrochen wurde, erzeugte einen Klang wie ein Orchester.

Der gepflasterte Mittelweg war von Pfützen durchtränkt. Nur wenige Menschen waren auf dem Außengelände unterwegs. Einige von ihnen suchten unter den Bäumen Schutz. An einem sonnigen Tag musste der Garten unglaublich schön aussehen mit seinen akkurat angelegten Wiesen, die von blühenden Sträuchern und Hecken umsäumt waren, und den Springbrunnen, die sich rechts und links wie Wasserfälle auftürmten. Nun war all dies in ein tristes Grau getränkt, als hätte jemand die Sättigung aus sämtlichen Farben genommen.

Ich beschleunigte meine Schritte. Die kleinen Absätze klackerten auf dem Stein. Das Geräusch war so laut, dass ich das Gefühl hatte, es würde selbst den prasselnden Regen übertönen.

Als ich am Hauptgebäude angekommen war, schlug die Glocke 6 Uhr. Der plötzliche Laut ließ mich zusammenzucken, wobei mir beinahe der Griff meines Koffers entglitt. Zügig huschte ich die zwei Stufen zum überdachten Eingang hoch. Das dunkle Holz der massiven Doppeltür war beängstigend, denn es war das Einzige, was mich noch von meinem neuen Leben trennte. Ein Leben, das ich mir zwar erträumt hatte, es aber wirklich zu leben, war eine ganz andere Hausnummer.

»Komm schon, Hazel, du schaffst das«, sprach ich mir selbst Mut zu, während ich nach der verschnörkelten Klinke griff, die ganz schwer in meiner Hand wog. Ich drückte sie hinunter und öffnete die Tür.

»Pass doch auf, wo du hinläufst«, zischte ein blondes Mädchen in meinem Alter und presste sich an mir vorbei. Dabei peitschte sie mir ihren Pferdeschwanz ins Gesicht. Sie zog die Brauen zusammen und schüttelte ungläubig den Kopf, ehe sie die Stufen hinunterging.

Zu perplex, um zu reagieren, blinzelte ich ein paarmal und schaute ihr hinterher, bis sie mit dem Regen verschmolz. Was bitte war das denn gewesen? Sie hatte schließlich *mich* angerempelt und nicht andersherum. Ich schluckte gegen die in mir aufkeimende Wut an und trat über die Schwelle. Eine angenehme Wärme hüllte mich ein, und ein sanftes Prickeln überzog meine Haut, als meine zitternden Glieder auftauten.

Das Gebäude war schon von außen imposant gewesen, doch die Eingangshalle übertraf alles. Mit stockendem Atem ließ ich den Blick schweifen und nahm die Architektur des Foyers in mich auf. Den Steinboden zierte ein dunkles Mosaik, das das Universitätswappen darstellte. Von der mit

Stuck verzierten Decke baumelte ein funkelnder Kronleuchter, der so alt aussah, wie er vermutlich auch war.

Wenige Studenten huschten an mir vorbei, beachteten mich allerdings nicht. Langsam lief ich weiter auf die breite Treppe zu, die mit einem dicken bordeauxfarbenen Teppich ausgelegt war. Selbst durch meine Sohlen fühlte dieser sich weich und luxuriös an.

Möglichst leise hob ich meinen Koffer auf die erste Stufe. Ich strauchelte von dem Gewicht und das, obwohl die meisten meiner Sachen erst in der kommenden Woche angeliefert wurden. Somit hatte ich nur die nötigste Kleidung für die nächsten Tage und eine der Uniformen eingepackt, die man mir zur Verfügung gestellt hatte.

Glücklicherweise mussten wir diese lediglich zu besonderen Anlässen und an den Prüfungstagen tragen. *Um das Gemeinschaftsgefühl zu stärken*, hieß es auf der Internetseite. Doch das hatte schon auf meiner Schule in Cardiff nicht funktioniert. Denn nur weil man die gleiche Kleidung trug, war man noch lange nicht gleich. Und es gab immer jemanden, der einem diese Tatsache ständig vor Augen führte.

Das Büro des Rektors lag in der ersten Etage des Nordflügels, in dem sich auch die Fakultät für Bildende Künste befand. Deren Studienangebot umfasste neben Kunstgeschichte auch Malerei, Bildhauerei und Grafik.

Jede Fakultät hatte ihre Unterrichtsräume in einem anderen Flügel, der aus zwei Gebäuden bestand. Diese waren auf jeder Etage durch eine Brücke miteinander verbunden. Die Darstellenden Künste wurden im Westflügel gelehrt, an den auch das Universitätstheater angrenzte.

Für die gestalterischen Fachbereiche wurde vor rund zwanzig Jahren ein neuer Anbau errichtet, und die Fakultät für Musik – meine Fakultät – lag im Ostflügel. Dahinter befand sich das Konzerthaus, auf das ich mich schon besonders freute. Bisher hatte ich die Universität lediglich auf Bildern gesehen, da die Aufnahmeprüfungen in London stattgefunden hatten. Nun wirklich hier zu sein entfachte ein ungeahntes Feuer in mir.

Der Flur schien endlos. Während die hohen Fenster auf der rechten Seite dämmeriges Licht hineinließen, waren auf der linken Seite unzählige Türen zu finden, die alle nahezu identisch aussahen. Ich warf einen Blick auf die ersten beiden Zimmernummern und steuerte dann die entgegengesetzte Richtung an.

Hier in der ersten Etage wuselte es vor Kunststudenten, obwohl das Semester noch nicht begonnen hatte. Oder es handelte sich bei ihnen um Neuzugänge wie mich.

Eigentlich wollte ich ebenfalls vor einigen Tagen bereits anreisen, aber mein Chef hatte keinen Ersatz für meine Schichten im Café gefunden. Das hätte nicht meine Sorge sein müssen, aber wir pflegten ein gutes Verhältnis zueinander. Er hatte mir den Job als Barista gegeben, obwohl ich weder Vorkenntnisse noch Talent hatte. Dennoch hatte er mich nicht sofort wieder entlassen, sondern mir eine Chance eingeräumt. Daher wollte ich ihn nicht hängen lassen.

Das war allerdings der Grund, weshalb ich nun erst am Samstagabend vor Studienbeginn hier war und kaum Zeit hatte, mich einzuleben oder umzusehen. Glücklicherweise war das Gelände relativ übersichtlich.

Alexander Cavanaugh stand auf der an der Wand befestigten goldenen Plakette neben der Zimmertür, vor der ich stehen blieb.

Ein letztes Mal schaute ich an mir hinab. Ich sah wirklich furchtbar aus. Es wäre wohl besser gewesen, ich hätte erst mal einen Waschraum aufgesucht, um wenigstens meine

Frisur zu richten, aber ich war bereits spät dran. Zwar hatte ich rechtzeitig angerufen und Bescheid gegeben, als der Bus aufgrund des Regens kurzzeitig liegen geblieben war, dennoch machte das an einem Ort wie Rosefield sicher nicht den besten Eindruck.

Ich klopfte dreimal und wartete.

Ein leises Räuspern. »Herein.«

Ich trat in ein großzügiges Büro, der dunkle Teppich war leicht verblasst, das tat seinem Charme jedoch keinen Abbruch. An den Wänden reihten sich schokoladenbraune Bücherregale auf, die zahlreiche ledergebundene Wälzer beherbergten. Eine kleine Tür verband das Büro mit dem Nebenzimmer, in dem sich das Sekretariat befinden musste. Im Zentrum stand der Mahagonischreibtisch, hinter dem Rektor Cavanaugh saß.

Sein ergrautes Haar war ordentlich zurückgekämmt, sein bordeauxfarbenes Jackett fein säuberlich gebügelt, genauso wie das weiße Hemd und die karierte Krawatte, die er darunter trug. Die Hände hatte er ineinander verschränkt auf dem Tisch abgelegt und musterte mich aus grünblauen Augen. Die neutrale Miene auf seinem Gesicht ließ nicht auf seine Gemütslage schließen.

»Miss Gibbs, wie schön, dass Sie hergefunden haben. Wie mir scheint, sind Sie mitten in den Regen gekommen, das tut mir sehr leid. Setzen Sie sich doch bitte.« Seine Stimme war freundlich, während er weiterhin sein Pokerface trug und auf den freien Stuhl vor sich deutete.

Ich stellte meinen Koffer neben der Tür ab, zog den Mantel aus und strich mir das Kleid glatt. Nun ja, ich versuchte es zumindest. Dann schob ich mir den mit Samt überzogenen Stuhl zurecht und setzte mich. Sofort überkam mich ein schlechtes Gewissen, weil ich den Stoff völlig durchweichte.

»Vielen Dank«, sagte ich und bettete meine leicht zitternden Hände in den Schoß. »Es ist wirklich eine Ehre, an der Academy aufgenommen worden zu sein. Ich danke Ihnen sehr für diese Chance. Ich werde Sie nicht enttäuschen.« Auf dem Weg hierher war ich dieses Gespräch gedanklich unzählige Male durchgegangen, trotzdem war ich nervös und befürchtete, etwas Falsches zu sagen.

Rektor Cavanaughs Mundwinkel zuckten. »Das glaube ich auch nicht, Miss Gibbs.« Vor ihm lag eine Akte, die ich bisher nicht bemerkt hatte. Jetzt strich er über den Einband, schlug sie auf und reichte mir das oben aufliegende Papier. »Das hier wird Ihr Stundenplan des ersten Semesters sein. Wie Sie sicherlich wissen, gliedert sich der Unterricht in Rosefield in zwei Semester pro Jahr anstatt drei Trimester, anders als an vielen anderen britischen Universitäten. Ihre Einzelstunden finden donnerstags von vier bis sechs bei Mrs Hildred statt. Seien Sie pünktlich.«

»Natürlich.« Ich nahm den Stundenplan an mich, wagte es aber nicht, so unhöflich zu sein und ihn schon durchzugehen. Stattdessen konzentrierte ich mich weiterhin auf Mr Cavanaugh.

»Gut.« Er widmete sich wieder der Akte. »Wie ich sehe, sind Sie mit Lucy Gibbs verwandt.« Mitgefühl lag in seinen Augen, als er meinen Blick auffing. »Mein herzliches Beileid.«

»Danke schön.« Meine Stimme verlor sich. Ich hatte nicht damit gerechnet, schon am Ankunftstag auf meine Schwester angesprochen zu werden.

»Sollten Sie mit jemandem reden wollen, sagen Sie Bescheid. Es gibt zahlreiche Spezialisten an der Universität, sollten unsere Studenten mit Problemen zu kämpfen haben.«

Leise räuspernd senkte ich den Blick. »Danke, das ist nicht nötig.«

Lucys Tod lag bereits vier Jahre zurück. Natürlich vermisste ich sie in jeder wachen Minute schmerzlich, aber ich hatte gelernt, damit umzugehen. Die schönen Erinnerungen an sie konnte mir niemand nehmen. Auf diese Weise lebte sie in mir weiter und zauberte mir in schwierigen Phasen ein Lächeln auf die Lippen.

»Falls Sie es sich anders überlegen, wenden Sie sich gerne an mich. Wir werden einen Termin passend zu Ihrem Stundenplan finden.«

»Okay.« Mehr sagte ich nicht, denn ich wollte das Thema nicht vertiefen.

»Gut. Dann kommen wir nun zum Regelwerk«, fuhr Mr Cavanaugh fort. Ich hatte mir die umfangreichen Regeln zwar mehrfach durchgelesen und weitestgehend verinnerlicht, um nicht in den ersten Tagen gleich ins Fettnäpfchen zu treten, trotzdem lauschte ich seinen Worten. »Es ist Ihnen jederzeit gestattet, das Gelände zu verlassen. Sehen Sie allerdings zu, dass Sie pünktlich zum Unterricht erscheinen und keine Stunden versäumen. Pünktlichkeit ist an dieser Institution das A und O.«

Er hob den Blick, woraufhin ich nickte. »Besucher von außerhalb werden nur nach einwöchiger Vorankündigung und nicht über Nacht gestattet. Auch nicht an den Wochenenden. Das dazugehörige Antragsstellungsformular händigt das Sekretariat Ihnen gern aus. Es ist täglich von 8 Uhr morgens bis 8 Uhr abends besetzt. Exzessive Partys und der Konsum von Alkohol sind auf dem Universitätsgelände strengstens untersagt. Wir sind eine Lehrinstitution und kein Nachtclub. Wer gegen diese Regel verstößt, erhält eine Abmahnung. Bei der zweiten Abmahnung werden Sie der Universität verwiesen, und ein anderer Bewerber rückt für Sie nach. Einzige Ausnahme gilt für die von den Fakultäten oder der Universität ausgerichteten angemeldeten Veranstaltungen.«

Mir brach der Schweiß aus. Ich war zwar ohnehin keine Partygängerin, dennoch empfand ich diese Regel als sehr hart. Aber ich wollte in keinem Fall meinen Studienplatz gefährden, daher würde ich mich daran halten.

Noch ein paar Minuten las Mr Cavanaugh die restlichen Regeln vor und ging ab und zu sicher, dass ich ihm folgen konnte. Als er schließlich am Ende angekommen war, stieß ich erleichtert den Atem aus.

»Haben Sie noch Fragen?« Er lehnte sich in seinem Sessel zurück und schaute mich abwartend an.

Ich schüttelte den Kopf. »Fürs Erste nicht, nein.«

»Sehr schön.« Mr Cavanaugh schloss die Akte und schob sie zur Seite. Anschließend öffnete er die oberste Schublade seines Schreibtischs und holte ein Schlüsselbund hervor. Auf der Plakette stand B–2–24. »Das hier ist Ihre Wohneinheit. Wohnheim B, zweite Etage, Zimmer vierundzwanzig. Ihre Mitbewohnerinnen sind Miss Charlotte Barton und Miss Mila Clarkson, zwei unserer angesehensten Studentinnen aus dem zweiten Lehrjahr. Ich denke, Sie sind bei ihnen sehr gut aufgehoben. Sollten Sie Fragen haben, werden die beiden Ihnen jederzeit behilflich sein. Sie werden Sie ebenfalls über das Gelände führen und Ihnen die wichtigsten Anlaufstellen zeigen.«

»Vielen Dank.« Ich nahm die Schlüssel entgegen. Eigentlich hatte ich geglaubt, mir die Wohneinheit mit zwei Erstsemestlern zu teilen. Ich hoffte inständig, dass meine beiden Mitbewohnerinnen nicht so unhöflich waren wie das Mädchen, das mich gleich nach dem Ankommen angepampt hatte.

»Die Einführungsveranstaltung findet am Montag um 8 Uhr im Theater statt. Kleiden Sie sich dafür angemessen.«

Er deutete auf sein Jackett, und ich verstand. Uniformpflicht. »Ich wünsche Ihnen eine erfolgreiche Zeit an der Rosefield Academy of Arts.« Mr Cavanaugh stand auf und reichte mir die Hand. Als ich sie ergriff, schüttelte er meine fest. »Machen Sie uns stolz.«

»Das werde ich«, versprach ich, ehe ich mich mit Schlüssel und Stundenplan in der Hand abwandte. Ich legte mir den Mantel über, nahm meinen Koffer und verließ das Büro. Eine zentnerschwere Last fiel von meinen Schultern.

Ich hatte mir das Erstgespräch zwar deutlich schlimmer vorgestellt, trotzdem war es immer merkwürdig, im Büro eines Rektors zu sitzen. Man hatte jedes Mal das Gefühl, etwas verbrochen zu haben.

Die Wohnheime befanden sich auf der Westseite des Hügels hinter dem Theater. Ich trat aus dem Gebäude und folgte dem blumenbewachsenen Pfad, der zur Anlage führte. Der Regen hatte mittlerweile aufgehört.

Im Gegensatz zum Hauptgebäude waren die abgeflachten Wohnhäuser in einem etwas moderneren Stil gehalten, der sich von der sonst vorherrschenden barocken und gotischen Bauweise abhob. Das lag daran, dass sie erst vor einem halben Jahrhundert nachträglich gebaut worden waren. Zur Zeit der Gründung von Rosefield im Jahre 1770 hatten die Unterkünfte noch in den oberen beiden Etagen des Westflügels gelegen, wo Jungen und Mädchen – nachdem auch diese sich Ende des neunzehnten Jahrhunderts für ein Studium einschreiben durften – streng getrennt worden waren. Trotz des elitären Status der Akademie wurde glücklicherweise nicht an diesen längst überholten Traditionen festgehalten.

Jedes der Wohnheime bestand aus vier Etagen mit jeweils vierundzwanzig Wohneinheiten. Insgesamt boten diese also Platz für rund eintausend Personen – was zwei Dritteln der Obergrenze der Studenten an der Rosefield entsprach. Ob wirklich jedes Zimmer belegt war, wagte ich allerdings zu bezweifeln. Denn es war nicht verpflichtend, auf dem Gelände wohnhaft zu sein.

Schwungvoll öffnete ich die Tür zum Wohnheim B. Augenblicklich pustete mir stickige Luft ins Gesicht, die im kompletten Gegensatz zu der Schwüle draußen stand. Ich geriet ins Schwitzen, während ich das Treppenhaus zu meiner Rechten ansteuerte. Ich blickte in ein paar freundliche und teilweise nervöse Gesichter, nickte einigen Studenten im Vorbeigehen zu oder erwiderte einen Gruß. Es erweckte den Anschein, als wären die meisten relativ höflich, was mich erleichterte.

Mein Zimmer lag zwar nur in der zweiten Etage, das änderte aber nichts daran, dass ich heftig nach Atem rang, als ich mein Stockwerk erreicht hatte. Langsam lief ich den schmalen Flur bis zum Ende entlang. Vor meiner Wohneinheit blieb ich stehen. Die Tür stand einen Spaltbreit offen.

»Hallo?«, sagte ich und schob den Kopf hindurch. Ein leises Tuscheln ertönte, kurz darauf wurde die Tür aufgerissen.

»Du musst Hazel sein!«, sagte ein rothaariges Mädchen, das bis über beide Backen strahlte. Dann zog sie mich so plötzlich in eine Umarmung, dass ich versteifte. Als sie wieder von mir abließ, entschuldigte sie sich leise. Sie hatte sich ein paar bunte Bänder in die Haare geflochten, die bei jeder Kopfbewegung auf- und abwippten. »Ich bin Mila, das ist Charlotte«, fuhr sie fort und deutete auf das zurückhaltende blonde Mädchen, das schräg hinter ihr stand und grinsend winkte. »Wir freuen uns so sehr, dass du hier bist, Hazel. Komm rein, komm rein, dann zeigen wir dir dein Zimmer.«

»Okay«, brach es verunsichert aus mir hervor. Mila schien eindeutig ein Wirbelwind zu sein, was mich ein wenig überforderte. Sie griff nach meinem Handgelenk und zog mich förmlich in die Wohnung. Ich hatte keine Gelegenheit, die Diele näher zu betrachten.

»Du gewöhnst dich daran«, flüsterte Charlotte kichernd, als wir bei ihr angekommen waren. Ihre Gesichtszüge waren so weich, dass sie mich an eine Fee erinnerte. Dazu hatte sie große braune Knopfaugen, denen man sicher gern jeden Wunsch erfüllte. Sie verschränkte die Arme hinter dem Rücken und folgte uns. Ihr glockenförmiger Rock schwang hin und her.

»Hoffentlich«, murmelte ich und grinste.

»Das hier ist der Gemeinschaftsraum alias Wohnzimmer und Küche«, sagte Mila und betätigte den Lichtschalter.

»Wow«, hauchte ich ehrfürchtig. Ich hatte gewusst, dass uns ganze Wohnungen zur Verfügung standen, aber ich hatte nicht damit gerechnet, dass diese so geräumig waren.

Der Wohnbereich grenzte an eine kleine offene Kochnische und maß etwa fünfzehn Quadratmeter. Den meisten Platz nahm dabei die große und bequem aussehende Couch ein. Entlang der rechten Wand befand sich eine Kommode, auf der ein Fünfzigzoller stand. Daneben war eine Tür, die sicher in eines der Schlafzimmer führte.

Auf dem Boden vor dem Fernseher waren zahlreiche Spielekonsolen verstreut, die ich argwöhnisch musterte. Als Mila meinen Blick bemerkte, lachte sie. »Falls wir am Abend mal Zeit haben, zocken wir Videospiele. In Mario Kart bin ich unschlagbar.«

»Oh, das werden wir noch sehen«, erwiderte ich. Zwar spielte ich nicht oft auf der Konsole, war aber trotzdem in vielen Spielen ein Naturtalent, was womöglich an meinen ausgeprägten motorischen Fähigkeiten lag.

Mila verschränkte die Arme vor der Brust und betrachtete mich zweifelnd. »Das schreit doch förmlich nach einem Wettkampf.«

»Erst müssen wir Hazel ihr Zimmer zeigen«, entgegnete Charlotte. Dabei war ich noch nicht mal damit fertig, das Wohnzimmer in mich aufzunehmen.

»Du hast recht!« Mila legte mir die Hand an den unteren Rücken und schob mich an der Kochnische vorbei zur linken Wandseite, von der zwei weitere Türen abgingen. Charlotte nahm mir meinen Koffer ab und folgte uns.

Noch wusste ich nicht recht, wie ich die beiden einschätzen sollte. Ich war von der Anreise aus Wales ausgelaugt, war verschwitzt und fühlte mich dreckig. Und bisher hatte es keinen Moment gegeben, um einfach mal richtig ankommen zu können. Natürlich rechnete ich es ihnen hoch an, dass sie mich sofort in ihr Grüppchen aufnahmen, dennoch ging das alles wahnsinnig schnell.

Trotz meines Zwiespalts flatterte mein Herz aufgeregt. Gleich würde ich das Zimmer sehen, in dem ich, wenn alles nach Plan lief, die nächsten drei Jahre meines Lebens verbringen würde.

»Bereit?«, fragte Mila. Als ich nickte, öffnete sie die Tür. Aber in keiner Weise schnell, sondern so quälend langsam, dass meine Atmung sich vor Nervosität beschleunigte.

»Mach schon!«, drängelte Charlotte an meiner statt.

Mila lachte leise. Es war ein angenehm melodischer Ton, sodass ich mich fragte, ob sie wohl Gesang studierte. Die Stimmfarbe dafür hatte sie allemal.

Mir klappte die Kinnlade herunter, kaum dass die Tür geöffnet war. Das Zimmer war etwas kleiner als der Wohnbereich, aber unfassbar gemütlich eingerichtet. Glücklicherweise stellte die Universität ihren Studenten den Großteil des

Mobiliars. Ich wäre wahnsinnig geworden, hätte ich mich auch noch darum kümmern müssen.

Die beige-braunen Gardinen waren zugezogen, sodass kein tristes Dämmerlicht ins Zimmer drang. Aber das war auch nicht nötig. Auf der Kommode neben dem Bett stand eine kleine Leuchte, die an eine antike Öllampe erinnerte. Ihr sanfter Schein tauchte das Zimmer in ein schummeriges Licht, bei dem ich mich am liebsten mit einem dicken Buch und einem heißen Tee unter der Bettdecke eingemummelt hätte. Eine rostfarbene Tagesdecke war über die Laken geworfen.

An der gegenüberliegenden Wand stand ein Kleiderschrank, der augenscheinlich aus dunklem Mahagoni gefertigt war wie auch die Möbel im Büro des Rektors und ebenso wie der kleine Sekretär zu meiner Rechten.

Ich ging einige Schritte durchs Zimmer und ließ die Finger über den Tisch gleiten. Kein Krümelchen Staub haftete daran. Schon immer hatte ich mir einen solchen Sekretär gewünscht. Durch die Ablagen und Schubladen bot er genügend Platz für meine Lernutensilien. Des Weiteren gab es noch ein hohes Regal, das ich nicht nur mit den Lehrbüchern, sondern auch mit den Romanen füllen konnte, die in einem der Umzugskartons sein würden.

»Und jetzt das Beste!« Charlotte lief am Bett vorbei und zog ruckartig die Gardinen auf. Zum Vorschein kam ein breites Fensterbrett, das mit einer dünnen Decke und Kissen ausgelegt war.

Wie von selbst ging ich zu Charlotte und lächelte. Da unsere Wohnung die letzte auf der Etage war, offenbarte sich mir der einzigartige Blick auf den Wald, der hinter der Universität verlief. Bäume standen dicht an dicht, reckten ihre kümmerlichen Äste gen Himmel. Die wenigen Blätter an ihnen wogen im Takt des Windes hin und her. Fast meinte ich, ihr Rascheln durch das geschlossene Fenster zu hören. Für viele war dieser Anblick vermutlich gespenstisch, gerade da es hier oft nebelig war, aber für mich war diese Aussicht perfekt.

»Das Zimmer ist unglaublich«, hauchte ich. Zwar fehlte noch einiges, um es heimisch zu machen, aber sobald meine Kartons hier waren, würde ich mich so richtig eingewöhnen können. Und dann wäre ich angekommen.

»Ja, du hast das beste Zimmer erwischt«, pflichtete Mila mir bei. »Eigentlich wollte ich einziehen, nachdem Scarlett von der Uni geflogen ist, aber Charlotte hat es mir verboten.« Sie verschränkte die Arme vor der Brust und warf ihrer Freundin einen empörten Blick zu.

»Warum ist Scarlett geflogen?«, fragte ich und setzte mich auf die Matratze, die sofort unter meinem Gewicht nachgab. Am liebsten hätte ich mich in die Kissen geschmiegt und erst mal ordentlich geschlafen.

Mila lehnte sich mir gegenüber gegen den Sekretär. »Nun, nicht viele halten dem Druck der Academy stand. Das Leben hier ist hart, es herrschen Rivalitäten untereinander.« Sie zuckte mit den Schultern. »Dafür war Scarlett einfach nicht gemacht.«

»Oh«, entfuhr es mir. Der leichte Anflug von Panik musste aus meiner Stimme herauszuhören sein.

»Aber das bedeutet nicht, dass du es nicht schaffst. Das wirst du mit Sicherheit«, sagte Charlotte schnell und lächelte aufmunternd. »Du studierst klassische Musik mit Schwerpunkt Klavier, richtig?« Sie setzte sich zu mir und schaute mich aus diesen großen braunen Augen an. Alles an ihrer Ausstrahlung wirkte beruhigend.

Ich nickte. »Ja, genau. Und was studiert ihr?«

»Ich studiere Fashion Design«, erklärte Charlotte, dann deutete sie auf Mila. »Sie studiert Musical und Show. Wundere dich also nicht, wenn du morgens durch ihre Gesangseinlagen geweckt wirst.«

Ich schaute Mila noch einmal an. Es ergab Sinn. Die bunten Bänder in ihren Haaren, die klangvolle Stimme, die aufbrausende Art. Eigentlich schrie alles an ihr nach purem Entertainment.

»Oder Charlotte weckt dich, weil du sonst zu spät kommst, womit du gegen die Regeln verstoßen würdest. Und unsere kleine Miss Perfect hier würde niemals gegen eine Regel verstoßen.« Mila streckte Charlotte die Zunge heraus.

»Das stimmt doch gar nicht!«

»Du gehst nicht mal in einem verlassenen Ort bei Rot über die Straße.«

»Ja, weil ich kein schlechtes Vorbild für andere sein möchte.«

»Die Betonung lag nicht ohne Grund auf *verlassen*.«

Ich lehnte mich zurück und genoss die Show. Mila und Charlotte schienen nicht nur optisch zwei grundverschiedene Typen zu sein, sondern auch charakterlich. Aber allem Anschein nach verstanden sie sich trotzdem. Man sagte wohl nicht grundlos, dass Gegensätze sich anzogen.

»Wie ist das bei dir, Hazel? Bei Rot über die Straße gehen oder nicht?«, fragte Mila mit einem herausfordernden Unterton.

Ich legte den Kopf schief und lachte. »Kommt drauf an, wie eilig ich es habe und wo ich bin.«

»Ha!«, stieß Mila hervor und deutete auf Charlotte. »Du bist eindeutig überstimmt.«

Charlotte schüttelte den Kopf und stand auf. »Wie wäre es, wenn wir Hazel erst mal ankommen lassen? Dann können wir das gleich gern bei einer Tasse Tee im Wohnzimmer ausdiskutieren.«

»Und bei einer Partie Mario Kart«, fügte Mila hinzu, ehe sie sich ebenfalls vom Sekretär abstieß und die Tür ansteuerte. »Überleg dir schon mal einen Wetteinsatz, Hazel.«

»Mach ich.«

»Das Bad geht von der Diele ab«, sagte Charlotte.

»Danke. Für alles. Es ist wirklich nett, dass ihr mich mit offenen Armen empfangt.«

»Wir freuen uns einfach, dass du hier bist.« Charlotte zog die Tür hinter sich zu.

Als die beiden das Zimmer verlassen hatten, drückte ich den Kopf ins Kissen und stieß einen Freudenschrei aus. Ich war wirklich hier. An der Rosefield Academy of Arts! Hier würde ich nicht nur studieren und meinen Abschluss in klassischer Musik machen, nein. Ich würde außerdem endlich herausfinden, was vor vier Jahren wirklich geschehen war.

2

Hazel

Mein Kopf dröhnte.

Ich hatte nicht damit gerechnet, dass die Einführungsveranstaltung so lange dauern würde. Ein weiteres Mal hatte uns Rektor Cavanaugh lang und breit das Regelwerk erklärt, anschließend wurde uns eine Liste mit Prüfungstagen und den wichtigsten Veranstaltungen ausgehändigt, die im Laufe des ersten Semesters stattfanden.

Nach zweieinhalb Stunden waren wir endlich entlassen worden, woraufhin Charlotte und Mila mir ein paar Ecken des Unigeländes gezeigt hatten. Da es hier in England heute halbwegs sonnig war, hatten sie mich durch die unzähligen zwischen den Gebäuden versteckten Gärten geführt und mir das Sportzentrum gezeigt, wo ich mir gleich den Aushang mit den Angeboten abfotografiert hatte. Da ich einen Großteil meiner Zeit am Klavier oder dem Schreibtisch verbrachte, benötigte ich einen körperlichen Ausgleich. Dass ich nicht wirklich in Form war, ließen wir dabei lieber außer Acht.

Die Auswahl war zwar nicht sehr umfangreich, aber das erwartete ich von einer Akademie der Künste auch nicht. Neben den angebotenen Sportkursen durften wir auch das Fitnesscenter nutzen, und von 6 Uhr morgens bis 8 Uhr abends war die Schwimmhalle geöffnet, in der wir einige Bahnen ziehen konnten. Ich musste dringend Mum schreiben, dass sie mir noch ein paar meiner Bikinis schicken sollte. Ich konnte mir auch welche online bestellen oder zum Shoppen nach Lincoln oder ins nahegelegene Market Rasen fahren, aber ich hielt nicht sonderlich viel davon, ständig neue Kleidung zu kaufen, wenn ich noch gute besaß. Ohnehin kaufte ich meine Sachen lieber auf dem Flohmarkt als neu.

Nach unserer Tour durch die Gärten waren wir essen gegangen. Der Speisesaal lag in der untersten Etage des Nordflügels und bot Platz für ein paar hundert Studenten. Das Essensangebot war enorm. Ich war regelrecht überfordert und hatte keine Ahnung, wofür ich mich entscheiden sollte, weshalb ich Charlotte und Mila die Wahl ließ.

Im Gegensatz zu vielen anderen Studenten hatten die beiden einen ordentlichen Appetit. Bei dem Berg an Nudeln auf meinem Teller hatte ich mich schon fast geschämt, gerade weil viele um uns herum lediglich auf Obstschnitzen oder Gemüsesticks herumgekaut hatten.

Leider raste die Zeit, weshalb ich noch immer die Schuluniform trug. Der bordeaux-beige karierte Rock reichte mir bis knapp über die Knie. Dazu war ich in passende Strümpfe geschlüpft, hatte diese mit Lackschuhen und dem Jackett kombiniert, auf dessen linker Seite das Wappen der Universität aufgestickt war. Ich fühlte mich richtig elitär.

Die Absätze klackerten auf dem Steinboden, während ich mich auf die Suche nach meinem Probenraum begab. Aufgrund der Einführung hatte der Unterricht heute erst zur zweiten Tageshälfte begonnen. Von 14 bis 16 Uhr hatte ich Musiktheorie gehabt. Der Kurs hatte mich ordentlich ins Schwitzen gebracht.

Nun war ich auf dem Weg zum Probenraum, in dem ich endlich wieder spielen konnte. Zweimal wöchentlich stand dieser mir für eine Doppelstunde zur Verfügung, zusätzlich zu der Einzelstunde, die ich donnerstags hatte. Außerdem hatte ich die Möglichkeit, mich einem Ensemble anzuschließen, mit dem ich ebenfalls gemeinsam spielen konnte. Darüber würde ich mir aber erst Gedanken machen, wenn ich mich eingelebt hatte.

Ich schaute noch mal auf meinen Stundenplan. Die Flure sahen so gleich aus, dass es mir schwerfiel, mich zu orientieren. Sie unterschieden sich lediglich durch die Gemälde, die zwischen den hohen Fenstern an der Wand hingen. M–1–12. Das musste hier doch irgendwo sein.

Schnell rannte ich den Flur hinunter, verstärkte den Griff um meine Umhängetasche, in die ich einige Notenblätter geworfen hatte. M–1–9, M–1–10 … bis mein Raum endlich in Sicht kam. Gerade als ich die Tür öffnen wollte, hörte ich eine Melodie, die aus dem Inneren kam.

Laut meiner Handyuhr war es bereits Viertel nach vier, aber das hier war definitiv der mir zugeteilte Raum. Sollte ich einfach reingehen und der Person sagen, sie solle gehen? Schließlich wollte ich meine volle Zeit nutzen und vermisste es bereits schmerzlich, die Finger über die Tasten gleiten zu lassen.

Ich klopfte und wartete einen Moment, aber niemand sagte etwas. Daher klopfte ich noch mal etwas lauter, doch weiterhin wurde ich von Schweigen empfangen. Ich hatte keine andere Wahl, als reinzugehen. Langsam öffnete ich die Tür und lauschte den lauter werdenden Klängen der Musik.

Mit vor der Brust verschränkten Armen lehnte ich mich gegen den Türrahmen. In einigen Metern Entfernung stand ein junger Mann. Er hatte mir den Rücken zugewandt und spielte *Halleluja* auf der Geige. Seine linken Finger bewegten sich souverän auf den Saiten, während er mit der rechten Hand den Bogen führte. Ganz langsam drehte er sich um. Da er die Augen geschlossen hielt, sah er mich nicht. Aber ich sah ihn.

Er durfte kaum älter sein als ich, hatte dichtes blondes Haar und wenige Bartstoppeln, die sein markantes Gesicht betonten. Er trug die beige Hose, die zur Uniform gehörte, und hatte diese mit Hosenträgern fixiert. Darunter ein weißes Hemd, das er in den Bund gesteckt hatte.

Aus seiner weichen Mimik ließ sich schließen, dass er die Musik nicht nur spielte, sondern sie mit jeder Faser seines Seins fühlte. Als wollte er mit diesem Stück etwas ausdrücken, zu dem Worte nicht in der Lage waren.

Ich lauschte den Klängen so lange, bis sich das Stück dem Ende zuneigte. Bedächtig senkte er den Bogen, und ich kam nicht umhin, zu klatschen.

Erschrocken öffnete er die Lider und schaute mich irritiert aus blauen, von Schatten umrahmten Augen an. Dann hob er das Kinn und warf einen Blick auf die Wanduhr, die über der Tür angebracht war. »Sorry, ich habe nicht bemerkt, wie spät es ist.« Seine Stimme klang wohlig warm und traf direkt in mein Innerstes.

»Schon okay«, winkte ich lächelnd ab. »Ich habe dir gern zugehört. Du spielst wahnsinnig gut.«

Er hob die Mundwinkel, wodurch sich kleine Grübchen auf seinen Wangen abzeichneten. Vorsichtig legte er die Geige zurück in den braunen Violinkasten. »Danke. Spielst du auch?«

Ich nickte zum schwarzen Flügel, der an der gegenüberliegenden Wand stand. »Ich spiele Klavier. Heute ist mein erster Tag hier.«

Er schob seine Hosenträger zurecht, nahm den Kasten und kam auf mich zu. »Dann wünsche ich dir viel Spaß an der Academy. Und lass dich nicht unterkriegen.« Er verharrte einen Moment neben mir und zwinkerte. »Man sieht sich.«

Auch nachdem er aus meinem Sichtfeld verschwunden war, hing noch der Geruch von Fichte in der Luft, der ihm vermutlich aufgrund des Materials seiner Geige anhaftete. Seufzend schloss ich die Tür hinter mir und ging in Richtung des Flügels. Wenn ich eines nicht gebrauchen konnte, dann, mir von einem gut aussehenden Kerl den Kopf verdrehen zu lassen. Es war wichtig, dass ich mich auf das Studium konzentrierte. Aber ich musste gestehen, dass dieser Geiger *wirklich* attraktiv war und ich absolut nichts dagegen einzuwenden hätte, ihm öfter über den Weg zu laufen.

Ich legte meine Tasche neben der Klavierbank ab, holte die Notenblätter hervor und platzierte sie auf dem Notenpult. Bei dem Instrument handelte es sich um einen Konzertflügel von *Steinway & Sons*, einem der bekanntesten Hersteller aus den USA. Ein solcher Flügel kostete mehr, als meine Eltern zusammen in einem Jahr verdienten, weshalb ich besonders behutsam damit umgehen wollte.

Langsam lief ich um das Instrument herum, strich über den pechschwarzen Lack, atmete den Duft von Politur ein. Als ich wieder vor der Bank ankam, schob ich sie mir so zurecht, dass ich eine angenehme Sitzposition einnehmen konnte. Vorsichtig öffnete ich die Tastenklappe. Ich lächelte.

Sacht ließ ich die Finger über die einzelnen Tasten gleiten. Sie fühlten sich schön unter meiner Haut an, edel. Ein Glücksgefühl erfüllte mich, als ich das *C* hinunterdrückte und der Klang durch den Probenraum hallte.

Ich atmete tief durch, senkte die Lider und spielte. Erst ein paar wenige Melodien, um ein Gefühl für den Flügel zu bekommen. Anschließend wechselte ich zu *Kiss the Rain*, mein Lieblingslied von *Yiruma*, ehe ich mich den *vierundzwanzig Préludes* von *Chopin* widmete.

Es war ein unglaublich berauschendes Gefühl, endlich wieder zu spielen. Wobei es gerade mal drei Tage her war, dass ich an einem Klavier gesessen hatte. Doch dieser kurze Zeitraum war mir wie eine halbe Ewigkeit vorgekommen.

Als ein Räuspern ertönte, öffnete ich die Augen und hielt in meiner Bewegung inne. Eine junge Frau stand im Raum und schaute mich grimmig an. »Ich bin dran, raus hier.«

»Ähm, Entschuldigung, ich habe die Zeit vergessen.« Damit sagte ich genau das Gleiche wie der gut aussehende Geiger vorhin. Aber wann immer ich spielte, vergaß ich die Welt um mich herum. Für diesen Moment gab es nur mich und die Klänge der Musik.

Sie stöhnte und verdrehte die Augen. Dann stampfte sie weiter in den Raum hinein, warf ihren Rucksack auf einen der Stühle und verschränkte die Arme vor der Brust. Einige dunkle Strähnen fielen ihr ins Gesicht. »Stell dir das nächste Mal einen Wecker.«

»Das kann man auch freundlicher sagen, meinst du nicht?« Ich stand auf, schloss die Tastenklappe und sammelte meine Notenblätter zusammen.

»Was denkst du, wo wir hier sind? In Disneyland? In Rosefield überleben nur die Stärksten. Ich habe keinen Bock, wegen einer wie dir nicht genug proben zu können.«

Da ich mich nicht auf diese Diskussion einlassen wollte, verabschiedete ich mich lächelnd und atmete erleichtert auf, als ich im Flur stand. Es war nicht so, dass ich nicht vorab gewusst hatte, worauf ich mich einließ, wenn ich an einer Eliteuniversität studierte, dennoch hatte ich nicht damit gerechnet, so oft angegangen zu werden. Ich versuchte, den

Gedanken an diese unangenehme Situation wieder zu verdrängen.

Da mein morgiger Unterricht erst um 10 Uhr begann, entschied ich, noch etwas durch die Gänge zu streifen und mir die schnellsten Wege von A nach B einzuprägen. Da Rektor Cavanaugh so viel Wert auf Pünktlichkeit legte, wäre es besser, ich würde mich daran halten.

Die Hallen waren um diese Zeit beinahe menschenleer. Es war bereits nach 18 Uhr. Die meisten waren somit schon auf ihren Zimmern, wo sie vermutlich lernten. Daran sollte ich mir dringend ein Beispiel nehmen, denn die Stunde Musiktheorie hatte mich schon an meine Grenzen gebracht, und die Professorin hatte nicht den Anschein erweckt, Fehler durchgehen zu lassen.

Der gemusterte Boden roch frisch gewischt. Einige ältere Teppiche waren ausgelegt, die meine Schritte ein wenig dämpften. Die Luft war kühl, zeitgleich kitzelten einzelne Staubpartikel meine Nase. Die hohen Fenster ließen die letzten Sonnenstrahlen von draußen die Flure erhellen. In einer Stunde würde es hier stockduster sein.

Im Foyer, das Ost- und Nordflügel voneinander trennte, steuerte ich den Ausgang an. Doch nicht, ohne die Finger sachte das Steingeländer entlanggleiten zu lassen. Einzelne Bilder waren in die Säulen geschlagen worden. Sie waren schön, keine Frage, aber nicht so akkurat wie von Profis, weshalb ich vermutete, dass dies das Werk von Studenten der Bildhauerei war.

Ich stieß die Tür auf und wurde von lauwarmer Spätsommerluft in Empfang genommen. Einzelne Strähnen lösten sich aus meinem Pferdeschwanz. Ich steuerte den steinernen Pfad an, der mich zu dem Gewächshaus hinter der Sportanlage führte.

Das Glas war außen von unterschiedlichen Efeupflanzen überwuchert, die sich bis über das spitz zulaufende Dach schlängelten. Dadurch konnte ich leider nur einen spärlichen Blick ins unbeleuchtete Innere erhaschen.

Ich lehnte die Stirn an das kühle Glas und atmete tief durch. Wehmut hielt mich fest im Griff. Instinktiv fragte ich mich, ob Lucy auch hier gestanden und sich das Gewächshaus angesehen hatte. Ob ihr ähnliche Gedanken durch den Kopf gegangen waren, als sie durch die Hallen der Akademie gelaufen war.

Hinter meinen Lidern brannte es, aber ich blinzelte die Tränen fort. Ich wollte nicht weinen, das hatte ich seit Jahren nicht getan, und ich würde jetzt nicht damit anfangen. Aber die Gedanken an Lucy … Trauer war nun mal der Preis, den man für eine verlorene Liebe zahlte.

»Ich verspreche dir, ich werde herausfinden, was damals geschehen ist«, flüsterte ich in die Stille der Dämmerung. Das war der wesentliche Grund, aus dem ich herkommen wollte. Es hatte genügend andere Universitäten gegeben, an denen ich hätte studieren können. Meine Noten waren immer schon hervorragend, und ich war eine fantastische Pianistin. Aber Rosefield war der Ort, an dem Lucy vor vier Jahren ihr Leben verloren hatte, weshalb ich herkommen *musste*.

Die ermittelnden Detectives hatten den Vorfall als tragischen Unfall aufgrund jugendlichen Leichtsinns eingestuft. Aber ich war schon damals sicher gewesen, dass weitaus mehr dahintersteckte. Seitdem war ich fest entschlossen, an der Uni angenommen zu werden und die Geheimnisse um Lucys Tod aufzudecken.

Ich spürte erst, dass ich die Hände zu Fäusten geballt hatte, als meine Nägel sich schmerzhaft in meine Handflächen bohrten. Sichelförmige Einschnitte zeichneten sich auf meiner Haut ab.

Lucy und ich hatten uns sehr nahegestanden. Ihr Tod hatte nicht nur ein tiefes Loch in meinem Herzen hinterlassen, sondern auch unsere Familie fast entzweit. Besonders Dad hatte sehr gelitten. Zwar sagte man immer, dass Eltern kein Lieblingskind hatten, aber ich war mir sicher, dass das nicht stimmte. Lucy war sein Ein und Alles. Mit ihrem Gesang hatte sie unser Haus stets mit Leben erfüllt. Aus ihr wäre eines Tages eine unglaubliche Sopranistin geworden.

Manchmal fiel es mir auch jetzt noch schwer, zu begreifen, dass sie nicht mehr bei uns war. Von Zeit zu Zeit hatte ich das Gefühl, ich könnte ihre Stimme hören, die durch die Zimmer getragen wurde. Wann immer ich dem Klang folgen wollte, musste ich schmerzlich feststellen, dass dieser nur meiner Einbildung entsprungen war.

Für meine Eltern war es schwierig, dass ich ebenfalls an die Rosefield gehen wollte, da sie nur Schmerz und Trauer mit der Akademie in Verbindung brachten. Von meinem Vorhaben, herauszufinden, was mit Lucy geschehen war, hielten sie auch nichts. Sie ermahnten mich, ich sollte nicht in der Vergangenheit herumstochern, sie loslassen und nach vorn blicken. Aber tief in meinem Inneren wusste ich, dass auch sie nicht an einen Unfall glaubten.

Lucy war nie wild, sondern stets besonnen gewesen. Sie hatte sich zwar nicht penibel genau an jede Regel gehalten, aber sie hätte sich niemals selbst in Gefahr gebracht. Dafür war sie zu klug gewesen. Es musste also einen anderen Grund für ihren Tod gegeben haben. Es *musste* mehr dahinterstecken.

Zugegebenermaßen wusste ich noch nicht genau, wo

ich mit meinen Recherchen starten und wen ich befragen sollte, aber ich würde mir in den nächsten Tagen einen Plan zurechtlegen. Und womöglich konnten meine Mitbewohnerinnen mir helfen. Denn eines stand in jedem Fall fest: Ohne Antworten würde ich die Uni niemals verlassen.

3

Tristan

Ich tauchte die letzten Meter bis zum Beckenrand unter der Oberfläche. Das Wasser legte sich schützend um meinen Körper. Ich liebte es, am frühen Morgen hierherzukommen. Der Großteil der Studenten schlief noch, sodass ich das Hallenbad für mich allein hatte. Ruhig und gleichmäßig zog ich meine Bahnen, eine nach der anderen, um sämtliche Gedanken aus meinem Kopf zu verbannen. Das machte ich jetzt schon, seit ich vor einem Jahr mein Studium begonnen hatte. Dienstags und freitags um 7 Uhr morgens. Nur heute war es anders.

Um zu wenden, stieß ich meine Füße gegen den Beckenrand, drehte mich und schwamm eine weitere Bahn. Als ich durch die Oberfläche brach, holte ich Luft und wechselte ins Kraulschwimmen über. Ich kreiste die Arme. Schneller und schneller. Meine Lunge fühlte sich an, als würden sie jeden Moment explodieren. Doch so lange die Gedanken noch laut waren, wollte ich das Becken nicht verlassen.

Auch nach sechs weiteren Bahnen ging es mir nicht besser, der gewünschte Effekt schien sich heute nicht einstellen zu wollen. Ich kam einfach nicht runter.

Kopfschüttelnd stieg ich aus dem Wasser und steuerte

die Duschkabinen an. Noch immer war niemand hier. Ich schleuderte die Badehose von mir und wusch mir das Chlor vom Körper. Anschließend trocknete ich mich ab und warf mir Hose und meinen beigen Strickpulli über. Heute war es selbst für England Anfang September frisch. Zwölf Grad und bewölkt. Das war wohl das Einzige, was ich an diesem Land abgrundtief hasste: das Wetter.

Dafür war fast alles andere großartig. Die Leute, die Mentalität und vor allem die Landschaft. Dass die Rosefield ausgerechnet in den Lincolnshire Wolds lag, war für mich ein großer Pluspunkt. Ich liebte es, durch den Nebel zu wandern, die Hände tief in den Manteltaschen vergraben und mit leiser Musik auf den Ohren. Das war neben dem Schwimmen die beste Möglichkeit für mich, auf andere Gedanken zu kommen.

Ich verließ die Schwimmhalle und steuerte die Wohnanlagen an. Mittlerweile war es halb neun, weshalb das Gelände überwiegend leer war. Die Studenten waren entweder schon in ihren Kursen oder hatten erst zum nächsten Block Unterricht, so wie ich. Das zweite Studienjahr würde noch mal deutlich härter werden. Denn nachdem wir die Grundlagen beherrschten, standen jetzt die Vertiefungsmodule auf dem Lehrplan. Ich hatte mir das Stundenverzeichnis im Onlineportal angeschaut und konnte gut und gern darauf verzichten. Aber wenn ich wirklich einer der größten Geiger werden wollte, den die Welt je gesehen hatte, sollte ich mir lieber den Arsch aufreißen und dieses Studium durchziehen.

Ich beschleunigte meine Schritte, denn meine Haare waren nass, und ich konnte es mir nicht leisten, mich zu erkälten. Als auch noch ein nieselnder Sprühregen einsetzte, rannte ich fluchend die letzten Meter bis zum Wohnheim C und steuerte mein Zimmer im Erdgeschoss an.

Kaum hatte ich die Tür geöffnet, hörte ich ein Knallen, worauf ein lautstarkes Stöhnen folgte. Schien ganz so, als hätten Joshua und Harvey, meine beiden Mitbewohner, sich mal wieder in die Haare gekriegt. Sie stritten sich schon, seit uns die Wohneinheit vor einem Jahr zugeteilt worden war. Eigentlich hatte ich gehofft, dass sie es irgendwann schafften, das Kriegsbeil zu begraben, aber Fehlanzeige. Stattdessen schlugen sie einander buchstäblich die Köpfe ein.

Zugegeben, ich verstand Josh. Harvey konnte nämlich ziemlich ätzend sein. Sein arrogantes Gehabe ging auch mir auf die Nerven, aber ich versuchte, ihm einfach aus dem Weg zu gehen, was meistens gut funktionierte. Schließlich war ich nicht an die Uni gekommen, um zwangsläufig Freundschaften zu schließen. Ich war immer schon eher der Typ dafür gewesen, mein eigenes Ding durchzuziehen und den anderen lediglich höflich zu begegnen. Aber Josh war korrekt und war schnell zu einem meiner engsten Freunde geworden.

Als ich in den Wohnbereich kam, stand er mit dem Rücken zu mir und raufte sich die dunkelbraunen Haare.

»Na, worum ging es dieses Mal?«, fragte ich grinsend und lehnte mich gegen den Türrahmen.

Josh ließ sich auf die schwarze L-Couch fallen und warf die Füße auf den Tisch vor sich. Er ächzte gefährlich, gab aber nicht nach. Dass dieses Teil noch nicht in sich zusammengebrochen war, grenzte an ein Wunder. Es machte den Anschein, genauso alt wie die Uni zu sein, wenn nicht sogar älter.

»Ich habe mein Glas nicht sofort in die Spüle gestellt.« Josh stöhnte ein weiteres Mal theatralisch – etwas, das er im Schauspielunterricht sicher ganz hervorragend anwenden konnte. »Dieser Kerl treibt mich noch in den Wahnsinn.«

Harvey war ein Ordnungsfanatiker. Er hasste Schmutz vermutlich mehr als alles andere auf der Welt und ließ uns das bei jeder Gelegenheit spüren. Das Schlimmste daran war, dass er einen Riecher dafür hatte, wann wir für eine Minute etwas stehen ließen. Ich hatte schon mehr als einmal die Vermutung geäußert, dass er irgendwo eine kleine Kamera installiert hatte und uns von seinem Zimmer aus beobachtete. Anders war es nicht möglich, dass er immer in genau dem Moment rauskam und explodierte, wenn ein Teller oder eine Tasse kurz herumstanden.

Ich schüttelte den Kopf und setzte mich auf die Couchlehne. »Du hättest es wissen müssen. Am besten nimmst du auch gleich die Füße vom Tisch, wenn du den Frieden wahren willst.«

»Er soll sich ruhig trauen, mir noch mal dumm zu kommen. Er wird schon sehen, was er dann davon hat«, rief Josh extra laut und wandte den Kopf in Richtung Harveys Zimmer. Ich wartete nur darauf, dass dieser wutentbrannt hinausgestürmt kommen würde, aber erstaunlicherweise ließ er uns in Ruhe. »Du bist ganz schön früh zurück. Lief die Probe nicht gut?«

»Was meinst du?«, fragte ich verwirrt.

Josh hob eine seiner getrimmten Augenbrauen und legte den Kopf schief. »Tristan McKee, dass du ein Träumer bist, weiß ich. Aber dass du Proben mit deinem Streichquartett vergisst, ist neu.«

»Fuck!« Ich warf einen Blick auf mein Handy. Es war kurz vor neun, damit hatte ich die komplette Probe versäumt. Schnell tippte ich eine Entschuldigungsnachricht in unseren Gruppenchat. Hoffentlich würden die anderen mich keinen Kopf kürzer machen.

Normalerweise fanden die Proben unseres Ensembles nur montags und mittwochs statt, aber wir hatten für heute eine Extrasession einberufen, weil uns am Wochenende ein kleiner Auftritt im Rathaus von Lincoln bevorstand. Nichts Großes, nur ein paar Stücke. Trotzdem war es scheiße, dass ich nicht aufgetaucht war, immerhin spielte ich die Erste Geige.

»Im Ernst, geht's dir gut?«, wollte Josh wissen.

Nickend winkte ich ab und steuerte die kleine Kochecke hinter der Couch an. Die Wohneinheiten waren alle überwiegend identisch aufgebaut. Jede von ihnen bestand aus drei Einzelzimmern und einem Gemeinschaftsraum mit offener Wohnküche. Hinzu kamen ein winziges Bad und eine Diele mit Einbauschrank.

Ich nahm mir einen frischgebackenen Scone und strich etwas Clotted Cream darauf. Wenigstens das musste man Harvey lassen: Er versorgte uns andauernd mit den besten Köstlichkeiten. Andere schlugen auf einen Boxsack ein, wenn sie wütend waren, Harvey hingegen veranstaltete Back- und Kochorgien. Also hatte sein Streit mit Josh etwas Gutes. Nachher würden vielleicht frisches Brot oder ein leckerer Kuchen auf uns warten. Wir mussten nur immer dafür sorgen, dass ihm die Zutaten nicht ausgingen.

Auch als ich den letzten Bissen heruntergeschluckt hatte und mich Josh wieder zuwandte, starrte er mich noch an. »Willst du mich so lange anglotzen, bis ich mit der Sprache rausrücke, oder was?«

»Wir kennen uns jetzt seit einem Jahr, du solltest die Antwort also wissen.«

»Ihr Schauspieler seid echt hartnäckig.«

»Wie sonst sollten wir an Rollen kommen? Talent allein reicht heutzutage nicht mehr aus.« Josh grinste breit und lehnte sich zurück.

Ich setzte mich auf den kleinen Sessel ihm gegenüber. »Na gut. Mir gehen einfach viele Dinge durch den Kopf.«

»Lynn?«

»Auch.«

»Wie geht es ihr? Hat sie immer noch solche Probleme bei der Physiotherapie?«

Ich biss die Zähne zusammen und schüttelte den Kopf, dann nickte ich. »Eigentlich macht sie sich gut. Nachdem eine Weile nichts vorwärtsging, macht sie nun wieder Fortschritte und nimmt das Ganze gelassener als ich.«

»Verstehe.« Josh nickte und schaute mich betrübt an. Er war hier an der Uni der Einzige, der von Lynn wusste. Für mich war sie im Grunde wie meine Schwester, seit sie vor fünfzehn Jahren nach dem Tod ihrer Eltern – meiner Tante und deren Mann – zu uns gezogen war. Vom ersten Moment an waren wir durch dick und dünn gegangen, hatten alles miteinander geteilt und uns so gut wie nie gezofft. Seit sie vor ein paar Jahren einen Unfall hatte, saß sie im Rollstuhl. Für mich war damals die Welt zusammengebrochen. Lynns größter Traum war es gewesen, Balletttänzerin zu werden, so wie meine Mum. Sie hatte ständig trainiert, um eines Tages die Bühnen dieser Welt zu erobern. Aber in jener Nacht war ihr Traum zerplatzt.

Lynn hatte es deutlich besser aufgenommen als ich. Nach wenigen Wochen war es ihr gelungen, sich mit ihrem Schicksal abzufinden. Nun ging sie seit Jahren zur Physiotherapie, in der Hoffnung, irgendwann wieder gehen zu können. Es gab Momente, in denen wir wirklich glaubten, dass es bald so weit war. Aber dann machte sie erneut Rückschritte. Doch sie biss sich durch und kämpfte. Dafür bewunderte ich sie sehr. Ich war mir sicher, dass ich nie zu einem solchen Kampfgeist in der Lage wäre.

»Beschäftigt dich sonst noch etwas?«, hakte Josh weiter nach. Wie von selbst hoben sich meine Mundwinkel. »Ouh! Wer ist die Kleine? Erzähl schon!«

Mir entfuhr ein leises Lachen. »Woher willst du wissen, dass es da jemanden gibt?«

»Dir ist bewusst, dass wir hier auch das Deuten unterschiedlicher Emotionen lernen? Und alles an deiner Visage strahlt gerade.«

»Für dieses Gespräch brauche ich unbedingt noch ein paar Scones.« Ich stand auf und holte den Teller von der Anrichte, ehe ich mich wieder auf den Sessel warf.

Josh rutschte an die Couchkante und starrte mich an. »Also?«

Eigentlich war das nichts, worüber ich gern sprach. Aber ich kannte Josh gut genug, um zu wissen, dass er mich so lange bearbeiten würde, bis ich den Mund aufmachte. Also konnte ich mich entweder weiter nerven lassen oder gleich klein beigeben und mir einiges an Stress ersparen.

»Keine Ahnung, wie sie heißt. Sie ist neu hier, hat montags den Probenraum nach mir.«

»Ist sie heiß?«

Stöhnend verdrehte ich die Augen. Wieso hatte ich geglaubt, jemals ein vernünftiges Gespräch mit ihm führen zu können? »Sie ist hübsch, ja. Dunkle Haare, große grünbraune Augen, zierlich.«

»Und hat sie eine heiße Freundin für mich?«

»Ich kenne nicht mal ihren Namen. Woher soll ich wissen, wer ihre Freundinnen sind? Aber wenn du dich weiterhin wie ein sabbernder Hund aufführst, würde ich vermuten: nein, keine für dich dabei.«

»Du Arsch.« Doch Josh war nicht wütend, sondern lachte. Diese Kabbeleien zwischen uns waren normal. Er wusste, dass ich es nicht so meinte. Ja, er konnte sich wie ein Idiot verhalten, aber eigentlich gehörte er zu den Guten. Was ihm schon das eine oder andere Mal zum Verhängnis geworden war. Deshalb ließ er gern den Macho oder Clown raushängen. Vermutlich tat er das, um jeden auf Abstand zu halten, und es funktionierte. »Wirst du sie das nächste Mal anquatschen?«

»Vielleicht. Mal sehen. Erst mal muss ich mich auf die Uni konzentrieren.«

Josh stöhnte. »Tristan, du bist der talentierteste Kerl an der Rosefield. Dir fliegen die Noten nur so zu. Frag die Unbekannte nach einem Date und hab deinen Spaß.«

»Mal sehen«, sagte ich erneut, weil ich keine Lust auf diese Diskussion hatte. Ich war nicht der Typ für Spaß, war ich noch nie gewesen. Das wusste Josh. »Ich muss los. Nachher Sport?«

»Klar. Wir sehen uns.« Josh hob die Hand, machte aber keinerlei Anstalten, selbst auch aufzustehen. Nun, Pünktlichkeit gehörte nicht zu seinen Stärken.

Ich hingegen wollte es mir mit dem neuen Dozenten nicht gleich in der ersten Stunde verscherzen, weshalb ich meine Sachen packte und den Kursraum für das Vertiefungsmodul der Notationskunde ansteuerte.

4

Hazel

Dass es gleich in den ersten Tagen so in die Vollen gehen würde, hätte ich mir denken können. Jeder wollte in Rosefield studieren, denn einem Großteil der Absolventen gelang der internationale Durchbruch, auf den die meisten von uns schon ihr Leben lang hinarbeiteten.

Im ersten Jahr kratzten wir überwiegend an der Oberfläche, und doch war ich schon an Tag zwei geschafft. Vor der Mittagspause hatte ich Musikgeschichte bei Mr Bucks. Nicht nur hatte er, ohne Luft zu holen, Informationen runtergerattert, sondern von uns erwartet, das meiste schon zu wissen. Alle paar Minuten hatte er einen der Studenten aufgerufen und ihm eine Frage gestellt. Das hatte dafür gesorgt, dass wohl jeder Anwesende die gesamte Stunde panisch war. Auch mir war der Schweiß ausgebrochen. Glücklicherweise war ich heute verschont geblieben. Ich hätte keine der von ihm gestellten Fragen beantworten können.

Das bedeutete unweigerlich, dass ich in den nächsten Wochen einiges zu tun hatte. Nicht nur musste ich herausfinden, was mit Lucy passiert war, sondern auch pauken bis zum Umkippen, wollte ich meinen Platz an der Rosefield behalten.

»Du bist so blass, ist alles in Ordnung?«, fragte Charlotte besorgt. Auch heute trug sie wieder einen Rock und hatte die Haare ordentlich gekämmt und hinter ihre Ohren geschoben, in denen kleine Perlen steckten.

Ich schaufelte mir etwas Vanillepudding auf den Löffel und nickte. »Der Unterricht ist nur hart, daran muss ich mich erst noch gewöhnen.«

Charlotte lächelte aufmunternd. »Das wirst du. Bei mir hat es auch ein paar Tage gedauert, bis ich mich zurechtgefunden hatte. Ab der dritten Woche ging es dann schon besser.«

»Ich hoffe, du hast recht.«

Mila kam mit einem vollen Tablett an den Tisch und setzte sich neben mich. Heute leuchteten die Bänder in ihren Haaren in sämtlichen Farben des Regenbogens. Mit diesem Look stach sie komplett heraus. Die meisten Studenten waren eher unscheinbar, in gedeckten Farben gekleidet, einige wenige trugen täglich ihre Uniform, was ich etwas befremdlich fand.

Ich ließ den Blick durch den Speisesaal schweifen. Es gab mehrere Tafeln, die Platz für jeweils etwa zwanzig Personen boten. Der Holzfußboden war abgelaufen und eingestaubt, was dem Saal etwas Rustikales verlieh. Die Decke war von Fresken übersät, und in einigen Metern Abstand zueinander hingen staubige Kronleuchter, die nicht so aussahen, als wären sie je eingeschaltet gewesen.

Dafür, dass es sich um einen Speisesaal handelte, war es erstaunlich ruhig. Als ich mich weiter umschaute, wurde mir bewusst, weshalb dem so war. Die meisten Studenten waren in ihre Lehrbücher vertieft, anstatt die Pause für Gespräche mit ihren Kommilitonen zu nutzen. Das Kratzen von Bleistift auf Papier war zu hören und wurde nur hin und wieder von leisem Kauen und Schmatzen durchbrochen.

»Keine Sorge, Hazel. Du wirst das meistern, auch ohne dass deine Nase den ganzen Tag zwischen Buchdeckeln steckt«, entgegnete Mila, die meinen leicht panischen Gesichtsausdruck bemerkt haben musste. »Charlotte ist der lebende Beweis. Sie ist Jahrgangsbeste, obwohl ich sie andauernd vom Lernen abhalte.«

»Und würdest du mehr lernen, wärst du nicht nur die Drittbeste in deinem Fachbereich«, sagte Charlotte und biss von ihrem Croissant ab. Ein bisschen Marmelade blieb an ihrer Lippe haften, doch sie entfernte sie mit einer graziösen Handbewegung.

Rektor Cavanaugh hatte mir bereits gesagt, dass Charlotte und Mila zwei seiner besten Studentinnen waren. Es war beeindruckend, dass ihnen der Unterricht so leichtfiel. Vielleicht hatte ich den falschen Studiengang gewählt. Leider hatte ich eine katastrophale Gesangsstimme, war im visuellen Denken nicht gut und konnte nicht mit Nadel und Faden umgehen.

Dafür war mir ein großes Talent, Instrumente betreffend, in die Wiege gelegt worden. Mum und Dad waren immer wieder überrascht gewesen, wie musikalisch Lucy und ich waren. Das war nichts, was in unserer Familie vererbt wurde. Während Lucy die Stimme eines Engels hatte, konnte ich diverse Musikinstrumente spielen. Aber es war das Klavier, das mein Herz hatte höherschlagen lassen. Eine Zeitlang hatte ich überlegt, mich auf die Querflöte zu fokussieren, aber wann immer ich dem Klavier ein paar Tage keine Beachtung geschenkt hatte, war dort ein unsichtbares Band gewesen, das mich doch wieder zu ihm hingezogen hatte. Es war also nicht so, als hätte ich mich für das Klavier entschieden, ganz im Gegenteil. Es hatte mich erwählt, und dafür würde ich auf ewig dankbar sein.

»Hast du heute noch Unterricht?«, fragte Mila und schob sich die Gabel in den Mund.

Ich öffnete meine Umhängetasche und kramte nach dem Stundenplan, den ich unachtsam zwischen die Unterlagen geschoben hatte. »Ja, um 14 Uhr Komposition bei Mr Price.«

»Komposition?« Charlotte zog eine Braue in die Höhe. »Ist das nicht eigentlich eines der Fächer für das zweite Jahr?«

Es wunderte mich nicht, dass Charlotte auch über meinen Studiengang so gut Bescheid wusste. »Ja.« Ich nickte. »Aber bei der Aufnahmeprüfung durfte ich zusätzlich einige meiner Stücke vorstellen, woraufhin ich in den fortgeschrittenen Kurs eingeteilt wurde.«

»Respekt«, ertönte es von Mila. Sie bemerkte nicht, dass ihr eines der Stoffbänder in der Suppe hing, die sie genüsslich schlürfte.

»Das ist wirklich beeindruckend«, pflichtete Charlotte ihr bei. »Siehst du? Rosefield ist der perfekte Ort für dich.«

Hitze stieg mir in die Wangen. »Danke.« Eigentlich brauchte es mir nicht unangenehm zu sein. Ich wusste, wie talentiert ich war, sonst hätte man mich gar nicht aufgenommen. Die erste Aufnahmeprüfung im vorigen Jahr hatte ich lediglich aufgrund des theoretischen Teils versemmelt.

Aber ich war eine hervorragende Komponistin und sollte auch dazu stehen. »Hat euer Jahr gut begonnen?« Bisher hatte ich kaum die Möglichkeit gehabt, mich mit Charlotte und Mila zu unterhalten. Bis auf unsere Partie Mario Kart am Samstag natürlich – bei der ich leider kläglich versagt hatte und mich zehn Minuten am Stück von Mila auslachen lassen musste – hatten wir wenig gemeinsame Zeit.

»Es ist anstrengender als das erste Jahr.« Mila seufzte. »Aber es macht Spaß.«

Charlotte nickte. »Bei mir ist es ähnlich. Der Unterschied ist deutlich spürbar. Zumal einige das erste Jahr nicht bestanden haben. Der Druck hat sich erhöht, und alle sind noch ehrgeiziger geworden.«

»O ja!« Mila nickte. »Freundschaften innerhalb eines Fachbereichs scheinen unmöglich. Wo man hinsieht, gibt es Rivalitäten. Als gäbe es dort draußen nicht genug Platz für uns alle.«

Unwillkürlich schluckte ich. »Dann können wir uns wohl glücklich schätzen, dass wir drei unterschiedliche Fächer belegt haben.«

»Die Zuteilung der Wohneinheiten erfolgt durch Rektor Cavanaugh«, erklärte Charlotte und lehnte sich über den Tisch. Dann huschte ihr Blick kurz über die Menge, ehe sie sich wieder mir widmete und die Stimme senkte. »Nachdem es wohl mehr als einmal vorkam, dass sich Mitbewohner die Köpfe eingeschlagen oder einander sabotiert haben, wenn sie aus demselben Fachbereich kamen, wurde die neue Regelung eingeführt. Seitdem dürfen sich nur noch drei Personen aus unterschiedlichen Studiengängen die Wohneinheiten teilen. Ein Wechsel ist nur mit schriftlicher Antragsstellung und Genehmigung zulässig.«

»Oder man wechselt untereinander, ohne es an die große Glocke zu hängen.« Mila zuckte mit den Schultern.

»Was gegen die Regeln verstößt und im schlimmsten Fall zum Univerweis führen könnte.«

Das Grinsen auf Milas Gesicht wurde schelmischer. Sie schaute mich an und verdrehte die Augen. »Ich sag's ja, Charlotte bricht niemals die Regeln.«

Mir entfuhr ein leises Kichern, während Charlotte stöhnte. Doch sie ging nicht weiter auf Milas Kommentar ein.

»Ich muss vor dem Unterricht noch schnell ins Wohnheim.« Mila stand auf und griff nach ihrem Tablett. »Bis nachher.«

Wir verabschiedeten uns und widmeten uns wieder dem Essen. Aber eine Sache, die Charlotte eben gesagt hatte, ging mir nicht aus dem Sinn. »Was meintest du gerade eigentlich mit sich gegenseitig sabotieren?«

Charlotte trank den letzten Schluck Wasser aus ihrem Glas. »Musikinstrumente wurden versteckt oder gestohlen, einmal wurde jemand kurz vor dem Vorsingen mit heißem Tee verbrüht.«

Mir entglitten die Gesichtszüge. »Das ist ja schrecklich!«

Betrübt presste Charlotte die Lippen aufeinander und nickte. »Ja, das ist es. Seitdem gibt es auch mehrere Nachtwächter, die stündlich ihre Runden drehen, um sicherzustellen, dass alles mit rechten Dingen vor sich geht.«

Ich brummte zustimmend. Das klang wirklich ganz danach, dass man sich lieber in Acht nehmen und nicht jedem blind vertrauen sollte. Ob Lucy einer solchen Intrige zum Opfer gefallen war? Womöglich wurde sie von einem Kommilitonen zur Unfallstelle gelockt und reingelegt? Von einer Person, die sie loswerden wollte, weil sie eine zu große Konkurrenz war? Möglich wäre es, aber mein Bauchgefühl sagte mir, dass das noch nicht des Rätsels Lösung war.

Wenige Minuten später ertönte eine dumpfe Glocke. Sie bedeutete uns, dass die Mittagspause jeden Moment vorüber war und der Unterricht gleich begann. Schnell schaufelte ich mir das restliche Gemüse vom Teller in den Mund, wischte mir mit einer Serviette über die Lippen und stand auf.

»Dann sehen wir uns später.« Ich verabschiedete mich von Charlotte und steuerte den Ausgang an, durch den sich gerade zahlreiche Studenten quetschten. Da der Speisesaal relativ zentral im Hauptgebäude lag, brauchte ich nicht lange bis zu meinem Fachbereich.

Obwohl ich mich bereits auf dem Gelände umgeschaut hatte, fand ich den richtigen Raum erst beim zweiten Anlauf. Als ich eintrat, herrschte leises Stimmengewirr. Wie an meiner Sekundarschule gab es zahlreiche kleine Tische, hinter denen die Studenten saßen und miteinander tuschelten. Da sie sich aus den Kursen des ersten Lehrjahres kannten, war ich so etwas wie die Außenseiterin hier.

Ein wenig unbeholfen blieb ich in der Nähe der Tür stehen, umklammerte meine Tasche und reckte das Kinn. In der vorletzten Reihe war ein freier Platz an der Wand. Daneben saß ein Junge, der gerade in ein aufgeschlagenes Buch vor sich vertieft war. Ich steuerte den Platz an.

Eines der Mädchen saß auf seinem Tisch und sah hoch, als ich an ihm vorbeilief. Sie hob eine ihrer akkurat gezupften Augenbrauen und musterte mich skeptisch. Kurz dachte ich, sie wollte etwas sagen, doch sie schwieg. Stattdessen beugte sie sich zu dem Mädchen, das vor ihr saß, und flüsterte ihm etwas ins Ohr. Anschließend schauten mich beide an und kicherten.

Ich spürte Wut in mir aufkochen, sie rauschte durch meine Adern. Aber ich schluckte sie hinunter, anstatt ihr freien Lauf zu lassen. Keine Freundschaften innerhalb eines Fachbereichs, das hatten Mila und Charlotte gesagt. Und womöglich hatten sie recht. Ich sollte mich nicht darum scheren, was die anderen von mir hielten, sondern mich auf nichts weiter als den Unterricht konzentrieren. Und die Aufdeckung von Lucys Tod.

Als ich mir den freien Stuhl zurechtschob, hob der Junge ruckartig den Kopf und schaute mich an. Große blaue Augen betrachteten mich freundlich, und als er die Mundwinkel hob, bildeten sich kleine Grübchen in seiner Wange. Mein Herzschlag beschleunigte sich. Es war der Geigenspieler von gestern.

»So sieht man sich wieder«, sagte er mit rauer Stimme und lehnte sich in seinem Stuhl zurück.

»Scheint so«, erwiderte ich, dann deutete ich auf den Platz. »Ist hier noch frei?«

»Klar, setz dich.«

»Danke.« Ich stellte meine Tasche auf dem Boden ab und ließ mich nieder. Dass der Junge mich weiter beobachtete, bemerkte ich, ohne aufsehen zu müssen. Eine Gänsehaut legte sich über meinen Körper, und die kleinen Härchen an meinen Armen stellten sich auf. »Habe ich Essensreste im Gesicht, oder warum starrst du mich an?«, fragte ich herausfordernd und fing seinen Blick auf.

Ein klangvolles Lachen drang aus seiner Kehle. Ganz langsam rollte er die Ärmel seines Strickpullis hoch. Dabei wurde neben dem Duft von Fichte auch der von Chlor zu mir herübergetragen. Ob er eben in der Schwimmhalle war? Seine breiten Schultern ließen zumindest darauf schließen, dass er sich öfter im Wasser aufhielt oder anderweitig Sport trieb.

Mein Blick fiel auf eine Tätowierung, die auf seinem Unterarm prangte. Es war eine filigran gestochene Taschenuhr. Da er schräg neben mir saß, erkannte ich die Uhrzeit darauf nicht, sah aber, dass darunter ein Datum in römischen Zeichen gestochen war. Bevor ich genauer hinsehen konnte, legte er den Arm so auf dem Tisch ab, dass die Tätowierung verdeckt wurde.

»Nein, du hast nichts im Gesicht«, beantwortete er schließlich meine Frage. »Du hast nur gestern gesagt, dass es dein erster Tag ist. Ich befürchte fast, du sitzt im falschen Kurs.«

Ein Lächeln legte sich auf meine Lippen. Bedächtig schüttelte ich den Kopf. »Nein, ich bin hier richtig.«

»Wow, dann musst du ziemlich gut sein.«

»Das bin ich.«

Erneut lachte er. »Gesundes Selbstvertrauen. Gefällt mir.« Dann streckte er mir seine Hand entgegen. Ich ergriff sie. »Tristan.«

»Hazel.« Seine Hand war warm und schmiegte sich weich an meine. Ein angenehmes Prickeln durchströmte mich, als wir uns berührten.

»Freut mich sehr, Hazel.« Langsam ließ er von mir ab und verschränkte die Arme vor der Brust. Den Blick senkte er allerdings nicht.

Tristan war sehr attraktiv, das stand völlig außer Frage. Das dichte blonde Haar, die strahlend blauen Augen und diese trainierten Arme und Schultern, an die man sich am liebsten schmiegen würde. Wer würde da nicht schwach werden? Doch Ablenkung konnte ich aktuell auf keinen Fall gebrauchen. Aus diesem Grund wandte ich mich notgedrungen ab und holte meine Arbeitssachen hervor, die ich fein säuberlich auf dem Tisch platzierte.

Als ich mich wieder aufrecht hinsetzte, schaute Tristan mich weiterhin erwartungsvoll an. Hatte er mir eine Frage gestellt, die ich überhört hatte? Verwirrt blickte ich zu ihm. Ich setzte an, um etwas zu sagen, da stolzierte ein rothaariges Mädchen auf uns zu und schwang sich auf Tristans Tischkante. Ihre langen Haare fielen in sanften Locken ihren Rücken hinab.

»Tristan, Darling. Wie war dein Sommer?«, säuselte sie und zwirbelte sich eine Strähne um den Finger. Kurz schaute sie zu mir, als wäre ich ein Insekt, das es zu zerquetschen galt. Anstatt auch mich zu begrüßen, schenkte sie Tristan wieder all ihre Aufmerksamkeit.

Dieser zuckte die Achseln. »Ganz gut, wir waren zwei Wochen in Frankreich. Und bei dir?«

Das Mädchen lachte und legte ihre Hand auf Tristans Unterarm. Eigentlich hätte sie ihn auch hier und jetzt abknutschen können, da das augenscheinlich ihre Intention war. »Es wäre schöner gewesen, wenn du dich öfter gemeldet hättest.« Sie klimperte mit den dichten Wimpern, die ihre großen braunen Augen umrahmten.

»Sorry, hatte keine Zeit.« Tristan lehnte sich wieder so in seinem Stuhl zurück, dass die Hand des Mädchens von seinem Arm glitt. Ein kurzer Anflug von Unsicherheit legte sich über ihre Züge, dann setzte sie wieder ihr strahlendes Lächeln auf.

»Aber jetzt sehen wir uns ja wieder öfter.«

»Tun wir.«

»Gut.« Das Mädchen sprang vom Tisch, blickte mich noch einmal missbilligend an und hüpfte dann zurück zu ihrem Platz.

Ich biss mir auf die Wangen, um ein Lachen zu unterdrücken.

»Was ist?«, fragte Tristan mit gehobenen Mundwinkeln.

»Ach, gar nichts«, entgegnete ich.

Leise seufzend verdrehte er die Augen. »Das war Joanna Fernsby. Ihre Eltern sind große Gönner der Universität, also sollte man sich mit ihr gut stellen.«

»Fernsby wie das Telekommunikationsunternehmen?«

»Genau. Und siehst du die Blonde, die neben ihr sitzt?« Ich folgte seinem Blick und nickte. »Nicole Bakersfield, die Tochter des Staatsanwalts.«

Allmählich überkam mich das Gefühl, dass es auch noch andere Wege als Talent gab, um an der Rosefield angenommen zu werden. »Sind alle an der Uni reich?«

Tristan lachte dumpf. »Viele stammen aus wohlhabenden Familien, aber nicht alle. Nur können sich die meisten ohne Stipendium die Studiengebühren kaum leisten.«

Damit hatte er nicht unrecht. Selbst mit einem Teilstipendium waren die Gebühren noch unverschämt hoch. Ohne das Geld, das meine Großeltern uns nach ihrem Tod hinterlassen hatten, hätten Mum und Dad es sich nie leisten können, sowohl Lucy als auch mich auf die Academy zu schicken. »Und sind die beiden *wirklich* talentiert, oder haben Mami und Papi ihren Platz erkauft?« Ich nickte zu Joanna und Nicole.

Tristan lehnte sich plötzlich zu mir rüber, sodass seine Körperwärme auf mich überging und mein Puls in die Höhe schnellte. »Das werden wir nie erfahren«, flüsterte er an mein Ohr. Sein Atem kitzelte in meinem Nacken, und eine Gänsehaut überkam mich.

Als er sich wieder in seinen Stuhl zurücklehnte, lächelte er.

Schwungvoll wurde die Tür geöffnet, und unser Dozent kam herein. Mr Price war ein beleibter Mann mittleren Alters, dem die Strenge ins Gesicht geschrieben stand. Seine dunklen Brauen waren zu einem finsteren Pfeil zusammengezogen, und auf seiner Nasenspitze saß eine Brille mit runden Gläsern, über deren Gestell hinweg er uns nacheinander ansah. Währenddessen öffnete er seine Aktentasche und legte einige Unterlagen vor sich auf das Pult.

»Guten Tag. Mein Name ist Mr Price. Ich werde in diesem Semester den fortgeschrittenen Kompositionskurs leiten. Denken Sie nicht, dass es ein Zuckerschlecken wird, ganz im Gegenteil. Ich erwarte von Ihnen Pünktlichkeit, eigenständiges Arbeiten und Ergebnisse, die sich sehen lassen können. Denn Ihr Scheitern fällt auf die Rosefield als Lehrinstitution zurück, und Sie möchten doch nicht unseren guten Ruf beschmutzen, oder?«

»Nein«, murmelten wir leise.

»Gut, das habe ich auch nicht erwartet. Der Kurs findet zweimal wöchentlich statt, doch von Ihnen wird erwartet, auch an Ihren freien Tagen zu üben, üben, üben. Des Weiteren sieht Ihre Abschlussprüfung es vor, dass Sie ab Oktober auch jedes zweite Wochenende in diesen Kurs investieren. Wie genau das aussehen wird, werde ich Ihnen in der kommenden Stunde mitteilen.«

Ich schluckte schwer, und meine Handflächen wurden feucht. Dass wir in diesem Kurs an den Wochenenden arbeiten mussten, hatte ich nicht gewusst. Diese hatte ich mir eigentlich freihalten wollen, um auf Spurensuche zu gehen. Da ich in der Woche viele Kurse belegte und mir ein Ensemble suchen wollte, kam es mir ungelegen, auch noch meine Wochenenden für das Studium zu opfern. Natürlich wollte ich etwas aus mir machen, wollte die Konzertbühnen dieser Welt im Sturm erobern und möglichst viele Menschen mit meinen Kompositionen begeistern. Aber ich wollte ebenfalls herausfinden, was mit meiner Schwester geschehen war. Es würde mir einiges abverlangen, alles unter einen Hut zu bringen, doch ich war gewillt, es zu schaffen.

Während der Stunde redete Mr Price ohne Punkt und Komma. In den ersten fünfundvierzig Minuten ging es überwiegend um Organisatorisches: Unterrichtsstoff, Tests, Zwischenprüfungen. Ich versuchte, mitzuschreiben, aber der Dozent sprach so schnell, dass ich nur die Hälfte verstand.

»Du kannst das alles im Onlineportal nachlesen«, flüsterte Tristan, der bemerkt haben musste, wie eilig ich schrieb.

Ich lockerte den Griff um meinen Kugelschreiber und atmete erleichtert auf. »Hättest du mir das nicht schon früher sagen können?«

»Wo bliebe da der Spaß?«

»Mr McKee, möchten Sie vielleicht auch den restlichen Kurs an Ihrer Unterhaltung teilhaben lassen?« Mr Price' Stimme legte sich wie ein Donnergrollen über uns, und sämtliche Augenpaare drehten sich in unsere Richtung.

Ich meinte, einen leichten Rotschimmer zu sehen, der Tristans Wangen überzog. Dann räusperte er sich. »Nein, tut mir leid.«

Mr Price drehte den Kopf in meine Richtung und bedachte mich mit einem bösen Blick, bei dem ich mich am liebsten in Luft aufgelöst hätte. Joanna grinste gehässig. Keine Ahnung, welches Problem sie mit mir hatte, aber ich vermutete, sie befürchtete, dass ich ihr Tristan ausspannen könnte. Doch das war bestimmt nicht meine Absicht. Es war Zufall, dass ausgerechnet neben ihm der einzige freie Platz war. Stress wollte ich damit sicher nicht provozieren.

Nach der kurzen Unterbrechung fuhr Mr Price unbeirrt fort. Ich ließ mich kein weiteres Mal von Tristan in ein Gespräch verwickeln, da ich es mir nicht gleich am ersten Tag gänzlich mit meinem Dozenten verscherzen wollte.

Als die Stunde endlich für beendet erklärt wurde, rauchte mir der Schädel. Es würde einige Tage oder Wochen in Anspruch nehmen, bis ich all die neuen Eindrücke verarbeitet hatte.

Möglichst leise packte jeder seine Sachen zusammen. Ich schulterte meine Tasche und wollte den Raum verlassen, aber Tristan hielt mich auf. »Hazel?«

»Ja?« Ich drehte mich zu ihm um. Ein verschmitztes Lächeln lag auf seinen Lippen.

Er kratzte sich den Dreitagebart. »Sorry, ich wollte dich nicht in Schwierigkeiten bringen. Kann ich das mit einem Kaffee wiedergutmachen?«

»Ich trinke keinen Kaffee«, entgegnete ich.

»Ich lade dich auch gern auf einen Tee oder ein Glas Wasser ein, wenn dir das lieber ist.«

Sacht schüttelte ich den Kopf. »Nein, danke.«

»Na schön«, sagte Tristan. Falls er enttäuscht war, ließ er sich das nicht anmerken. »Solltest du es dir anders überlegen, sag Bescheid.« Er hob seine lederne Umhängetasche, vergrub eine Hand in der Hosentasche und verließ den Raum. Perplex schaute ich ihm hinterher.

Im Grunde wäre nichts dabei, mich mit Tristan zu treffen. Er war nett, unfassbar gut aussehend und erweckte nicht den Anschein, zu der abgehobenen und selbstverliebten Sorte zu gehören. Eher wirkte er ziemlich charmant. Trotzdem gingen mir die Worte von Charlotte und Mila nicht aus dem Kopf. Keine Freundschaften innerhalb eines Fachbereichs. Vermutlich war es besser, ich würde diesen Rat beherzigen und mich von Tristan fernhalten.

An mehr war ich ohnehin nicht interessiert. Meine letzten Erfahrungen mit Männern waren nicht unbedingt die besten. Und ich hatte noch nie über eine längere Zeit einen Freund gehabt. Die meisten Jungs waren einfach nicht damit zurechtgekommen, dass ich viel zu tun hatte.

Da es schon immer mein Ziel war, mit meiner Musik erfolgreich zu werden, hatte ich früh begonnen, genau darauf hinzuarbeiten. Das hatte darin resultiert, dass ich nach der Schule nicht nur Hausaufgaben erledigen, sondern auch proben musste. Neben meinen zwei Doppelstunden pro Woche hatte ich jeden Abend zusätzlich ein bis drei Stunden am Klavier gesessen, um eigenständig weiter zu proben. So lange, bis meine Finger wie von selbst über die Tasten glitten waren und ich die meisten Stücke im Schlaf hätte spielen können.

Dass ich dementsprechend wenig Freizeit hatte, war vielen ein Dorn im Auge gewesen, weshalb meine Beziehungen nie länger als ein paar Wochen gehalten hatten. Und ehrlich gesagt konnte ich mir nicht vorstellen, jemals jemanden zu finden, für den es in Ordnung war, dass ich nur selten Zeit hatte. Aber das war nichts, worüber ich mir jetzt den Kopf zerbrechen musste.

Ich atmete tief durch und schüttelte die Gedanken ab. Dann verließ auch ich den Kursraum.

5

Hazel

»Als Nächstes gehen wir einmal alle in den Vierfüßlerstand«, sagte die Yogalehrerin und machte die Übung auf ihrer Matte vor.

Charlotte und Mila hatten mich dazu überredet, in diesem Semester mit ihnen den Kurs zu besuchen. Da ich mich für kein anderes der Sportangebote wirklich begeistern konnte, hatte ich zugesagt, obwohl mir Yoga überhaupt nicht lag. Ich war ungelenkig und hatte immer das Gefühl, dass die Übungen bei mir alles andere als elegant aussahen. Und es war verdammt anstrengend. Keine Ahnung, warum so viele Menschen behaupteten, Yoga wäre entspannend.

Am liebsten hätte ich mich auf der Matte eingerollt und ein Nickerchen gemacht. Die letzten Tage steckten mir noch in den Knochen. Außerdem waren vorhin die ersten meiner Kartons geliefert worden, und die Spediteure hatten sie mir nicht ins Zimmer getragen. Stattdessen hatten sie sie vor dem Wohnheim aufgetürmt und mich meinem Schicksal überlassen. Also, wieso war ich noch gleich hier?

»Tief einatmen und wieder ausatmen.«

Meine Arme zitterten bereits und das, obwohl der Kurs vor gerade mal zehn Minuten begonnen hatte.

»Du bist wohl nicht sehr gut in Form«, bemerkte Charlotte kichernd. Sie hatte mir neben einer Yogamatte auch ein Set Sportkleidung geliehen.

Ich pustete mir eine Strähne aus der Stirn. »Das kannst du laut sagen. Findet ihr das wirklich entspannend?«

»Und Wechsel in den herabschauenden Hund.«

Bitte nicht.

»Du schaffst das, Hazel.« Mila wollte mich zwar anfeuern, musste sich aber das Prusten verkneifen, als ich krampfhaft versuchte, die geforderte Position einzunehmen. Das war eindeutig eher etwas für Schlangenmenschen! »Am Anfang ist es schon anstrengend, aber sobald man die Abläufe kennt, wird es deutlich angenehmer.«

»Und wie lange dauert das?«, nuschelte ich unter meinem angespannten Körper.

»Ein paar Wochen vielleicht«, sagte Charlotte.

Nur mit Mühe und Not konnte ich mir ein Aufstöhnen verkneifen. Das führte nur dazu, dass die beiden mich leise auslachten. Irgendwann würde ich es ihnen schon noch heimzahlen.

Eine Weile befolgten wir schweigend die Anweisungen der Yogalehrerin. Ich war ohnehin kaum in der Lage, nebenbei noch zu sprechen. Im Anschluss an die Stunde hatte ich den Probenraum wieder für mich allein. Ob Tristan wohl auch heute vor mir seine Übungsstunde hatte? Dann hätte ich die Gelegenheit, ihm erneut beim Spielen zuzuhören. Normalerweise war ich kein großer Fan der Geige, aber die Art, wie er das Instrument spielte, hatte fast schon etwas Hypnotisierendes. So viel Leidenschaft hatte ich selten in so wenigen Klängen gehört.

»Wieso grinst du?«, fragte Mila.

Mein Kopf schnellte in die Höhe. »Ich grinse nicht.«

»Doch, tust du«, pflichtete Charlotte ihr bei.

Zwar kannte ich die beiden kaum, aber sie waren bisher meine einzigen Verbündeten an der Rosefield. Jeder Mensch brauchte irgendwen, dem er sich anvertrauen konnte. Und ich wusste, dass ich ohne die beiden in den kommenden Jahren aufgeschmissen wäre.

»Am Montag hatte ein süßer Kerl vor mir den Probenraum. Ich habe nur überlegt, ob er heute vielleicht wieder da ist«, gestand ich leicht verlegen.

»Uhhhhh«, machten Charlotte und Mila zeitgleich.

Kopfschüttelnd betrachtete ich wieder die Yogamatte.

»Wie heißt er, wie sieht er aus, wann seht ihr euch wieder?« Mila war eindeutig ziemlich neugierig.

Schnell ging ich auf Nummer sicher, dass niemand uns belauschte, dann senkte ich die Stimme und erzählte ihnen von Tristan. Auch davon, dass er mich gestern nach dem Kurs auf einen Kaffee einladen wollte.

»Das klingt doch großartig. Wieso wolltest du dich nicht mit ihm treffen?«, fragte Charlotte ebenso leise.

Ich seufzte. »Ach, ich weiß auch nicht. Es ist das erste Semester, ich habe viel zu tun. Da habe ich für so etwas keine Zeit.«

»Blödsinn! Jeder hat Zeit für Dates.« Ein entsetzter Ausdruck lag auf Milas Gesicht. Da sie allerdings Schauspielerin war, konnte ich nicht deuten, ob sie diesen ernst meinte oder ob er lediglich aufgesetzt war. »Verheimlichst du uns etwas?«, hakte sie noch einmal nach.

Ich ignorierte ihre Frage und drückte stattdessen die Knie in die Matte. Kobra nannte die Lehrerin die Stellung, die sie gerade ausführte. Ich sagte doch, das sei etwas für Schlangenmenschen! Aber schon allein vom Zusehen tat mir alles weh, weshalb ich aufgab.

»Hazel?« Charlotte sagte meinen Namen vorsichtig, beinahe schon ehrfürchtig. Als ich ihr den Blick zuwandte, hatte sie die großen Bambiaugen weit aufgerissen.

Im Grunde war nichts dabei, wenn ich ihnen von meinem Vorhaben berichtete. Allerdings wusste ich nicht, ob ich sie damit nicht versehentlich einer Gefahr aussetzte. Da ich bisher keinen Anhaltspunkt hatte, was mit Lucy in jener Nacht wirklich geschehen war, konnte ich auch nicht ausschließen, dass mehr dahintersteckte. Etwas Großes, in das ich mich hineinstürzen wollte, ohne zu wissen, was mich am Abgrund erwartete.

Ich schluckte und schüttelte den Kopf. »Nichts, womit ich euch belasten möchte.«

»Das tust du nicht, ehrlich. Wir sind die drei Musketiere. Oder Tick, Trick und Track.« Mila lächelte.

»Ihr kennt mich erst seit ein paar Tagen. Vielleicht bin ich eine verrückte Serienmörderin.«

Mila zuckte mit den Schultern. »Gut möglich. Aber vielleicht sind auch wir verrückte Serienmörderinnen, und das würde sich wieder ausgleichen.«

Charlotte kicherte, und auch ich konnte mir ein Prusten nicht verkneifen. Es wäre fahrlässig, sie in meine Angelegenheiten reinzuziehen, aber womöglich wussten sie mehr. Sie waren schließlich schon ein Jahr an der Rosefield und konnten etwas gehört haben.

Also schluckte ich all meine Zweifel hinunter. »Das Studium ist nicht der einzige Grund, weshalb ich hier bin.« Ich hob den Kopf, um sicherzugehen, dass wir nicht belauscht wurden. Zwar schaute niemand in unsere Richtung, trotzdem waren hier zu viele Menschen.

»Wollen wir uns nach deiner Probe am Waldrand treffen?«, schlug Charlotte vor.

Das war eine gute Idee. Auf dem Gelände waren zu viele Studenten. »Perfekt, so machen wir es.«

Tristan war heute weder vor noch nach mir im Probenraum gewesen. Erstaunlicherweise hatte mich diese Erkenntnis ein wenig traurig gestimmt, obwohl das lächerlich war. Wir hatten uns schließlich erst zweimal getroffen, also wieso legte ich es so sehr darauf an, ihn wiederzusehen? Und wieso brachte allein der Gedanke an ihn mein Blut in Wallung? Ich war gegen meine Hormone machtlos!

Seit der Yogastunde waren meine Haare eine Katastrophe, weshalb ich mir zum wiederholten Mal einen neuen Pferdeschwanz band und den Pony etwas zurechtschob. Dann trat ich hinaus an die spätabendliche Luft.

Ein dichtes Wolkendach hatte sich über den Himmel gelegt, das den Eindruck vermittelte, es wäre bereits Nacht. In der Ferne ertönte das leise Grummeln eines aufziehenden Gewitters. Die Vibration spürte ich selbst unter meinen Schuhsohlen. Ich umschlang meinen Oberkörper und schloss dabei den Wollmantel um mich. Es war unüblich, dass ich ihn schon im September benötigte. Für den Winter musste ich mir also dringend einen dickeren Mantel besorgen, um nicht binnen Minuten zu einem Eiszapfen zu gefrieren.

Charlotte und Mila warteten bereits am Waldrand. Die hohen Bäume ragten hinter ihnen auf. Sie hatten schon viele Blätter verloren, denn der Herbst würde bald Einzug halten. Einzelne Nebelschwaden schlängelten sich gespenstisch zwischen Bäumen und Büschen entlang. Hätte man jetzt noch einen Wolf heulen hören, wäre die Kulisse für einen Horrorfilm perfekt. Aber mir gefiel diese düstere Atmosphäre sehr. Sie hatte etwas Melancholisches.

»Da bist du ja, hast du dich verlaufen?«, neckte Mila mich. »Oder hast du noch auf deinen Loverboy gewartet?« Sie wackelte mit den Augenbrauen, während Charlotte ihr scherzhaft gegen den Oberarm schlug und den Kopf schüttelte. Auch jetzt trug sie ein Kleid, das ihr bis zu den Knien reichte. Allmählich vermutete ich, dass sie bis auf ihre Sportsachen keine weitere Hose besaß. Mir gefiel ihr Look, da er zu ihrer feenhaften Gestalt und ihrer Porzellanhaut passte.

»Ich habe ein paar Minuten länger geprobt, da der Raum nach mir nicht mehr belegt war«, erklärte ich entschuldigend.

»Ach, schon okay, aber jetzt erzähl mal.«

Paranoid, wie ich war, blickte ich über meine Schulter. Es war zwar weit und breit niemand zu sehen, trotzdem deutete ich auf den Wald vor uns.

»Sag nicht, du willst da rein?«, fragte Charlotte unsicher und strich sich die Haare hinter die Ohren. Eine kleine Sorgenfalte zeichnete sich zwischen ihren Brauen ab.

»Ach, jetzt sei kein Schisser«, stöhnte Mila und stapfte voran. Nervös schaute Charlotte zwischen mir und ihr hin und her. Ich hob jedoch abwehrend die Hände.

Da der Himmel bedeckt war, mussten wir unsere Handytaschenlampen einschalten, um den Weg vor uns auszuleuchten. Doch der Wald war nicht annähernd so dicht, wie es aus der Entfernung den Anschein erweckt hatte. Die Bäume standen relativ licht, je weiter wir liefen. Wir folgten dem flachen Abhang. Hoch oben in den Kronen zwitscherten einige Vögel ihr leises Lied.

Die Luft war angenehm frisch. Ich atmete tief durch die Nase ein und durch den Mund wieder aus. Spürte, wie der Sauerstoff mich erfüllte und zu neuem Leben erweckte.

Eigentlich war ich nie der Mensch für Spaziergänge gewesen. Ganz im Gegensatz zu Lucy. Sie hatte es geliebt, durch die Natur zu wandern, um den Kopf frei zu bekommen. Manchmal hatte sie auf einer Klippe gestanden und sich die Seele aus dem Leib gesungen. Danach hatte sie sich stets befreit und losgelöst gefühlt.

Bei mir hatten Wanderungen den gegenteiligen Effekt. Beim Spazieren hatte ich zu viel Zeit, mir über alles Gedanken zu machen. Das führte dazu, dass ich Dinge zerdachte. Ich konnte nicht *nicht* denken. Das gelang mir nur, wenn ich am Klavier saß, die Finger über die Tasten gleiten ließ und eine Melodie spielte, die meine aktuelle Gemütslage widerspiegelte. Sobald ich all meine Gefühle an den Tasten rausgelassen hatte, ging es mir besser. Ein Spaziergang durch die Wälder würde nie eine solche Wirkung auf mich haben können.

»Wohin gehen wir eigentlich?«, fragte ich, da Mila keine Anstalten machte, stehen zu bleiben. Wir mussten mittlerweile fast am unteren Hang angekommen sein.

»Zum See. Es sind nur noch ein paar Minuten.«

Überrascht hob ich die Brauen. Ich hatte nicht gewusst, dass es in der Nähe des Universitätsgeländes ein Gewässer gab. Dieses war entweder nicht auf der Karte eingezeichnet, oder ich hatte es vollkommen übersehen.

Mila sollte recht behalten. Keine zwei Minuten später kamen wir an einem schillernden See an, der deutlich kleiner als in meiner Vorstellung war. Er ähnelte eher einem künstlich angelegten Teich, aber ich nahm, was ich kriegen konnte.

Auf einen Baumstumpf, der am dicht bewachsenen Ufer stand und die einzige Sitzmöglichkeit bot, ließ Mila sich nieder. Charlotte rümpfte die Nase, ehe sie ein paar morsche Stücke Rinde wegschnippte und sich ebenfalls setzte.

Ich überlegte, wie ich das Gespräch beginnen sollte. Man erzählte schließlich nicht jeden Tag Halbfremden davon, dass man die Befürchtung hatte, die eigene Schwester wäre ermordet worden. Und dann auch noch hier an der Universität!

Mila und Charlotte lehnten sich beide etwas nach vorn und betrachteten mich neugierig. Die Hände hatten sie ineinander verschränkt auf ihren Schoß gebettet. Glücklicherweise sagten sie nichts, sondern ließen mir Zeit, mich zu sammeln.

Ich blickte zum See, über dem sich ein sanfter Nebel sammelte. Einzelne Seerosen schwammen auf der Oberfläche, an der kleine Bläschen zerplatzten. Ein Frosch hüpfte quakend ins Wasser. In jenem Augenblick wünschte ich mir, auch ich könne vor meinen Problemen einfach davonschwimmen. Tief hinabtauchen, mich von der Dunkelheit einhüllen lassen und alle Sorgen an der Oberfläche zurücklassen. Aber das war mir nicht vergönnt. Ich musste mich meinen Problemen stellen.

Langsam drehte ich mich um. Sah Charlotte und Mila dort sitzen, nicht nur mit Neugierde im Blick, sondern ebenfalls mit einem Anflug von Entschlossenheit. Und da wurde mir klar, dass ich mich meinen Problemen zwar stellen musste, aber nicht allein.

»Meine Schwester war vor vier Jahren auch an der Rosefield«, begann ich ruhig. Da ein leichter Wind aufgezogen war, schloss ich langsam die Knöpfe meines Wollmantels. »Ihr Name war Lucy, sie hat Gesang studiert.«

»War?«, hakte Mila vorsichtig nach. »Heißt das …?« Ihre Stimme brach.

Ich nickte. »Sie ist gestorben.«

Charlotte schlug sich die Hand vor den Mund und atmete erschrocken auf. »Das tut mir so furchtbar leid, Hazel.«

Mein Mundwinkel zuckte. »Danke.«

»Was ist passiert? Also, du musst es natürlich nicht erzählen, nur wenn du mit uns darüber reden möchtest.« Zum ersten Mal seit unserem Kennenlernen klang Mila verunsichert.

»Genau darum geht es.« Noch einmal atmete ich tief durch und hob den Blick. Die Blätter raschelten im Wind, einzelne Äste wogen im Gleichtakt hin und her, als tanzten sie zu einer leisen Melodie. »Lucy ist hier an der Uni gestorben. Angeblich war es ein Unfall, aber sie war immer vorsichtig. Nie im Leben hätte sie etwas Leichtsinniges getan. Ich bin mir sicher, dass mehr dahintersteckt. Mehr dahinterstecken *muss.*«

Mein Herz klopfte wie wild, und ich zitterte am ganzen Körper. Dieses Mal aber nicht wegen der Kälte. Bisher hatte ich nur mit meinen Eltern und Johnny, meinem besten Freund aus Cardiff, über diesen Verdacht gesprochen. Anfangs hatte Johnny versucht, mir beizustehen, aber er hatte mir nie geglaubt. Etwas, das mich tief verletzt und Spuren hinterlassen hatte. Eine Zeitlang hatte auch ich gedacht, verrückt zu werden und mir das alles nur einzubilden. Schließlich war ich zum Zeitpunkt ihres Todes erst fünfzehn Jahre alt. Aber als ich mit siebzehn ein weiteres Mal den Tathergang durchgegangen war, war ich sicher gewesen, dass etwas anderes dahintersteckte.

Charlotte war die Erste, die etwas sagte. Sie stand auf, strich sich das Kleid glatt und zog mich dann fest an sich. Behutsam fuhr sie mir über den Rücken. »Das ist schrecklich, niemand sollte so etwas durchmachen müssen.« Meine Augen brannten. »Wie genau ist sie … du weißt schon?«

Langsam löste ich mich von Charlotte. Das Mitgefühl war in jedem ihrer weichen Züge zu erkennen. Sie betrachtete mich nicht, als wäre ich verrückt. Und das bedeutete mir unglaublich viel. »Sie ist angeblich mit ein paar Kommilitonen in den Glockenturm eingebrochen, um sich an House Running zu versuchen. Dabei ist ihr Sicherheitsseil gerissen, und sie ist in die Tiefe gestürzt. Die anderen wurden leicht bis schwer verletzt, nur Lucy …« Meine Atmung stockte, und mir war, als zöge sich eine Schlinge fest um meine Kehle. Ich schluckte. »Alles deutete auf einen Unfall hin, und vielleicht war es das auch. Aber irgendwer muss sie angestiftet haben, da bin ich mir sicher! Lucy hätte so etwas sonst niemals gemacht.«

Ich entfernte mich einige Schritte und rückte meinen Pferdeschwanz zurecht. Dann schloss ich die Augen und atmete tief durch. Einmal, zweimal, dreimal. Eine Atemübung meiner ehemaligen Therapeutin. Erst als ich mich bereit fühlte, meine Gedanken wieder gesammelt hatte, wandte ich mich abermals an Charlotte und Mila. Die beiden tauschten einen seltsamen Blick aus. Einer, der mir eine Sache deutlich zu verstehen gab. »Ihr glaubt mir nicht«, hauchte ich. Mein Atem bildete eine kleine Wolke, die sich mit der Luft vermischte und verschwand.

»Doch!«, stießen sie gleichzeitig hervor.

»Aber …« Mila seufzte und wickelte sich eines der bunten Bänder um den Finger. Dann kaute sie auf ihrer Unterlippe. War sie nervös?

Charlotte strich sich wieder das Kleid zurecht und setzte sich zurück auf den Baumstamm. Sie schob die Haare hinter die Ohren und schaute mich auf eine mütterliche Weise an. »An der Rosefield geht das Gerücht um, dass es eine geheime Studentenverbindung gibt. Niemand weiß, wie man sich ihr anschließt oder wer alles dazugehört. Allerdings erzählt man sich von teils waghalsigen Prüfungen, die die Anwärter absolvieren müssen. Nur wer diese besteht, hat die Möglichkeit, sich der Verbindung schlussendlich anzuschließen. Der Unfall mit dem Glockenturm ... das klingt, als könnte das eine solche Prüfung gewesen sein.«

Ich legte die Stirn in Falten. »Meinst du damit, meine Schwester wäre eine der Anwärterinnen gewesen?« Ungläubig schüttelte ich den Kopf. »Das kann nicht sein. Das hätte Lucy mir auf jeden Fall erzählt. Wir hatten keine Geheimnisse voreinander!« Meine Stimme überschlug sich, aber das war mir egal. Mein Puls raste, und ich bekam kaum mehr Luft.

Mila sprang auf und griff meinen Arm. »Hey, alles gut. Bleib ruhig. Komm, setz dich.« Sie führte mich zu dem Baumstumpf und platzierte mich neben Charlotte.

Eigentlich war ich mir immer sicher gewesen, dass Lucy mir alles erzählt hatte. Aber nun wusste ich nicht mehr recht, wo vorn und hinten war. Ja, die Zeit an der Rosefield hatte sie verändert. Sie wurde in sich gekehrter und hatte sich nicht allzu oft bei uns gemeldet. Aber an einer Eliteuniversität fehlte es an Zeit, um Kontakte zu pflegen. Das hatte ich gewusst und mir nie etwas dabei gedacht.

Doch wenn es stimmte, was Charlotte und Mila mir erzählt hatten, war es schwierig, hier Freundschaften zu schließen. Man war ziemlich auf sich allein gestellt, was schnell zur Vereinsamung führen konnte. Womöglich hatte sich Lucy die Chance geboten, der Verbindung beizutreten. Wer würde da schon ablehnen?

»Was wisst ihr noch darüber?«, fragte ich.

»Nicht viel«, entgegnete Charlotte enttäuscht. »Es wird einiges vertuscht, um den guten Ruf der Academy nicht zu beschmutzen.«

Mila brummte zustimmend. »Das stimmt. Viele Unfälle, die sich auf dem Gelände zutragen, werden vor der Öffentlichkeit verschwiegen.« Sie lehnte sich zu uns und senkte die Stimme, obwohl wir allein im Wald waren. »Ich bin mir sehr sicher, dass der Rektor einflussreiche Kontakte hat. Anders kann ich mir nicht erklären, weshalb es in den Medien nie Negativschlagzeilen gibt. Natürlich wird unter den Studenten geredet, wodurch man einiges mitbekommt. Aber noch lange nicht alles.«

»Gerade wenn es um illegale Aktivitäten geht, wird man davon kaum etwas erfahren, es sei denn, man war selbst vor Ort oder daran beteiligt.« Charlotte presste die Lippen aufeinander. »Aber ich bin mir sehr sicher, dass der Unfall deiner Schwester etwas mit der Verbindung zu tun hatte. Da sie im Geheimen agieren, haben sie bestimmt dafür gesorgt, dass niemand darüber spricht.«

»Bis Jahre später niemand mehr weiß, dass überhaupt jemals etwas passiert ist.« Mila nickte.

Eine Gänsehaut legte sich über meinen Körper, als ein hefiger Windstoß meine Haut streifte. Das Herz polterte weiter unbeständig in meiner Brust. »Also habt ihr nie von dem Unfall gehört? Ihr wusstet nicht, dass auf dem Gelände der Academy jemand zu Tode gekommen ist?«

Mila und Charlotte schüttelten beide die Köpfe. Es war unvorstellbar, dass eine solche Tragödie am Campus nicht zum Thema gemacht wurde. Vor allem, da Rektor Cavanaugh selbst Bescheid wusste. Ja, es lag einige Jahre zurück, trotzdem sollte man einem Todesfall doch gedenken. Es machte mich wütend, dass meine Schwester vergessen wurde, und das an dem Ort, an dem ich mich ihr so nah fühlte.

Doch womöglich hatten die beiden recht. Man versuchte krampfhaft, den guten Ruf zu wahren. Und sollte ich meiner Wut jetzt freien Lauf lassen, würde ich Aufmerksamkeit auf mich ziehen und damit vermutlich meine eigenen Pläne selbst vereiteln. »Habt ihr eine Idee, wie man an die Verbindung herankommen könnte?«

»Ich könnte mich mal etwas umhören«, schlug Mila vor. »Bei mir im Jahrgang gibt es einige Tratschtanten. Vielleicht weiß jemand mehr.«

»Das wäre fantastisch!«, entgegnete ich in einem Anflug von Euphorie. Dann ergriff mich allerdings Schwermut. »Aber ihr beiden müsst mir wirklich nicht helfen. Ich möchte euch in nichts reinziehen, was vielleicht gefährlich werden könnte.«

Charlotte kicherte verhalten. »Ach, so ein Quatsch! Uns passiert doch nichts.«

»Wenn diese Verbindung wirklich hinter allem steckt, wollen sie sicher nicht, dass jemand ihr kleines Geheimnis aufdeckt«, sagte ich nachdrücklich. »Dessen müsst ihr euch bewusst sein, wenn ihr einwilligt, mir zu helfen.«

Ich schaute zwischen Charlotte und Mila hin und her. Versuchte, in ihren Blicken Unsicherheit zu erkennen. Irgendetwas, das mir einen Hinweis darauf gab, dass sie ihre Entscheidung bereuten und einen Rückzieher machen wollten. Doch da war nichts. Nichts außer purer Entschlossenheit.

»Das wissen wir«, sagte Mila enthusiastisch.

Charlotte nickte. Ihre Wangen hatten sich durch die Kälte rosig gefärbt. »Wir sind vorsichtig. Und außerdem tun wir ja auch nichts Verbotenes. Ein bisschen umhören schadet niemandem.«

»Danke, ehrlich. Keine Ahnung, womit ich euch verdient habe«, sagte ich lächelnd, aber weiterhin mit einer leichten Befangenheit in der Stimme. »Aber sollte es doch gefährlich werden …«

»… bringen wir unsere Ärsche schleunigst in Sicherheit«, beendete Mila den Satz. Das wären zwar nicht unbedingt die

Worte gewesen, die ich in den Mund genommen hätte, aber die Aussage war der meinen ähnlich.

»Und zwar so schnell ihr könnt«, beharrte ich. »Und sollte ich etwas für euch tun können, egal was, dann sagt es mir. Ich stehe in eurer Schuld.«

»Vielleicht gibt es da sogar etwas.« Mila grinste breit.

Das ging schnell. »Klar, schieß los.«

Sie griff in ihre Hosentasche und holte ein Papier hervor, das sie vorsichtig auffaltete. Dann hielt sie es mir entgegen. Charlotte rutschte näher an mich heran, damit auch sie einen Blick darauf werfen konnte. Es war ein Flyer für eine Audition. »Soll ich dich hinfahren?«, fragte ich verwirrt. Ich hatte zwar keinen Wagen, aber Market Rasen war die nächstgrößere Stadt, in der es sicherlich eine Autovermietung gab.

Mila lachte und schüttelte den Kopf. Dabei spritzte mir etwas Wasser ins Gesicht, das sich in ihren Haarbändern gesammelt hatte. Es hatte zu regnen begonnen, aber da Charlotte und ich von dem Blätterdach geschützt waren, hatte ich das bis eben nicht bemerkt. »Nein, aber falls du hin und wieder Zeit findest, mich am Klavier zu begleiten, wäre das großartig.«

Perplex hob ich die Brauen. Das war alles? »Natürlich, sehr gern sogar.«

Mila quietschte. »Super, du bist die Beste.«

»Für welche Rolle möchtest du vorsingen?«, fragte Charlotte und nahm mir den Flyer ab. Bei dem Musical handelte es sich um eine Neuinszenierung von *Moulin Rouge*.

»Natürlich die Hauptrolle – Satine.«

Ich schaute Mila von oben bis unten an. Ich konnte sie mir gut in der Rolle vorstellen. Wenn man die roten Haare ordentlich frisierte und sie in ein paillettenbesetztes Corsagenkleid steckte, mimte sie die perfekte Satine.

»Du packst das. Und ich werde dir helfen, wann immer ich kann«, betonte ich noch einmal.

»Ich natürlich auch. Wir könnten zusammen Atemtechniken gegen dein Lampenfieber üben. Ich habe letztens einen interessanten Artikel darüber gelesen, der dir sicher helfen kann«, fügte Charlotte hinzu.

»Lampenfieber?«, fragte ich.

Mila seufzte. »Wenn es um Hauptrollen geht, setzt mein Hirn aus.« Damit hatte ich nicht gerechnet. Sie wirkte so lebhaft und selbstsicher, als könne niemand ihr das Wasser reichen. Aber so hatte wohl jeder von uns sein Päckchen zu tragen. »Danke jedenfalls, Mädels. Ich komme darauf zurück. Aber nun lasst uns erst mal ins Wohnheim gehen und überlegen, wie wir Hazels Rätsel am besten lösen können.«

Wir standen auf und liefen denselben Weg zurück. Nur war es mittlerweile deutlich dunkler geworden, und der Regen prasselte stark zwischen die Bäume und tränkte den erdigen Boden. Den gesamten Weg über wurde ich von einer tiefen Entschlossenheit gepackt. Es war zwar lediglich ein Anhaltspunkt, und ich konnte nicht sicher sein, dass diese mysteriöse Verbindung etwas mit Lucys Tod zu tun hatte, aber es war die einzige Spur, die wir bislang hatten. Und auch mein Bauchgefühl tanzte Samba – also war es mit Sicherheit ein erster Schritt in die richtige Richtung.

Schon der Gedanke daran ließ mein Herz ein klein wenig leichter werden.

Ich werde herausfinden, was mit dir geschehen ist. Stumm schickte ich die Worte gen Himmel, in der Hoffnung, sie würden Lucy erreichen. Nein, ich *wusste*, sie würden sie erreichen.

6

Hazel

Die Unibibliothek war das Imposanteste, was ich jemals gesehen hatte.

Ich hielt die Luft an, da ich es nicht wagte, etwas zu sagen oder zu laut zu atmen. Der hölzerne Boden war alt und konnte mal wieder eine ordentliche Politur vertragen, aber das machte wohl den Charme aus. Vorn am Eingang war der Empfang, hinter dem eine Studentin saß und auf der Tastatur vor sich tippte. Sie hatte ihre braunen Haare zu einem strengen Dutt zurückgebunden und trug die Uniform. Aber von ihrem Jackett fehlte der oberste Knopf.

Als sie den Blick hob, bedeutete sie uns, leise zu sein. Und das taten wir. Wir hatten das Mittagessen förmlich hinuntergeschlungen, um noch genügend Zeit zu haben, uns in Ruhe umzusehen und auf Spurensuche zu begeben. Zwar hatte ich keine Ahnung, wo wir anfangen sollten, aber Charlotte hatte von ein paar Büchern erzählt, in denen die komplette Geschichte der Rosefield zu finden war. Ich war nicht wirklich hoffnungsvoll, dass sich darin Informationen über die Verbindung verbargen – immerhin war sie geheim –, aber irgendwo mussten wir anfangen.

In das kuppelförmige Dach waren schmale Fenster eingelassen, durch die einzelne Sonnenstrahlen ins Innere der Bibliothek fielen. Im Licht sah ich die Staubpartikel tanzen. Da die Sonne die einzige Lichtquelle zu sein schien, war es relativ dunkel.

»Die Bücher sind nach Fachbereich sortiert«, erklärte Charlotte. »Rechts bildende und darstellende Künste, links Design und Musik. Hinten führt eine Wendeltreppe runter ins Archiv. Dort sind neben Lernräumen auch noch einzelne Bücher, die nicht ganz ins Sortiment passen, und Zeitungen.«

»Also müssen wir ins Archiv?«, fragte ich wohl etwas zu laut, da das Mädchen am Empfang den Kopf hob und mich mit finsterer Miene ansah. Sie legte sich den Zeigefinger an die geschlossenen Lippen und widmete sich erst wieder ihrer Arbeit, als sie sicher war, dass ich schweigen würde.

Mila konnte sich nur mit Mühe ein Kichern verkneifen, dann nickte sie. »Ich schätze, schon.«

Charlotte ging voran. Durch ihre zierliche Gestalt wirkte es beinahe so, als würde sie über den Boden schweben. Heute trug sie einen hochtaillierten Midirock, der mit kleinen Steinchen besetzt war. Sie funkelten in unterschiedlichen Rottönen, wann immer etwas Licht darauf fiel.

Während wir ans Ende der Bibliothek liefen, nahm ich jedes Detail in mir auf. Die massiven Regale reichten fast bis zur Decke, doch angebaute Leitern auf Rollen sorgten dafür, dass man auch die höher gelegenen Bretter erreichte.

Zwischen jeweils zwei Regalen waren Tische aus dunklem Holz, auf denen kleine sandfarbene Lampen standen. An den meisten saßen Studenten vor aufgeschlagenen Büchern und kritzelten auf ihren Notizblöcken.

Ich war zwar immer eine gute Schülerin gewesen, aber hatte mich stets zum Lernen zwingen müssen. Nur mit einem konkreten Ziel vor Augen konnte ich mich aufraffen. Da an der Rosefield nur die Besten ihres Fachgebiets studierten, war die Konkurrenz riesig. Das bedeutete, wollte ich etwas erreichen und hervorstechen, musste ich pauken. Ab nächster Woche würde ich richtig durchstarten, das schwor ich mir.

Als wir am anderen Ende der Bibliothek angekommen waren, kam ich nicht umhin, die Finger über eines der Regalbretter zu streifen. Meine Mundwinkel hoben sich. Ich fühlte mich wie Belle aus *Die Schöne und das Biest*. Für Bücherwürmer war dies das Paradies auf Erden.

Die Wendeltreppe war so schmal, dass wir nacheinander hinuntergehen mussten. Da sie aus Metall gefertigt war, vermutete ich, dass dieser Bereich erst später errichtet worden war. Er stand zumindest im Kontrast zur üblichen Bauweise der Universität. Das Metallgeländer fühlte sich kühl an, sodass mich ein Schauder durchzuckte. Ob dieser nur von der Kälte herrührte, konnte ich nicht sagen, denn es pumpte ebenfalls Adrenalin durch mich hindurch.

Es war nicht mal die Aufregung vor dem, was wir eventuell herausfinden konnten, sondern die Aufregung davor, in die Kellergewölbe hinunterzusteigen. Schon immer hatte ich mich auf magische Weise zu Lost Places hingezogen gefühlt. Ich liebte es, sie zu erkunden und hinter ihre Mysterien zu kommen. Dunkle staubige Keller? Immer her damit! Wo andere verängstigt waren, überkam mich die pure Abenteuerlust.

Da viele der Plätze nicht öffentlich zugänglich waren, hatte ich in den letzten Jahren einige Touren mit Johnny gebucht. Es waren coole Sachen dabei gewesen, aber den absoluten Adrenalinkick hatte die Übernachtung in einer verlassenen Heilanstalt geboten. Überall waren noch die alten verrosteten Gerätschaften zu finden, und kaum hatte man die Augen geschlossen, wurde man das Gefühl nicht los, beobachtet zu werden. Im Grunde war es eine pure Horrornacht – aber genau das hatte ich so geliebt!

Natürlich war das Archiv der Rosefield-Unibibliothek nicht ansatzweise so beängstigend. Der leichte Duft von Vanille hing in der Luft und rührte vermutlich von einem der Mädchen her, die an einem Tisch die Köpfe zusammensteckten und irgendwelche Aufgaben durchgingen. Den offenen Büchern vor ihnen nach zu urteilen, studierten sie ebenfalls in der Musik-Fakultät. Aber ich hatte sie bisher in keinem meiner Kurse gesehen, weshalb sie wohl mindestens ein Jahrgang über mir waren.

»Da vorn ist es.« Charlotte steuerte ein kleineres Regal in der hintersten Ecke des Archivs an. Es war gerade mal hüfthoch und beherbergte nur wenige Bücher. Sofort machte sich Ernüchterung in mir breit. Hier würden wir niemals Informationen zur geheimen Studentenverbindung finden.

Charlotte griff sich gezielt drei Bücher und nickte dann zu einem angrenzenden Raum, der mir gar nicht aufgefallen wäre. Die Tür bestand aus demselben Holz wie die Wand, weshalb sie damit verschmolz.

Mila drückte die Klinke hinunter. Dahinter lag ein winziges Zimmer, von dessen Decke lediglich eine kleine Glühbirne baumelte, die man mit einer Zugschnur einschalten musste. Als Mila daran zog, warf sie ihren kümmerlichen Kegel auf den Tisch.

Der Raum war beengend, kaum größer als fünf Quadratmeter. Es gab kein Fenster, keine Steckdosen, rein gar nichts. Lediglich einen Tisch mit zwei Stühlen und die kleine Glühbirne. Leise lehnte Mila die Tür an, anstatt sie komplett zu schließen.

»Willst du nicht zumachen?«, fragte ich etwas verwirrt.

Sie schüttelte den Kopf, doch es war Charlotte, die das Wort ergriff. »Mir wird in engen geschlossenen Räumen etwas mulmig zumute.« Verlegenheit war ihrer Stimme zu entnehmen. »Also wenn es für dich in Ordnung ist, würde ich sie gern angelehnt lassen.«

»Ja, natürlich«, sagte ich schnell. »Kein Problem!« Ich war zwar nicht klaustrophobisch, konnte aber nachempfinden, was diese beklemmende Enge mit ihr anstellen musste. Alles wirkte unheimlich, fast wie ein Verhörraum.

»Danke.« Charlotte lächelte und legte die drei Bücher auf den Tisch. Dann nahm sie sich das oberste und lehnte sich damit gegen die Wand.

»Na dann, wollen wir mal«, sagte Mila und griff sich das nächste Buch, sodass nur noch eins für mich übrig war.

»Sicher, dass du dich nicht setzen möchtest?«, fragte ich Charlotte.

Sie hob lächelnd den Kopf. »Nein, danke, ich stehe gern.« Womöglich lag das daran, dass sie im Stehen in einem Ernstfall schneller die Flucht ergreifen konnte. Aber ich hakte nicht weiter nach.

»Okay«, entgegnete ich daher bloß und ließ mich auf den freien Stuhl sinken. Dann zog ich das Buch näher an mich heran. Der dunkelrote Ledereinband war an den Kanten ein wenig ausgefranst und die goldene Schrift etwas abgeblättert. Das unterstrich, wie alt dieses Buch vermutlich war. *Rosefield Academy of Arts* stand darauf. Sehr einfallsreicher Titel.

»Das sind die einzigen drei Bücher, in denen etwas zur Geschichte der Universität zu finden ist«, erklärte Charlotte und blätterte ihre Seite um. »Ich habe sie nie durchgelesen, daher weiß ich nicht, was in welchem Buch steht. Aber wenn sich jeder von uns eins vornimmt, sollten wir schnell durch sein.«

»Klingt plausibel.« Ich öffnete die Buchdeckel und hustete. Dicke Staubpartikel wirbelten auf und drangen direkt in meine Lunge, wo sie sich festsetzten. Meine Augen tränten, und meine Kehle brannte.

»Hier«, sagte Mila und holte eine Trinkflasche aus ihrer Tasche. Sie schraubte den Deckel auf und reichte mir das Wasser.

»Mila!«, stieß Charlotte hervor. »Speisen und Getränke sind in der Bibliothek verboten!«

»Also soll Hazel lieber ersticken?« Ohne hinzusehen, wusste ich, dass Mila die Augen verdrehte.

Gierig kippte ich das Wasser hinunter, so lange, bis der festgesetzte Staub runtergespült war. Ich gab darauf acht, nichts zu verschütten, um Charlotte nicht zu verärgern. Denn allem Anschein nach meinte sie es *wirklich* ernst damit, sich an jede Regel zu halten. Klar, ich verstand, dass man in einer Bibliothek nicht essen und trinken sollte, um die Bücher nicht zu beschmutzen, was gerade bei so alten Schinken vermutlich fatal wäre. Dennoch war ihre Reaktion ein wenig übertrieben.

Als ich fertig war, schloss ich die Flasche und schob sie zurück zu Mila. »Danke.«

»Nichts zu danken.«

Dann schaute ich Charlotte an, deren Wangen leicht gerötet waren. Peinlich berührt zog sie den Kopf ein, sodass er fast in ihrer beigen Bluse verschwand. »Sollen wir dann weitermachen?«

Sie wollte wohl nicht über den Grund reden, aus dem sie sich so pedantisch an Regeln hielt. Irgendetwas musste allerdings dahinterstecken, gerade da es hier um eine Kleinigkeit wie eine Wasserflasche ging. Das war nichts, wofür man uns der Uni verweisen würde. Doch ich legte es nicht darauf an,

Charlotte noch weiter in Verlegenheit zu bringen, indem ich nachhakte, was es mit dem Verhalten auf sich hatte. Sollte sie sich je bereit fühlen, würde sie es schon von sich aus erzählen.

Von daher verdrängte ich jegliche Gedanken daran und widmete mich lieber dem Buch auf dem Tisch. Die Seiten waren vergilbt und wellten sich. Ich strich sie so glatt, wie es ging, und begann, zu lesen.

Im Grunde war es nur die trockene Entstehungsgeschichte der Universität, wie sie auch in abgespeckter Form auf der Website zu finden war. Ich überflog die ersten Seiten, weil es mich nicht wirklich interessierte. Schließlich wusste ich auch so, dass sie ihren Namen vom Gründer Merlin Rosefield erhalten hatte. Es folgte ein Abschnitt über den Architekten, den Bau, was es alles zu beachten gab und welche Schwierigkeiten es aufgrund der Lage in den Lincolnshire Wolds gab. Auch diese Passagen überflog ich nur halbherzig.

Gegen Ende des hundertfünfzig Seiten langen Buches gab es ein Kapitel über die berühmten Persönlichkeiten, die an der Rosefield studiert hatten. Es waren viele bekannte Namen, die heute auch große Förderer waren. Unter ihnen auch Fernsby und Bakersfield. Stirnrunzelnd las ich den jeweiligen Abschnitt.

Elizabeth Bakersfield und Trenton Fernsby hatten Ende des 19. Jahrhunderts an der Rosefield studiert – Elizabeth als eine der ersten zugelassenen Frauen. Während ihrer Zeit an der Universität hatten sie alle Prüfungen gemeinsam absolviert und ihr Studium jeweils mit Bestnoten abgeschlossen. Seitdem hatten Dutzende Mitglieder beider Familien hier studiert und waren zu den wichtigsten Gönnern der Universität geworden. Doch keine dieser Informationen ließen darauf schließen, dass sie eine geheime Studentenverbindung gegründet hatten.

Anschließend öffnete ich meine Tasche und holte mit zittrigen Fingern ein zerknülltes Stück Papier hervor. Ich hatte es schon länger nicht betrachtet, und eigentlich wusste ich auch so, welche Namen darauf standen. Doch das hier war zu wichtig. Ich wollte keinen Fehler begehen.

»Was ist das?«, fragte Charlotte zaghaft.

Ich schluckte und strich das Papier glatt. »Die Namen all jener, die an Lucys Unfall beteiligt waren. Vielleicht finde ich irgendwelche Überschneidungen im Buch.«

Charlotte nickte. »Das klingt nach einem guten Plan.«

Während ich die Namensliste mit denen aus dem Buch abglich, scannten auch Charlotte und Mila den Zettel. »Sagt euch einer der Namen etwas?«

Corinne Blythe, Jonas Hustler, Kaitlyn Rutherford und Henry Smith. Sie alle waren in jener Nacht dabei gewesen. Ich hatte keinen von ihnen kennengelernt, sondern nur ihre Aussagen gelesen. Ihre perfekt abgestimmten Aussagen, die beinahe wie auswendig gelernt klangen.

»Nein, tut mir leid«, sagte Charlotte. »Ich habe eine Jane Smith in einem meiner Kurse, aber sie hat meines Wissens keine Geschwister oder dergleichen. Und das ist ja auch kein seltener Nachname.«

Mila schüttelte ebenfalls den Kopf. »Ich kenne auch niemanden davon.«

Und wie zu erwarten, hatte auch ich keine Übereinstimmung gefunden. Das wäre wohl zu einfach gewesen.

Wir widmeten uns wieder den Büchern. Auch auf den darauffolgenden Seiten konnte ich nichts finden, was mich weiterbrachte, weshalb ich seufzend das Buch schloss und mich im Stuhl zurücklehnte. Die kleine Glühbirne über dem Tisch flackerte.

»Habt ihr etwas anderes entdeckt?«, fragte ich in die

Runde. Mila und Charlotte schauten mich betrübt an und schüttelten die Köpfe. »Das hatte ich befürchtet.«

Es ärgerte mich, dass wir keinen neuen Anhaltspunkt hatten. Natürlich war ich dankbar, dass ich nun von einer geheimen Studentenverbindung wusste, die eventuell etwas mit Lucys Tod zu tun haben könnte. Doch ich wusste noch immer nicht, ob sie wirklich dahintersteckte. Mein Bauchgefühl sagte mir zwar, dass die Richtung stimmte, aber ich brauchte Gewissheit. So viele Eventualitäten bereiteten mir Kopfschmerzen.

Ich massierte meine Schläfen und versuchte mich an einer regelmäßigen Atmung. Es brachte nichts, mich zu ärgern. Ich war gerade mal eine Woche an der Rosefield. Es hätte einem Wunder geglichen, hätte ich Lucys Tod binnen so kurzer Zeit aufklären können.

Noch einmal atmete ich tief durch, ehe ich einen Blick auf die Uhr warf. Der Unterricht würde jeden Moment beginnen. Von daher war es ohnehin an der Zeit, zu gehen. Ich legte es nicht darauf an, zu spät zu kommen.

»Wollen wir los?«, schlug ich vor.

Charlotte und Mila schlossen ebenfalls die Bücher. Wir brachten sie zurück an ihren Platz, ehe wir aus der Bibliothek traten und unsere Kursräume ansteuerten. Als der erste Gong ertönte, beschleunigte ich meine Schritte und rannte um die Ecke. Gerade noch rechtzeitig kam ich in meinem nächsten Kurs an.

7

Tristan

Ich schaute zur Tür.

In einer Minute würde es klingeln. Ob Hazel es sich anders überlegt hatte? Es war ohnehin ungewöhnlich, dass jemand aus dem ersten Semester am fortgeschrittenen Kurs teilnehmen durfte. Womöglich empfand sie ihn doch als zu schwierig und wollte sich nicht übernehmen.

Keine Ahnung, weshalb sie mir nicht aus dem Kopf ging. Vielleicht wegen der Abfuhr, die sie mir nach der letzten Stunde erteilt hatte. Sie hatte nicht den Anschein erweckt, es böse zu meinen, trotzdem hatte es an mir genagt.

Und ich hatte keine Ahnung, warum es mich nervös machte, dass sie noch nicht hier war. Im Grunde konnte es mir egal sein. Spätestens am Montag würden wir uns eh sehen, da sie nach mir den Probenraum hatte. Sollte ich es überhaupt darauf anlegen, sie wiederzusehen. Was definitiv nicht der Fall war! Ach, wem machte ich hier eigentlich etwas vor?

Als Mr Price gerade dabei war, die Tür zu schließen, kam Hazel keuchend im Rahmen zum Stehen. Sie hielt sich die Seite, mit der anderen Hand strich sie ihren Pony glatt.

»Entschuldigen Sie bitte die Verspätung«, sagte sie. Dann

glitt ihr Blick über unsere Kommilitonen. Als sie mich direkt ansah, kam sie lächelnd auf mich zu. Ehe sie sich setzte, richtete sie ihren hochgeschlossenen Strickpulli, der ihr beim Rennen verrutscht sein musste.

Sie trug eine interessante Kombination. Während ihr Oberkörper nach Winter schrie, ließen ihre weiten beigen Shorts eher auf sommerliche Temperaturen schließen. Bei genauerer Betrachtung ihrer Beine fiel mir auf, dass sie eine Strumpfhose darunter trug. Daher fror sie vermutlich nicht. Verdammt, was war los mit mir? Hatte ich gerade allen Ernstes ihre Beine abgecheckt? Ich konnte nur hoffen, dass sie das nicht bemerkt hatte und mich jetzt für aufdringlich hielt.

»Hi«, sagte ich, nachdem Hazel sich hingesetzt hatte.

Dem Lächeln auf ihren Lippen nach zu urteilen, hatte sie mein Starren nicht bemerkt. Sie sah verdammt süß aus, wenn sie lächelte. Ihre Wangen waren leicht gerötet, und ein Funkeln lag in ihren großen grünbraunen Augen. Mit der Zunge befeuchtete sie ihre rosigen Lippen. »Hey.«

Bevor ich noch etwas sagen konnte, läutete Mr Price die Stunde ein. Aber ich hörte ihm nicht zu. Im Gegensatz zu Hazel, die wieder jedes seiner Worte mitschrieb, obwohl ich ihr am Dienstag bereits gesagt hatte, dass sie die Notizen auch online einsehen konnte. Ab und zu zog sie die Stirn kraus, wobei sich eine kleine Falte zwischen ihren Brauen bildete.

»Was ist?«, flüsterte sie und hörte abrupt auf, zu schreiben. Stattdessen musterte sie mich, wobei sich Verwunderung auf ihrem Gesicht abzeichnete.

»Nichts«, gab ich unbeirrt zurück.

»Wieso starrst du dann schon wieder so?«

»Pscht!« Clay drehte sich aus der ersten Reihe zu uns um

und legte sich den Zeigefinger an die Lippen. Er war ein Einserstudent, aus dem auf jeden Fall etwas werden würde. Schon im letzten Jahr hatte ich ihn nie ohne ein Buch vor der Nase gesehen. Trotzdem sollte er das Leben lieber ein bisschen genießen. Wir waren jung – eine Party hin und wieder schadete nicht. Aber wann immer jemand eine geschmissen hatte, war er nie aufgetaucht.

Clay drehte sich zurück nach vorn. Ich lehnte mich zu Hazel rüber, der ich noch immer eine Antwort schuldig war. Erwartungsvoll schaute sie mich an. »Es ist süß, wie konzentriert du mitschreibst.«

Bei meinen Worten zog sie den Kopf ein, sodass dieser beinahe in ihrem Pulli verschwand. Die Röte auf ihren Wangen nahm zu. »Aha, okay«, war alles, was sie erwiderte. Dann senkte sie den Blick und betrachtete wieder starr das Papier vor sich.

Ich hatte sie in Verlegenheit gebracht. So hatte ich sie nicht eingeschätzt. Bisher hatte sie kess und selbstsicher gewirkt, was sie vermutlich auch war. Trotzdem hatte ich es geschafft, sie zum Erröten zu bringen, was mich freute. Irgendwas stimmte offenbar nicht mit mir.

Zwar hatten wir erst wenige Worte miteinander gewechselt, aber Hazel war … anders. Viele der Mädchen an der Rosefield waren gut situiert und ließen das heraushängen. Die Arroganz, die manche von ihnen an den Tag legten, war anstrengend. Sie dachten, nur weil ihre reichen Eltern der Uni viel Geld spendeten, konnten sie sich alles erlauben. Was gewissermaßen auch der Wahrheit entsprach, trotzdem widerte es mich an.

Hazel schien hingegen ein gewöhnliches talentiertes Mädchen zu sein, das hier war, weil es etwas erreichen wollte. Aber das war nicht alles. Eine mystische Aura umgab sie, als hätte sie ein Geheimnis, das es zu ergründen galt. Damit erinnerte sie mich an mich selbst. Nur die wenigsten wussten, was wirklich bei mir los war. Josh war der Einzige, mit dem ich über private Angelegenheiten sprach und bei dem ich wusste, dass meine Geheimnisse sicher waren.

Ich legte es auch nicht darauf an, mich jemand anderem zu öffnen, trotzdem wollte ich um jeden Preis wissen, was in Hazels hübschem Kopf vor sich ging. Seit Addy vor zweieinhalb Jahren abgehauen und dem New York Orchestra beigetreten war, hatte niemand mehr mein Interesse geweckt. Addy und ich waren vier Jahre ein Paar gewesen, und sie hatte mir ganz schön den Kopf verdreht. Es war etwas naiv von mir gewesen, zu glauben, dass unsere Beziehung eine Zukunft haben könnte, aber ich hatte es gehofft. Als sie während der schwierigsten Phase meines Lebens ohne zu zögern gegangen war, hatte ich mir geschworen, mich aufs Studium und meine Karriere zu konzentrieren. Niemanden mehr an mich heranzulassen …

Und nun war da Hazel. Hazel, die mir eine Abfuhr erteilt hatte. Sie hatte keinen Bock, mich kennenzulernen, ich sollte es also einfach auf sich beruhen lassen. Doch dann erzählte Mr Price von der Semesterabschlussprüfung.

»Die Paare sollten aus je zwei Personen mit unterschiedlichen Instrumenten gebildet werden. Bis zum Ende des Semesters haben Sie Zeit, ein gemeinsames Stück zu komponieren. Die Vorgaben sind wie folgt.« Ein paar Minuten lang listete Mr Price unzählige Regeln für die Prüfung auf, aber ich hatte abgeschaltet. Das konnte ich auch nachher noch nachlesen.

Joanna drehte sich zu mir um. Sie biss sich auf die Unterlippe und nahm eine Strähne zwischen die Finger. Viele Kerle würden alles dafür geben, bei ihr zu landen. Dass ich kein Interesse an ihr hatte, ärgerte sie. Aber mich konnte sie mit ihren Spielchen nicht für sich gewinnen. Und auch das viele Geld ihrer Eltern war mir egal. Damit konnte sie sich einiges erkaufen, aber sicher nicht mein Interesse. Sie spielte wie Hazel Klavier, aber ich würde es nicht aushalten, mit Joanna zusammenzuarbeiten.

»Wenn Sie bereits wissen, mit wem Sie ein Paar bilden möchten, können Sie es mir mitteilen.« Mr Price schaute in die Runde. Hazels Blick haftete auf ihren Notizen vor sich. Jetzt oder nie. Ich hob die Hand. »Ja, Mr McKee?«

»Ich würde die Prüfung gern mit Hazel absolvieren.« Ihr Kopf schnellte in meine Richtung, wobei der blumige Duft ihres Parfüms oder Shampoos zu mir herübergetragen wurde. Ihre Augen waren aufgerissen – eine Mischung aus Entsetzen und Überraschung war darin zu erkennen. Etwas leiser an sie gewandt, sagte ich: »Oder möchtest du lieber mit jemandem wie Nicole arbeiten? Dann kann ich das auch gern zurücknehmen.«

Sie presste die Lippen aufeinander und kniff die Augen zusammen. In jenem Moment hatte sie Ähnlichkeit mit einer Raubkatze. Einem Luchs, der zugleich elegant und wunderschön, trotz allem aber auch gefährlich war. Doch dies war eine Gefahr, der ich mich nur allzu gern stellen würde.

Ihr Blick glitt an mir vorbei. Ich folgte ihm und drehte mich in meinem Stuhl, sodass ich sehen konnte, wen Hazel anschaute. Es war Joanna, deren pures Entsetzen in jedem ihrer Züge deutlich zu erkennen war. Und irgendwie änderte das etwas an Hazels Mimik. Das raubtierhafte Funkeln verschwand, stattdessen kräuselten sich ihre Mundwinkel, und sie nickte. Ich atmete erleichtert auf.

»Ja, teilen Sie mich mit Mr McKee ein.« Mr Price notierte sich unsere Namen und fuhr dann mit dem Rest des Kurses fort. »Nächstes Mal wäre es nett, mich vorher zu fragen«, zischte sie. Sie versuchte, verärgert zu klingen, aber es gelang ihr nicht, zumindest nicht mehr.

»Sorry. Wäre ich Joanna nicht zuvorgekommen, hätte sie mich noch an sich gekettet. Und du kannst mir glauben, die wird man so schnell nicht wieder los.«

Hazel erstickte ihr Lachen hinter der Hand. »Ja, ihr Gesicht war zum Schießen.« Dann räusperte sie sich und setzte wieder eine ernste Miene auf. »Trotzdem. Vielleicht hätte ich ja doch lieber mit wem anders arbeiten wollen. Clay hätte sich als Partner sicher auch gut gemacht.«

Ich lehnte mich im Stuhl zurück und verschränkte die Arme vor der Brust. Hazels Blick huschte zu meinem Unterarm. Sie legte die Stirn in Falten. Als mir klar wurde, dass sie versuchte, meine Tätowierung zu entziffern, rollte ich langsam die Ärmel runter. Ich wollte nicht, dass sie fragte, wofür es stand. Sonst müsste ich sie entweder vertrösten oder ihr Dinge sagen, über die ich nicht mit ihr sprechen wollte. Beides war keine Option für mich. Ich könnte sie auch belügen und behaupten, dass mir das Motiv einfach gefiel, aber etwas hielt mich davon ab. Ich *wollte* sie nicht belügen.

»Wann starten wir?«, fragte Hazel plötzlich.

»Womit?«

»Mit der Komposition. Gleich heute oder warten wir noch?«

Ich lachte dumpf. »Ganz schön enthusiastisch.«

»Ich will es einfach schnell hinter mich bringen.« Sie schob sich eine losgelöste Strähne hinters Ohr. Es war eine einfache kleine Bewegung, die bei ihr allerdings so elegant aussah, dass ich ihr Stunden dabei hätte zusehen können.

»Wie wär's mit nächster Woche?«, schlug ich vor. »Wir können unsere Stundenpläne abgleichen und dann einen Termin festmachen.«

Das Lächeln auf ihren Lippen wurde strahlender, genau wie der Grünton in ihren Augen. »Das klingt nach einer guten Idee. Lass uns das Montag oder nach der nächsten Stunde machen. Jetzt muss ich gleich weg.« Während sie das sagte, packte sie bereits ihre Sachen und warf die Unterlagen in ihre Tasche. »Wir sehen uns.« Sie hob die Hand und huschte aus dem Kursraum.

Irritiert blicke ich ihr hinterher. Ein bisschen hatte ich das Gefühl, sie wäre vor mir geflüchtet. So wie auch schon in der vergangenen Stunde. Aber vielleicht hatte sie es wirklich nur eilig. Wohin sie wohl musste? Freitags war dies der letzte Kurs, nach 4 Uhr nachmittags fand kein Unterricht mehr statt. So hatten die Studenten genug Zeit, übers Wochenende zu ihren Freunden oder Familien zu fahren. War sie verabredet?

Shit, ich sollte echt damit aufhören, weiter über sie nachzudenken. Ich hatte keine Zeit für so etwas. Nicht nur, weil das zweite Jahr noch mal deutlich härter war als das erste, sondern auch, weil ich einen Plan hatte. Und dieser bedurfte all meiner Aufmerksamkeit. Ich konnte es mir nicht erlauben, mich ablenken zu lassen. Ganz egal, wie verdammt schön ihre Augen mit den dichten Wimpern waren.

»Was sollte das denn?« Joannas schrille Stimme drang an meine Ohren.

»Was meinst du?« Natürlich wusste ich, wovon sie sprach, aber das brauchte sie nicht zu wissen.

Sie riss die braunen Augen auf, starrte mich erst in Grund und Boden und deutete dann auf den nun leeren Platz neben mir. »Das da!? Du und ich wären so ein großartiges Team. Willst du dir von so einem Erstsemestler echt die Noten versauen lassen?« Sie verdrehte die Augen und schüttelte den Kopf.

»Eher im Gegenteil. Wäre sie nicht wirklich gut, wäre sie nicht in diesem Kurs.« Ich zuckte mit den Schultern. »Ich wollte mir nur einen Vorteil verschaffen.« Das war gelogen, aber Joannas Haltung entspannte sich direkt. Ihr fiel nicht einmal auf, dass ich sie mit dieser Aussage indirekt beleidigt hatte.

»Ach! Na dann ist alles gut. Hast du Lust, übers Wochenende mit nach London zu kommen?«, säuselte sie und zwirbelte sich dabei wie immer eine ihrer roten Strähnen um den Zeigefinger. Ich fragte mich, bei wie vielen Kerlen sie damit schon gelandet war.

»Wir haben eine Familienfeier. Vielleicht nächstes Mal.«

Schmollend schob Joanna die Unterlippe vor. »Kannst du das nicht sausen lassen, Darling?«

»Leider nicht, sorry.«

Sie seufzte so theatralisch, dass ich vermutete, sie wäre in der Schauspielfakultät besser aufgehoben. »Solltest du es dir anders überlegen, ruf an. Zu jeder Tages- und Nachtzeit.« Joanna zwinkerte, dann wandte sie sich endlich von mir ab.

Ich warf mir die Tasche über die Schulter und ging in Richtung Tür. Aber nicht, ohne vorher noch einmal zu dem Platz zu schauen, auf dem Hazel gesessen hatte. Ich war echt am Arsch.

8

Hazel

Das Wochenende war anstrengend gewesen. Ich hatte nicht nur unfassbar viel Stoff der ersten Unterrichtswoche nachgearbeitet, sondern endlich auch ausgepackt. Seit meine Umzugskartons am Mittwoch angekommen waren, hatten sie unbeachtet in meinem Zimmer gestanden. Ich hatte es einfach nicht geschafft, sie vorher auszuräumen.

Nun hatte ich es mir allerdings so kuschelig wie möglich eingerichtet. Meine Lieblingsbücher waren ordentlich in das Regal einsortiert, und ich hatte eine meiner Lichterketten an die Böden geklebt, sodass eine gemütliche Atmosphäre entstand. Eine weitere Lichterkette hatte ich am Sekretär befestigt, eine dritte an meinem Bett und eine vierte am Fensterbrett. Es war ziemlich offensichtlich, dass ich lichterkettensüchtig war. Aber für mich gab es kaum etwas Schöneres, abseits vom flackernden Kerzenschein.

Vorsichtig platzierte ich Jurob auf meinem Kopfkissen. Die kleine Robbe sah noch aus wie neu, außer dass ihr Fell etwas verklebt war, denn nach Lucys Tod hatte ich mehr als einmal den Kopf darin vergraben und meinen Tränen freien Lauf gelassen. Ihn nun hier zu haben, ließ mich wehmütig werden – ein süßer und zugleich bitterer Schmerz –, denn er erinnerte mich an meine Schwester. Zwei Jahre vor ihrem Tod waren wir gemeinsam auf der Kirmes gewesen. Dort hatte es einen Automaten gegeben, aus dem man sich Pokémon-Kuscheltiere angeln konnte. Eigentlich wollte ich unbedingt Schiggy haben, da er auf meinem Gameboy immer mein Starter-Pokémon war. Leider wurde es nur Jurob, aber die dicke weiße Robbe mit ihren großen schwarzen Glubschaugen war auch niedlich. Lucy hingegen hatte sich mit Mauzi zufriedengeben müssen. Sie war alles andere als begeistert gewesen, was man ihr nicht verdenken konnte. Schließlich war Mauzi das wohl schusseligste Pokémon und keines, mit dem man unbedingt im Bett kuscheln wollte.

Lächelnd strich ich über Jurobs Fell. Es waren solche Erinnerungen, die mich an meinem Plan festhalten ließen.

Ich setzte mich auf die Bettkante und blickte durchs Zimmer. Es war schon vorher wirklich schön eingerichtet gewesen. Die Rosefield gab sich in jedem Fall Mühe, dafür zu sorgen, dass sich ihre Studenten wohlfühlten. Aber Sichwohlfühlen und Sich-wie-zu-Hause-Fühlen, waren zwei grundverschiedene Dinge. Natürlich würde es noch eine ganze Weile dauern, ehe ich von diesem Ort als mein Zuhause sprechen konnte, aber für den Moment war ich so zufrieden, wie ich es nur sein konnte.

Beim Dekorieren hatte ich mich an dem etwas älteren Stil der Inneneinrichtung orientiert. Die dunklen Holzmöbel versprühten so viel Charme, dass ich das nicht durch pinke oder glitzernde Accessoires kaputt machen wollte. Deshalb hatte ich mich überwiegend für Erd- und Herbsttöne entschieden, die eine wohlige Wärme ausstrahlten.

Der einzige Farbtupfer waren die hellblauen Kissen auf dem Fensterbrett. Ich konnte es schon jetzt kaum erwarten, mich dort mit einer Tasse heißer Schokolade einzukuscheln und eines meiner liebsten Werke von Edgar Allan Poe zu lesen. Dabei die ruhigen Töne klassischer Musik im Hintergrund und der Regen, der leise gegen das Fenster prasselte. So stellte ich mir den Himmel auf Erden vor.

Behutsam setzte ich einen Schritt vor den anderen, inspizierte mein Zimmer aufs Genaueste, um sicherzugehen, dass jetzt alles so eingerichtet war, wie es mir gefiel. Lediglich die Pappkartons wollten noch zum Müll gebracht werden. Doch erst mal musste ich Mila und Charlotte fragen, wo sich dieser befand, denn die Mülleimer wurden alle zwei Tage geleert, während wir im Unterricht waren. Zur selben Zeit wurde auch das Toilettenpapier aufgefüllt und die Handtücher gewechselt, und alle zwei Wochen bekamen wir neue Bettbezüge.

Das waren allerdings die einzigen Annehmlichkeiten, die wir genossen, was aber auch mehr als genug war. Schließlich waren wir alle erwachsen und durchaus in der Lage, selbst für Ordnung zu sorgen. Doch wenn man Zigtausende Pfund für ein Semester zahlte, gehörte dieser kleine Luxus wohl dazu.

Jedes der drei Wohnheime hatte im Keller einen großen Hauswirtschaftsraum mit mehreren Waschmaschinen und Trocknern, die wir jederzeit verwenden konnten. Außerdem einen kleinen Fahrradkeller, der aber nur von den wenigsten genutzt wurde.

Eine Kammer mit Reinigungsmitteln, Mopps und Staubsaugern befand sich auf jeder Etage und war ebenfalls bis 22 Uhr frei zugänglich. Danach herrschte Nachtruhe, an die sich die meisten auch hielten. Lediglich an einem Tag hatte ich noch bis nach Mitternacht Musik von oben durch die Decke gehört. Aber sie war so leise und entspannend gewesen, dass ich mich nicht daran gestört hatte.

Völlig erschöpft vom Einrichten warf ich mich rücklings auf die Matratze und schloss für einen Moment die Augen. Mir tat alles weh. Noch viel mehr beim bloßen Gedanken daran, dass in drei Tagen wieder Yoga mit Mila und Charlotte auf dem Plan stand. Ich hatte die letzte Trainingsstunde kaum verarbeitet. Mir schmerzten Muskeln, von deren Existenz ich nicht mal gewusst hatte! Ich hoffte, die beiden würden recht damit behalten, dass ich mich an die Beschwerden gewöhnen und es bald als Entspannung ansehen würde. Dass ich nicht lache!

Gerade als ich schon dabei war, ins Land der Träume abzudriften, ertönte ein schriller Anrufton aus meinem Laptop, den ich vorhin aufs Bett geworfen hatte. Ich drehte mich auf die Seite und sah, dass es Mum und Dad waren.

Schnell setzte ich mich auf, strich mir die Haare glatt und nahm den Anruf entgegen. Es dauerte einen Moment, bis die Verbindung aufgebaut war, dann blickte ich in die strahlenden Gesichter meiner Eltern.

»Hazel, wie schön, dich zu sehen.« Mum lächelte breit, aber Schatten lagen unter ihren Augen. Vermutlich hatte sie sich in der vergangenen Woche wieder völlig überarbeitet. Sie war als Bürokraft in einer Baufirma tätig, und wann immer ein Großprojekt anstand, zwang ihr Chef sie, bis in die Nacht zu schuften.

Dad hatte ihr schon mehrfach gesagt, dass sie für diesen Halsabschneider nicht arbeiten müsste. Wir hätten es auch ohne ihr zusätzliches Gehalt geschafft. Aber davon wollte sie nichts wissen. Mum gehörte zu der Sorte Menschen, die für ihr Geld hart arbeiteten, auch wenn es trotz allem nur gerade so reichte.

Deshalb waren Lucy und ich darauf angewiesen gewesen, zumindest ein Teilstipendium für die Rosefield zu bekommen. Denn eine solch renommierte Eliteuniversität war teuer. Ich hätte meinen Eltern nie einen Vorwurf gemacht, wäre es nicht möglich gewesen, Lucy und mich hierherzuschicken, denn sie rissen sich wirklich den Allerwertesten auf.

»Es freut mich auch, euch zu sehen. Wie geht es euch?«

»Du fehlst uns«, sagte Dad und zog eine schmerzverzerrte Grimasse. Das Strahlen, das ich in seinen Augen so sehr liebte, war fort. Stattdessen schienen sich triste graue Wolken über das Blau gelegt zu haben. »Aber ansonsten geht es uns gut.«

»Nur müssen wir uns erst daran gewöhnen, dass es nur noch wir beide sind.« Mum presste die Lippen aufeinander und legte ihren Kopf auf Dads Schulter. Ihre leicht ergrauten Haare fielen ihr in die Stirn.

»Ja, ihr fehlt mir auch«, entgegnete ich wahrheitsgemäß. Zwar genoss ich die Zeit hier durchaus, aber wir waren immer eine große glückliche Familie gewesen. Nun ja, zumindest bis … Ich schluckte. »Sobald ich mich eingelebt habe, komme ich euch bestimmt besuchen, spätestens in der vorlesungsfreien Zeit. Oder ihr kommt her. Wobei es strenge Regeln gibt, die Übernachtungsgäste nicht mal nach Vorankündigung genehmigen.«

Mum schmunzelte. »Das wissen wir noch von Lucy.« Bei ihren Worten zuckte Dad zusammen. Er sprach nicht gern über meine Schwester. Eigentlich hatte er in all den Jahren so gut wie nie über sie gesprochen. Auch ihr Zimmer hatte er seit ihrem Tod nicht mehr betreten. Alles war noch genau so wie an dem Tag, an dem sie nach Rosefield aufgebrochen war. Zumindest fast. Zweimal hatte sie mich gebeten, hineinzugehen und ihr etwas nachzuschicken, aber das zählte nicht.

»Wie ist es so? Sind deine Zimmergenossinnen nett zu dir?« Der fürsorgliche Klang von Mums Stimme ließ sie mich gleich noch mehr vermissen, als ich es ohnehin schon tat. Ein hoffnungsvolles Schimmern lag in ihren grünbraunen Augen, die ich von ihr geerbt hatte.

Ich schob den Laptop auf meinem Schoß zurecht. Die Lüftung war verstopft, weshalb das Gerät mittlerweile schnell heiß lief. Bei Gelegenheit musste ich mich darum kümmern. »Ja, die beiden sind super. Charlotte studiert Fashion Design und achtet darauf, dass wir uns an die Uniordnung halten. Mila studiert Musical und Show … ihr könnt euch also vorstellen, was für ein Wirbelwind sie ist.«

Mum kicherte leise. »Läuft sie so wie Lucy früher immer durch die Wohnung und singt?«

Erneut zuckte Dad zusammen. Ich hoffte inständig, dass es ihm irgendwann gelingen würde, insoweit darüber hinwegzukommen, dass man wenigstens ihren Namen aussprechen konnte. Aber ich vermutete, dass er noch Zeit brauchte. Oder eine Antwort auf die Frage, die fortwährend im Raum stand: War ihr Tod wirklich nur ein Unfall? In der kommenden Woche würde ich nach weiteren Hinweisen suchen und hoffentlich der Antwort bald ein großes Stück näher sein.

»Genau!«, erwiderte ich und schloss mich Mums Kichern an. »Die ersten beiden Tage war es schon etwas gewöhnungsbedürftig, von ihrem Gesang geweckt zu werden, aber jetzt kann ich kaum noch ohne.«

»Es ist schön, dass du neue Freundschaften geschlossen hast.«

Dad nickte. »Das finde ich auch.«

»Danke.«

Noch eine Weile unterhielten wir uns über die erste Uniwoche. Meine Eltern waren schon immer gut darin gewesen, mir Mut zuzusprechen. Zwar hatte ich ein schlechtes Gewissen, ihnen nicht die ganze Wahrheit sagen zu können, aber ich wusste genau, wie sie darauf reagieren würden, sollten sie erfahren, dass ich gemeinsam mit meinen Zimmergenossinnen auf Spurensuche ging. Sie hatten mich vor meiner Abreise aus Cardiff noch einmal darum gebeten, es gut sein zu lassen. Und ich hatte es ihnen versprochen. Doch das war mehr Dad zuliebe gewesen, weil er das Thema verdrängen wollte. Aber ich hatte keine Wahl. Ich musste den Plan verfolgen, um nicht selbst früher oder später durchzudrehen.

Es waren einfach zu viele umherkreisende Gedanken. Zu viele Szenarien, die sich immer und immer wieder vor meinem geistigen Auge abspielten. Ich brauchte Antworten.

»Kommst du über meinen Geburtstag zu Besuch?«, fragte Mum gegen Ende des Gesprächs.

Seufzend lehnte ich mich noch etwas weiter in meinem Kissen zurück, das unter meinem Gewicht nachgab und mich in seine flauschige Umarmung zog. Dann schüttelte ich langsam den Kopf. »Ich würde gern, aber ich denke nicht, dass ich das schaffe.«

Mum senkte ihre Mundwinkel, und ihre Augen begannen, glasig zu schimmern. »In Ordnung.«

»Spätestens über Weihnachten bin ich aber auf jeden Fall da!«, sagte ich schnell, um sie zumindest ein wenig aufzuheitern. »Im Kompositionskurs müssen wir jedes zweite Wochenende arbeiten, daher komme ich hier in nächster Zeit erst mal nicht weg.«

»Das verstehen wir natürlich«, sagte Dad und legte seine Hand auf Mums.

Sie nickte. »Ja, die Uni geht vor. Wir möchten schließlich nicht, dass du unseretwegen den Unterricht schleifen lässt.«

»Danke für euer Verständnis«, erwiderte ich lächelnd. Ich wusste, wie schwer es ihnen fiel, dass ich nicht da war. Dass ich nun Mums runden Geburtstag verpassen würde, war auch für mich kein Leichtes. Aber wollte man etwas erreichen, kam man nicht umhin, manch ein Opfer zu bringen. »Ich muss mich jetzt auch allmählich fertig machen.«

»Natürlich, es ist schon spät. Solltest du etwas brauchen, melde dich.«

»Mach ich. Gute Nacht.«

Mum und Dad winkten in die Kamera, ehe sie den Anruf beendeten und das Display schwarz wurde. Ich schloss den Laptop und stellte ihn zur Seite.

Ein Kloß setzte sich in meiner Kehle fest, sodass ich die Lider senkte und langsam bis zehn zählte. Meine Eltern fehlten mir schrecklich. Das Telefonat hatte mir dies noch mal bewusster gemacht. Ich hasste es, dass uns so viele Kilometer voneinander trennten und ich sie nicht mal eben kurz besuchen konnte. Aber ich war erwachsen, und sollte ich je eine berühmte Konzertpianistin werden, wäre ich ohnehin öfter im Ausland unterwegs. Dies war also die perfekte Gelegenheit, sich schon mal an den Gedanken zu gewöhnen. Ich musste es als Übung für später betrachten.

Nichtsdestotrotz tat es mir weh, dass sie nun komplett allein waren. Nach Lucys Tod hatten wir uns geschworen, immer füreinander da zu sein. Natürlich würden wir das weiterhin sein … wenngleich auch nur aus der Ferne.

Ich atmete noch einmal tief durch und versuchte, die trüben Gedanken zu vertreiben. Dann schwang ich die Beine aus dem Bett, um mich für die Nacht fertig zu machen. Doch vorher stand noch eine Runde Mario Kart mit Charlotte und Mila auf dem Plan. Schließlich brauchte ich eine Revanche nach meinem peinlichen Abgang vorige Woche!

9

Hazel

Wie von selbst glitten meine Finger über die Tasten. Die Musik floss durch mich hindurch, ließ mein Innerstes freudig tanzen. Es war ein berauschendes Gefühl, beinahe so, als könnte ich alles erreichen. Meine Gedanken waren leer, all die Negativität wie weggespült. Es gab nur mich und die Musik.

Zum Abschluss der Stunde im Probenraum spielte ich eine meiner eigenen Kompositionen. *Lucys Song*. Ich hatte ihn kurz nach ihrem Tod komponiert. Ein Lied, das ihr innerstes Wesen widerspiegelte und meine Erinnerungen an sie am Leben erhielt. Das Stück begann mit einem C-Dur-Akkord, eine Tonart, die häufig von Anfängern verwendet wurde, da sie in der Notenschrift ohne Generalvorzeichen, also Kreuz oder Be, auskam und somit leicht zu lesen war. Ich war zwar schon lange keine Anfängerin mehr, aber der helle Klang der Tonart eignete sich hervorragend als Einstieg meiner Komposition. Denn die Geschichte, die ich mit dem Stück erzählte, begann mit Lucy als junges Mädchen. Sie war ein quirliges Kind, was ich durch eine schnelle Melodie mit abgehackten Übergängen darstellte. Ich lächelte.

Nach drei Minuten wechselte die Tonart, denn das Stück neigte sich dem Ende zu. Dem Tag, an dem unser Leben sich für immer verändert hatte. Die Melodie wurde langsamer, ich spielte leiser, die Klänge ausdrucksstarker, weicher. Ich hielt die Augen geschlossen, legte alles, was ich hatte, und noch so viel mehr in das Stück.

Man sollte meinen, dass es mich traurig stimmte, dieses Lied zu spielen, aber das Gegenteil war der Fall. Meine Mundwinkel hoben sich immer weiter, je näher ich dem Ende kam.

Mit diesem Stück verband ich nicht nur Lucys Tod, sondern all die schönen Augenblicke, die wir miteinander erlebt hatten. Wie es bei Geschwistern üblich war, gab es auch bei uns ab und zu Streitigkeiten, doch diese hatten wir meist schnell beiseitegeschoben und einander verziehen. Es war kaum möglich, immer einer Meinung zu sein, und das mussten wir auch nicht. Solange wir nie aus den Augen verloren, wie sehr wir einander liebten. Das hatten wir getan. Und das tat ich noch heute.

Auch als der letzte Ton verklungen war, öffnete ich die Augen nicht gleich. Stattdessen ließ ich die schönsten Erinnerungen noch einmal Revue passieren.

»Kein Wunder, dass Rektor Cavanaugh dir erlaubt, den fortgeschrittenen Kurs zu besuchen.« Tristans Stimme katapultierte mich zurück in die Realität. Ich war zwar froh darüber, dass er hier war, hätte mir aber trotzdem noch einen Moment allein mit den Gedanken an Lucy gewünscht.

Ich hob die Lider und drehte mich zur Tür, in der Tristan lässig mit vor der Brust verschränkten Armen lehnte. »Danke.«

Das breite Lächeln, das sich um seine vollen Lippen legte, war ansteckend. »Ich bin froh, dass wir das Projekt gemeinsam angehen. Wir werden ein gutes Team sein.« Er strich sich seine dichten Haare nach hinten und trat in den Probenraum. Wir hatten vorhin abgemacht, dass er nach meiner Stunde herkam, damit wir unsere Stundenpläne abgleichen und Termine für die Arbeit finden konnten.

In den letzten neunzig Minuten hatte Tristan sich umgezogen. Er trug einen hellbraunen Strickpulli und eine dunkle Chinohose, die ihm ganz hervorragend stand. Seinen Wollmantel hatte er sich mit einer Hand über die Schulter geworfen. Im Gebäude war es warm genug, eine Jacke war nicht nötig. Doch der Weg zu den Wohnheimen war zu weit, um keine zu tragen. Zumindest in den Herbstmonaten.

»Das denke ich auch.« Ich stand auf und schloss die Tastenklappe. Dann sammelte ich meine Notenblätter wieder ein und stopfte sie in meinen Beutel. Wozu ich sie überhaupt jedes Mal mitnahm, war mir schleierhaft, denn ich konnte die meisten Stücke auch ohne Noten spielen.

»Das Stück eben«, begann Tristan und räusperte sich. Er klang etwas verunsichert. »Es war schön, aber auch traurig. Hat es eine bestimmte Bedeutung?«

Ich versteifte für den Bruchteil einer Sekunde. Als ich den Blick hob, war Tristans Gesicht Verlegenheit zu entnehmen. Er wusste, dass seine Frage unangemessen war. Musik war etwas sehr Privates, beinahe schon Intimes. Man legte seine komplette Gefühlswelt in seine Kompositionen. Es war vergleichbar mit einem Seelenstriptease.

»Tut mir leid, das war blöd von mir«, fügte Tristan hinzu, ehe ich etwas erwidern konnte.

»Schon okay«, entgegnete ich und lächelte aufmunternd. Auf das Thema eingehen oder es vertiefen wollte ich trotzdem nicht. »Wo wollen wir hingehen? Ich würde ja vorschlagen, hierzubleiben und unsere Treffen zu besprechen, aber der Raum ist gleich belegt, und ich kann gut darauf verzichten, diesem fiesen Mädchen noch einmal zu begegnen.«

Überraschenderweise fing Tristan an, zu lachen. Ein unglaublich schöner Laut. Tief, klangvoll. Traf mitten in die Seele und erfüllte mich mit Wärme. »Ich verstehe dich zu gut. Viele hier an der Uni sind … nennen wir es speziell.«

Ich seufzte. »Das habe ich auch schon bemerkt.«

»Aber wir sind nicht alle so. Es gibt auch ein paar, mit denen es sich gut aushalten lässt.« Er zwinkerte.

»Eigenlob stinkt«, entgegnete ich grinsend.

»Wer sagt, dass ich von mir gesprochen habe?«

Nun stimmte ich in sein Lachen mit ein. Tristan war … interessant? Noch wusste ich nicht recht, was ich von ihm halten sollte, aber das würde sich in den kommenden Wochen zeigen. Zumindest optisch entsprach er genau meinem Typ. Blonde Haare, die lang genug waren, dass man die Finger hindurchgleiten lassen konnte, dazu die strahlenden Augen, deren intensiver Blick einen gefangen nahm, die niedlichen Grübchen und der Style, der wohl jede Frau schwach werden ließ. Es würde eine Herausforderung sein, in den nächsten Monaten so eng mit ihm zusammenzuarbeiten.

»Also, wohin sollen wir?«, fragte ich ein weiteres Mal. Ich hängte mir meinen Beutel über die Schulter und warf noch einen Blick zurück, um sicherzugehen, nichts vergessen zu haben.

»Wir könnten in die Bibliothek gehen.«

»Oder du zeigst mir ein paar geheime Orte im Gebäude«, schlug ich vor. »Ich habe noch kaum etwas von der Uni gesehen.« Hoffentlich kaufte er mir diese Ausrede ab. Eigentlich wollte ich nur die Fühler ausstrecken, in der Hoffnung, auf irgendwelche Hinweise zu stoßen, die mir bei meinen Nachforschungen zu Lucys Tod neue Erkenntnisse einbrachten.

Tristans Lächeln wurde breiter. »Sehr gerne. Aber eigentlich ist die Rosefield ziemlich langweilig. Viele Geheimnisse hat die Uni nicht zu bieten.« Er hatte ja keine Ahnung …

Gemeinsam verließen wir den Probenraum. Die letzten Studenten begaben sich zügig Richtung Wohnheime. Ich ging hinter Tristan her, ohne zu wissen, welchen mysteriösen Ort er mir zeigen würde.

Schweigend liefen wir den breiten Flur entlang, steuerten die Treppe an und erklommen die Stufen. Bereits in der ersten Etage fühlte ich mich, als wäre ich eben schwimmen gewesen. Mein Unterricht fand fast ausschließlich im Erdgeschoss statt, wo auch der Speisesaal und die Bibliothek lagen. Daher hatte ich bislang keinen Grund gehabt, nach oben zu gehen. Außer am Tag meiner Ankunft, als ich im Büro von Rektor Cavanaugh vorstellig werden musste.

Entgegen meiner Erwartung steuerte Tristan im ersten Stock allerdings keinen der Flure an, sondern die Treppen, die noch weiter hinaufführten.

Ich krallte die Finger in das kühle Geländer und zog mich förmlich daran hoch.

»Du scheinst kein Freund von Stufen zu sein«, sagte Tristan frech und grinste mich über die Schulter hinweg an. Auf seiner Stirn war keine Perle Schweiß zu sehen, worum ich ihn sehr beneidete.

»Die Yogastunden und das Auspacken der Umzugskartons haben mir den Rest gegeben«, keuchte ich mehr, als dass ich sprach. »Mir tut alles weh.«

Tristan lachte. »Nur noch ein Stockwerk, dann haben wir es geschafft.«

»Was? Du willst *noch* höher?«, fragte ich entsetzt. Das konnte nicht sein Ernst sein!

»Du wolltest doch die geheimen Orte der Uni sehen.« Er

zuckte mit den Schultern. »Wir können auch gern umdrehen und doch in die Bibliothek gehen.«

»Nein!«, sagte ich schnell. »Ich schaffe das.«

»Etwas anderes hätte ich von dir auch nicht erwartet.« Ich wusste nicht, weshalb Tristans Worte mich erröten ließen. Oder womöglich war es doch lediglich die Anstrengung, die meine Wangen zum Glühen brachte.

Die letzten Stufen bezwangen wir schweigend. Ich war mir ziemlich sicher, dass Tristan absichtlich nichts mehr sagte, damit ich keine tausend Tode sterben musste.

In der obersten Etage war es still und menschenleer. Das letzte Dämmerlicht des Tages warf seine Schatten durch die deckenhohen Fenster.

»Was ist das hier?«, fragte ich. Der Flur war anders aufgebaut als der in den übrigen Stockwerken. Hier waren keine Türen, die von der linken Wand abgingen. Es waren lediglich Fenster in die Wände eingelassen, zwischen denen teilweise erschreckend große Gemälde in teuer aussehenden verschnörkelten Rahmen hingen.

»Die Gemäldegalerie«, sagte Tristan und lotste mich vorwärts. Ich folgte ihm langsam und ließ den Blick dabei über die Bilder schweifen. »Hier in der dritten Etage werden die besten Werke von ehemaligen Studenten ausgestellt. Die Rosefield hat wirklich große Talente hervorgebracht, es ist unglaublich, was es hier alles zu finden gibt.«

Ich staunte nicht schlecht, während wir den Flur entlangliefen. Die Gemälde folgten keinem bestimmten Schema und hätten unterschiedlicher nicht sein können. Von Porträts über Landschaftsbilder bis hin zu abstrakter Kunst war alles vertreten. Unter jedem der Gemälde war eine rechteckige Plakette befestigt, auf der der Name des Künstlers stand. Ich kannte mich mit bildender Kunst nicht aus, weshalb mir keiner der Namen etwas sagte. Aber ich brauchte auch keine Kunstexpertin zu sein, um zu erkennen, mit welcher Leidenschaft die Pinselstriche gesetzt worden waren.

Vor einem Gemälde der Spanischen Treppe in Rom blieb ich stehen. Es zeigte neben der berühmten Touristenattraktion auch den Vorplatz, die Piazza di Spagna, auf der einige Straßenmusiker vor dem Brunnen spielten. Es waren nur Schemen und keine Details zu erkennen, stattdessen schien das Gemälde ein großes Gemisch an unterschiedlichen hellen Farben zu sein. Und trotzdem war ihm so viel Leben eingehaucht, dass ich vor Ehrfurcht erschauderte.

»Das Bild ist dem Impressionismus nachempfunden.« Tristan stellte sich neben mich und legte den Kopf in den Nacken, um das ganze Gemälde in Augenschein nehmen zu können. Er streckte den Finger aus und deutete auf den Vorplatz. »Hier siehst du die lockeren und kräftigen Pinselstriche. Und wie du erkennen kannst, wurden die Farben auch nicht gemischt.«

Stirnrunzelnd trat ich einen Schritt näher an das Bild heran und betrachtete es genauer. Tristan hatte recht. Die einzelnen Farben, ein Grauton und Weiß, wurden direkt untereinander gesetzt. Die Linien berührten sich kaum. »Wow!«, hauchte ich.

»Die Verwendung von weißer Farbe für die Schattierungen wurde genutzt, um die Bewegungen des natürlichen Lichts einzufangen.« Auf Tristans Lippen lag ein warmherziges Lächeln, während er sprach.

»Woher weißt du das alles?«

Er schob die rechte Hand in seine Hosentasche und grinste verschmitzt. »Einer meiner Mitbewohner studiert Malerei und hat mal sein Lehrbuch auf dem Tisch liegen lassen, das hab ich ein bisschen durchgeblättert.«

»Und ich war schon beeindruckt davon, wie gebildet du bist«, entgegnete ich. »So kann man sich täuschen.«

»Komm, ich zeige dir, wie gebildet ich bin.« Er griff unverhofft nach meinem Handgelenk und zog mich weiter den Flur entlang. Vor einem neuen Gemälde blieb er stehen, ließ von mir ab und legte sich Zeigefinger und Daumen ans Kinn. »Dieses Gemälde zeigt deutlich die Vergänglichkeit des Lebens. Der Übergang von den hellen Farben links zu den dunklen Farben rechts symbolisiert den Anfang und das Ende.«

Ich legte den Kopf schief. »Mhm, verstehe. Und wofür steht das Hühnchen?«

»Das ist eine hervorragende Frage. Ich vermute, dass der Künstler damit ausdrücken wollte, dass wir jeden neuen Tag mit Freude empfangen sollten, so wie der Hahn an jedem Morgen kräht.«

»Das ergibt Sinn und ist wirklich sehr tiefgründig«, entgegnete ich nickend. Das Bild zeigte die Karikatur eines dicken Mannes, der auf der Couch saß und fernsah, während er ein Grillhähnchen futterte. »Du bekommst eine Eins mit Sternchen für diese Interpretation.«

»Vielen Dank«, sagte Tristan mit einer ordentlichen Portion Stolz in der Stimme, die er sich auch redlich verdient hatte. Lachend schüttelte ich den Kopf. Er war durchgeknallt, aber das gefiel mir.

Wir schlenderten noch etwas durch die Flure, wobei Tristan mir genügend Zeit ließ, alles in mich aufzunehmen. Dieser besondere Ort verströmte seine ganz eigene Magie. Hier konnte man sich in den Gemälden verlieren und dabei den Gedanken freien Lauf lassen. Wobei ich mich ehrlicherweise fragte, wie es die Karikatur geschafft hatte, zwischen all diese grandiosen Kunstwerke aufgenommen zu werden.

»Wie hast du die Galerie gefunden?«, fragte ich irgendwann interessehalber.

»Ich habe in meinen ersten Wochen an der Uni jeden Winkel der Gebäude erkundet«, sagte Tristan. Er lehnte sich gegen die Wand zwischen zwei Gemälden und betrachtete mich auf eine beinahe sehnsüchtige Weise, die meinen Puls in die Höhe trieb. »Ich bin gern für mich und wollte einen Ort finden, an dem ich zwischendurch allein sein kann. Hier oben ist selten jemand anzutreffen.«

Ich zog die Brauen zusammen. »Du bist gern allein?« So hatte ich ihn nicht eingeschätzt. Er schien ziemlich begehrt zu sein. Nicht nur Joanna hatte ein verliebtes Funkeln in den Augen, wenn sie ihn betrachtete, auch andere Mädchen warfen ihm verstohlene Blicke zu.

Erneut hob Tristan die Schultern, die in seinem Pullover richtig gut zur Geltung kamen. Wie es sich anfühlen musste, sich an ihn zu schmiegen? Geborgen? »Ist das so schwer zu glauben?«

Mein Mundwinkel kräuselte sich. »Nur ein wenig.« Ohne ihn noch einmal anzusehen, lief ich weiter. Er hatte eben noch etwas anderes gesagt, das mein Interesse geweckt hatte: dass er jeden Winkel der Gebäude erkundet hatte. Das war eine Sache, die mir vermutlich bei meinen Untersuchungen weiterhelfen konnte. Womöglich hatte er etwas Ungewöhnliches bemerkt.

Vorsichtig ließ ich den Finger über einen der Rahmen gleiten. Eine dünne Staubschicht lag darauf. Ich pustete sie fort und wandte mich Tristan zu. »Welche geheimen Orte hast du auf deiner Entdeckungsreise noch gefunden?«, fragte ich möglichst beiläufig.

Er legte die Stirn in Falten. »Es gibt keine *wirklich* geheimen Orte an der Uni. Nur solche, die weniger besucht sind als andere.«

Ich nickte. »Verstehe. Und welche wären das? Ist etwas Ungewöhnliches dabei? Etwas, das dir seltsam vorkommt?«

Ein dunkles Lachen drang aus seiner Kehle, während er kopfschüttelnd die Schritte beschleunigte, um zu mir aufzuschließen. Dabei streiften sich unsere Arme, und trotz des Stoffs, der zwischen uns lag, überzog mich schlagartig eine Gänsehaut, die sich nicht abschütteln ließ. »Du bist nicht sehr leicht zu durchschauen, Hazel.« Der dunkle Klang seiner Stimme hallte in mir nach.

»Gut.« Wir blieben stehen. Ich fing seinen Blick auf und zwinkerte. »Ein paar Geheimnisse muss jeder Mensch haben.«

»Da hast du wohl recht.« Er schaute mir weiterhin so eindringlich in die Augen, als suche er etwas darin. Und würde er mich in diesem Moment nach meinen tiefsten Sehnsüchten fragen, ich würde sie ihm ohne mit der Wimper zu zucken erzählen. Denn ein Blick in diese Augen genügte, um sämtliche Schutzmauern einzureißen, die ich um mich errichtet hatte. Und das war verdammt gefährlich. Kleine Grübchen zierten seine Wangen, als er grinste. »Eines musst du mir aber verraten: Wieso bist du so versessen darauf, irgendwelche geheimen oder seltsamen Orte zu entdecken?«

Eine Frage, die ich ihm beantworten konnte, ohne mein Innerstes offenzulegen oder ihm eine Lüge auftischen zu müssen. »Ich liebe es, Lost Places zu erkunden.«

Überrascht hob er die Brauen, so als hätte er mit einer anderen Antwort gerechnet. »Oh.«

»Was?«, fragte ich lachend und wendete mich endlich von ihm ab, woraufhin mein Herz laut protestierte. Wir liefen weiter. »Ist das so schwer zu glauben?«, stellte ich ihm die gleiche Frage wie er eben mir.

»Nur ein wenig«, entgegnete er. »Aber das finde ich ziemlich cool, muss ich sagen.« Am Ende des Flurs bog Tristan ab. Eine weitläufige, helle Galerie erstreckte sich vor uns. Der Mittelgang war so breit, dass mehrere Personen gemütlich nebeneinanderher gehen konnten. Durch Pilaster und eine Vielzahl von Statuen wurde der Gang in zwei gegliedert. Während sich an der rechten Seite der Galerie ein langes Geländer erstreckte, waren zahlreiche, aus Stein geschlagene Büsten in die linke Wand eingelassen. Der Boden war ebenfalls aus Stein, sodass unsere Schritte von den hohen Decken widerhallten. Ich fühlte mich wie in einem Museum.

»Danke«, sagte ich irgendwann, da ich spürte, dass Tristans Blick weiterhin auf mir ruhte. »Ich weiß auch nicht recht, wann sich diese Leidenschaft entwickelt hat. In der Grundschule haben wir das Altägyptische Reich oberflächlich behandelt, und irgendwie haben mich bereits damals die Pyramiden fasziniert. Mit ihren ganzen Geheimgängen und unterirdischen Grabkammern.« Schon der Gedanke daran trieb meinen Puls in die Höhe. »Seitdem habe ich mir gewünscht, selbst solche Orte zu erkunden.«

Warum ich ihm das erzählte, wusste ich nicht. Er hatte mich schließlich nicht gefragt, trotzdem verspürte ich den Drang, diesen Teil meines Lebens mit ihm zu teilen. Als ich den Kopf hob, lächelte Tristan. »Das klingt gut.«

»Es macht auch wirklich viel Spaß«, sagte ich. »Und was ist mit dir? Irgendwelche besonderen Hobbys?« Eigentlich sollte es mich nicht interessieren. Ich sollte ihn lieber weiter ausquetschen, um möglichst unauffällig an Hinweise zu gelangen. Aber da war etwas in mir, das Tristan besser kennenlernen *wollte*. Etwas, das sich nicht gegen diese Anziehung zwischen uns zur Wehr setzen, sondern sie mit offenen Armen in Empfang nehmen wollte.

»Eigentlich nicht.« Er kratzte sich am Kinn. »Ich gehe schwimmen oder wandern, um den Kopf freizukriegen. Aber das ist nichts Besonderes.«

Instinktiv musste ich lächeln. »Meine Schwester war auch immer wandern, um auf andere Gedanken zu kommen.« Die Worte hatten meine Lippen verlassen, ohne dass ich darüber nachgedacht hatte.

Leider waren sie ihm nicht entgangen. »Wieso *war*?«

Ich holte tief Luft, überlegte, wie ich aus dieser Misere wieder rauskommen konnte. Ich hätte ihm sagen können, dass sie mittlerweile einen anderen Weg gefunden hatte, um abzuschalten, ein neues Hobby für sich entdeckt hatte. Aber dafür schwieg ich bereits zu lange. »Meine Schwester«, begann ich leise. Dabei vermied ich es, Tristan in die Augen zu sehen. Stattdessen fixierte ich einen einzelnen kleinen Fleck, der sich deutlich auf dem hellen Steinboden abhob. Plötzlich fühlte sich meine Kehle wie zugeschnürt an. »Sie hatte vor einigen Jahren einen Unfall, den sie leider nicht überlebt hat.«

Ich zählte gedanklich von drei runter, bis ich das Kinn hob. In Tristans Blick lagen Wärme und Mitgefühl. »Das tut mir schrecklich leid. Das muss hart gewesen sein.«

»Das war es.« Ich nickte. »Aber ich werde für immer ein Stück von ihr bei mir tragen.«

»Natürlich wirst du das, sie ist deine Familie. Nur weil sie nicht mehr da ist, ist sie nicht aus der Welt. Das wird sie niemals sein.«

Ich hätte es mir schwerer vorgestellt, mich Tristan zu offenbaren. Aber er hatte etwas an sich, das es mir leicht machte, mit ihm zu reden. Es auch von mir aus zu wollen. Doch die Details, wie es dazu gekommen war und weshalb ich wirklich hier war, behielt ich trotz allem für mich. Ich hatte schon Mila und Charlotte in meine Angelegenheiten reingezogen. Bei Tristan wollte ich es anders angehen. Es reichte, wenn wir drei uns womöglich einer Gefahr aussetzten. Mein schlechtes Gewissen begrub mich auch so schon unter sich.

»Jedenfalls«, sagte ich und räusperte mich, um das Thema zu wechseln, »hat jeder seinen eigenen Weg, um auf andere Gedanken zu kommen. Und mein Ding sind Mysterien. Also solltest du irgendwelche Tipps haben zu Geheimgängen, alten Archiven oder unheimlichen Katakomben, dann immer her damit.«

Tristans klangvolles Lachen wurde wie ein Echo durch die Galerie getragen. Die Schwere des Moments, den wir vor einer Minute noch geteilt hatten, war verschwunden. Er schüttelte den Kopf. »Bis auf die Gärten und das Gewächshaus gibt es nichts Mysteriöses an der Academy.«

Er sagte die Worte auf eine Weise, die mich anderes vermuten ließ. Ich wusste nicht, woran genau ich das festmachte, aber Tristans Stimme klang zittrig, fast schon unsicher. Womöglich verbarg er doch etwas vor mir? Vielleicht lag es aber auch an meiner Offenbarung von eben. Oder mein Verstand spielte mir einfach nur einen Streich. Ich hatte schon oft Verschwörungen gesehen, wo keine waren. Was vermutlich auch einer der Gründe dafür war, dass meine Eltern und Johnny mir nicht wirklich glaubten, was den *Unfall* betraf.

»Okay«, sagte ich resigniert seufzend. »Dann sollten wir vielleicht gleich unsere Stundenpläne abgleichen.«

Tristan nickte. »In Ordnung. Dort vorn kommt jeden Moment eine Bank.«

Er hatte recht. Doch ehe ich mich setzte, ging ich auf das brusthohe Geländer zu und warf einen Blick hinunter. Sofort wurde mir etwas mulmig zumute. Ich hatte zwar keine

Höhenangst, aber es ging dort ziemlich tief hinab. Nichtsdestotrotz war der Anblick atemberaubend.

Wir mussten während unserer Entdeckungstour die Brücke ins Nebengebäude überquert haben, denn wir befanden uns direkt über dem Foyer, das sich vor dem Veranstaltungssaal erstreckte, in dem diverse von der Universität ausgerichtete Feste und Bälle stattfanden. Nun sah ich auch zum ersten Mal das Universitätswappen in seiner Gesamtheit auf dem Mosaikboden, das sich in jeder Vorhalle befand. Stein für Stein war es zusammengesetzt worden und so zu diesem einzigartigen Kunstwerk geworden.

Als ich mich umdrehte, saß Tristan auf der Bank und schaute mich erwartungsvoll lächelnd an. Was ihm wohl durch den Kopf gegangen war, als er mich eben einen Moment beobachtet hatte? Wo man nur hinsah, war man umgeben von jahrhundertealter Geschichte. Zahlreiche Berühmtheiten waren durch die Gänge gestreift, hatten womöglich sogar an exakt demselben Fleck wie ich eben gestanden und ähnliche Gedanken durchlebt.

Trotz der herrschenden Rivalitäten und was Lucy zugestoßen war, handelte es sich um den ersten Ort, an dem ich mich wirklich zugehörig fühlte. Jeder von uns teilte sich den Traum, eines Tages auf großen Bühnen zu stehen, Menschen mit dem, was wir taten, zu bewegen und zu berühren. Wir alle waren Kunstschaffende, eine Gemeinschaft. Ich war nie mit so vielen Menschen zusammen gewesen, die wie ich waren.

Ich ging zu Tristan und setzte mich neben ihn.

»Dienstag direkt nach dem Kurs wäre doch perfekt zum Proben«, schlug er vor.

Ich überflog unsere Stundenpläne. »Oder wie wäre es mit freitags?« Eigentlich wollte ich in der Woche möglichst all meine Hausaufgaben direkt nach dem Unterricht erledigt haben, damit ich mir die Wochenenden, an denen wir nicht im Konzerthaus waren, freihalten konnte, um gemeinsam mit Mila und Charlotte neuen Hinweisen nachzugehen.

Tristan fuhr sich durch die Haare und schüttelte dann den Kopf. »Die meisten Wochenenden bin ich bei meiner Familie in Tealby. Ich nehme freitags den letzten Bus um sechs.« Er presste die Lippen aufeinander und schaute mich entschuldigend an. »Aber wenn es nicht anders geht, muss ich auch nicht fahren.«

»Nein, nein, alles gut«, sagte ich schnell. Wenn ich eines nicht wollte, dann, ihm seine Zeit mit der Familie nehmen. Ich wusste schließlich, wie kostbar solche Augenblicke waren. Und mit einem Wimpernschlag konnte es vorbei sein. Also sollte man jeden Moment genießen.

»Okay, aber …«

»Dienstag ist super«, unterbrach ich ihn.

»Sicher?«

»Ja!« Ich nickte. »Ich finde es großartig, dass du so viel Zeit mit deiner Familie verbringst. Und da dir ab Oktober schon jedes zweite Wochenende fehlt, möchte ich nicht der Grund dafür sein, dass du sie noch weniger siehst.«

Bei jedem meiner Worte wurde das Lächeln auf seinem Gesicht strahlender. »Danke, Hazel.«

»Na klar«, winkte ich ab.

Einen Moment lang hatte ich das Gefühl, dass er noch etwas sagen wollte, doch er schwieg. »Also dienstags dann. Starten wir gleich morgen?«

»Auf jeden Fall.«

»Dein Enthusiasmus gefällt mir.« Er grinste. »Soll ich dir noch ein wenig die Uni zeigen?«

Ich war kurz davor, laut Ja zu sagen, konnte mich aber

gerade noch davon abhalten. »Nein, danke, ich habe noch Aufgaben zu erledigen«, erklärte ich stattdessen. Es war schwierig, standhaft zu bleiben, wenn Tristan mich so ansah. Aber meine Zeit war begrenzt, weshalb ich Prioritäten setzen musste. Stunden mit einem gut aussehenden Kerl zu vergeuden, sollte nicht allzu weit oben auf meiner Prioritätenliste stehen. Zumindest nicht, solange ich Lucys Tod noch nicht aufgeklärt hatte. Je schneller ich diesen Punkt von meiner Liste streichen konnte, je schneller ich Antworten hatte, desto eher konnte ich meine Zeit anders einteilen. Und vielleicht …

»In Ordnung«, sagte Tristan und verstaute seine Unterlagen wieder in seiner Tasche. Die kleine Traumblase, in die ich eben kurz abgedriftet war, zerplatzte. »Dann begleite ich dich aber wenigstens noch zu deinem Wohnheim. In welchem liegt dein Zimmer?«

»Ich bin in Wohnheim B.«

»Perfekt. Da muss ich ohnehin vorbei. Ich bin in C.«

Gemeinsam verließen wir das Gebäude. Es war frisch geworden, und mittlerweile war es später Abend. Die Zeit mit Tristan war wie im Flug vergangen, und das war fatal. Eigentlich hatte ich geglaubt, dass wir maximal eine Stunde unterwegs gewesen waren, doch es waren über zwei.

Nun blieb mir kaum noch Zeit, meine Hausarbeiten für den Musiktheoriekurs zu erledigen. Das war ein weiterer Beweis dafür, dass Tristan eine Ablenkung war, weshalb ich jeden Gedanken an ihn beiseiteschieben musste. Unter keinen Umständen durfte ich mich auf ihn einlassen. Wir waren lediglich Partner in Crime, was unser Abschlussprojekt betraf! Vielleicht war da eine klitzekleine Anziehung zwischen uns, mehr aber auch nicht.

»Da wären wir«, sagte Tristan, als wir schließlich vor dem Wohnheim angekommen waren.

»Danke fürs Bringen«, entgegnete ich möglichst trocken, doch meine Stimme versagte.

»Bis morgen. Und danke für den schönen Abend.« Tristan schlang einen Moment die Arme um mich. Die Berührung kam so überraschend, dass ich mich versteifte. Ich war absolut keine Umarmerin, aber das hier fühlte sich ziemlich gut an. Tristan strahlte eine Wärme aus, die mich an eine kuschelige Decke erinnerte, an einen lauen Sommerabend. Trotzdem war ich nicht in der Lage, mich zu rühren. Tristan bemerkte meine Unsicherheit und ließ von mir ab. Dann fuhr er sich leicht verlegen durch die Haare.

»Bis dann.« Ich hob die Hand zum Abschied. Tristan nickte lächelnd, ehe er sich umdrehte und Richtung Wohnheim C ging. Ich hasste mich dafür, dass ich ihm wie ein Honigkuchenpferd grinsend hinterherstarrte, immer noch unfähig, mich von der Stelle zu rühren.

10

Hazel

Nervös tippte ich mit den Fingerspitzen an die Wand in meinem Rücken. Ich stand hier und wartete wie bestellt und nicht abgeholt. Eine Mädchengruppe lief an mir vorbei und musterte mich, als hätte ich etwas im Gesicht. Sie steckten die Köpfe zusammen und tuschelten, aber das war mir egal. Ich hatte gelernt, das Gerede von anderen an mir abprallen zu lassen. Schon in Cardiff hatte es einige Grüppchen gegeben, die sich über mich lustig gemacht hatten. Wegen meiner etwas zu großer Augen. Meinem Pony. Oder weil ich fleißig war und später etwas erreichen wollte. Wer es darauf anlegte, über andere zu reden, fand immer *irgendetwas*.

Tristan sollte schon längst zurück sein. Wie gestern verabredet, wollten wir heute mit dem Brainstorming für unser Stück beginnen. Aber er hatte darauf bestanden, vorher ins Büro des Rektors zu gehen, um uns einen Raum zu besorgen. Das war völlig unnötig, da wir erst mal mit Zettel und Stift in der Bibliothek arbeiten konnten. So vertrödelten wir nur Zeit, die wir eigentlich nicht hatten.

Nach zehn weiteren Minuten war ich schon kurz davor, die Hoffnung aufzugeben, Tristan heute noch wiederzusehen. Doch gerade als ich nachsehen wollte, wo er blieb, hechtete er, mit einem Schlüssel klimpernd, den Flur entlang. Eine einzelne blonde Strähne wippte auf seiner Stirn auf und ab.

»Wieso hat das denn so lange gedauert?«, fragte ich leicht genervt.

»Weil auch andere Studenten das Büro des Rektors aufsuchen, wenn sie etwas wollen«, entgegnete er neckisch. Als er vor mir zum Stehen kam, wischte er sich mit seinem Hemdsärmel über das verschwitzte Gesicht. »Und dann muss man noch Formulare unterschreiben, wenn man einen Probenraum mieten möchte.«

Tristan schob den Schlüssel ins Schloss und öffnete die Tür. »Du hättest ja auch schon mit deinen Notizen anfangen können.«

»Ich schreibe nicht gern im Stehen.«

»Hättest dich hinhocken können.«

»Der Boden ist doch total dreckig.«

Tristan lachte. »Ist er nicht. Dafür kostet das Semester zu viel.«

»Na schön, du hast recht«, entgegnete ich und verdrehte die Augen. Ja, ich hätte schon vorarbeiten können, hatte daran aber ehrlicherweise nicht gedacht. Nun kam ich mir doch etwas blöd vor, ihn so angeblafft zu haben.

Es war ein kleiner Probenraum, nicht zu vergleichen mit dem, in dem ich meine Einzelstunden hatte. Einen Flügel gab es hier nicht, lediglich ein Klavier, aber das würde erst mal genügen. In drei Wochen würde ohnehin unsere Probe im Konzerthaus beginnen.

Ich legte meine Tasche auf einen der Stühle und schob mir einen zweiten so zurecht, dass ich Tristan gegenübersitzen konnte. Dann platzierte ich alle benötigten Materialien fein säuberlich auf dem Tisch. Blankopapier, leere Notenblätter und mein Stifte-Etui.

Als ich den Blick wieder hob, grinste Tristan mich an. »Was ist?«

»Es ist bewundernswert, wie gut du vorbereitet bist.« Er lehnte sich in seinen Stuhl zurück. Vor ihm lagen bloß ein Blatt Papier und ein einziger Bleistift.

Skeptisch hob ich eine Braue. »Wenn ich mir das so ansehe, ist es auch besser, dass wenigstens *ich* vorbereitet bin.«

»Zu meiner Verteidigung: Ich dachte, wir machen uns heute nur ein paar Notizen.«

»Für mehr als *ein paar* ist auf deinem Schmierzettel auch kein Platz.« Leicht amüsiert schüttelte ich den Kopf. Hoffentlich entpuppte es sich nicht als schrecklicher Fehler, mit Tristan zu arbeiten.

»Nächste Woche bringe ich mehr mit, versprochen.«

»Das will ich auch hoffen«, sagte ich gespielt verärgert.

Tristan lehnte sich nach vorn und stützte die Arme auf dem Tisch ab. Je breiter er lächelte, desto tiefer wurden seine Grübchen, wodurch es mir unglaublich schwerfiel, böse auf ihn zu sein. Denn dieser Anblick war einfach viel zu schön. Womöglich hätte ich doch lieber mit Nicole oder Clay arbeiten sollen, aber nun war die Zuteilung bereits geschehen und nicht mehr rückgängig zu machen.

Ich räusperte mich und widmete mich dem Papier vor mir. »In Ordnung, lass uns beginnen. Die Aufgabe lautet …«

»Komponieren Sie ein exakt zwölfminütiges Stück, bei dem jeder von Ihnen insgesamt neunzig Sekunden solo spielt. Mit Ihrer Komposition erzählen Sie eine einzigartige Geschichte. Lassen Sie mich diese Geschichte bis zur letzten Minute selbst durchleben. Überraschen Sie mich. Hauen Sie mich aus den Socken. Und vor allem: Enttäuschen Sie mich nicht«, rezitierte Tristan Mr Price wörtlich. Nun grinste er noch breiter, verschränkte die Hände hinter dem Kopf und lehnte sich wieder zurück. Dann tippte er sich mit dem Zeigefinger an die Schläfe. »Gutes Gedächtnis. Deshalb brauche ich nicht mehr als Stift und Zettel«, fügte er hinzu und zwinkerte.

Ich kam nicht umhin, zu lachen. »Okay, schön.«

»Das solltest du öfter tun.«

»Was?«, fragte ich verwirrt.

»Lachen. Du schaust oft so grüblerisch, dabei klingt dein Lachen so schön.«

Ich spürte, dass meine Wangen zu glühen begannen. Unter keinen Umständen wollte ich, dass er wusste, was seine Worte in mir auslösten. Deshalb räusperte ich mich ein weiteres Mal und betrachtete ihn mit in Falten gelegter Stirn. »Das liegt nicht an mir. Wärst du witziger, würde ich in deiner Gegenwart auch häufiger lachen.«

Tristans Kinnlade klappte hinunter, und er schnappte empört nach Luft. »Ich bin sehr witzig!«

»Nun, ich würde sagen, über Humor lässt sich streiten.« Ich musste meine Mundwinkel zwingen, sich nicht zu heben, sondern ernst zu bleiben.

»Na, glücklicherweise haben wir in den nächsten Wochen noch viel Zeit, das auszudiskutieren.« Er kniff die Augen zusammen und funkelte mich an.

Meinetwegen hätte dieses Spielchen zwischen uns noch ewig weitergehen können, doch ich wollte mich in seiner Gegenwart nicht *zu* wohlfühlen. »Nein, haben wir nicht. Denn wir haben ein Stück zu komponieren«, erinnerte ich ihn daher.

Ganz langsam befeuchtete Tristan seine Lippen mit der Zunge. Oder es kam mir lediglich so langsam vor, da ich der Bewegung genauer folgte, als angebracht wäre? Ich konnte mir vorstellen, dass er ein fantastischer Küsser war. Ob seine leichten Bartstoppeln wohl kratzten? Oder waren sie eher wie ein sanftes Streicheln? »Du hast recht. Hast du einen Wunsch für eine Geschichte, die du mit dem Stück erzählen willst?«

Selbstverständlich hatte ich mir darüber schon Gedanken gemacht, als Mr Price uns die Aufgabe aufgetragen hatte. Allerdings war das keine leichte Entscheidung, schließlich wollten wir herausstechen und etwas vollkommen anderes machen als die anderen. Nur hatte Mr Price uns neben der eigentlichen Aufgabenstellung auch noch einige Regeln mit auf den Weg gegeben.

Zum einen durften wir keine Hilfsmittel wie Softwares verwenden, was ich gut nachvollziehen konnte. Immerhin sollten wir beweisen, dass wir allein klarkamen und zu Recht im fortgeschrittenen Kurs waren. Zwar musste man auch mit einer Software vieles selbst machen, dennoch nahm sie einem einen riesigen Berg Arbeit ab.

Zum anderen hatte Mr Price uns verboten, uns mit den anderen Gruppen abzusprechen. Natürlich konnten wir das hinterrücks trotzdem tun, und vielleicht würde er das nie erfahren. Doch schon bei dem Gedanken daran, zu schummeln, hörte ich Charlottes Stimme in meinem Ohr. Sie war wie das kleine Engelchen, das auf meiner rechten Schulter saß und mich davon abhielt, gegen Regeln zu verstoßen.

»Ich weiß es nicht«, sagte ich irgendwann. »Ideen habe ich, aber es muss etwas sein, das nicht jeder macht.«

Tristan brummte zustimmend. Dann nahm er den Bleistift in die Hand und tippte das Ende mehrmals hintereinander auf den Tisch. Ich hasste diesen Tick. Auch Johnny hatte das früher immer im Unterricht gemacht, ganz besonders häufig, wenn wir Tests geschrieben hatten. Dafür hätte ich ihm stets nur allzu gern den Hals umgedreht!

Als er den Blick hob und den mürrischen Ausdruck auf meinem Gesicht bemerkte, hielt Tristan in der Bewegung inne. »Sorry, nervöser Tick. Wie wäre es, wenn wir erst mal alles aufschreiben, bei dem wir davon ausgehen können, dass die anderen es machen?«

Mein Gesicht erhellte sich schlagartig. »Das ist eine gute Idee!« Sofort war ich Feuer und Flamme, nahm das oberste Papier vom Stapel und setzte den Stift an. »Liebesgeschichten können wir wohl an erste Stelle setzen.«

»Davon gehe ich auch aus«, stimmte Tristan mir zu. »Ich vermute, dicht dahinter wird das Leben von der Geburt bis zum Tod stehen.«

Ich stöhnte, nickte dabei aber und schrieb es auf. »Was noch? Ah, ich hab's!«

Tristan lehnte sich nach vorn und legte den Kopf schief. Ich drehte das Papier, damit er einen besseren Blick darauf erhaschen konnte. »Ein Sturm auf hoher See. Schreib lieber Natur als Oberbegriff auf. Sonnenauf- und -untergänge, Sprießen von Blumen und solcher Kitsch wird auch hoch im Kurs stehen.«

Ich grinste. »Stimmt.«

In sämtlichen künstlerischen Gattungen waren es die Liebe und die Natur, die besonders häufig auf unterschiedliche Weise zum Ausdruck gebracht wurden. Beides waren komplexe und vielschichtige Themen, die man aus den verschiedensten Blickwinkeln betrachten konnte. Und gerade die Natur war stetig im Wandel, wodurch sie immer neue Geschichten erzählte. Ich verstand durchaus, weshalb man in der Kunst oft auf dieses Thema zurückgriff, und auch ich selbst hatte zahlreiche Ideen in diese Richtung. Aber diese waren nun mal nichts Besonderes und kamen demnach nicht infrage.

Noch ein paar Minuten verbrachten Tristan und ich damit,

uns zu überlegen, welche Themen die anderen Gruppen für ihre Kompositionen nehmen würden. Das Papier füllte sich schnell, und allmählich überkam mich das Gefühl, dass die Aufgabe doch deutlich schwieriger werden würde. Ich war dem in jedem Fall gewachsen und konnte es kaum erwarten, Mr Price von meinem Können zu überzeugen. Aber wir hatten so gut wie jedes für eine Komposition geeignete Thema auf die Nein-Liste geschrieben.

»Irgendwie bleibt nicht viel übrig«, murmelte Tristan, als ich am unteren Ende des Blattes angekommen war. Damit sprach er meine Gedanken laut aus.

Ich legte den Stift zur Seite und knetete meine schmerzende Hand. Dabei überflog ich noch einmal alles, was wir eben zusammengetragen hatten. »Nun, mein Geheimfavorit steht nicht auf der Liste.« Ich war mir ziemlich sicher, dass er die Idee auf der Stelle abschmettern würde. Aber einen Versuch wäre es wert.

Tristan setzte sich aufrecht hin und schaute sichtlich interessiert. Die einzelne blonde Strähne seiner leicht gewellten Haare fiel ihm dabei wieder in die Stirn. »Ich bin ganz Ohr.«

»Eine Nacht in einem Horrorhaus.« Aufgeregt rutschte ich auf meinem Stuhl hin und her.

Er stöhnte. »Wie wär's mit etwas Schönem? Und nichts, was einen in Angst und Schrecken versetzt?«

Mit vor der Brust verschränkten Armen lehnte ich mich im Stuhl zurück. »Du denkst zu simpel. *Schön* wird jeder machen wollen.«

Tristan stützte die Ellbogen vor sich auf den Tisch und fuhr sich mit beiden Händen durch die Haare. Die Bewegung sorgte dafür, dass der Duft seines kräftigen Shampoos mit einer erdigen Note zu mir herübergetragen wurde. Am liebsten hätte ich die Nase darin vergraben. »Ich stimme dir insoweit zu, dass ein spannendes Stück vermutlich heraussticht. Neben uns könnte ich mir nur ein oder zwei weitere Gruppen vorstellen, die eventuell eine solche Richtung einschlagen.«

»Yes!«, jubelte ich und ging gedanklich schon den genauen Handlungsablauf der Geschichte durch. Horror war ein so breites Spektrum, aus dem sich extrem viel machen ließ. Gerade durch Tristans Geigenspiel konnten wir für richtige Gänsehautmomente sorgen.

Doch Tristan schüttelte energisch den Kopf, ehe ich meinen Gedanken zu Ende bringen konnte. »Ich bin noch nicht fertig.« Erst als er sicher war, dass ich zuhören würde, sprach er weiter. »Aber ich bin gegen Horror. Spannung ja, Horror nein.«

Womit meine Überlegungen von eben für die Katz' waren. »Na schön«, schnaubte ich gefrustet. Aber damit konnte ich gerade so leben. Glücklicherweise war ich vorbereitet genug, um noch weitere Ideen auf Lager zu haben. »Wie wäre es mit einer Schatzsuche? Oder dem Aufdecken eines Geheimnisses? In der Mitte der Geschichte könnte zum Beispiel jemand irgendwo einbrechen müssen. Da fiele mir auch direkt eine passende Tonabfolge ein.« Die Zahnrädchen griffen allmählich ineinander, während sich eine Szene vor meinem geistigen Auge abspielte.

Erst lächelte Tristan verhalten, sodass ich schon glaubte, er würde meine Einfälle ein weiteres Mal abschmettern. Doch seine Mundwinkel hoben sich immer mehr, bis schließlich ein breites Grinsen auf seinem Gesicht auftauchte.

»Also gefällt dir die Idee?«, hakte ich nach, nur um auf Nummer sicher zu gehen.

»Ja.« Er nickte. »Aber ich habe gerade eigentlich an etwas anderes denken müssen.«

Ich schürzte die Lippen. »Woran?«

Tristan blickte träumerisch an mir vorbei. Als befände er sich gerade an einem vollkommen anderen Ort. »Vor einigen Jahren hatte ich eine rebellische Phase, war oft auf Partys unterwegs und kam immer zu spät nach Hause. Irgendwann hat Dad klammheimlich das Schloss ausgetauscht und die Klingel ausgestellt, damit ich im Garten schlafen musste.«

»Was? Wie grausam!«, entfuhr es mir.

Tristan lachte leise. »Schon irgendwie. Ich sollte mich bewähren und in Zukunft pünktlich kommen, um mir den neuen Schlüssel zu verdienen.«

»Und hat es geklappt?«

Tristans Lachen wurde lauter, und er schüttelte heftig den Kopf. »Absolut nicht. Aber so habe ich gelernt, auf verschiedene Weisen Schlösser zu knacken.«

Nun stimmte ich in sein Lachen mit ein. So etwas passierte, wenn Erziehungsmaßen fehlschlugen. Anstatt Gehorsamkeit zu fördern, zog man Kleinkriminelle heran.

»Ha! Du lachst. Du findest mich also doch witzig«, entgegnete Tristan begeistert und deutete mit dem Finger auf mich. »Ich wusste es!«

»Na schön, erwischt. Das war wirklich witzig«, gestand ich eher widerwillig. »Ich hoffe, die Story hast du nicht nur erfunden, um mich zum Lachen zu bringen.«

»Nein, keine Sorge. Du bekommst von mir nur den echten Tristan McKee präsentiert. Wie er leibt und lebt.«

»Das ist schön, zu hören«, entgegnete ich.

Wir schauten einander einen Moment lang in die Augen. Der Blauton von Tristans Iriden wurde heller, wenn er lächelte oder lachte. Dann lag in ihnen ein leidenschaftliches Funkeln, das wie Diamanten in der Sonne glitzerte. Eine kleine Besonderheit, die ihn noch attraktiver machte und die Schmetterlinge in meinem Bauch flattern ließ.

Bevor ich etwas Dummes tun oder sagen konnte, deutete ich wieder auf das Papier vor uns. »Wollen wir uns jetzt die Geschichte ausdenken?« Meine Stimme war auf einmal zittrig. Ich musste dieses Gefühlschaos dringend in den Griff bekommen.

Tristan räusperte sich leise und wandte sich dann wieder ab. Kurz meinte ich einen Anflug von Unsicherheit in seinen Zügen zu sehen. Aber er hatte bisher so viel Selbstbewusstsein ausgestrahlt, dass ich mir das bestimmt nur eingebildet hatte. »Ja, lass uns loslegen.«

In der kommenden Stunde erstellten wir eine Mindmap und machten uns zahlreiche Notizen zu möglichen Geschichten. So gern ich auch konzentriert arbeiten wollte, es funktionierte nur bedingt. Mehr als einmal drifteten wir vom Thema ab und erzählten uns Anekdoten aus unserem Leben. Es war doch nichts verkehrt daran, den Arbeitspartner besser kennenzulernen, oder? Das bedeutete schließlich nicht, dass wir übereinander herfallen mussten. Stattdessen sorgte es für ein deutlich angenehmeres Klima, mit jemandem zu arbeiten, den man kannte und schätzte. Von daher betrachtete ich unsere Unterhaltung einfach als Mittel zum Zweck.

Wenn Tristan über seine Familie sprach, hätte ich ihm ewig zuhören können. Bei jedem einzelnen seiner Worte spürte man, wie sehr er sie liebte. Ich beneidete ihn darum, dass sie so nah wohnten, dass er sie an den Wochenenden besuchen konnte.

»Eigentlich wollten meine Eltern, dass ich bei ihnen wohnen bleibe und zur Uni pendle. Aber nach einer längeren Diskussion konnte ich sie überzeugen, dass es das Beste für mich war, mir ein Wohnheimzimmer zu nehmen.«

»Um mal von zu Hause wegzukommen und zu lernen, auf eigenen Beinen zu stehen?«

Tristan lächelte ehrlich. »Genau.«

Ich nickte. »So geht es mir auch. Zwar vermisse ich meine Eltern, aber in unserem Alter sollte man langsam selbstständig werden. Sonst hat man es später schwer.«

»Das stimmt.« Ein beinahe sehnsuchtsvoller Ausdruck legte sich auf Tristans Gesicht.

»Es ist schön, dass du so ein gutes Verhältnis zu deiner Familie hast.«

»Finde ich auch. Meine Eltern haben immer viel gearbeitet, um uns alles zu ermöglichen. Aber sie sind die liebevollsten Menschen, die ich kenne.«

»Und wie verstehst du dich mit deinen Geschwistern?« Er hatte von einer älteren Schwester und einem jüngeren Bruder erzählt.

»Lynn und ich sind ein Herz und eine Seele.« Ein Lächeln zupfte an seinem Mundwinkel. »Sie war der einzige Grund, aus dem es mir schwergefallen ist, ins Wohnheim zu ziehen.«

»Wieso das?«, hakte ich vorsichtig nach.

Tristan seufzte. »Es ist …« Er hielt inne und legte die Stirn in Falten. »Es ist schwer, zu erklären. Wir brauchen einander einfach. Wenn einer von uns eine schwierige Phase hat, können wir uns immer aufeinander verlassen, sind füreinander da. Uns trennen zwar nur wenige Kilometer, aber selbst diese geringe Entfernung fühlt sich an manchen Tagen an, als läge ein ganzer Ozean zwischen uns.«

»Wow!«, sagte ich leise. »Ihr scheint ein wirklich enges Verhältnis zu haben.«

»Das haben wir.« Tristan nickte. »Mit Gareth ist es etwas anderes. Manchmal habe ich das Gefühl, dass er denkt, in meinem Schatten zu stehen. Aber er spricht nicht gern über seine Innenwelt.« Er zuckte mit den Schultern. »Er ist halt gerade in der Pubertät, da ist nichts anderes zu erwarten. Vielleicht verstehen wir uns besser, wenn er älter ist.«

»Ganz bestimmt.« Es gefiel mir, wie offen Tristan sprach. Vielen Menschen wie auch seinem Bruder fiel es oft unglaublich schwer, sich anderen gegenüber zu öffnen. Aber mit Tristan hatte ich das Gefühl, über wirklich alles reden zu können. Er machte sich nicht lustig und verurteilte nicht. Und vor allem hatte er selbst keine Scham, über seine Gefühle zu sprechen. Das war … anziehend.

Wieso also konnte ich ihm die Wahrheit über Lucy nicht erzählen, obwohl er mir gegenüber doch so ehrlich und direkt war?

Ich versuchte, mir einzureden, dass es nur daran lag, ihn keiner Gefahr auszusetzen, aber das war nicht alles. In mir gab es eine weitere Barriere. Eine imaginäre Grenze, die ich nicht überschreiten konnte. Und auch wenn ich es nicht wahrhaben wollte, kannte ich den Grund. Tristan dieses Detail meines Lebens zu verraten, würde bedeuten, ihn hineinzulassen. Aber das war etwas, zu dem ich mich nicht bereit fühlte. Dafür kannten wir uns nicht gut genug.

In der Vergangenheit war ich zu oft verletzt worden. Immer schon war ich gesellig und offenherzig gewesen. Ich hatte nie ein Problem damit gehabt, anderen meine Lebensgeschichte auf einem Silbertablett zu servieren. Und genau das war der Knackpunkt. Wenn jeder alles über einen wusste, gab es eine zu große Angriffsfläche. Und leider gab es dort draußen viel zu viele Menschen, die es liebten, die Schwächen anderer auszunutzen.

Daher hatte ich irgendwann gelernt, mich zu verschließen, kaum mehr jemanden an mich heranzulassen und das Gerede anderer zu ignorieren. Es war leichter, die Mauern hochzuziehen und Tristan nur einen winzigen Blick darüber zu gewähren. Gerade genug, dass er nicht misstrauisch wurde. Aber nicht so viel, dass es mich verletzlich machte. So wohl ich mich in seiner Gegenwart auch fühlte, es war besser so. Zumindest vorerst.

»Wir haben ziemliche Fortschritte gemacht«, sagte ich, um wieder auf die Komposition zurückzukommen. »Nächste Woche könnten wir dann schon mal mit Improvisation beginnen, um ein Gefühl für die Geschichte zu bekommen.«

»Das klingt nach einem guten Plan.« Plötzlich knurrte Tristans Magen so laut, dass er peinlich berührt den Kopf einzog. »Sorry. Vielleicht sollten wir für heute Schluss machen?«

Ich grinste. »Ja, ich habe auch langsam Hunger.«

»Okay, ich bringe den Schlüssel zurück ins Sekretariat. Du kannst schon gehen.«

»Bist du sicher?«, fragte ich verwirrt. »Ich kann auch kurz warten.«

Tristan winkte ab. »Ach, Quatsch!«

»In Ordnung.« Es wunderte mich zwar, dass er nicht mit mir gemeinsam zu den Wohnheimen laufen wollte, aber vielleicht hatte er ja auch vor, außerhalb des Geländes essen zu gehen. Oder er hatte bemerkt, dass ich im Gegensatz zu ihm nicht ganz so offen war, und wollte seine Zeit nicht weiter mit mir verschwenden. Was auch immer der Grund war, es sollte mir egal sein. Daher packte ich schnell meine Sachen zusammen und brach Richtung Wohnheim auf.

11

Tristan

Der Bogen glitt über die Saiten. Ich hielt die Augen geschlossen und konzentrierte mich auf nichts weiter als die Musik, die ich erschuf. Zumindest war das meine Intention. Doch wann immer meine Gedanken einen Moment abdrifteten, wanderten sie zu Hazel.

Gestern nach dem Unterricht war unser erstes Treffen für das Projekt bei Mr Price. Eigentlich wollten wir uns lediglich hinsetzen und brainstormen, in welche Richtung unser Stück gehen sollte. Doch wir waren andauernd vom Thema abgekommen und hatten uns stattdessen über andere Dinge unterhalten. Und wir hatten gelacht. Viel gelacht. Keine Ahnung, wann ich zuletzt so losgelöst gewesen war.

Dennoch sah mir das absolut nicht ähnlich. Ich gehörte zwar nicht zu der Art Studenten, die den ganzen Tag nichts anderes taten, als zu lernen, doch ich nahm das Studium sehr ernst und wollte es mit Bestnoten abschließen. Daher war ich normalerweise konzentriert und fokussiert, wenn es um Hausaufgaben und Projekte ging. Ganz besonders bei einer herausfordernden Abschlussarbeit wie dieser.

Aber mit Hazel war es einfach so leicht, zu reden. Erst war ich etwas nervös gewesen – ja, ich, Tristan McKee! –, da sie bisher nicht den Anschein erweckt hatte, mich kennenlernen zu wollen. Gestern war sie allerdings ganz anders drauf. Sie hatte mir Fragen gestellt und auch über sich selbst erzählt. Und es hatte mir verdammt gefallen.

Trotzdem hatte ich das Gefühl, dass sie etwas vor mir verbarg. Sie hatte schließlich sogar gesagt, dass jeder seine Geheimnisse brauchte. Damit hatte sie recht, auch ich hatte lange nicht alles über mich preisgegeben und würde das vermutlich nie tun. Nichtsdestotrotz war es mir ein Bedürfnis, jedes *ihrer* Geheimnisse zu ergründen.

Ich verspielte mich. »Fuck!«

Die anderen stöhnten und ließen von ihren Instrumenten ab. »Wo bist du heute nur mit den Gedanken?«, motzte Olive, legte ihre Bratsche beiseite und vergrub die Hände in den Haaren.

»Sorry, heute ist einfach nicht mein Tag.«

Olive hob abrupt den Kopf, woraufhin ihre blonden Locken auf- und abwippten. Sie kniff die Augen finster zusammen. »Es ist wohl eher nicht dein Semester.«

Den Seitenhieb hatte ich verdient.

»Jetzt sei doch nicht so hart mit ihm«, sagte Will. »Jeder hat mal eine schlechte Phase.«

»Aber doch nicht Tristan«, entgegnete Olive nun etwas lauter. »Er ist der beste Geiger der Academy!«

Unter anderen Umständen würde mir ihr Kompliment schmeicheln, heute führte es mir aber vor Augen, wie abgelenkt ich war, seit ich Hazel das erste Mal getroffen hatte. Das war beschissen und durfte auf keinen Fall zum Dauerzustand werden. Ich war doch kein Typ, der seine Karriere wegen einer Frau ruinierte, die er kaum kannte. Einer verdammt süßen Frau mit Augen, die einem in die Seele blickten, und Lippen, die ich unbedingt küssen wollte.

Die Sache mit Addy hätte mir eine Lehre sein sollen, und jetzt benahm ich mich wieder genauso bekloppt.

»Sorry«, wiederholte ich. »Ab sofort werde ich mich wieder mehr dahinterklemmen.«

Ich schaute nacheinander Olive, Will und Chang an. In ihren Augen war eher Verwirrung zu erkennen als echter Ärger. Mir wurde bewusst, dass sie sich Sorgen machten. Sollte ich abstürzen, würde ich sie mit mir in die Tiefe reißen. Wir waren ein Team. Man musste sich auf jedes Mitglied des Streichquartetts verlassen können. Sollte einer aus der Rolle tanzen, war's das. Ich konnte sie nicht hängen lassen.

»Willst du darüber reden?«, fragte Chang, der die Zweite Geige spielte. Er war unglaublich talentiert, konnte die meisten Stücke binnen kürzester Zeit perfekt spielen. Sein einziges Defizit lag in eigenen Kompositionen.

Ich lehnte mich im Stuhl zurück und fuhr mir durch die Haare. Es war verdammt peinlich, zuzugeben, was los war.

»Scheiße, es geht um ein Mädchen.« Olive stöhnte und verdrehte die Augen. »Unser Romeo ist verknallt.«

Will und Chang fingen an, zu lachen. »Shit, Mann. Stimmt das?«, wollte Will wissen.

»Ich bin nicht verknallt, aber ich habe jemanden kennengelernt, ja.« Gott, ich hatte so was von keinen Bock, darüber zu reden. »Jetzt lasst uns weitermachen.«

»Okay. Lasst uns Samuel Barbers Adagio für Streichorchester opus elf spielen«, schlug Chang vor.

»Du bist ein Idiot«, sagte ich, musste nun aber doch lachen.

»Ein trauriges Stück für ein trauriges Würstchen. Ich find's passend.« Olive zuckte mit den Schultern und nahm die Bratsche wieder an sich.

»Wie du meinst«, sagte ich und legte den Bogen an.

Wenn sie das unbedingt so haben wollten, ließ ich mich halt auf ihre Spielchen ein. Barbers Adagio war eines der weltbekanntesten Trauerfeier-Stücke, das eine stark emotionale Wirkung ausübte. Es waren nicht nur die dunkle Klangfarbe und das langsame Tempo des Stückes, sondern die Geschichte, die es erzählte. Jeder einzelne Ton sorgte dafür, dass man die unterschiedlichsten Gefühle durchlebte und sich seiner Trauer stellte, anstatt dieser den Rücken zu kehren.

Ich legte all meine Emotionen in das Stück. Und dieses Mal verspielte ich mich glücklicherweise nicht.

Bevor ich nach der Probe mit meinem Streichquartett ins Wohnheim ging, steuerte ich das Sekretariat im ersten Stock an. Es lag direkt neben dem Büro des Rektors und war sogar an den Wochenenden besetzt. Ich klopfte dreimal und öffnete die Tür, nachdem Mrs Beacan mich hereingebeten hatte.

»Was kann ich für Sie tun?« Sie schaute mich über das Brillengestell hinweg an. Der dicke schwarze Rahmen bedeckte ihr halbes Gesicht, was zum Schießen aussah. Beinahe, als hätte ihr jemand mit Edding quer über die Wangen gemalt, während sie geschlafen hatte. Ein typischer Streich, wie ihn gerade Kerle auf Partys öfter anderen spielten.

»Ist Post für Tristan McKee gekommen?«

»Einen Moment bitte, ich sehe nach.« Mrs Beacan rollte den Bürostuhl zurück und ging in den angrenzenden Raum. Dort wurden neben den Studentenakten auch eingegangene Briefe und Pakete gelagert. Einmal wöchentlich holte ich meine Post ab, aber normalerweise bekam ich nicht viel.

Schließlich lebten wir im digitalen Zeitalter, da war es nicht mehr nötig, auf die Schneckenpost auszuweichen.

Wenige Minuten später kam Mrs Beacan zurück. In den Händen hielt sie ein kleines Päckchen. »Das hier ist für Sie angekommen. Und diese drei Briefe.«

Überrascht nahm ich alles entgegen. Ich hob die Mundwinkel, als ich den Absender auf dem Karton las. Meine Großmutter hatte mir das Päckchen geschickt, was nur bedeuten konnte, dass sie mir wieder einmal etwas gestrickt hatte. »Vielen Dank.« Ich verabschiedete mich von Mrs Beacan und verließ das Gebäude. Der Wind riss mir das Päckchen beinahe aus der Hand, und es fiel mir schwer, es auszubalancieren, da ich auch den Violinkasten zu transportieren hatte.

Im Wohnheim angekommen, trat ich leise gegen unsere Tür. Wenig später öffnete Harvey mir stöhnend. »Geht es das nächste Mal vielleicht leiser?«

Da war wieder jemand bester Laune. Womit hatte Josh ihn wohl heute verärgert? »Klar, sorry.«

Harvey drehte sich wortlos um und verschwand kurz darauf wieder in seinem Zimmer. Wenn er nicht gerade mit Josh stritt, war er wenigstens die meiste Zeit nicht in unserem Sichtfeld. Er legte nicht viel Wert auf ein angenehmes Miteinander, schaute nie mit uns TV und tat auch sonst eigentlich nichts, außer zu kochen und zu backen. Was er in seinem Zimmer trieb, wollte ich so genau gar nicht wissen. Hoffentlich malte er dort nur seine Bilder.

Aber besser so als ein Mitbewohner, der einem das Ohr abschwätzte oder einem andauernd auf die Nerven ging.

»Aww, hat deine Omi dir einen neuen Pullover gestrickt?« Josh hatte es sich auf der Couch bequem gemacht und ließ irgendeine der Actionkomödien laufen, auf die er so stand. Die halbleere Schüssel Popcorn auf seinem Schoß ließ vermuten, dass er schon eine Weile hier war.

»Hast du keinen Unterricht?«

»Ne, hab krank gemacht.« Er öffnete den Mund und warf sich eine Handvoll Popcorn hinein. Wobei die Hälfte von seinen Lippen und Zähnen abprallte und auf Couch und Boden fiel. Sollte Harvey nachher einen Krümel davon in der Couchritze finden, wäre die Hölle los.

»Warum?«, fragte ich, während ich meine Zimmertür öffnete und meine Sachen kurz ablegte.

»Der rothaarige Teufel ist mir auf den Sack gegangen.«

Ich warf mich neben Josh und griff in die Schüssel. Im Fernseher explodierte gerade ein Auto, und die beiden Kerle, vermutlich Agents, flogen zwanzig Meter weit, ohne auch nur eine Schramme davonzutragen. »Was hat sie schon wieder angestellt?«

Keine Ahnung, was genau die beiden für eine Rivalität am Laufen hatten, aber in einem von Joshs Kursen gab es ein Mädchen, mit dem er sich andauernd anlegte. Wie sie wirklich hieß, wusste ich nicht, da er sie immer nur als rothaarigen Teufel betitelte.

»Sie hat mir den Schwanz abgeschnitten«, knurrte Josh.

Ich prustete. »Dafür kannst du aber ganz schön normal sitzen. Vielleicht solltest du besser mal zum Arzt?«

Bevor ich wusste, wie mir geschah, flog mir eine Ladung Popcorn mitten ins Gesicht. »Witzig. Ich lach mich tot«, grummelte Josh. »Von meinem Kostüm! In der Zwischensemesteraufführung trete ich als *Gus* aus *Cats* auf. Aber diese doofe Zicke hat mein Kostüm ruiniert.«

Ich gab ihm einen sanften Boxhieb in die Rippen. Josh rieb sich die Seite und funkelte mich grimmig an. Das hatte er sich selbst zuzuschreiben. Er wusste, wie wenig ich davon hielt, abschätzig über Frauen zu reden.

»Und was genau hast du gemacht?«, fragte ich.

»Wie? Was soll ich gemacht haben?«

»Ich bin mir ziemlich sicher, dass sie nur so drauf ist, weil *du* angefangen hast.«

Josh schob sich eine weitere Handvoll Popcorn in den Mund. »Du spinnst doch«, schmatzte er, wobei er die Hälfte ausspuckte. Angewidert rieb ich mir über das Gesicht.

»Wenn du meinst. Rede doch einfach mal mit ihr und frag nach. Womöglich hast du was getan, ohne es zu merken.«

»Nur über meine Leiche.«

Ich zuckte die Schultern. »Musst du wissen, Mann. Den Schwanz einzuziehen ist aber auch keine Lösung. Pun intended.« Ich lachte.

Josh machte allerdings lieber einen auf beleidigte Leberwurst. »Ich brauche neue Mitbewohner.«

Ich blieb weitere zehn Minuten auf der Couch sitzen und starrte auf den Fernseher. Dieser Film war wie ein Unfall – schrecklich, aber wegsehen konnte man trotzdem nicht. Als dann aber noch zahlreiche Gebäude in die Luft flogen und wieder niemand den Hauch einer Verletzung davongetragen hatte, stand ich auf und ließ Josh allein.

Mir blieben eineinhalb Stunden bis zu meiner Einzelstunde, weshalb ich gleich noch einen kurzen Spaziergang machen wollte. Ich setzte mich einen Moment auf die Bettkante, schob die Briefe vom Karton und riss Grannys Päckchen auf. Grinsend holte ich den langen schwarzen Schal heraus. Auf einer kleinen Karte stand:

Dieser Winter soll besonders eisig werden.
Damit du dich nicht erkältest.

Meine Granny war die Beste. Sie und Gramps waren vor einigen Jahren nach Südfrankreich ausgewandert, um dem trüben britischen Wetter zu entfliehen. Ihre letzten Jahre wollten sie gemeinsam in der Sonne verbringen, Baguettes und Croissants bis zum Umfallen essen und die Seele baumeln lassen. Das hatten sie sich auch mehr als verdient. Gramps hatte lange auf dem Bau gearbeitet, wo er nach einem Unfall sein Gehör auf einem Ohr verloren hatte. Granny war Sängerin in einem Nachtclub gewesen, wo sie mehrere Auftritte pro Woche und überwiegend ihre eigenen Songs zum Besten gegeben hatte. Der große Durchbruch war ihr nie gelungen, aber sie hatte ihr künstlerisches Talent an Mum weitervererbt, die als Ballerina schon auf der ganzen Welt getanzt hatte.

Ich schlang mir den Schal mehrmals um den Hals. Er war bestimmt vier Meter lang, Granny musste ewig daran gestrickt haben. Morgen würde ich ihr einen Dankesbrief schicken. Ich konnte sie einfach anrufen, aber ich wusste, wie sehr sie es liebte, Post zu bekommen. Sie schrieb auch heute noch Briefe anstatt E-Mails, obwohl wir ihr oft erklärt hatten, wie die moderne Technik funktionierte. Trotzdem bestand sie darauf, lieber handschriftliche Worte zu verfassen, da das persönlicher war. Und damit hatte sie recht.

Mein Blick glitt zum Wecker auf meinem Nachttisch. Wenn ich noch spazieren wollte, musste ich jetzt dringend los. Ich sprang auf die Beine, wobei die Briefe von meinem Bett fielen. Schnell sammelte ich sie auf und scannte sie kurz. Die Rechnung für den neuen Laptop, den ich mir gekauft hatte, ein Brief von der Uni und ein silberner Umschlag ohne Absender. Vermutlich die Einladung zu irgendeiner Party. Schulterzuckend schob ich sie in meine Nachttischschublade. Damit würde ich mich später befassen.

Den Schal nahm ich wieder ab, den würde ich vorerst nicht brauchen. Zügig zog ich den Mantel an und verließ das Gelände der Uni.

Es würde nur ein kurzer Spaziergang werden, aber er würde genügen, um Hazel aus meinen Gedanken zu vertreiben. Mein Geigenspiel durfte nicht unter ihr leiden, also musste ich mir den verdammten Arsch aufreißen.

Heute war es nebelig. Die dichten Schwaden waberten über den Boden und verschluckten meine Stiefel. Das perfekte Wetter, um durch die Lincolnshire Wolds zu laufen. Dabei handelte es sich um einen Hügelzug in der gleichnamigen Grafschaft von England. Was mir besonders gefiel, war, wie unterschiedlich die Landschaften waren. Ging man durch den Haupteingang der Uni den vorderen Hügel hinunter zur Hauptstraße, erstreckten sich vor einem saftig grüne Wiesen und tief eingeschnittene Täler. Dazwischen plätscherten kleine Bäche, die mir in den Sommermonaten mehr als einmal den Schweiß aus dem Gesicht gewaschen hatten.

Südlich der Academy sah es anders aus. Ein kleiner Wald grenzte an das Gelände. Wobei es sich eher um eine dichte Ansammlung von Bäumen handelte, die den Hügel hinunterführten. Am Fuß befand sich ein glasklarer, aber sehr bewachsener See. Dieser war tiefer, als er vermuten ließ, weshalb es gefährlich war, darin zu schwimmen.

Vor fünf Jahren war meine Familie nach Tealby gezogen, einem kleinen Dorf nicht weit von der Academy. Ich hatte es genossen und zu dieser Zeit meine Liebe für das Wandern entdeckt. Aufgewachsen war ich in London. Die Stadt war schön, keine Frage, doch sie war laut und überfüllt, nicht nur mit den Einwohnern, sondern auch den Touristen aus der ganzen Welt.

Die Lincolnshire Wolds waren eine nette Abwechslung. Je älter ich geworden war, desto mehr hatte ich gelernt, die Ruhe zu genießen.

Das Wandern war etwas, das ich mit Lynn gemeinsam hatte. Wir waren oft stundenlang nebeneinander hergegangen, ohne ein einziges Wort zu sagen. Das brauchten wir auch nicht, denn wir verstanden einander auch so. Das hatte unser Verhältnis immer schon ausgemacht. Gestern war ich kurz davor gewesen, Hazel mehr zu erzählen, alles. Aber ich hatte mich gerade noch zurückhalten können.

Shit, jetzt dachte ich schon wieder an sie. Dabei war ich extra hergekommen, um *nicht* an sie zu denken.

Kopfschüttelnd lief ich weiter und lenkte meine Gedanken zurück zu all den Tagen, die ich mit Lynn verbracht hatte. Ein weiterer Grund, weshalb ich froh darüber war, dass wir nach Tealby gezogen waren, war der, dass ich sie am Wochenende problemlos besuchen konnte. Ich wollte sicher sein, dass es ihr wirklich gut ging. Beim Facetimen oder Chatten betonte sie zwar immer, dass es ihr ganz hervorragend ging, aber ich wollte mich selbst vergewissern.

Ich ließ den Blick schweifen. Der Himmel war zugezogen, und es grummelte leise. Nicht mehr lange, und die Wolken würden sich über das Land ergießen, dessen war ich mir sicher. Doch ein bisschen Regen machte mir nichts aus.

Das Vibrieren meines Handys riss mich aus den Gedanken. Ich holte es aus der Jacke und entsperrte das Display.

Wo bist du, Darling?
Meine Mitbewohnerinnen sind gerade nicht da.
Willst du zu mir aufs Zimmer kommen? Wir können zusammen für den Musikgeschichtstest lernen.

Stöhnend schaltete ich das Handy ab und schob es zurück in die Tasche. Ich hatte keine Lust, zu antworten. Dies war mein Moment. Meine zwingend benötigte Me-Time. Und Joanna verstand kein *Nein*. Bereits seit einem Jahr versuchte sie, mich rumzukriegen. Kein Plan, ob sie eine Wette mit ihren Freundinnen am Laufen hatte oder warum sie nicht endlich aufgab. Wir hatten kaum etwas miteinander zu tun, waren lediglich für drei Wochen im ersten Semester in einer gemeinsamen Lerngruppe gewesen. Seitdem hatte sie meine Nummer und schrieb mir zu den unpassendsten Momenten. Und ganz egal, wie oft ich sie abblitzen ließ – und das war oft –, sie versuchte es trotzdem.

Eine Böe kam von vorn und riss an meinem Mantel. Ich vergrub die Hände in den Taschen und lief weiter. Heute hatte ich mich dazu entschieden, über die nördlichen Hügellandschaften zu laufen. Viel Zeit blieb mir aber nicht mehr bis zur Einzelstunde.

Deshalb liebte ich den Mittwoch. Kein theoretischer Unterricht, sondern nur spielen. Erst das Ensemble, dann die Einzelstunde. Es war eine schöne Abwechslung zum Theorieunterricht, der mir im zweiten Jahr noch schneller auf die Nerven ging als schon im ersten. Aber er gehörte dazu. Augen zu und durch.

Als der Wind stärker wurde, entschied ich mich, dass es doch besser war, zurückzugehen. Hoffentlich wurde das Wetter in den nächsten Tagen sonniger, denn ich war seit Wochen nicht richtig wandern gewesen. Vielleicht konnte ich Hazel ein paar Orte im Umkreis der Academy zeigen.

Mist, schon wieder! Ich verdrehte die Augen. Es sah mir verdammt noch mal nicht ähnlich, so viel über ein Mädchen nachzudenken. Es musste an ihrer geheimnisvollen Art liegen. Und an ihren großen Augen und den vollen Lippen, die ich zu gern küssen würde … woran ich auch viel zu oft dachte.

Im Wohnheim sollte ich dringend eine kalte Dusche nehmen.

12

Hazel

Es fiel mir unglaublich schwer, meine Augen offen zu halten. In den letzten Tagen hatte ich richtig viele Hausaufgaben zu erledigen. Dazu noch die Probe mit Tristan und die Spurensuche mit den Mädels. Ich konnte nicht behaupten, dass wir vorangekommen wären.

Mila hatte sich zwar in ihren Kursen bei den ganzen Tratschtanten, wie sie liebevoll sagte, erkundigt, aber niemand schien etwas zu wissen. Wobei ich ehrlicherweise eher vermutete, dass niemand reden wollte. Denn sollte diese Studentenverbindung *wirklich* existieren, war es unmöglich, dass *niemand* irgendetwas wusste.

Auch Charlotte hatte die Ohren gespitzt, aber in ihrem Bekanntenkreis gab es eher wenige Leute, die etwas gehört haben konnten. Die meisten, sie eingeschlossen, kümmerten sich um ihre eigenen Angelegenheiten, anstatt sich in die anderer einzumischen. Was eine bewundernswerte Eigenschaft war. Ich wäre dafür viel zu neugierig.

Ich stützte mein Kinn auf meiner Hand ab. Dabei musste ich mich zwingen, nicht einzuschlafen. Mein Blick glitt zur großen Standuhr hinter Mr Bucks.

Es war eine originale antike Junghans von 1920, wie er uns

in der ersten Stunde Musikgeschichte erzählt hatte. »Jeder Tisch, jeder Teppich, ja sogar die Tapete in diesem Raum erzählt Geschichte«, hatte er gesagt und damit begründet, weshalb unser Unterricht gerade hier stattfand.

Im Grunde war jeder Kursraum der Universität auf seine Weise etwas Besonderes, aber Mr Bucks hatte recht damit, dass dieser Raum noch mal anders war. Er war mit einem dunklen Teppich ausgelegt, der sämtliche Schritte abdämpfte, das Lehrerpult war ein großer Mahagonischreibtisch wie in Rektor Cavanaughs Büro, und Mr Bucks saß in einem Ledersessel, mit dem man es sich am liebsten vor einem Kamin bequem gemacht hätte.

Die kleinen Bänke, an denen wir saßen, bestanden aus abgewetztem Holz und hatten einen Deckel zum Aufklappen, in dem man seine Utensilien aufbewahren konnte. Solche Tische hatte ich bisher nur im TV gesehen. Leider waren unsere Stühle nicht ansatzweise so bequem, wie Mr Bucks Sessel es vermutlich war.

Mit den Augen folgte ich den Bewegungen des Pendels im Uhrwerk. Das hatte etwas Hypnotisches an sich. Im beständigen Rhythmus schlug es aus. Rechts, links, rechts, links, rechts, links. Nur der Minutenzeiger schien sich auf dem Ziffernblatt nicht zu bewegen, als wollte er mich verhöhnen.

Eigentlich sollte ich Mr Bucks zuhören, aber meine Konzentration für die Woche war aufgebraucht. Kaum zu glauben, dass ich noch keinen Monat an der Academy war. Es kam mir so vor, als hätte ich bereits mein halbes Leben hier verbracht.

Der erlösende Gong ertönte nach einer gefühlten Ewigkeit, und ich atmete erleichtert auf. Schnell schob ich die Unterlagen und das dicke Musikgeschichtsbuch in meine

Umhängetasche und legte sie mir über die Schulter. Nur hatte ich dummerweise zu viel Schwung genommen.

»Pass doch auf«, schnappte Megan.

»Tut mir leid, ich hab dich nicht gesehen.«

»Dann kauf dir eine Brille, Blindschleiche!« Sie verdrehte ihre blauen Augen und stapfte an mir vorbei. Ihre Freundin Haley kicherte leise und dackelte ihr hinterher. Die beiden waren furchtbar unsympathisch. Wir hatten kaum ein Wort miteinander gewechselt, aber sie hatten mir vom ersten Tag an das Gefühl gegeben, hier nicht willkommen zu sein.

Bianca öffnete ihren Rucksack und verstaute ihre Unterlagen ebenfalls wieder. »Mach dir nichts draus, die beiden sind einfach unmöglich.«

»Ich weiß«, entgegnete ich.

Bianca war eine der wenigen Personen in meinen Kursen, mit denen ich mich halbwegs gut verstand. Sie sprach nicht viel, aber wenn sie etwas sagte, war es wenigstens freundlich. Was man von gewissen anderen Menschen nicht behaupten konnte. Sie strich sich ihre dunkelblonden Haare aus der Stirn und lächelte. »Wir sehen uns nachher.«

»Ja, bis später.« Sie hatte sich ebenfalls für das Wahlpflichtfach der Harmonielehre eingetragen, weshalb wir donnerstags zwei unserer Kurse zusammen hatten.

Kurz darauf verließ auch ich als eine der letzten den Unterrichtsraum. Selten hatte ich mich so auf die Mittagspause gefreut. Mein Magen knurrte, obwohl ich erst vor zwei Stunden ein kleines Frühstück zu mir genommen hatte. Dennoch konnte ich es kaum erwarten, mich gleich mit einer Portion Fish and Chips vollzustopfen.

Ich hatte mittlerweile gelernt, dass es in der Kantine gewisse Speisen täglich in unterschiedlichen Variationen gab. Beispielsweise Nudelgerichte. Zusätzlich wechselte das Essen an jedem Wochentag. Und donnerstags war Fischtag! Mein liebster Tag der Woche, zumindest was das Essen betraf.

Kaum im Flur angekommen, strömten zahlreiche Studenten Richtung Kantine. Na toll, das bedeutete, ich musste meine Zeit gleich wieder mit Schlangestehen verplempern. Es sei denn, Mila war schon da, dann konnte sie mir etwas mitbringen.

Mit der freien Hand kramte ich mein Handy aus der Tasche und entsperrte das Display. Eine Nachricht von Johnny war eingegangen, in der er mir von seinem Beziehungsdrama erzählte. Das musste ich mir später genauer durchlesen, um ihm nicht zwischen Tür und Angel antworten zu müssen.

Gerade als ich den Chat von Mila öffnete, prallte ich in einen harten Oberkörper. Zwei starke Arme legten sich um meine Schultern und sorgten so dafür, dass ich nicht das Gleichgewicht verlor.

»Vorsicht«, sagte eine raue Stimme, die ich sofort als Tristans identifizierte. Nur seine Stimme hatte die Wirkung, mir sofort durch Mark und Bein zu gehen.

Ich hob das Kinn und blickte zu ihm hoch. »Sorry und danke fürs Auffangen.«

Er ließ nicht von mir ab, stattdessen lagen seine Arme weiterhin auf meinen Schultern. In seiner Brust spürte ich seinen Herzschlag und war einen Moment kurz davor, mich näher an ihn zu schmiegen und dem Klang zu lauschen.

»Na klar«, sagte er ruhig.

Von ihm gehalten zu werden fühlte sich gut an. Zu gut. Ich musste das schleunigst unterbinden. Sachte legte ich die Hände auf seine Brust und stieß mich von ihm ab. Durch den Stoff seines Pullovers spürte ich deutlich seine Muskeln. Diese musste er vom Schwimmen bekommen haben, genau wie die breiten Schultern, die ich so anziehend fand, weil sie ein Gefühl von Geborgenheit vermittelten.

Als Tristan bemerkte, dass ich mich aus der mehr oder weniger freiwilligen Umarmung lösen wollte, ließ er die Arme sinken und trat einen Schritt zurück. »Möchtest du – ach, vergiss es«, sagte er.

»Möchte ich was?«

»Nicht so wichtig.«

»Jetzt sag schon«, forderte ich lachend.

Tristan fuhr sich mit der Zunge über die Lippen. »Ich wollte nur fragen, ob du mit mir essen gehen willst. Aber eine erneute Abfuhr von dir würde mein schwaches Herz nicht überleben.« Er legte sich die Hand an die Brust und schaute mich leidend an.

»Du spinnst doch!« Ich schüttelte den Kopf, wobei mir mein eigener Pferdeschwanz ins Gesicht peitschte.

Tristan ging ein paar Schritte rückwärts. »Mein voller Ernst. Und genau deshalb werde ich dich nicht fragen.« Er hob die Hand und drehte sich um. Kurz darauf war er in der Menge der Studenten verschwunden.

Was bitte war das denn? Meine Wangen glühten, und meine Schultern prickelten an der Stelle, an der Tristan mich eben noch berührt hatte. Ich bezweifelte, dass er das ernst gemeint hatte. Sicher wollte er mich nur auf die Palme oder aus der Fassung bringen. Und eines musste ich ihm lassen: Er hatte es geschafft.

Völlig verdattert stand ich noch immer im überfüllten Flur und starrte auf die Stelle, an der er eben gestanden hatte. Kopfschüttelnd widmete ich mich wieder meinem Handy und tippte eine Nachricht an Mila.

Fish and Chips für Hazel kommen sofort!

In ihr hatte ich eine wirklich gute Freundin gefunden. Wer mich fütterte, konnte damit rechnen, mich so schnell nicht wieder loszuwerden.

Als ich weiterlief, kam mir ein Junge entgegen und drückte mir einen der Flyer in die Hand, die er sich unter den Arm geklemmt hatte. »Winterball! Winterball!«, rief er, während er durch den Flur lief und jedem einen solchen gab.

Im Laufen scannte ich, was darauf stand. Der diesjährige Winterball der Rosefield würde in der ersten Dezemberwoche stattfinden. Ein Maskenball unter dem Motto *Arctic Dance*. Meine Mundwinkel hoben sich.

Ich war bisher lediglich auf meinem Abschlussball gewesen, und diesem war ein vorzeitiges Ende gesetzt worden, als zwei Idioten ihre Zigarren unter dem Rauchmelder angezündet hatten, woraufhin die Sprinkleranlage losgegangen war. Zahlreiche schreiende Mädchen und Jungen waren klitschnass aus dem Gebäude gerannt – mich eingeschlossen. Das war der absolute Horror gewesen; und zwar nicht der Horror von der guten Sorte! Es blieb also nur zu hoffen, dass der Ball an der Rosefield anders verlaufen würde.

Mein Handy vibrierte. Eine neue Push-Benachrichtigung, die ich antippte. Auf dem Display erschien ein Foto mit einem vollen Teller Fish and Chips. Darunter stand:

Das Festmahl ist serviert.

Mila war die Beste! Schnell stopfte ich Flyer und Handy in meine Tasche und zog das Tempo an. Schließlich wollte ich mein Essen nicht warten lassen.

13

Hazel

Die letzten beiden Wochen waren furchtbar. Alles unter einen Hut zu bringen war schwerer, als ich geglaubt hatte. Der Unterricht, massig Hausaufgaben, die wir in jedem Kurs aufbekamen, die Arbeiten, die wir bis zum Ende des Semesters einreichen mussten, das Lernen für Zwischenprüfungen, das große Abschlussprojekt im Kompositionskurs, die Yogastunden und dazu noch die Spurensuche. Außerdem begleitete ich Mila zwischendurch am Klavier, damit sie sich auf die Audition vorbereiten konnte, die in zwei Monaten stattfinden würde . Meine Tage brauchten unbedingt mindestens fünfzig Stunden, um alles zu schaffen.

Mittlerweile war ich komplett ausgelaugt, und meine Augenringe reichten sicher bis zum Boden. An Schlaf war kaum zu denken, und ich befürchtete, dass ich nach einem Semester völlig ausgebrannt sein würde. Glücklicherweise wurde Tristan und mir der Konzertsaal samstags von 16 bis 20 Uhr zugeteilt, sodass ich wenigstens ausschlafen konnte.

Nun ja, zumindest halbwegs. Denn auch am Wochenende machte Mila keinen Halt davor, das komplette Wohnheim mit ihrem Gesang zu unterhalten. Immerhin war das eine angenehme Art, geweckt zu werden.

Schlaftrunken schlurfte ich aus dem Zimmer und rieb mir mit dem Handrücken die Spuren der vergangenen Nacht aus den Augen. Ich hatte nicht gut geschlafen. Albträume hatten mich geplagt. Lange waren sie fortgeblieben, doch nun hatten sie mich erneut überrollt. Immer und immer wieder hatte ich Lucys Tod gesehen, hatte einschreiten wollen, aber sie konnte mich nicht sehen und ich sie nicht berühren. Also gab es keine Möglichkeit, sie zu retten. Mir war nichts anderes übrig geblieben, als immer wieder dabei zuzusehen, wie sie direkt vor meinen Augen starb.

Ich hasste diesen Traum, denn er löste so viel Hoffnungslosigkeit in mir aus. Es gab Dinge, die konnte man nicht ändern. Eine Tatsache, die ich nicht wahrhaben wollte. Und doch musste ich mich damit abfinden. Denn nur weil ich sie nicht wahrhaben wollte, machte es sie noch lange nicht falsch. Leider.

»Guten Morgen«, murmelte ich.

Charlotte stand summend an dem kleinen Herd und wendete gerade ein Spiegelei in der Pfanne. Dann drehte sie sich lächelnd zu mir um. »Guten Morgen, ich hoffe, du hast gut geschlafen. Möchtest du auch ein paar Eier?« Ihre Stimme war so fröhlich und melodisch wie eh und je. Über dem knielangen roten Sechzigerjahre-Kleid trug sie eine gepunktete Schürze, die sie aussehen ließ wie Minnie Maus.

»Gerne«, sagte ich und gähnte ausgiebig. »Danke.«

»Setz dich, ich bringe dir das Essen gleich«, säuselte Charlotte und widmete sich wieder der Pfanne. Anfangs war es mir etwas unangenehm gewesen, wie sehr sie uns bemutterte. Sie räumte hinter Mila und mir her, kochte an den Wochenenden und manchmal an den Abenden für uns, und es war sogar sie, die freitags mit ihrem Fahrrad in den nächsten Ort fuhr, um einzukaufen. Mehrfach hatte ich ihr angeboten, das für sie zu übernehmen, aber davon wollte Charlotte nichts wissen. Mittlerweile hatte ich gelernt, dass das für sie eine Art des Stressabbaus war. Sie tat es nicht, um uns zu gefallen oder weil sie das Gefühl hatte, es tun zu müssen, sondern weil sie es wirklich *wollte*.

Wenn es ihr guttat, dann wollte ich sie auch nicht dazu zwingen, damit aufzuhören. Sie hatte sicher ihre Gründe.

Wir lebten seit nunmehr einem Monat zusammen, aber noch immer hatte ich nicht komplett hinter Charlottes Fassade geblickt. Sie war ein herzensguter und fürsorglicher Mensch, und ich hatte sie wirklich gern. Es war schön, sie um mich zu haben. Trotzdem interessierte es mich brennend, warum sie darauf bedacht war, alles richtig zu machen und sämtliche Regeln einzuhalten.

In den letzten Wochen hatte es zwei Momente gegeben, in denen Mila und ich eine Regel gebrochen hatten. Einmal hatten wir noch bis nach 11 Uhr nachts Musik gehört, womit wir gegen die Nachtruhe verstoßen hatten. Ein anderes Mal hatte ich meinen Wecker versehentlich komplett ausgeschaltet, anstatt die Schlummertaste zu betätigen, weshalb ich verschlafen hatte und zu spät im Unterricht erschienen war.

Charlotte hatte uns missbilligend und mit erhobenem Zeigefinger für unser Fehlverhalten getadelt und betont, wie wichtig es sei, sich an Regeln zu halten. Aber näher war sie darauf nicht eingegangen. Ein wenig vermutete ich, dass es etwas mit ihrem Elternhaus zu tun hatte. Sie erzählte nämlich nie von ihrer Familie, und wenn die Sprache doch mal auf ihre Eltern kam, wechselte sie schnell das Thema.

Ich setzte mich auf die Couch und lehnte mich im Kissen zurück. Dass ich noch meine Schlafsachen trug, war mir egal. Da es erst halb zehn war, hatte ich noch gute sechs Stunden, ehe ich mich ins Konzerthaus begeben würde. Zugegebenermaßen freute ich mich darauf, heute zum ersten Mal länger mit Tristan proben zu können.

Aber es war nicht nur das … ich mochte es, Zeit mit ihm zu verbringen. Mehr als einmal hatte ich mich dabei erwischt, zu überlegen, was wäre, würde ich doch mal mit ihm ausgehen. Vor allem, nachdem er letztens meinte, es würde ihm das Herz brechen, eine weitere Abfuhr von mir zu kassieren. Noch immer wusste ich nicht, ob das ernst gemeint war. Darüber gesprochen hatten wir nie. Dennoch hatten diese Worte irgendetwas in mir ausgelöst, was für diese umherkreisenden Gedanken sorgte.

»Hier.« Charlotte stellte einen Teller mit Spiegelei und Toast vor mir ab. Dazu reichte sie mir eine Tasse Earl Grey. Er roch himmlisch und kitzelte in meiner Nase.

»Danke, das ist wirklich lieb von dir«, sagte ich und schlürfte ein bisschen Tee aus der Tasse. Doch er war noch zu heiß.

Charlotte setzte sich mir gegenüber auf den Sessel und biss in ihre Scheibe Toast. »Nichts zu danken, das mache ich gern.«

»Ich weiß, und du bist eine ganz fantastische Köchin«, sagte ich wahrheitsgemäß. Charlotte gab irgendein bestimmtes Gewürz in die Eier; was es war, verriet sie aber nicht. Doch es gab ihnen einen ganz eigenen leicht würzigen Geschmack, der einem das Wasser in den Mund trieb. Irgendwann würde ich schon dahinterkommen.

»Danke.« Ein ehrliches Lächeln umspielte ihre Lippen. »Hast du heute noch Pläne vor deiner Probe?«

Ich schüttelte den Kopf. »Nein, eigentlich nicht. Vielleicht suche ich noch einen Geheimgang oder so.«

Charlotte presste die Lippen aufeinander und lächelte traurig. Wir waren in den letzten Wochen mehrmals durch das Gebäude gelaufen, hatten aber nichts gefunden. Wir hatten buchstäblich jeden Stein umgedreht. Sollte ein Geheimgang existieren, hätten wir ihn finden müssen. Doch es gab nichts.

»Ich weiß, dass das verrückt ist«, sagte ich seufzend und schluckte den letzten Bissen Spiegelei hinunter.

»Ist es nicht.« Charlotte schüttelte schnell den Kopf. »Es ist nur frustrierend. Ich wünschte so sehr, wir könnten mehr tun. Aber ich habe keine Idee.«

Es machte mich unglaublich glücklich, dass die beiden mir so zur Seite standen. Doch womöglich sollte ich mich langsam mit dem Gedanken anfreunden, dass es keine Geheimnisse und keine Verschwörungen gab. Allmählich vermutete ich selbst, dass ich mich in etwas hineinsteigerte, was nicht existierte. Ich hätte im Laufe meines Lebens weniger Filme sehen sollen. Diese waren es sicher, die mir solche Hirngespinste eingebläut hatten.

»Wir werden etwas finden. Ich glaube fest daran.« Charlotte lehnte sich nach vorn und drückte meine Hand. Ihre Haut war genauso sanft, wie sie aussah. Ich wünschte nur, dass ich ebenfalls so optimistisch sein konnte.

Ihr zuliebe nickte ich. »Ja, ganz bestimmt.« Als sie lächelte, musste auch ich lächeln. »Wie läuft es bei dir? Es ist so schade, wie wenig Zeit wir haben, uns wirklich zu unterhalten.«

Charlotte lehnte sich wieder zurück und nickte betrübt. »Ja, da hast du recht. Es läuft so weit gut. Mein Entwurf für das Kleid meiner Abschlussarbeit ist fast fertig. Nächste Woche kann ich euch die Skizze zeigen. Ich bin gespannt, was ihr dazu sagen werdet.« Charlottes Wangen röteten sich, wodurch sie mit dem Rot ihres Kleides verschmolz.

»Es wird sicher großartig sein!« Ich hatte Charlottes

Mappe gesehen. Ihre Entwürfe waren wunderschön. Jedes von ihnen war detailreich und auf seine Weise einzigartig. Ein knielanges Spitzenkleid mit Fledermausärmeln hatte es mir besonders angetan. Doch dieses existierte bisher lediglich als Skizze auf Papier.

Eines Tages würde Charlotte aber eine wirklich großartige Designerin werden, über die man sprechen würde. Daran bestand absolut kein Zweifel. Viele der Kleider und Röcke, die sie trug, hatte sie selbst geschneidert, und jedes Mal verschlug es mir den Atem. Sie hatte einen faszinierenden Sinn für Ästhetik, kombinierte Vintage mit Moderne und trug dies erhobenen Hauptes.

Ich hingegen kleidete mich relativ langweilig. Am bequemsten fand ich Highwaist-Shorts und Pullover. Jetzt, da es kälter wurde, trug ich hin und wieder eine lange Stoffhose statt der Shorts. Aber viel experimentierfreudiger war ich dann leider doch nicht. In Kleidern hatte ich mich noch nie sonderlich wohlgefühlt. Zu besonderen Anlässen zog ich sie schon mal an, aber nur wenn ich wirklich musste.

Mein Blick glitt zu Charlotte. Über dem hochgeschlossenen Kleid trug sie eine dicke goldene Kette, in die zahlreiche Steinchen eingelassen waren. »Sehr hübsch. Hast du die auch selbst gemacht?«, fragte ich und nickte zu dem Schmuckstück.

Charlotte griff in ihren Nacken und öffnete den Verschluss. Dann reichte sie mir die Kette. Zaghaft fuhr ich über die Steine. »Ja, die habe ich vorige Woche beendet. Die Steine bestehen aus Glasflaschen, die Hausmeister Rowan auf dem Gelände gesammelt hat.«

»Du hast die Steine aus Glas selbst gemacht? Das ist ja der Wahnsinn!«

»Danke.« Erneut röteten sich Charlottes Wangen. Komplimente waren ihr unangenehm. »Viele meiner Schmuckstücke bestehen im Grunde aus Müll. Rowan und ich haben eine Abmachung. Alles, was sich mit halbwegs wenig Arbeitsaufwand zu Schmuck oder Dekoration verarbeiten lässt, bringt er mir. Im Gegenzug gebe ich seinem zehnjährigen Sohn Online-Nachhilfe.«

Perplex blinzelte ich sie an. »Wieso erzählst du das erst jetzt?«

»Es hat sich bisher keine Gelegenheit geboten.« Sie hob die Schultern, auf ihrem Gesicht ein Anflug von Unsicherheit. Allem Anschein nach sprach Charlotte nicht nur ungern über ihre Eltern, sondern erzählte generell nicht viel über sich. Es war nicht schlimm, jeder sollte sich dann öffnen, wenn er sich bereit fühlte. Ich war eher erstaunt darüber, wie facettenreich Charlotte wirklich war. Bisher hatte ich nur von ihrer Klaustrophobie gewusst – nur eine leichte Form, wie sie einmal betont hatte! –, die eine Erklärung dafür war, dass sie ihr Zimmer nachts nie komplett schloss.

Bevor ich unser Thema aber weiter vertiefen konnte, wurde die Tür schwungvoll aufgerissen. »Ich bin wieder da!« Mila blieb zwischen Diele und Wohnzimmer stehen, hielt einen Stoffbeutel hoch und wedelte damit vor ihrem Gesicht herum. »Und ich habe uns Snacks für heute Abend mitgebracht!«

»Heute Abend?«, fragte ich verwirrt.

Mila senkte die Mundwinkel. »Sag nicht, du hast unsere Verabredung vergessen.«

Mein Blick huschte zu Charlotte, die mit den Lippen stumme Worte formte, die ich nicht ganz entziffern konnte. Ich zog die Nase kraus und folgte der Bewegung, bis ich verstand. »Filmabend!«

»Gut gerettet. Nächstes Mal denkst du hoffentlich ohne

Charlottes Hilfe daran«, entgegnete Mila gespielt empört und lief kopfschüttelnd zur Kochnische. Sie stellte den Beutel auf die Ablage und lehnte sich dann dagegen.

»Hast du mein Fahrrad richtig angeschlossen?«, fragte Charlotte.

Mila hob eine Braue. »Du hast mich zwanzig Mal daran erinnert, also ja.«

»Gut.«

Der Fahrradkeller wurde nur von den wenigsten genutzt, weshalb ich vermutete, dass man es gar nicht erst anzuschließen brauchte. Die meisten nahmen den Bus oder riefen sich ein Uber, wenn sie das Gelände verlassen wollten. Ich hatte mir fest vorgenommen, auch bald die umliegenden Dörfer zu erkunden, aber bisher hatte ich mir dafür keinen Tag freischaufeln können, was ärgerlich war.

Ich wäre gern nach Market Rasen gefahren, um auf dem Flohmarkt nach einem neuen Wintermantel zu schauen. Durch den eisigen Wind, der über den Hügel wehte, war es auf dem Außengelände der Academy oft sehr kalt, weshalb mein alter Wollmantel nicht unbedingt den Schutz bot, den ich benötigte, um nicht früher oder später doch noch krank zu werden.

»Hazel?«

»Ja?« Mein Kopf schnellte hoch und zu Mila, die mich belustigt musterte.

»Na, bist du mit den Gedanken wieder bei deinem Loverboy?«

Ich verdrehte die Augen. »Witzig. Sehr witzig.«

Charlotte kicherte verhalten, doch Mila war nicht ganz so diskret. »Ich habe gefragt, ob du einen Filmwunsch für nachher hast.«

»Oh.« Ich hatte wirklich nicht mitbekommen, dass sie

mir eine Frage gestellt hatte. Mittlerweile wusste ich, dass Mila entgegen meiner Erwartung auf Klassiker stand, während Charlotte seichte Liebeskomödien bevorzugte. Letzteres hatte mich eher weniger überrascht. Ich konnte mir nämlich gut vorstellen, dass Charlotte eine hoffnungslose Romantikerin war, die krampfhaft daran festhielt, irgendwann auf *den einen* zu treffen. Denjenigen, der sie mit den großen romantischen Gesten überhäufte und ihr die Welt zu Füßen legte. »Eigentlich nicht. Ihr könnt etwas aussuchen.«

»Sicher?«, hakte Charlotte vorsichtig nach. »Wir können auch ruhig mal etwas schauen, was du dir gern ansiehst.«

»Ich habe wirklich keine Präferenzen. Lucy und ich haben gern stumpfe Actionfilme geguckt. Irgendetwas aus dem MCU.« Dass wir uns dann immer darüber gestritten hatten, welcher der Marvel-Superhelden am heißesten war, verschwieg ich besser. Während Lucy Tony Stark angeschmachtet hatte – den ich immer viel zu arrogant fand –, hatte ich eine Schwäche für die Underdogs. Hawkeye zum Beispiel war ein richtiges Sahneschnittchen. Aber auch die bösen Jungs wie Loki waren echte Leckerbissen. Ich konnte dem britischen Charme des Schauspielers Tom Hiddleston nicht widerstehen.

Eine Weile diskutierten Charlotte und Mila, welche Filme wir uns nachher ansehen wollten, doch ich klinkte mich aus dem Gespräch aus. Mittlerweile war es Mittag, und ich trug noch immer meine Schlafsachen. »Ich gehe mich mal fertig machen«, sagte ich, doch die beiden waren ganz in ihrem Element.

Grinsend stand ich auf und machte mich bereit für den Tag.

14

Hazel

Ich schlenderte durch die Galerie, die Tristan mir vor wenigen Wochen gezeigt hatte. Er hatte recht damit, dass hier oben selten jemand anzutreffen war. Der perfekte Ort, wenn man seine absolute Ruhe haben wollte. Aber deshalb war ich heute nicht hier.

Zwar befürchtete ich, dass es keine Geheimgänge gab, das änderte aber nichts daran, dass ich trotzdem nach ihnen suchte. Mit Mila und Charlotte hatte ich schon hinter sämtliche Gemälde geschaut, in der Hoffnung, eine verborgene Tür zu finden, aber Fehlanzeige.

Nun klopfte ich gegen beinahe jeden Stein in der Wand und drückte darauf herum, wartete auf das erlösende Klicken einer geheimen Tür, aber nichts passierte. Es blieb nur zu hoffen, dass mich hierbei niemand beobachtete, ansonsten hielt man mich sicher für total durchgeknallt.

Vorsichtig ließ ich die Fingerspitzen über den kühlen Stein gleiten. Ich liebte die Architektur dieses Gebäudes. Und je genauer man hinsah, desto mehr faszinierende Details gab es zu entdecken. Alte an der Wand befestigte Kerzenhalter wiesen einzigartige Verzierungen auf. In beinahe jedem einzelnen war das Wappen der Academy geschnitzt.

Das musste eine unfassbare Fingerspitzenarbeit gewesen sein und ein Vermögen gekostet haben. Aber wenn man bedachte, mit wie vielen Spenden die Rosefield überhäuft wurde, waren das sicher nur Peanuts.

Ich bog in den nächsten Flur ab, der zur offenen Galerie führte. In die linke Wand waren Büsten von großen Persönlichkeiten der Künste eingelassen. Unter ihnen auch Chopin, mein absolutes musikalisches Vorbild. Er gehörte zu einem der außergewöhnlichsten Komponisten der Musikgeschichte. Er hatte bahnbrechende Stücke kreiert, die meist aus reiner Improvisation heraus entstanden waren. Dabei war er auf den Zauber der Dissonanz gestoßen, was bedeutete, dass er zwei oder mehr Töne als Akkordfolge verwendet hatte, die eigentlich in keiner Verbindung zueinander standen. Eine Entdeckung mit weitreichenden Folgen, ohne die es zahlreiche Komponisten wie Debussy nie in dieser Form gegeben hätte.

Behutsam strich ich über den Marmor. Dann warf ich einen Blick über meine Schulter, um sicherzugehen, dass wirklich niemand hier war. Die Flure waren menschenleer. Ich trat noch einen Schritt auf die Büste zu, drückte sie erst und zog dann daran, aber sie rührte sich keinen Millimeter. Danach stützte ich mich mit meinem gesamten Gewicht auf den Sockel.

»Was tust du da?« Eine Stimme hinter mir ließ mich zusammenzucken, sodass ich abrutschte und mir mit der Kante des Sockels in die Handfläche schnitt. Ein stechender Schmerz durchfuhr mich. Ich hob die Hand und betrachtete die Wunde, die zum Glück nur oberflächlich war. Nichtsdestotrotz brannte sie wie Feuer.

Ich drehte mich langsam um und sah Clay vor mir stehen. Er hatte die Stirn in Falten und den Kopf schief gelegt. Dabei musterte er mich verwirrt aus seinen dunklen Augen, die beinahe schwarz wirkten. Seine dunkelblonden Haare musste er sich gestern noch geschnitten haben, denn sie reichten nicht mehr über seine Ohren. Wir kannten uns aus dem Kompositionskurs. Wobei *kennen* das falsche Wort war, im Grunde hatten wir erst fünf Sätze miteinander gewechselt. Er war derjenige, der Tristan und mich in der ersten Stunde ermahnt hatte, leise zu sein. »Was machst du hier?«

»Ich komme manchmal her, weil hier selten jemand ist«, sagte er. Aber seine Stimme klang leicht befangen. »Und was hast *du* da gemacht?«

»Ähm.« Verdammt, ich hatte absolut keine Antwort auf die Frage. »Ich wollte nur kurz meinen Rücken durchstrecken.« Wow! Und das war das Beste, was mir einfiel? Ich war eine furchtbare Detektivin.

»Und wieso musstest du das an der Büste machen? Sie hätte kaputtgehen können.« Clay verschränkte die Arme vor der Brust und schaute mich zornig an. Dieser Blick passte nicht zu dem zurückhaltenden Musterstudenten, als den ich ihn kennengelernt hatte.

»Ich glaube nicht, dass ich dir Rechenschaft schuldig bin«, entgegnete ich und spiegelte seine Pose. Das kam schnippischer rüber als beabsichtigt. Ein bisschen Mitleid hatte ich schon, schließlich hatte er es nicht böse gemeint. Immerhin war ich diejenige, die keine Achtung vor der Kunst gehabt hatte.

Clays Mundwinkel senkten sich. Ich hatte ihn verletzt. »Schon gut, ich lasse dich in Ruhe.« Kurz darauf verschwand er aus meinem Sichtfeld, und seine Schritte verklangen in der Ferne.

Ich legte mir die Hand auf die Brust, bis sich mein Herzschlag reguliert hatte. Dann drehte ich mich in die Richtung, aus der Clay gekommen war. Etwas stimmte nicht. Bevor ich mich an der Büste zu schaffen gemacht hatte, hatte ich mich vergewissert, dass hier niemand war. Wo also war er so plötzlich hergekommen?

Ich lief den Flur entlang und inspizierte die Wände, aber auch hier fand ich keine geheimnisvolle Tür. Am Ende angekommen, war nur noch die Treppe, die nach unten führte. Aber ich hatte Clays Schritte nicht gehört. Ich hätte ihn näher kommen hören müssen. Oder war ich so mit der Büste und meinen Gedanken an Chopin beschäftigt gewesen, dass ich alles andere um mich herum einfach ausgeblendet hatte? Falls dem so war, musste ich in Zukunft besser darauf achten. Keinesfalls wollte ich, dass mich jemand anderes als Clay erwischte.

Er hatte nicht sonderlich viele Freunde an der Uni – zumindest sah man ihn nie mit jemandem herumlaufen –, steckte mit der Nase andauernd zwischen Buchdeckeln und war relativ unscheinbar. Für ihn gab es keinen Grund, herumzuerzählen, dass ich mich sonderbar verhielt. Daher ging von ihm keine Gefahr aus. Sollte allerdings jemand wie Joanna oder Nicole mich erwischen, wäre ich im Fokus ihrer Tratschereien, und darauf konnte ich gut verzichten.

Es war zwar keine Straftat, hier herumzuschleichen, aber ich wollte trotzdem keinen Ärger riskieren. Nicht dass man mir noch mutwillige Zerstörung von Universitätseigentum vorwarf. Ich konnte die Enttäuschung in Charlottes Blick schon förmlich vor mir sehen.

Ich würde künftig also so gut wie unsichtbar sein müssen. Aber das sollte mir nicht allzu schwerfallen.

Das Konzerthaus war ein imposantes Bauwerk, das dem Stil einer alten Oper ähnelte. Mehrere Stufen führten zum überdachten Eingang, der von zwei Säulen rechts und links flankiert war. Als ich den Kopf hob, zuckte ein Blitz durch den Himmel, wodurch das Gebäude gleich um einiges mystischer wirkte.

Das Wetter schwang im Sekundentakt um. Heute Mittag war es noch sonnig und halbwegs warm geworden. Nun wehte ein starker Wind, und ein Gewitter braute sich zusammen.

Das Konzerthaus lag östlich der Musikfakultät. Ein schmaler, aber dicht bewachsener Pfad verband die beiden Gebäude miteinander. Ein wenig hatte ich das Gefühl, mich inmitten eines verwunschenen Waldes zu befinden. Das Hauptgebäude lag nur einhundert Meter entfernt, aber trotzdem fühlte ich mich wie in einer anderen Welt.

Mein Puls ging schneller, als ich die Stufen erklomm und die Tür aufzog. Leise Klänge drangen an meine Ohren. Die Gruppe vor uns hatte noch zehn Minuten, ehe wir an der Reihe waren. Bei der Einteilung hatte ich Mr Price nicht wirklich zugehört, daher wusste ich nicht, wer gerade am Proben war.

»Hazel, hier.« Tristan stand am Treppengeländer und hob die Hand zum Gruß. Wie von selbst lächelte ich. Er sah gut aus, strahlte etwas Verwegenes aus, so wie er dastand. Die rechte Hand hatte er in der Tasche seiner braunen Chino vergraben. Ein beiges Hemd bedeckte seinen Oberkörper, und er trug Hosenträger in den Universitätsfarben. Ich hatte nie geglaubt, dass es irgendeinen Mann auf der Welt geben konnte, bei dem Hosenträger so verdammt sexy aussahen. Aber Tristan war wie dafür gemacht. Seine wuscheligen Haare waren mittlerweile etwas länger geworden. Wie gerne hätte ich meine Finger hindurchgleiten lassen wollen!

Ich umklammerte die Henkel meiner Tasche fester und strich mir mit der anderen Hand die zerknitterte Hose glatt. Ich ärgerte mich, dass ich sie nicht gebügelt oder mir keine frische aus dem Kleiderschrank genommen hatte. Noch mehr ärgerte ich mich darüber, dass es mir etwas ausmachte. Aber neben Tristan konnte man vermutlich nur furchtbar aussehen.

»Hey«, erwiderte ich den Gruß, als ich bei ihm angekommen war.

»Bereit für die erste große Probe?«

Ich wog den Kopf hin und her. »Mehr oder weniger.«

Ein wohlklingendes Lachen drang aus seiner Kehle. »Sag nicht, du bist nervös.«

»Doch, etwas. Ich habe Angst, dass du nicht so gut bist, wie ich denke, und mir damit meine Note versaust«, sagte ich möglichst ernst. Tristans Gesichtszüge entgleisten, er öffnete und schloss den Mund, dann wich er meinem Blick aus. Das sorgte dafür, dass ich mir das Lachen nicht weiter verkneifen konnte. Ich gab ihm einen scherzhaften Stoß gegen den Oberarm. »Du müsstest mal dein Gesicht sehen!«

»Du hast mich verarscht?«, fragte er ungläubig.

»Und wie!« Ich grinste breit.

»Das kriegst du zurück.« Tristan verengte seine Augen, aber sein Mundwinkel zuckte. Ich war froh darüber, dass wir uns so gut verstanden. Nach den ganzen Schreckenserzählungen von Mila und Charlotte hatte ich befürchtet, dass Tristan und ich einander früher oder später die Köpfe einschlagen würden. Aber womöglich war es gut, dass er ein Jahr über mir war. Bis auf Komposition hatten wir keine Kursüberschneidungen. Und da wir in diesem ein gemeinsames Projekt einreichten, gab es zwischen uns kein Konkurrenzdenken. Wir wollten das Beste aus dem jeweils anderen herauskitzeln, um gut abzuschneiden. Es führte kein Weg daran vorbei, dass wir einander vertrauten. Zumindest, was den Kurs betraf.

»Wollen wir?«, fragte ich und nickte geradeaus. Ich konnte es kaum erwarten, den Konzertsaal endlich von innen zu sehen.

»Klar, lass uns loslegen.« Tristan griff nach seinem Violinkasten und ging voran, wodurch ich einen perfekten Blick auf seine Rückseite hatte – seine breiten Schultern waren wirklich zum Niederknien.

Zum Glück mussten wir hier nur in die erste Etage. Im Grunde hätten wir auch den Bühneneingang nehmen können, aber wir wussten nicht, ob dieser heute aufgeschlossen war.

Oben angekommen, schaute Tristan mich an. »Bereit?«

»Natürlich!«, sagte ich mit kaum überhörbarer Nervosität in der Stimme.

Tristan grinste, und insgeheim liebte ich es, dass er dann immer diese kleinen Grübchen bekam. Sie gaben seinen sonst sehr maskulinen Zügen einen jungenhaften Touch, der mir ganz besonders gefiel.

Als er die Tür öffnete, wurde die Musik lauter. Wir befanden uns auf den oberen Rängen und blickten direkt auf die zentral gelegene Bühne. Ich schaute über die gepolsterten Sitzreihen, die einen etwas muffigen Geruch verströmten. Das war nicht verwunderlich, bedachte man, wie alt die Universität war. Und der große Saal erweckte nicht den Anschein, in jüngerer Vergangenheit saniert worden zu sein.

Über uns befanden sich bloß noch die Balkone, die einmal rund um den Saal führten. Ich vermutete, dass dort die Zuschauer mit den teuren Tickets in den Aufführungen saßen.

Tristan steuerte die schmalen Stufen an, die auf der linken Seite der Ränge hinunter zur Bühne führten. Die anderen schienen unser Eintreten bisher nicht bemerkt zu haben, oder sie ignorierten es, um nicht aus dem Flow gerissen zu werden.

Die Bühne wurde von einem mit Stuck verzierten Rundbogen umrahmt, der mich an den kleinen Saal des Moskauer Tschaikowski-Konservatoriums erinnerte, in dem ich vor einigen Jahren mit meinen Eltern gewesen war. Der hintere Teil der Bühne wurde komplett von einer riesigen Orgel eingenommen. Instinktiv fragte ich mich, ob an der Uni derzeit jemand studierte, der die Orgel spielte. Dieses Instrument hatte schon immer eine Faszination auf mich ausgeübt, selbst gespielt hatte ich aber nie. Ich hatte eine gehörige Portion Respekt davor, gerade was die Koordination zwischen den Manualen, die mit den Händen gespielt wurden, und den Pedalen, für die man beide Füße benötigte, betraf. Doch ich genoss es, jemandem beim Orgelspielen zuzuhören.

Erst als ich den Blick über den Flügel gleiten ließ, fiel mir auf, dass Joanna daran saß. Sie spielte relativ gut, einige Töne waren schief, aber in meiner Vorstellung war sie viel schlechter gewesen. Ich hatte geglaubt, sie wäre nur aufgrund ihrer reichen Eltern an die Rosefield gekommen. Diese Annahme musste ich nun aber revidieren, denn das Talent zu einer guten Pianistin hatte sie allemal.

Trotzdem machte es mich stolz, dass ich besser war als sie. Nicht weil ich eingebildet war, sondern weil ich ein Jahr zurücklag. Meine Eltern und auch mein Klavierlehrer hatten mir immer schon versichert, dass ich ein Ausnahmetalent war. Dennoch hatte ich oft geglaubt, dass sie das nur sagten, weil sie das Gefühl hatten, es sagen zu müssen.

Je mehr Zeit ich allerdings an der Rosefield verbrachte, desto mehr realisierte ich, dass sie recht hatten. Solange ich den Fokus nicht verlor, konnte ich als eine der besten Pianistinnen der letzten Jahre meinen Abschluss machen. Doch dafür musste ich üben, üben, üben.

Tristan und ich blieben schweigend am Bühnenrand stehen. Das Stück hatte seinen Höhepunkt überschritten und steuerte auf das Ende zu. Joanna wurde von einem Jungen begleitet, der Saxophon spielte. Im Kurs saß er in der ersten Reihe, bisher hatte ich aber kein Wort mit ihm gesprochen, und auch sein Name war mir entfallen. Aber sein Spielen ging mir durch Mark und Bein.

Bevor das Stück zu Ende war, hielten die beiden inne. Vermutlich waren sie mit ihrer Komposition bislang nicht fertig. Auch Tristan und ich waren noch lange nicht durch. Wir wollten heute ein paar Varianten testen, um zu schauen, mit welcher wir die besten Chancen auf eine gute Note hatten. Joanna und der Junge hatten alles richtig gemacht. Sie kombinierten Klassik mit Jazz und kreierten so etwas Eigenes, womit sie sicherlich herausstachen.

Joanna wischte sich lächelnd die Haare aus der Stirn. »Das war großartig, Chris.«

Christian. Genau, das war sein Name.

Die beiden wechselten noch ein paar Worte, ehe sich Joanna uns zuwandte. Ihr Gesicht erhellte sich, als sie Tristan sah. Da war ein fieser kleiner Stich von Eifersucht, den ich ganz schnell abschütteln musste. Es sollte mir vollkommen egal sein, dass sie ihn so anhimmelte.

»Tristan, Darling. Wie schön, dich zu sehen! Wie gefällt dir unsere Komposition?«, säuselte Joanna. Als ihr Blick auf mich fiel, zog sie einen Moment die Nase kraus.

Tristan räusperte sich. »Ganz hervorragend. Wirklich.« Dann wandte er sich an Christian. »Wie du das Saxophon spielst, ist unglaublich. Hut ab.«

»Danke, Mann.«

»Da kann ich nur zustimmen«, sagte ich, woraufhin Christians ansteckendes Lächeln breiter wurde.

Joanna hüpfte von der Klavierbank und auf uns zu. Elegant lief sie die drei Stufen hinunter und stellte sich direkt vor Tristan. Sanft strich sie über seinen Arm und klimperte mit ihren dichten Wimpern. »Nachher findet noch eine Party statt. Hast du Lust, mich zu begleiten?«

Bei dem Anblick wurde mir ganz anders, weshalb ich stattdessen die stuckverzierte Decke bestaunte.

»Ähm, nein, danke«, sagte Tristan und trat einen Schritt zurück, wobei er mich anrempelte. Joannas Hand glitt von seinem Unterarm.

»Bist du sicher?«, hakte sie nach und riss die Augen auf wie *DreamWorks* Gestiefelter Kater, wenn er seinen Willen durchsetzen wollte. War es ihr nicht unangenehm, sich so anzubiedern? Das war Fremdschäm-Alarm hoch zehn.

Tristan fuhr sich durch die Haare, wodurch der wohltuende Duft seines Shampoos zu mir herübergetragen wurde. »Ja, ich hab noch viel zu tun.«

»Na schön, dann ein anderes Mal. Viel Spaß bei der Probe.« Ohne mich eines Blickes zu würdigen, ging Joanna wieder auf die Bühne und sammelte ihre Notenblätter zusammen, die sie anschließend in ihre Louis-Vuitton-Tasche stopfte. Sie warf Tristan einen Luftkuss zu, ehe sie mit Christian aus dem Hinterausgang verschwand.

Ich biss mir auf die Unterlippe, um nicht zu lachen. Tristan bemerkte es aber trotzdem.

»Was ist?«

Ich prustete los. Wobei ich mich etwas schlecht deswegen fühlte. Aber hätte Joanna sich nicht vom ersten Tag an mir gegenüber so danebenbenommen, hätte ich auch mehr Mitleid mit ihr gehabt. »Wieso sagst du ihr nicht einfach, dass du nichts von ihr willst?«

»Mach ich doch andauernd«, seufzte Tristan und ging auf die Bühne.

»Deutlich? Mit Worten?«

Er stellte den Violinkasten vor dem Notenständer ab, schaute mich mit weit aufgerissenen Augen an und schüttelte den Kopf. »Natürlich nicht, so etwas tut man nicht. Außerdem würde ich es mir dann endgültig mit ihr verscherzen, und man kann nie wissen, wie ihre Rache aussieht.«

»Meinst du nicht, du überdramatisierst?«, fragte ich weiterhin lachend und breitete meine Noten aus.

»Nein, tu ich nicht«, sagte Tristan und holte seine frisch polierte Geige aus dem Kasten. Es war ein unglaublich schönes Instrument, sehr elegant und vermutlich ein Vermögen wert. »Im ersten Semester hat sie Bettys Querflöte geklaut, wodurch diese ihre Abschlussprüfung versemmelt hat.«

»Was?«, entfuhr es mir erschrocken. »Machst du Witze?«

»Leider nein.« Tristan legte die Geige an und spielte ein paar Töne. »Man konnte es ihr natürlich nicht nachweisen, aber sie hat damit geprahlt, dass sie es war. Joanna ist kein netter Mensch, aber auch niemand, mit dem man sich anlegen sollte.«

Ich schluckte. »Verstehe.« Meine Finger begannen, zu zittern, denn ich befürchtete, dass sie auch mir etwas antun könnte, das meinen Schnitt versaute. Sie konnte mich nicht leiden und war definitiv der Meinung, dass ich ihr Tristan ausspannte. Auch wenn zwischen den beiden wohl wirklich nichts war und nie sein würde. Doch solange sie ein Auge auf ihn geworfen hatte, er seine Zeit aber lieber mit mir verbrachte, hatte ich ein Problem.

Noch eines. Ganz toll. Als hätte ich nicht schon genug

am Hals. Nun musste ich mir auch noch Gedanken um Joanna machen.

Schritte kamen näher, und Tristan setzte sich neben mich auf die Klavierbank. Vorsichtig legte er seine Hand auf meine. Ein angenehmes Prickeln strömte durch meinen Körper und ließ ihn in Flammen stehen. Es war kaum vorstellbar, aber Tristan und ich hatten uns in den letzten Wochen nur ein einziges Mal Haut auf Haut berührt. Und so wie mein Körper auf ihn reagierte, war das vermutlich auch besser so. Jetzt konnte ich an nichts anderes denken als an seine Haut auf meiner, und ich wünschte mir nichts sehnlicher, als meinen Körper von seinen Händen erkunden zu lassen, Zentimeter für Zentimeter.

Als ich langsam und mit wild klopfendem Herzen den Kopf drehte, lag ein mitfühlender Ausdruck auf Tristans Gesicht. »Keine Sorge, sie wird dich in Ruhe lassen.«

Ich legte die Stirn in Falten, versuchte dabei, das Hämmern in meinem Brustkorb irgendwie zu unterdrücken. Aber Tristans Finger lagen weiterhin auf meinen, und mein Körper war sich dieser Berührung viel zu bewusst. »Wie kannst du dir da so sicher sein?«

Seine Mundwinkel hoben sich. Da waren sie wieder – die kleinen niedlichen Grübchen, die mich dahinschmelzen ließen. Er hob die freie Hand an mein Gesicht und schob mir eine lose Strähne hinter das Ohr. Seine Fingerspitzen hinterließen eine kochende Spur auf meiner Haut. Ich schluckte schwer. »Weil ich es nie zulassen würde.«

Die Worte ließen mein Herz noch wilder klopfen, was ich kaum für möglich gehalten hätte. »Okay«, hauchte ich.

Tristans Blick huschte zu meinen Lippen. Instinktiv fuhr ich mit meiner Zunge darüber, was ihn dazu veranlasste, tief einzuatmen. Langsam senkte er die Hand und ließ die andere von meiner ab. Am liebsten hätte ich nach ihr gegriffen und unsere Finger ineinander verschränkt, ihn an mich gezogen und geküsst.

Hatte ich mir nicht vor wenigen Minuten noch geschworen, den Fokus nicht zu verlieren? Mich nur auf das Wichtigste zu konzentrieren und daran zu arbeiten, eine Weltklassepianistin zu werden? Daran musste ich mich klammern und aufhören, darüber nachzudenken, meinen Projektpartner während der Probe abzuknutschen.

Tristan stand langsam auf und ging zurück zu seiner Geige. »Wir sollten anfangen, sonst werden wir nicht rechtzeitig fertig.« Die Worte klangen hart, das Weiche von eben war verschwunden. Hatte ich etwas getan, womit ich ihn verärgert hatte? Hatte er gewollt, dass ich ihn küsse, und war nun enttäuscht, dass ich nicht auf ihn zugegangen war? Unsinn! Warum sollte er mich küssen wollen?

Konzentrier dich einfach auf die Probe, ermahnte ich mich. Und das tat ich.

Meine Finger glitten über die Tasten. Ich ließ all die Emotionen, die sich in den vergangenen Wochen in mir aufgestaut hatten, in das Stück fließen. In Kombination mit den tiefen, volltönenden Lauten der Geige klang das atemberaubend. Die Musik wurde von den hohen Decken widergehallt, und ich war mir sicher, dass sie bis zu den Gärten und dem Hauptgebäude zu hören war.

Mit Tristan an meiner Seite hatte ich das Spiel meines Lebens.

15

Hazel

Ich erinnerte mich nicht daran, wann ich zuletzt so müde gewesen war.

Gegen 6 Uhr morgens war ich schlaftrunken ins Bett getorkelt. Wir waren irgendwann während des Filmabends auf der Couch eingeschlafen. Aufgewacht war ich nur, weil Mila mir mitten ins Gesicht geboxt hatte. Sie war das Gegenteil einer ruhigen Schläferin.

Alles in allem hatte ich vielleicht drei oder vier Stunden geschlafen, was nach dieser anstrengenden Woche die absolute Katastrophe war.

Die gestrige Probe mit Tristan lief richtig gut. Wir waren ein geniales Team und ergänzten uns perfekt. Das Beste an unserer Zusammenarbeit war, dass wir einander respektierten. Er sah in mir eine einzigartige Pianistin und ich in ihm einen fantastischen Geiger. Keiner von uns hielt sich für etwas Besseres. Das sorgte dafür, dass die Arbeit mit ihm geschmeidig und ohne Streitigkeiten verlief.

Natürlich waren wir nicht immer einer Meinung, aber wir konnten sachlich und auf Augenhöhe diskutieren. So etwas gab es nur selten, weshalb ich mich glücklich schätzte, dass er sich so dreist mit mir hatte einteilen lassen.

Ich schwang die Beine aus dem Bett und vergrub die Zehen in dem weichen Flokati, den ich auf dem Boden ausgebreitet hatte. Der perfekte Start in den Tag, indem man auf Wolken ging.

Als ich das Zimmer verließ, fehlte von Mila und Charlotte jede Spur. Vermutlich befanden sich beide noch im Land der Träume. Auch sie mussten es irgendwann von der Couch in ihre Zimmer geschafft haben.

Ich stellte mich unter die kalte Dusche, um richtig wach zu werden. Anschließend zog ich die Gardinen zurück und warf einen Blick hinaus. Das Wetter war diesig, sah etwas nasskalt aus, aber die Sonne bahnte sich hin und wieder ihren Weg durch das dichte Wolkendach. Ich entschied mich für eine beige Stoffhose und einen roten Strickpulli, den ich vor zwei Jahren auf dem Flohmarkt in Cardiff gekauft hatte. Es war Liebe auf den ersten Blick gewesen. Die Wolle schmiegte sich zart an meine Haut und roch nach frischem Weichspüler.

Auch als ich komplett angezogen war, schliefen Mila und Charlotte noch. Die Dusche hatte mich zwar für einen Moment wacher gemacht, aber die Müdigkeit war wieder dabei, mich zu übermannen. Eigentlich sollte ich meine liegen gebliebenen Hausaufgaben erledigen, aber ich vermutete, ich würde einschlafen, wenn ich mich in diesem Zustand an den Sekretär setzte.

Ein bisschen frische Luft war vermutlich die beste Wahl. Also schlüpfte ich in meinen Trenchcoat, schob meinen Schlüssel in die Tasche und trat aus der Wohnung. Es war 11 Uhr an einem Sonntag. Keine Uhrzeit, zu der ich normalerweise das Haus verließ, wenn ich nichts vorhatte.

Wann immer ich mal einen freien Tag hatte – was nicht sonderlich oft vorkam –, verbrachte ich diesen am liebsten in meinem Zimmer beim Lesen oder Serienschauen. Dabei konnte ich den Kopf abschalten und richtig entspannen. Das setzte ich mir auf meine To-do-Liste für nachher.

Ich verließ das Wohnheim und schlenderte Richtung Hauptgebäude. Einige Studenten gingen an mir vorbei, beachteten mich aber nicht weiter. Viele der Gesichter kannte ich aus meinen Kursen. Andere kamen mir ebenfalls vage bekannt vor, doch das lag nur daran, dass die Anzahl der Studenten halbwegs überschaubar war und manche von ihnen durch besondere Merkmale hervorstachen.

Unter uns wohnte beispielsweise ein Mädchen mit hüftlangen silbrigen Haaren, deren Pflege ich mir unglaublich aufwendig vorstellte. Mit ihr hatte ich mich bisher ein paarmal unterhalten, wenn wir im Hauswirtschaftsraum aufeinandergetroffen waren. Sie schien nett, aber in sich gekehrt zu sein. Etwas, das auf viele Studenten an der Rosefield zutraf.

Doch es gab auch eine auffällige Gruppenbildung, die an amerikanische Highschools erinnerte. Ich hatte es noch nie gemocht, wenn bestimmte Personengruppen ausgeschlossen wurden. Dass es an einer Universität ähnlich vor sich ging, empfand ich als infantil, aber ändern konnte ich daran nichts. Trotzdem war es mir zuwider.

Neben Bianca gab es in meinen Kursen lediglich einen Jungen, mit dem ich hin und wieder sprach, da wir in Musiktheorie nebeneinandersaßen. Sein Name war Georgie, und er spielte Trompete. Er war mir gleich zu Beginn aufgefallen, da er deutlich jünger aussah als die meisten an der Rosefield. Mittlerweile wusste ich, dass er gerade erst siebzehn geworden war und damit ein Jahr früher als üblich die Schule beendet hatte, womit er sich meine Anerkennung mehr als verdient hatte.

Er war fleißig und nett, aber seine Gesprächsthemen beschränkten sich neben Musik auf Onlinerollenspiele wie

World of Warcraft. Letzteres war nichts, was mich interessierte, weshalb wir es meistens bei Small Talk beließen.

Ich schlenderte durch den Vorgarten der Academy, vorbei an den Springbrunnen, deren Fontänen bis hoch in den Himmel zu ragen schienen und einen leichten Wasserschleier über mich legten. Ich genoss die kleine Abkühlung, denn obwohl es Oktober war, war es in der Sonne heute erstaunlich warm. Der Blick eben aus dem Fenster hatte mich also getäuscht und vermuten lassen, dass es viel kälter war.

Mir fiel wieder auf, dass die meisten Studenten mit der Nase in Büchern steckten. In den letzten Wochen hatte ich mir an ihnen ein Beispiel genommen und einiges an Stoff nachgeholt. Es waren so viele Informationen, dass mir der Kopf rauchte, aber es machte ebenso Spaß, neue Dinge zu lernen.

Ich verließ den Vorgarten und steuerte die geheimen Gärten an, die sich hinter dem Gewächshaus und dem Sportcenter erstreckten. Woher sie diesen Namen hatten, erschloss sich mir nicht, da jeder sie kannte und sie öffentlich zugänglich waren. Es gab auf dem Gelände zwischen den Gebäuden noch kleine versteckte Gärten, die den Namen *geheim* eher verdient hätten.

Ein zwei Meter breiter, von einem wenige Zentimeter hohen Zaun umrahmter Pfad führte einmal komplett durch die Gärten. Diese waren nach Themen angeordnet und reichten von heimischen Blumen und Pflanzen über einen italienischen Renaissancegarten, in dem man kleine Bergzitronenbäume fand, einen Japanischen Garten, in dem zahlreiche angelegte Teiche zusammenflossen, bis hin zu einem überschaubaren Irrgarten.

Der Kies unter meinen Sohlen knirschte, während die sanfte Brise meine Wangen kitzelte und meinen Pony wild zu Berge stehen ließ. Ich passierte das Spalier, das den heimischen von dem Japanischen Garten abgrenzte, und atmete tief durch. Die Beschaffenheit des Weges änderte sich. Statt Sand und Kies war der Weg hier mit Steinen gepflastert.

Zwischen den Sträuchern glitzerten die Teiche, in die Vögel ihre Schnäbel tauchten und etwas Wasser tranken. Seerosen schwammen darauf, und Frösche sprangen quakend hinein. Es war kaum zu glauben, dass es sich hierbei noch um das Universitätsgelände handelte. Die farbenfrohen Gärten standen im Kontrast zum altertümlichen Inneren von Rosefield. Während die Flure trist und dunkel waren, verströmten die Gärten unglaublich viel Leben.

Beim Weitergehen ließ ich meinen Gedanken freien Lauf. Dabei inspizierte ich die Pflanzen und nahm deren Duft in mich auf. Vor einem kleinen Baum, der mich um mehrere Köpfe überragte, hielt ich inne. An den schlanken Ästen des Laubbaumes hingen cremefarbene, schalenförmige Blüten, die einen süßen Duft verströmten, in den ich die Nase am liebsten vergraben hätte. Während einige der Blüten klein und unscheinbar waren, hatten andere die Größe meiner Faust überschritten.

Als ich den Baum näher betrachtete, bemerkte ich, dass seine Blätter nicht nur saftig grün waren, sondern einige in intensiven Rot- und Violetttönen erstrahlten. So etwas hatte ich noch nie gesehen.

»Franklinia alatamaha, auch Franklinbaum genannt«, ertönte plötzlich eine Stimme hinter mir. Ich fuhr zusammen. »Tut mir leid, ich wollte Sie nicht erschrecken, Miss Gibbs.«

Ich drehte mich zu Rektor Cavanaugh um, der mich mit hinter dem Rücken verschränkten Armen amüsiert musterte. Seit dem Ankunftstag hatte ich mich nicht mit ihm unterhalten.

»Schon in Ordnung«, sagte ich, als sich mein Puls reguliert hatte. Dann drehte ich mich zurück zu der Pflanze. »Ist sie besonders? Sie sieht so einzigartig aus.«

»Oh, ja, das ist sie auch!« Rektor Cavanaugh räusperte sich leise und trat dann einen Schritt näher. »Der Franklinbaum ist vom Aussterben bedroht und eigentlich in den USA heimisch. Weltweit gibt es nur noch zweitausend Exemplare, die meisten davon in Botanischen Gärten.«

»Und wie kommt es, dass die Pflanze hier steht?«

Ein ehrliches Lächeln legte sich um Rektor Cavanaughs Lippen. Wann immer ich ihn bisher auf den Fluren gesehen hatte, hatte er einen ernsten oder strengen Eindruck gemacht. Nun wirkte er aber irgendwie entspannt. »Sie wurde uns gespendet, so wie die meisten Pflanzen auf dem Gelände und im Gewächshaus.«

»Verstehe«, sagte ich und schaute noch einmal zu den cremefarbenen Blüten. Es war schade, dass ein solch hübscher Baum bald vermutlich nicht mehr existieren würde. »Wann kann man das Gewächshaus wieder besuchen? Als ich dort war, war es verschlossen.«

Rektor Cavanaugh nickte. »Die Renovierungsarbeiten dürften bald beendet sein. Das Gebäude musste teilweise saniert werden. Sie interessieren sich also für Botanik?«

Ich hob die Schultern. »Ein wenig.« Eigentlich hatte ich mit dem Fachbereich nicht viel am Hut. Lucy hatte früher nur gern frische Blumen mitgebracht, da sie den Duft so geliebt hatte. Als ich den Blick hob, schaute Rektor Cavanaugh mich noch immer an. »Darf ich Ihnen eine Frage stellen?«

»Selbstverständlich. Worum geht es?«

Vermutlich war es ein Fehler, ihn anzusprechen. Aber wann hatte man schon mal die Gelegenheit, relativ privat mit dem Rektor über Dinge zu sprechen, die nichts mit dem Unterricht zu tun hatten? »Wissen Sie von einer Studentenverbindung an der Rosefield?«

Überrascht hob er eine seiner grau melierten Brauen. »So etwas gibt es bei uns nicht. Wie kommen Sie darauf?«

Ich atmete tief durch und wich seinem Blick aus. »Ich habe das nur irgendwo aufgeschnappt, und es war von waghalsigen Aufnahmeprüfungen die Rede. Da dachte ich …« Meine Stimme brach.

Rektor Cavanaugh presste die Lippen aufeinander und nickte. »Verstehe. Der Unfall Ihrer Schwester.« Er deutete auf den Weg vor sich und lief los. Ich folgte ihm. »Es tut mir leid, Sie enttäuschen zu müssen, Miss Gibbs. Ich weiß, wie schwer es sein muss, die Tatsache zu akzeptieren, dass es nichts weiter als ein tragischer Unfall war.«

Mein Hals wurde enger, doch ich nickte. »Können Sie mir dann vielleicht sagen, ob aktuell Verwandte der Beteiligten jener Nacht hier studieren?« Leise räusperte ich mich. »Ich habe überlegt, dass es womöglich helfen könnte, mit ihnen zu sprechen. Um endlich Frieden zu finden.«

Rektor Cavanaugh seufzte und strich sein Jackett glatt. »An der Rosefield legen wir sehr viel Wert darauf, die Privatsphäre unserer Studenten zu wahren. Solche Informationen darf ich Ihnen nicht weitergeben.«

»Natürlich, das verstehe ich.« Ich fixierte einen einzelnen Kieselstein, der über den Weg rollte und schließlich zwischen den Sträuchern verschwand. »Wieso wird über jene Nacht eigentlich nicht gesprochen? Wäre eine Gedenktafel nicht schön?«

Ein weiteres Mal atmete Rektor Cavanaugh tief durch. Seine freundliche Miene wurde ernster. »Ich kann sehr gut nachvollziehen, dass der Verlust Ihrer Schwester Sie belastet.

Doch Diskretion ist ebenfalls fest in unserer Ordnung verankert. Wir vermeiden gern … Dinge, die vom Ziel dieser Institution ablenken können, wenn Sie verstehen. Unsere Studenten sollen sich auf ihre Kurse konzentrieren.«

»Und einen Todesfall unter den Teppich zu kehren halten Sie für die beste Methode?«, entfuhr es mir aufgebrachter als beabsichtigt. »Entschuldigen Sie bitte. Ich wollte nicht laut werden.«

»Es tut mir leid, dass ich Ihnen nicht mehr sagen kann.« Das waren zwar die Worte, die er sprach, sein Gesicht erzählte aber eine andere Geschichte. Rektor Cavanaughs Blick glitt an mir vorbei. Er vermied es, mir in die Augen zu sehen. Sein Verhalten war merkwürdig.

»Ich danke Ihnen trotzdem«, sagte ich.

»Sehr gerne.« Einen Moment glaubte ich, er wollte das Thema vertiefen oder mich noch einmal darauf hinweisen, dass ich jederzeit die Möglichkeit hatte, therapeutische Hilfe an der Universität in Anspruch zu nehmen, aber er sagte nichts dergleichen. Stattdessen wechselte er das Thema. »Ich habe mit Mr Price gesprochen. Er ist wirklich beeindruckt von Ihrem Talent. Ich kann es kaum erwarten, Mr McKee und Sie bei der Abschlussprüfung Ihr Stück präsentieren zu hören.«

»Sie werden anwesend sein?«, entfuhr es mir erschrocken. Meine Handflächen wurden feucht.

»Selbstverständlich. Die gesamte Musikfakultät und das Lehrerkollegium werden anwesend sein. Ebenso dürfen Sie Ihre Familien einladen. Hat man Ihnen das nicht gesagt?« Verwirrung lag in seiner Stimme.

Ich war mir nicht so sicher, ob Mr Price all die Dinge wirklich erwähnt hatte. Okay, das war gelogen. Mit großer Wahrscheinlichkeit hatte er sie erwähnt, aber nachdem Tristan mir gesagt hatte, ich brauchte nicht mitzuschreiben, sondern konnte alles im Onlineportal nachlesen, hatte sich mein Gehirn ab der dritten Woche gewissermaßen abgeschaltet. Und bisher war ich nicht dazu kommen, alles aufzuarbeiten.

»Doch, natürlich. Es war nur so viel in den letzten Wochen, da habe ich es wohl vergessen«, sagte ich schnell, da Rektor Cavanaugh mich erwartungsvoll musterte.

Er lachte leise. Der Klang überraschte mich so sehr, dass ich vor Schreck zusammenzuckte. »Viele Studenten sind anfangs noch überfordert. Aber ich bin mir sicher, dass Sie die Prüfung mit Bravour meistern werden, Miss Gibbs.«

Es erfüllte mich mit Stolz, dass Rektor Cavanaugh so viel von mir hielt. Andererseits setzten seine Worte mich enorm unter Druck, denn unter keinen Umständen wollte ich ihn enttäuschen. Noch weniger wollte ich meine Eltern enttäuschen, indem ich versagte. Sie würden mir niemals Vorwürfe machen, sollte ich nicht bestehen, aber ich wusste, wie stolz sie auf mich waren. Und das sollte so bleiben.

Vor allem, nachdem ich ein Jahr lang sämtliche Angebote anderer Universitäten abgelehnt hatte, um an die Rosefield zu gehen. Das verlorene Jahr sollte sich in jeder Hinsicht gelohnt haben.

»Nun, es hat mich gefreut, mich mit Ihnen zu unterhalten, Miss Gibbs. Ich wünsche Ihnen noch einen schönen Tag.« Rektor Cavanaugh lächelte und reichte mir die Hand zum Abschied.

»Das wünsche ich Ihnen auch.«

Daraufhin bog er ab und verschwand zwischen einigen weiteren Rosenbüschen. Das kurze Gespräch hatte mich in jeder Hinsicht mit neuem Tatendrang erfüllt. Zum einen hatte ich nun die naheliegende Vermutung, dass er mehr über jene Nacht wusste, als er preisgab. Zum anderen hatte es mir neue Motivation für das Studium gegeben. Mit diesen Erkenntnissen ließ auch ich die Gärten hinter mir und lief zurück zum Wohnheim. Zahlreiche Aufgaben warteten dort auf mich.

16

Hazel

»Ist alles in Ordnung? Du scheinst nicht ganz bei der Sache zu sein.« Besorgnis war aus Tristans Stimme herauszuhören. Er senkte den Bogen. Heute war einfach nicht mein Tag. Keine Ahnung, wann ich mich zuletzt so oft verspielt hatte. Aber es schwirrten mir zu viele andere Dinge im Kopf herum.

»Ja«, sagte ich, »ich weiß auch nicht. Vielleicht sollten wir für heute Schluss machen.«

Tristan nickte und schaute zur Wanduhr über der Tür. »Es ist ohnehin schon spät.« Ich folgte seinem Blick und stellte überrascht fest, dass es bereits nach acht war.

»Okay, dann lass uns gehen.« Ich schloss den Tastendeckel, stand auf und strich meine Hose glatt. Währenddessen legte Tristan seine Geige in den Violinkasten. Ich liebte es, ihn dabei zu beobachten. Er ging so sorgsam mit dem Instrument um, als bedeutete es ihm die Welt. Und vermutlich war dem auch so.

Bis auf die falschen Noten, die ich gespielt hatte, war die heutige Probe weitestgehend gut verlaufen. Unser Stück nahm allmählich Gestalt an. Dabei entwickelte es sich in eine andere Richtung als von uns geplant, aber das war okay. Oft waren es die improvisierten Stücke, die die besten Geschichten erzählten. Daher war es besser, sich von der Musik leiten zu lassen, denn sie wusste, was sie wollte.

Hatten wir uns zuvor darauf geeinigt, einen Lebensabschnitt eines Auftragskillers zu erzählen, war es nun die Geschichte eines Mannes, der aufgrund einer Fehlentscheidung auf die schiefe Bahn geraten war. Um seine Familie zu versorgen und zu schützen, ließ er sich auf kriminelle Handlungen ein, die zum Ende hin eskalierten und zu seinem Tod führten. Ein tragisches Stück, das mich bei jedem Klang erschaudern ließ.

»Lädst du deine Familie eigentlich zur Abschlussprüfung ein?«, fragte ich, als Tristan nach seinem Violinkasten griff.

»Nein«, sagte er für mein Empfinden etwas zu schnell.

Ich legte die Stirn in Falten. »Wieso nicht? Meintest du nicht, sie wohnen ganz in der Nähe?«

»Ja, schon …« Tristan räusperte sich einen Moment, dann lächelte er mich an. Er versuchte sich an einem gelassenen Gesichtsausdruck, aber ich nahm eine Dunkelheit in seinen Augen wahr. Als würde sich ein Sturm in ihnen zusammenbrauen. »Es ist wegen meiner Eltern.«

»Inwiefern?«, hakte ich nach.

»Sie sind sehr perfektionistisch. Sollte ich mich nur ein einziges Mal verspielen, würden sie mir das bis ans Ende meiner Tage vorwerfen«, sagte er seufzend. Seine Worte klangen falsch in meinen Ohren. Sie widersprachen dem, was er zuvor von seinen Eltern und seinem Verhältnis zu ihnen berichtet hatte. Denn bis auf die Tatsache, dass sein Dad mal das Schloss ausgewechselt hatte, hatte Tristan nicht ein einziges schlechtes Wort über sie verloren. Stattdessen hatte er nur in den höchsten Tönen von ihnen gesprochen. Dass sie solche Perfektionisten sein sollten, die ihrem Sohn so eine Kleinigkeit vorhalten würden, wirkte auf mich nicht stimmig.

Womöglich steckte etwas anderes dahinter, worüber Tristan nicht sprechen wollte. Vielleicht hatte er Lampenfieber, wenn sie anwesend waren. Oder sie brachten ihn anderweitig aus dem Konzept. Im Grunde brauchte ich mir darüber nicht zu viele Gedanken zu machen.

»Aha, okay«, sagte ich daher bloß.

Tristan lachte leise. »Wieso sollte ich dich belügen?«

»Wieso glaubst du, dass ich das denke?«, fragte ich mit hochgezogener Braue.

Seine Mundwinkel kräuselten sich. »Der schnippische Tonfall? Außerdem liegt es in deiner Natur, misstrauisch zu sein.«

»Ich …« Mein Mund öffnete und schloss sich. »Das stimmt doch gar nicht!«

»Tut es wohl, und das weißt du genau. Aber es ist in Ordnung, irgendeinen Fehler muss jeder haben, sogar du.« Er zwinkerte, drehte sich um und steuerte den Ausgang des Probenraums an.

Ich war nicht sicher, welcher Teil seiner Aussage mich am wütendsten machte. Vermutlich ärgerte es mich, wie recht er hatte. Manchmal war ich deshalb auch von mir selbst genervt. Aber nach Lucys Tod und nachdem ich so oft verletzt worden war, hatte ich gelernt, dass Misstrauen die sicherste Variante war.

»Kommst du?«, rief Tristan über seine Schulter.

Kopfschüttelnd setzte ich die Beine in Bewegung und folgte ihm aus dem Probenraum. Es war das erste Mal, dass ich so spät noch auf den Fluren der Universität unterwegs war. Der sanfte Schein des Mondes drang durch die hohen Fenster und warf ein gespenstisches Licht auf den Boden. Die herumwirbelnden Staubpartikel sahen beinahe aus wie aufsteigende Nebelschwaden, die kurz davor waren, uns zu verschlucken. Ich liebte es, dass die Rosefield überwiegend auf natürliches Licht setzte, wodurch solche Momente überhaupt erst entstehen konnten.

Mich überkam eine Gänsehaut, gepaart mit einem Adrenalinschub, der durch meine Adern pumpte. Schweigend lief ich hinter Tristan her und nahm die geisterhafte Atmosphäre in mich auf. Unsere Schritte waren die einzigen Geräusche, die ich vernehmen konnte.

»Ich finde es ein wenig beängstigend, wie wohl du dich in dunklen Gebäuden fühlst.« Dass Tristan stehen geblieben war, damit ich aufschließen konnte, hatte ich nicht bemerkt. Zu sehr war ich damit beschäftigt gewesen, die Atmosphäre in mich aufzusaugen.

Das Lächeln auf meinem Gesicht wurde breiter. »Das ist der Reiz des Verborgenen. Findest du das nicht auch cool?«

Er presste die Lippen aufeinander und schüttelte den Kopf. »Nicht wirklich.«

»Weil du ein Feigling bist«, sagte ich neckisch und hob die Schultern.

»Ich bin kein Feigling, ich hänge nur an meinem Leben.«

»Das tu ich auch«, hielt ich dagegen. »Und ich kann dir versichern, dass du dich nie so lebendig fühlen wirst, wie wenn du den absoluten Adrenalinkick erlebt hast.«

»Irgendwie bezweifle ich das.«

»Dann musst du mich wohl mal begleiten. In London gibt es sicher ein paar Horrornächte, die man buchen kann.« Die Worte hatten meine Lippen verlassen, ehe ich darüber nachdenken konnte.

Tristans Gesicht erhellte sich, dann wackelte er mit den Augenbrauen. »Sag nicht, ich habe dich mittlerweile so weit, dass du doch mit mir ausgehen willst.«

»Natürlich nicht«, sagte ich schnell, was Tristan lediglich dazu veranlasste, zu lachen. »Ich meinte das freundschaftlich.«

»Ja, das würde ich an deiner Stelle jetzt auch behaupten. Ist schon okay, es schmeichelt mir, dass du ein Auge auf mich geworfen hast.«

Ich stöhnte. »Denk doch, was du willst.«

»Mach ich, da kannst du dir sicher sein.«

Gerade als ich zu einer Erwiderung ansetzte, hörte ich plötzlich Stimmen. Leise. Tuschelnd. Ganz in der Nähe. Unverhofft griff ich nach Tristans Unterarm und zog ihn in den Schatten hinter den Treppen und drückte ihn gegen die Wand.

»Oh, *so* scharf bist du also auf mich? Gleich hier, ja?«, sagte er mit einem Lächeln in der Stimme. Aber ich hatte keine Zeit, auf dieses Spielchen einzugehen.

Unvermittelt drückte ich ihm die Handfläche auf den Mund und legte mir den Zeigefinger an die Lippen. Er zog die Stirn kraus und musterte mich voller Unverständnis. Mein Verhalten war der Beweis für die Theorie, die er eben noch über mich aufgestellt hatte: dass ich voller Misstrauen war.

Ich presste mich so fest gegen Tristan, dass ich seinen Körper mit jeder Faser spüren konnte. Sein schnell hämmerndes Herz, seine durchtrainierte Brust, die ich gern mal ohne Stoff sehen würde. Die freie Hand hatte er um meine Taille gelegt, sodass ich mich instinktiv noch näher an ihn schmiegte. Unter anderen Umständen hätte ich das hier mehr genossen, als ich sollte. Aber jetzt schossen mir andere Dinge durch den Kopf.

Die Schritte näherten sich, die Stimmen wurden lauter. Hoffentlich würde man uns in den Schatten nicht sehen und das Klopfen meines Herzens nicht hören. Ich versuchte, möglichst leise zu atmen, doch ich war so voller Adrenalin, dass es mir unglaublich schwerfiel, keinen Laut von mir zu geben.

»Ich habe auch so einen silbernen Brief bekommen.« Es war eine Frauenstimme, etwa in meinem Alter. Sie kam mir bekannt vor, aber ich wagte es nicht, mich nach ihr umzudrehen.

»Meinst du, dass man sich einen Scherz mit uns erlaubt?« Ebenfalls eine Frauenstimme. Diese kannte ich allerdings nicht.

»Ich glaube, nicht. Ist das nicht total aufregend?«

»Keine Ahnung.« Die Stimme schien leiser zu werden.

Ich verlagerte mein Gewicht, wobei ich auf dem glatten Boden wegrutschte und meine Sohlen einen ohrenbetäubenden Quietschlaut machten. Tristan atmete unter meiner Hand erschrocken auf, doch ich erstickte das Geräusch zum Glück.

»Wer ist da?«, rief die bekannte Stimme wieder. Gedanklich versuchte ich, mir schon eine Ausrede zurechtzulegen, weshalb wir uns hier versteckt hielten. Doch niemand kam in unsere Richtung.

»Lass uns lieber woanders reden.« Die zweite Stimme.

Einige Sekunden war es still. So still, dass ich mir einbildete, dass man jeden meiner Atemzüge vernehmen konnte. Schweiß perlte von meiner Stirn, und erneut wurde ich von einem Adrenalinschub gepackt. Aber dieses Mal war ich weniger aufgeregt, sondern eher panisch.

»In Ordnung«, sagte die erste Stimme nach einer Weile. Dann fügte sie etwas leiser hinzu: »Lass uns zum Gewächshaus gehen.«

In Gedanken zählte ich die Sekunden runter. Die beiden Mädchen setzten sich in Bewegung, ihre Schritte verklangen allmählich in der Ferne. Erst als ich sie nicht mehr hören konnte, senkte ich die Hand und trat zurück.

Gierig schnappte Tristan nach Luft. »Was sollte das denn bitte?«

Naserümpfend wischte ich mir die Hand an der Hose ab. Er hatte mich allen Ernstes vollgesabbert. »Wir müssen hinterher«, sagte ich, ohne auf seine Frage zu reagieren. Ich wandte mich um, kam aber nur zwei Schritte weit.

Tristan griff nach meinem Handgelenk und drehte mich wieder zu sich um. Selbst in der Dunkelheit konnte ich das Unbehagen in seinem Blick erkennen. »Bist du verrückt, Hazel?«

Ich holte tief Luft, dann schüttelte ich ihn mit einem Mal ab. »Mir egal, was *du* tust. *Ich* werde den beiden folgen.«

Sein Brustkorb hob und senkte sich in einem schnellen Rhythmus. Mit der freien Hand fuhr er sich über Gesicht und Haare. Er nuschelte ein paar Worte vor sich hin, ehe er das Kinn hob und meinen Blick wieder auffing. »Na schön. Aber du schuldest mir eine Erklärung.«

»Das verschieben wir auf später, komm.« Ich machte auf dem Absatz kehrt und steuerte den Hinterausgang des Gebäudes an. Dort mussten die beiden eben rausgegangen sein. Tristan folgte mir schweigend, den Violinkasten noch immer in der Hand. Es war ungünstig, dass er das Instrument mit sich herumschleppte. Aber wir hatten keine Zeit, es irgendwo sicher zu verstauen.

Der Himmel war dunkel. Finstere Wolken schoben sich langsam über den Mond, bis sie sein Licht gänzlich verschluckt hatten. In den Gärten gab es nur wenige verschnörkelte Laternen, die uns den Weg mit ihrem spärlichen Licht ausleuchteten. Viel konnte man dennoch nicht sehen.

Ich beschleunigte meine Schritte, meine Lunge brannte

bereits von der Geschwindigkeit. Trotzdem wurde ich noch schneller, bis mir der Schweiß von der Stirn rann. Unter keinen Umständen wollte ich etwas Wichtiges verpassen.

Die Panik, die mich eben noch ergriffen hatte, wich wieder der Aufregung auf das Bevorstehende. Die beiden Mädchen hatten von einem mysteriösen silbernen Brief gesprochen. Eine kleine Stimme in meinem Inneren war sich sicher, dass dies eine neue Spur war, die etwas zu bedeuten hatte. Es konnte kein Zufall gewesen sein. Es musste Schicksal sein.

»Hazel«, sagte Tristan leise. Er konnte kaum mithalten, aber wir hatten zu wenig Zeit, um das Tempo zu drosseln. »Hazel!«

»Pssst«, sagte ich über meine Schulter hinweg. »Oder willst du, dass wir auffliegen?«

Unsicher blickte Tristan sich um. Ich biss mir auf die Wangen, um kein Geräusch von mir zu geben, aber am liebsten hätte ich laut *awwww* gesagt. Es war niedlich, wie verängstigt er wirkte. Abenteuer schienen wirklich nicht sein Fall zu sein. Ich konnte es ihm nicht verdenken. Selbst meine Eltern hatten mich das eine oder andere Mal verrückt genannt. Wenn man selbst nicht auf diesen Kick aus war, war es vermutlich schwer, nachzuvollziehen, weshalb andere dieses pure Horrorerlebnis so liebten.

Das Gewächshaus kam in Sicht. Heute wirkten die Efeuranken, die sich über das Dach schlängelten, noch dichter. Im Gegensatz zum ersten Tag, an dem ich hier gestanden hatte, war die Vordertür einen Spaltbreit geöffnet. Hatte Rektor Cavanaugh nicht von Sanierungsarbeiten gesprochen, weshalb wir derzeit keinen Zutritt ins Gewächshaus hatten?

Mit leicht zittrigen Fingern griff ich nach der Klinke. Sie war überraschend kalt, wodurch sich eine Gänsehaut über mich legte und zum Erschaudern brachte.

»Du bist wohl doch nicht so furchtlos, was?«, sagte Tristan leise an mein Ohr. Sein warmer Atem kitzelte meinen Nacken, was meinen Puls in ungeahnte Höhen trieb.

Ich warf ihm einen bösen Blick zu, der ihn allerdings unbeeindruckt ließ. Anschließend drückte ich die Tür behutsam ein wenig auf und lauschte in die Dunkelheit. Ich hörte nichts als das leise Rascheln von Blättern in der Ferne. Zügig schlüpften wir in das stickige Innere. Ich hatte nicht damit gerechnet, dass die Luftfeuchtigkeit hier drinnen so verdammt hoch war, dass es mir den Sauerstoff aus der Luftröhre presste.

Ehe er mir folgte, ging Tristan sicher, dass sein Violinkasten richtig versiegelt war. Das war wichtig, denn zu hohe Feuchtigkeit konnte das Instrument beschädigen. Nachdem er über die Schwelle getreten war, schloss er leise die Tür.

Neben der Tatsache, dass ich kaum Luft bekam, war das Gewächshaus unglaublich beeindruckend. Unzählige exotische Pflanzen reckten sich gen Decke, mir unbekannte Blumen verströmten einen zugleich beißenden als auch angenehmen Duft, sodass ich mich fühlte wie an einem fremden Ort. Als wäre ich inmitten eines tropischen Dschungels.

Tristan tippte mir in die Seite und nickte dann nach links. Ich hielt die Luft an und versuchte, etwas zu vernehmen. Erst konnte ich nichts ausmachen, doch als ich genauer hinhörte, waren da Flüsterstimmen nicht weit von uns entfernt.

Wir setzten uns in Bewegung, darauf bedacht, leise zu sein. Da ich viel zu sehr auf die Mission fokussiert war, konnte ich mich nicht mal auf das Gewächshaus konzentrieren, obwohl ich es mir gern genauer angesehen hätte.

Je näher wir den Stimmen kamen, desto langsamer wurden wir. Tristan deutete auf einen Strauch, der dicht und groß genug war, um uns beide dahinter zu verbergen. Bedächtig setzte er seinen Violinkasten ab und hockte sich hinter das Gestrüpp. Ich ging sicher, dass ich nicht in ein dichtes Spinnennetz lief, ehe ich mich neben Tristan niederließ.

Wir waren einander so nahe, dass seine Körperwärme auf mich überging. Sein sanfter Duft nach Fichte und Chlor legte sich beruhigend über mich.

»Das ist verrückt, Beverly, das mach ich nicht«, sagte das unbekannte Mädchen. Ihre Stimme überschlug sich, klang beinahe hysterisch. Da sie den Namen ihrer Freundin gesagt hatte, wusste ich auch, woher ich sie kannte. Sie ging mit Tristan und mir in den Kompositionskurs.

Beverly stöhnte. »Du bist so ein Baby, Darcy! Das ist eine großartige Chance. Kaum jemand wird dazu auserwählt, den Prophets beizutreten.«

Prophets. Das klang wie der Name einer geheimen Studentenverbindung. Mein Puls raste. Ich legte die Hände auf die angezogenen Knie. Vor Nervosität zitterten meine Finger.

Tristan warf mir einen verstohlenen Seitenblick zu. Dann legte er seine Hand auf meine und bedeutete mir mit der anderen, leise zu sein. Die Berührung kam so plötzlich, dass sie wie ein Blitz durch mich hindurchfuhr. Tristans Haut auf meiner fühlte sich so verdammt gut an.

Meine Wangen mussten glühen, weshalb ich den Blick wieder geradeaus lenkte. Er sollte nicht sehen, was er in mir auslöste, wo ich doch seit Wochen versuchte, ihm gegenüber cool zu wirken, wann immer er in meiner Nähe war.

Ich verlagerte mein Gewicht, um einen besseren Blick zwischen die Äste erhaschen zu können. Erde und Steine knirschten, als Darcy auf und ab lief. Ihr brauner Pferdeschwanz schwang hin und her. »Ich weiß nicht, Bev. Und wenn das wirklich nur Verarsche ist? Wir würden von der Uni fliegen.«

»Du gehst immer gleich vom Schlimmsten aus!«, fauchte Beverly. »So eine Chance wird sich uns kein zweites Mal bieten. Ich werde es auch ohne dich durchziehen. Aber solltest du es wagen, zu Rektor Cavanaugh zu gehen, wirst du es bereuen.«

Wie ein Donnergrollen legte sich ihre Stimme über das Gewächshaus. Selbst mir stellten sich bei ihren Worten alle Haare auf. Ich schluckte und zog unwillkürlich den Kopf ein.

»Okay«, fiepte Darcy unsicher.

»Was okay? Bist du dabei oder nicht?« Beverly verschränkte die Arme vor der Brust. Darcy konnte einem richtig leidtun. Ich würde gerade nicht mit ihr tauschen wollen.

Darcy seufzte. »Ich bin dabei.«

Beverly quietschte und sprang auf und ab. Dann zog sie ihre Freundin in eine feste Umarmung. »Das wird super. Ich bin mir sicher, mithilfe der Verbindung werden wir ganz groß rauskommen!«

Tristan drückte meine Hand. Oder drückte ich seine? Mein gesamter Körper stand so unter Strom, dass ich das nicht festmachen konnte.

Prophets. Verbindung. Es war der Beweis, auf den ich fünf Wochen gewartet hatte. Fünf Wochen, in denen es keine neuen Hinweise gegeben hatte. Fünf Wochen, in denen ich meine Zeit damit verschwendet hatte, auf einzelnen Steinen herumzuklopfen, in der Hoffnung, auf magische Weise eine verborgene Tür zu öffnen. Wie bescheuert ich doch war!

Beverly löste sich von Darcy. »Wir dürfen mit niemandem darüber sprechen. Und von der Verbindung darf auch niemand erfahren, dass wir zusammenarbeiten. Sonst werden wir disqualifiziert.«

»Ich weiß, ich habe den Brief auch gelesen«, sagte Darcy leise. Im Gegensatz zu Beverly schien sie keineswegs von dem Vorhaben überzeugt zu sein. Noch immer schwang ein ordentliches Maß Befangenheit in ihrer Stimme mit. »Ich frage mich, wer alles der Verbindung angehört.«

Mein Herz setzte einen Schlag aus, nur um dann in dreifacher Geschwindigkeit wieder loszuhämmern. Namen der Verbindungsmitglieder wären die Kirsche auf dem Sahnehäubchen.

»Keine Ahnung«, sagte Beverly und hob die Schultern. Sofort flachte mein eben neugewonnenes Hochgefühl ab. »Die *Prophets* sind so exklusiv, dass es nur die Reichsten und Beliebtesten der Uni sein können.«

»Mhm«, machte Darcy. »Das ergibt Sinn.«

»Wir werden es schon herausfinden, sobald wir die Aufnahmeprüfungen bestanden haben.« Beverly legte Darcy den Arm um die Schultern und führte sie genau in unsere Richtung. Tristan und ich machten uns noch kleiner, als die beiden an uns vorbeiliefen. Glücklicherweise blickten sie nicht hinter den Strauch. Leider gaben sie aber auch keine weiteren Details preis, sondern wechselten wieder in eine stinknormale und vor allem langweilige Unterhaltung. Dann verschwanden sie aus unserem Sichtfeld.

Tristan war der Erste, der aufstand. Er streckte erst die Beine, dann den Rücken durch. Mit in die Seiten gestützten Fäusten bedachte er mich eines so ernsten Blickes, dass ich mein Lachen nur schwer zurückhalten konnte. »Du schuldest mir eine Erklärung.«

»Pssst!«, machte ich.

»Keine Sorge, sie sind weg«, sagte Tristan und reichte mir die Hand, um mir aufzuhelfen. Als ich sie ergriff, durchfuhr mich ein weiterer elektrischer Schlag. Ob sich das jemals ändern würde? »Also?«, hakte er nach, kaum stand ich aufrecht vor ihm.

Seufzend rieb ich mir den Nasenrücken. Das war nichts, worüber ich mit Tristan sprechen wollte. Aber er hatte mich spätabends und vermutlich – nein, ganz sicher sogar! – verbotenerweise ins Gewächshaus begleitet und meinen Lauschangriff nicht auffliegen lassen. Ich war ihm wirklich eine Erklärung schuldig.

»Gehen wir ein Stück?« Ich deutete auf den Weg vor uns.

»In Ordnung.« Er nahm seinen Violinkasten und folgte mir auf den Weg, von dem ich vermutete, dass er einmal durch das komplette Gewächshaus führte.

Noch immer bekam ich unglaublich schlecht Luft, und der Schweiß benetzte mittlerweile nicht nur meine Stirn, sondern sorgte dafür, dass meine Klamotten an mir klebten wie eine zweite Haut. Ich atmete mehrmals tief durch die Nase ein und durch den Mund wieder aus. Währenddessen überlegte ich gedanklich, wie ich dieses Gespräch am besten beginnen sollte.

»Ich vermute, dass die geheime Verbindung, von der eben die Rede war, den Tod meiner Schwester zu verantworten hatte.« Wie schon bei Mila und Charlotte, hatte ich mich auch dieses Mal dafür entschieden, geradeheraus zu sagen, was Sache war. So war es am einfachsten.

Tristan blieb abrupt stehen und betrachtete mich mit schreckgeweiteten Augen. »Was sagst du da? Ich dachte, deine Schwester ist bei einem Unfall gestorben?«

Vor uns, zwischen zwei Sträuchern einer mir unbekannten Pflanze, stand eine mit Efeu und Moos bewachsene Bank. Das Holz hatte sich bereits etwas zersetzt, dennoch nahm ich Platz und wartete, bis Tristan sich ebenfalls gesetzt hatte. Auch als ich den Blick schließlich hob und ihm in die Augen sah, schaute er mich noch völlig entsetzt an. Diese neue Information musste er sicher erst verarbeiten.

»Das stimmt auch. Zumindest vielleicht. Lucy hat an der Rosefield Gesang studiert. Vor vier Jahren hatte sie einen Unfall, der sie das Leben gekostet hat. Das hat sich hier auf dem Gelände abgespielt«, erklärte ich ruhig. Doch meine Stimme verlor sich immer mehr in einem leisen Wimmern. Ich fokussierte meine zitternden Finger. Tristan schwieg, biss die Zähne fest zusammen. Vielleicht wusste er nicht, wie er auf diese Offenbarung reagieren sollte. Verdenken konnte ich es ihm nicht.

Plötzlich nahm er meine Hand in seine und drückte sie sanft. Mit dem Daumen zog er kleine Kreise auf meinem Handrücken. Ein prickelndes Gefühl durchströmte mich, gepaart mit einer angenehmen Wärme, die sich beruhigend auf mich auswirkte. »Es tut mir so schrecklich leid, Hazel.«

Langsam hob ich das Kinn. Auf Tristans Gesicht zeichnete sich so viel Schmerz ab, als hätte er selbst diesen Verlust zu tragen. »Es ist okay«, flüsterte ich. »Ich habe gelernt, damit umzugehen. Aber ich hatte von Anfang an den Verdacht, dass es kein Unfall gewesen war. Lucy hätte sich niemals einer solchen Gefahr ausgesetzt. Und als ich dann erfahren habe, dass es Gerüchte über eine geheime Studentenverbindung gibt ...«

»... hast du eins und eins zusammengezählt. Das verstehe ich.«

»Genau. Sie müssen dahinterstecken. Ich weiß es einfach.« Ich suchte in Tristans Augen ein Anzeichen dafür, dass er mich für verrückt hielt. Doch ich erkannte nichts weiter als Schmerz und Mitgefühl.

Vorsichtig zog er seine Hand zurück und fuhr sich über das Gesicht. »Sollte die Verbindung wirklich dahinterstecken, wäre es besser, du lässt die Finger davon. Du setzt dich damit womöglich einer riesigen Gefahr aus.«

Instinktiv sprang ich auf die Beine. »Nein! Ich habe mir geschworen, an der Rosefield aufgenommen zu werden und den Tod meiner Schwester aufzudecken.«

»Und das verstehe ich. Aber wer sagt, dass dir nicht dasselbe passiert?« Tristans Stimme war ruhig, sachlich. Doch der Inhalt seiner Worte jagte mir einen eiskalten Schauer über den Rücken. Meine Atmung beschleunigte sich abermals.

»Dieses Risiko muss ich eingehen. Für meine Familie.«

Tristan saß weiterhin vor mir auf der Bank. Beinahe so regungslos wie die Statuen auf der Galerie. Lediglich das stetige Heben und Senken seiner Brust war ein Indiz dafür, dass er noch atmete. Spannung lag in der Luft.

»Wie kann ich helfen?«, hörte ich Tristan irgendwann sagen.

»Gar nicht. Du hältst dich da raus«, sagte ich nachdrücklich. »Auf keinen Fall sollst du dich hier noch weiter einmischen.«

Quälend langsam stand er auf und trat vor mich. Dann hob er die Hand und strich sanft über meinen Pony. Als seine Fingerspitzen meine Haut berührten, zog sich alles in mir zusammen. Es sollte sich nicht so verdammt gut anfühlen.

»Du kannst mich nicht davon abhalten«, sagte er leise und machte einen weiteren Schritt auf mich zu, was ich kaum für möglich gehalten hätte. Und mein Herzschlag beschleunigte sich von Neuem.

Ich befeuchtete meine Lippen und schluckte, ließ Tristan dabei nicht aus den Augen. »Wieso?« Meine Stimme glich einem Hauchen. »Wieso willst du dich für mich in Gefahr bringen?«

Auch Tristan schluckte, wobei sein Adamsapfel leicht hervortrat. »Weil du mir wichtig bist. Ich kann nicht zulassen, dass dir etwas passiert, Hazel.«

Ein hoffnungsvolles Schimmern lag in Tristans blauen Augen. Wie von selbst wanderte meine Hand seine Brust hinauf. Ich spürte, dass er unter meiner Berührung erschauderte.

Es war unmöglich, weiter dagegen anzukämpfen. Wie sehr ich mir auch einzureden versuchte, in Tristan nicht mehr als einen Freund, einen Projektpartner, zu sehen, es funktionierte nicht. Die Anziehung zwischen uns war nicht zu leugnen. Und nun, da er mein Geheimnis kannte, brachte es nichts mehr, mich verschließen zu wollen. Also entschied ich mich dafür, jegliche Zweifel beiseitezuschieben und es einfach zuzulassen.

Ich hob die Hand, legte sie an seine Wange. Seine Haut war unglaublich weich und warm. Genau wie der kurz rasierte Bart. Gar nicht stoppelig und unangenehm. Ganz langsam stellte ich mich auf die Zehenspitzen, bis wir auf Augenhöhe waren. Ich betrachtete ihn. Er betrachtete mich. Ein Moment, der wie unsere eigene kleine Ewigkeit war.

Sein Blick ruhte weiterhin auf mir, als befürchte er, ihm entginge etwas, sollte er auch nur blinzeln. Unser Atem vermischte sich, als Tristan die Arme um meine Hüften legte und mich so noch näher an sich zog.

Dann legte er seine Lippen endlich auf meine. Viel zu lange hatte ich auf diesen Kuss gewartet, der sich so verdammt gut anfühlte. Ich drängte meinen Körper gegen seinen, und er hielt mich so fest, als wollte er mich nie wieder loslassen.

Ich vergrub die Finger in seinen Haaren. Dabei knabberte ich leicht an seiner Unterlippe. Damit entlockte ich ihm ein leises Stöhnen. Es fuhr durch meinen kompletten Körper. Sorgte dafür, dass sich mein Innerstes zusammenzog.

Ich zitterte unkontrolliert. Weil das hier perfekter nicht hätte sein können. Tristans Zunge glitt über meine Lippen. Ich öffnete sie, lud ihn ein, den Kuss zu intensivieren.

Mein Kopf war wie leer gefegt. Es gab nur noch Tristan und mich. Seine Zunge traf auf meine. Strich sie so zärtlich, dass ich in seinen Armen zerfloss.

Ich presste mich noch enger an ihn. Tristan entfuhr ein weiteres wohliges Stöhnen. Er griff in meinen Nacken und presste seine Lippen härter auf meine. Wild und ungezähmt. Seine freie Hand wanderte über meinen Bauch, fuhr sanft über meine Brüste.

Blut rauschte in meinen Ohren. Ich keuchte auf. Lächelnd ließ Tristan von meinen Lippen ab und bedeckte meinen Hals mit gierigen Küssen. Hingebungsvoll legte ich den Kopf in den Nacken. Meine Knie wurden weich. Ich vergrub die Hände fester in seinen Haaren, und mein Atem ging immer schwerer.

Er küsste sich seinen Weg nach oben, fuhr mit der Zunge über mein Ohrläppchen, ehe sein Mund wieder meinen fand. Keuchend, aber viel zu schnell löste Tristan sich von mir. Mein Herz raste, und mein Körper stand weiterhin in Flammen.

Er legte seine Stirn an meine und lächelte. Als er meinen Blick auffing, musste auch ich lächeln. Behutsam fuhr er mir über die Haare und den unteren Rücken entlang, auf dem er kleine Kreise zog. Eine sanfte, flüchtige Berührung, die trotzdem unendlich viele Empfindungen in mir auslöste.

Nie hätte ich mir ausmalen können, wie es sich anfühlte, Tristan so nah zu sein. Am liebsten wäre ich hiergeblieben, hätte ihn weiter geküsst und ihm diesen grob gestrickten Pulli vom Oberkörper gerissen.

Aber das hier war der falsche Ort dafür. Wir mussten

das Gewächshaus schleunigst verlassen. Daher trat ich eher widerwillig einen Schritt zurück und nahm Tristans Hand. »Wir sollten gehen, ehe man uns hier erwischt.«

Er legte seine Lippen an meinen Scheitel und drückte mir einen weiteren sanften Kuss darauf. »Du hast recht.«

Er bückte sich nach dem Violinkasten und führte mich, ohne meine Hand loszulassen, den Weg zurück zum Ausgang. Noch immer war ich so glücklich, dass es mir schwerfiel, nicht vor Freude zu schreien. Nach all den negativen Erfahrungen, die ich in der Vergangenheit mit Männern gemacht hatte, hatte ich nicht daran geglaubt, jemanden zu finden, mit dem ich mich auf eine so intensive Weise verbunden fühlte.

Es war nicht nur die Tatsache, dass Tristan und ich die tiefe Liebe zur Musik teilten. Es war auch die Liebe zu unseren Familien, für die wir durchs Feuer gehen würden. Und seine liebenswerte, manchmal verträumte Art ließ mich dahinschmelzen. Und seine Lippen … meine prickelten noch immer von unserem Kuss. Und mein Körper verlangte nach mehr.

»Shit«, zischte Tristan plötzlich, als er die Klinke hinunterdrückte. »Verschlossen.«

Hatte ich mich eben noch in meiner Traumblase befunden, in der es nur uns beide gab, katapultierte sein Fluchen mich zurück ins Hier und Jetzt. Ich ließ von seiner Hand ab und rüttelte ebenfalls an der Tür. Nun klopfte mein Herz nicht vor Verlangen, sondern vor Angst. »Scheiße, Scheiße, Scheiße.« Ich rüttelte noch ein weiteres Mal, warf mich mit meinem gesamten Gewicht dagegen, doch die Tür bewegte sich nicht. »Was machen wir denn jetzt?«

»Ich habe eine Idee«, sagte Tristan und trat wieder so nah an mich heran, dass kein Blatt Papier zwischen uns gepasst hätte. Als er die Hand an mein Gesicht hob, schlug ich sie reflexartig zur Seite. Das passierte, wenn der Verstand siegte.

»Das ist wohl nicht der richtige Zeitpunkt«, sagte ich leicht genervt.

Tristan fuhr sich über die Lippen und grinste. »Sosehr ich das eben auch genossen habe und gern daran anknüpfen würde, ich hatte aber etwas anderes vor.«

Ich legte die Stirn in Falten und setzte zu einer Frage an. Doch bevor ich diese stellen konnte, griff Tristan an meinen Hinterkopf und zog eine der Haarnadeln aus meinem Zopf. Er hielt die silbrig schimmernde Klammer vor mein Gesicht, das Grinsen auf seinen Lippen wurde breiter. »Was hast du vor?«

Tristan wandte sich von mir ab und beugte sich nach vorn. »Schon vergessen, dass ich Schlösser knacken kann?« Er bog einen Moment an der Klammer herum, wobei ich ihn argwöhnisch musterte.

Ich hatte vermutet, dass er die Geschichte mit dem ausgewechselten Schloss ein bisschen übertrieben dargestellt hatte. Als ich jedoch das leise Klicken des Schlosses vernahm, atmete ich erleichtert auf.

Vorsichtig öffnete Tristan die Tür und schob den Kopf hinaus. Dann warf er mir einen Blick über die Schulter zu. »Die Luft ist rein.«

Ich folgte ihm in die Dunkelheit. Das Gelände lag verlassen da. Lediglich die ruhigen Rufe der Eulen in den Baumkronen waren zu hören. Die Wolken hatten sich verzogen, sodass nun der Vollmond am Himmel strahlte und uns den Weg erleuchtete. Ich schlang die Arme um meinen fröstelnden Körper. Im Gewächshaus war es so stickig und warm gewesen, dass mir die Kälte draußen nun umso eisiger vorkam.

Tristan blickte mich an. Auf seinem Gesicht war neben Erleichterung pures Glück zu erkennen. Genau, wie auch ich mich fühlte.

Seine Hand suchte und fand meine. Es fühlte sich gut an. Richtig. Und auch wenn ich nicht wusste, was der Kuss zwischen uns zu bedeuten hatte, ob er nur aus dem emotionsgeladenen Moment heraus entstanden war, genoss ich diesen Augenblick.

17

Tristan

»Du bist so ein schmalziger Romantiker, ich fasse es nicht«, sagte Josh zum wiederholten Mal. »Das ist so peinlich. Willst du das wirklich machen?«

Ich stöhnte und verdrehte die Augen in seine Richtung. »Niemand hat dich gezwungen, mitzukommen.«

»Irgendjemand muss ja auf dich aufpassen, wenn du dabei bist, dich lächerlich zu machen!«

Jedes Mal aufs Neue vergaß ich, wie theatralisch Schauspieler waren. Ich war gestern erst spät im Wohnheim gewesen. Kaum war ich durch die Tür, hatte Josh mich ausgequetscht. Natürlich hatte ich ihm nur die halbe Wahrheit gesagt, da ich Hazels Vertrauen nicht missbrauchen wollte. Es hatte lange gedauert, ehe sie mir die Hintergründe zum Tod ihrer Schwester erzählt hatte, da wollte ich nicht Josh bei der erstbesten Gelegenheit davon berichten. Vor allem, weil ich wusste, wie er reagieren würde.

Das schlechte Gewissen nagte an mir. Hazel war ehrlich zu mir gewesen, aber ihre Offenbarung hatte mich schwerer getroffen, als ich ihr hatte sagen können. Es war nicht so, dass ich es nicht wollte, aber ich konnte es nicht. Ich hatte ein Versprechen abgegeben, hatte es geschworen.

Manche Geheimnisse mussten mit ins Grab genommen werden.

Am liebsten wäre es mir gewesen, ich hätte sie von dem Gedanken abbringen können, sich mit der Verbindung anzulegen. Es war gefährlich. Und auch wenn ich mich eigentlich nicht in ihre Angelegenheiten einmischen wollte, blieb mir keine Wahl. Sollte Hazel etwas zustoßen, würde ich mir das niemals verzeihen. Ging es sie an, ging es mich ebenfalls etwas an. Daher konnte ich nicht anders, als ihr meine Unterstützung anzubieten, obwohl es mir Bauchschmerzen bereitete.

»Was ist, wenn sie Nein sagt?«, fragte Josh und riss mich damit glücklicherweise aus den trüben Gedanken, die mich mit sich ziehen wollten. Dabei empfand ich seit dem Kuss mit Hazel ein Hochgefühl wie schon lange nicht mehr. Ich war zum ersten Mal seit Jahren wirklich glücklich, schwebte auf Wolken.

Ich zuckte die Achseln. »Dann soll es wohl nicht sein.«

Josh hatte versucht, es mir auszureden, doch ich wollte davon nichts hören. Ich hatte mir fest vorgenommen, Hazel um ein richtiges Date zu bitten. Das zwischen uns hatte sich über Wochen hinweg langsam angebahnt. Während unserer Proben hatten wir Gelegenheiten gehabt, uns kennenzulernen. Trotzdem wollte ich mehr über sie erfahren. Nein, nicht nur mehr, sondern einfach alles. Und das ging am besten bei einem echten Date, bei dem es nur uns beide gab. Weit entfernt von der Uni und unseren tratschenden Kommilitonen.

»Ich weiß ja nicht, Mann. Ich glaube, das ist eine ganz schlechte Idee.«

»Wieso gehst du dann nicht einfach?«, fragte ich und stöhnte. Josh war zwar mein bester Kumpel an der Uni, aber er wusste genau, wie er einem den Tag vermiesen konnte.

Er grinste und wackelte mit den Augenbrauen. »Na ja, du sagtest, dass sie mit ihren Mitbewohnerinnen zum Yoga geht.«

Ich hätte es wissen müssen, dass es ihm nur darum ging, Hazels Mitbewohnerinnen kennenzulernen. Der Kerl war unverbesserlich. Eigentlich musste er eine der beiden kennen, denn Hazel hatte erzählt, dass eine von ihnen Fashion Design und die andere Musical und Show studierte. Also hatte Josh sicher einige Kurse mit ihr. Nur hatte ich ein verdammt schlechtes Namensgedächtnis und wusste nicht mehr, wie die beiden hießen. Was peinlich war, denn Hazel hatte mehrfach über sie gesprochen.

Was ich mir allerdings gemerkt hatte, war, dass sie mittwochs um diese Zeit zusammen beim Yoga waren, weshalb ich auf dem Weg genau dorthin war. Ich hätte Hazel auch schreiben oder bis Freitag warten können, aber ich konnte es kaum erwarten, sie wiederzusehen. Verdammt, Josh hatte recht damit, dass ich ein schmalziger Romantiker war.

Vor dem Sportzentrum blieben wir stehen. In wenigen Minuten musste der Kurs vorbei sein. Womöglich war das hier doch keine gute Idee? Vielleicht empfand sie es als zu aufdringlich, dass ich ihr hier auflauerte? Wobei man es kaum lauern nennen konnte. Trotzdem beschlich mich das Gefühl, dass ich es mir damit versauen konnte.

»Hey, du hast recht, lass uns abhauen«, sagte ich gerade zu Josh, als ihre Stimme hinter mir ertönte.

»Tristan?«

Fuck, jetzt war es zu spät. Ich drehte mich um und musste mich vom Starren abhalten. Hazel sah verdammt heiß aus. Sie trug lediglich ihren geöffneten Mantel über den hautengen Yogaklamotten, sodass ich jede ihrer perfekten Rundungen sehen konnte. Das Top bedeckte gerade so ihre Brüste, wodurch ihr flacher Bauch freilag und ein Piercing offenbarte, mit dem ich nicht gerechnet hatte. Gott, ich hatte nicht geglaubt, dass ich sie noch anziehender finden konnte. Es fiel mir unglaublich schwer, nicht auf sie zuzugehen und jeden Zentimeter ihres Körpers hier und jetzt zu erforschen.

Josh rammte mir den Ellbogen in die Seite. Shit, Hazel schaute mich weiterhin fragend an. Auf ihrem Gesicht zeichnete sich allerdings ein Lächeln ab. »Sorry, hi. Schön, dich zu sehen.« Stammelte ich? Oder kam es mir nur so vor? Keine Ahnung, aber das hier war peinlich und überhaupt nicht so, wie ich es mir vorgestellt hatte. Doch wer hätte auch damit gerechnet, dass sie sich nicht umzog? Bisher hatte ich sie nur in Hosen und langärmeligen Oberteilen gesehen. Und ich war auch nur ein Mann … und dazu allem Anschein nach verdammt hormongesteuert. Aber es war lange her.

»Find ich auch«, sagte sie. »Was machst du hier?«

Bevor ich etwas erwidern konnte, wurde die Tür aufgestoßen. Josh atmete erschrocken auf und sprang hinter mich. »Der Teufel«, flüsterte er mürrisch. Aber ich hatte keinen Schimmer, was er mir damit sagen wollte.

»Ja, ja, ich weiß, das war ein Regelbruch«, sagte ein rothaariges Mädchen und verdrehte die Augen.

»Immerhin weißt du das selbst«, erwiderte die Blondine neben ihr.

Als die beiden mich sahen, blieben sie abrupt neben Hazel stehen. Die Rothaarige grinste von einem Ohr zum anderen und hüpfte auf der Stelle auf und ab. Sie hatte komische bunte Bänder in den Haaren, wodurch sie ein bisschen wie eine Hippie-Tante aussah. »Du musst Tristan sein!«, rief sie aufgedreht.

Hazel warf ihr einen grimmigen Blick zu, aber ich fühlte mich geschmeichelt, dass sie ihren Freundinnen von mir erzählt hatte. Dann drehte sie sich wieder zu mir. »Das sind Charlotte«, sie deutete auf das blonde Mädchen, »und Mila.«

Ich hob die Hand. »Hey, ja, Tristan. Und das hier ist …« Ich trat zur Seite. Er wollte doch unbedingt die beiden Mädels kennenlernen, und jetzt benahm er sich plötzlich wie ein schüchterner Schuljunge.

»Joshua Hanover«, sagte Mila und stöhnte. Sie war eindeutig die Musicalstudentin. Und auf einmal machte es klick. *Der rothaarige Teufel*, wie Josh sie immer nannte. Deshalb hatte er sich versteckt und *Teufel* gemurmelt.

»Woher kennt ihr euch?«, fragte Hazel verwirrt.

Charlotte verschränkte ihre Arme vor der Brust und schaute Josh wütend an. Dieser Ausdruck sah komisch bei ihr aus, da sie eine sehr elfenhafte Gestalt hatte. Niedlich und irgendwie unschuldig. Aber es waren bekanntlich die stillen Wasser, die am tiefsten waren.

Ich drehte mich zu Josh, dessen Wangen vor Scham gerötet waren. Ich hatte schon immer vermutet, dass er mit dem Streit der beiden angefangen hatte. Irgendetwas *musste* er getan haben. Und da ich ihn gut genug kannte, war es vermutlich etwas richtig Ätzendes. Er wusste genau, wie man es sich mit anderen verscherzte. Tief im Inneren war er zwar ein netter Kerl, aber den zeigte er nur den wenigsten. »Sagst du mir jetzt endlich, was du angestellt hast?«

»Endlich?« Hazel schaute mich verständnislos an.

Abwehrend hob ich die Hände. »Ich wusste nur, dass es in seinem Kurs ein Mädchen gibt, mit dem er Streit hat. Dass es deine Freundin Mila ist, davon hatte ich keine Ahnung.«

»Ich habe nichts gemacht! Es war nur ein harmloser Streich!«, rief Josh aus.

»Harmlos?«, schrie Mila so laut, dass sich zahlreiche Köpfe in unsere Richtung wandten. Ihre schrille Stimme hallte in meinen Ohren nach, und auch Hazel neben ihr zuckte zusammen.

»Ich ahne Schlimmes«, nuschelte ich.

»Und ob!«, schrie Mila weiter. »Dein *Freund* hier hat mir die Hauptrolle in der ersten Semesterabschlussaufführung versaut!«

»Ach, als ob du die Rolle gekriegt hättest!«

Mila ballte die Hände zu Fäusten. Behutsam legte Hazel ihr die Hand auf die Schulter. »Atmen nicht vergessen.«

Mila schnaubte ungehalten.

Stattdessen ergriff Charlotte das Wort. »Mila leidet auch so schon unter Lampenfieber. Er hat ihr vor dem Vorsingen eine Papiertüte in die Hand gedrückt und gesagt, sie soll sie festhalten und, direkt bevor es losgeht, dreimal tief ein- und ausatmen.«

»Aber das klingt doch nett?«, hakte Hazel vorsichtig nach.

»Oh, das dachte ich auch! Bis ich dann angefangen habe zu singen, und feststellen musste, dass er Helium in die Tüte gefüllt hat!«, fauchte Mila.

Josh fing an, zu lachen. Ich verkrampfte am gesamten Körper und schaute ihn entsetzt an. »Was zur Hölle stimmt nicht mit dir?«

»Es war lustig!«

»Das ist überhaupt nicht lustig«, sagte Charlotte ruhig. Die Wut war zwar wieder aus ihrem Gesicht verschwunden, trotzdem war sie von Joshs Verhalten verständlicherweise nicht begeistert.

Aus Hazels Gesichtsausdruck war nichts abzulesen. Es blieb also nur zu hoffen, dass sie mich nicht sofort abservierte, weil ich mit einem solchen Vollhonk befreundet war.

»Ich hoffe, du hast dich entschuldigt«, sagte ich nachdrücklich und schaute zu Josh.

»Klar, Mann.«

»Du bist so ein blöder Lügner! Du hast gesagt ›Sorry, aber es tut mir nicht leid!‹« Noch immer lag Hazels Hand auf Milas Schulter. Vermutlich war das auch besser so, denn sonst hätte sie Josh wohl die Augen ausgekratzt. Die Krallen waren zumindest schon ausgefahren. Als Mila mich direkt ansah, hätte ich mich am liebsten aus dem Staub gemacht. Sie machte mir Angst. »Ich hoffe für dich, du entpuppst dich nicht auch als Riesenarsch.«

»Hey!«, protestierte Josh. »Du hast meinem Kostüm den Schwanz abgeschnitten!«

Wütend funkelte sie ihn an. »Sei froh, dass es nur der von deinem Kostüm war.«

Ich prustete los, was mir einen finsteren Blick von Josh einbrachte. Aber ich verstand Mila. Josh konnte zwar auch anders, doch so wie er sich ihr gegenüber verhalten hatte, war unverzeihlich. Kein Wunder, dass sie ihn nicht leiden konnte. Könnte ich an ihrer Stelle auch nicht. Dennoch hoffte ich, dass die beiden ihre Streitigkeiten beiseiteschieben können. »Keine Sorge, ich bin handzahm«, sagte ich schließlich.

»Gut.« Mit diesen Worten packte Mila Charlotte am Arm und zog sie hinter sich her. »Wir sehen uns.«

»Ciao, hat mich gefreut«, rief ich ihnen hinterher. »Musst du nicht auch gehen?«, fügte ich, an Josh gewandt, hinzu.

»Ich warte nur, bis der Teufel außer Sichtweite ist.« Zu seinem Glück sagte er das leise genug, dass Hazel ihn nicht hörte. Nachher würde ich ihn mir aber vorknöpfen.

Als die beiden verschwunden waren, ging auch Josh, sodass ich noch einen Moment mit Hazel allein sein konnte. Lächelnd kam sie auf mich zu. »Das war ja … interessant«, sagte sie. »Aber willst du mir jetzt vielleicht sagen, warum du hier bist?« Sie legte den Kopf in den Nacken und betrachtete meine Lippen. Na, wenn das keine Einladung war!

Behutsam hob ich ihr Kinn an. Ihre Haut war so verdammt weich. Ich konnte es kaum erwarten, herauszufinden, wie sich der Rest von ihr anfühlte. Ich neigte mich zu ihr hinunter und gab ihr einen kurzen Kuss auf die Lippen. Als ich mich zurückzog, lächelte sie. Dabei strahlte das Grün in ihren Augen heute besonders hell. Was ich jetzt alles mit ihr anstellen könnte, wären wir alleine … Aber ich war ein Gentleman.

»Ich wollte dir eine Frage stellen«, sagte ich.

Sie legte den Kopf schief. Wann immer sie so nachdenklich schaute, bildete sich eine kleine Falte zwischen ihren Brauen, die einfach verdammt süß aussah. »Und diese Frage hättest du mir nicht schreiben können?«

»Nein, das wollte ich persönlich machen.« Ich lehnte mich zu ihr nach vorn und legte meine Lippen an ihr Ohr. »Außerdem konnte ich es kaum erwarten, dich wiederzusehen.« Eine Gänsehaut überzog sanft ihren Hals, und ihre Vene pochte schnell.

»Okay«, sagte sie und räusperte sich. »Was gibt's?« Sie versuchte, ihre echten Gefühle zu verbergen. Ich wusste nicht recht, warum sie das tat. Mittlerweile sollte sie wissen, dass sie sich in meiner Gegenwart öffnen konnte, es sogar sollte. Denn es gefiel mir, welche Wirkung meine Berührungen auf sie hatten.

»Würdest du mit mir ausgehen?«, fragte ich geradeheraus.

Überraschung zeichnete sich deutlich in jedem ihrer Züge ab. »Du möchtest ein Date mit mir? Das ist alles?«

Ich lachte. »Ja. Nächstes Wochenende. Ich habe mir etwas überlegt. Es wird dir sicher gefallen.«

Kurz meinte ich, ein Zögern zu erkennen. Doch dieser

Anflug von Unsicherheit war so schnell wieder verschwunden, wie er aufgetaucht war. Nun nickte sie, was mich erleichtert den Atem ausstoßen ließ. »Sehr gerne. Was hast du vor?«

»Das ist ein Geheimnis.« Ich presste die Lippen aufeinander.

»Ach, komm schon! Gib mir wenigstens einen Hinweis.«

»Das habe ich eben.«

»Also ist der Ort, an den du mich bringen willst, ein Geheimnis? Ein geheimer Ort?«, bohrte sie weiter.

»Ich werde nichts verraten. Aber ich bin mir sicher, dass du es lieben wirst!«

Hazel seufzte resigniert. »Na schön. Ich freue mich.«

»Was machst du jetzt? Ich habe heute keinen Unterricht mehr.«

Sie wischte sich über die Stirn und pustete sich eine Strähne aus dem Gesicht. »Ich muss noch duschen und dann in den Probenraum.«

»Darf ich mitkommen?«

»Unter die Dusche oder zur Probe?«, fragte sie neckisch.

Meine Mundwinkel kräuselten sich. »Ich wäre beidem nicht abgeneigt. Aber eben meinte ich die Probe.«

Sie lachte leise. »Nein, lieber nicht«, sagte sie kopfschüttelnd. »Ich würde dich gern dabeihaben, wirklich. Aber ich kann mich nicht konzentrieren, wenn du da bist.«

Diese Offenbarung ließ ihre Wangen rosig schimmern. Vermutlich hatte sie recht. Ich konnte mich auch während meiner Proben kaum konzentrieren, weil ich an nichts anderes denken konnte als an sie. Wäre sie *während* meiner Proben anwesend, würde ich vermutlich gar nicht mehr zum Spielen kommen.

»Das verstehe ich«, sagte ich. »Wir sehen uns ja spätestens Freitag.«

Hazel strahlte von einem Ohr zum anderen. »Ja, auf jeden Fall.« Dann deutete sie Richtung Wohnheim. »Ich muss mich beeilen.«

»Natürlich, geh«, sagte ich schnell und gab ihr einen flüchtigen Kuss auf den Scheitel. »Bis dann.«

Sie lief den Weg hinunter, aber nicht, ohne sich auf halber Strecke noch einmal umzudrehen und zu winken. Es machte mich verdammt glücklich, dass sie eingewilligt hatte. Nun blieb zu hoffen, dass das Date gut verlief. Und dass sie wirklich niemals hinter mein Geheimnis kam, denn das würde sie mir nie verzeihen. Wenn ich eines nicht wollte, dann, Hazel wieder zu verlieren.

18

Hazel

»Wie bezeichnen wir eine mehrmalige, aufeinanderfolgende Wiederholung einer Akkordverbindung?« Mr Browning lehnte mit vor der Brust verschränkten Armen gegen sein Pult und schaute uns nacheinander an. Das ging schon die ganze Doppelstunde so. Er stellte uns Fragen, um unser Grundwissen noch einmal aufzupolieren. In der letzten Stunde hatten wir einen kurzen Test geschrieben, der so schlecht ausgefallen war, dass er wohl der Meinung war, wir konnten die Auffrischung gut gebrauchen.

Bianca neben mir meldete sich. Es verwunderte mich, dass sie lediglich einundsechzig Prozent erreicht hatte, da wir gemeinsam für den Test gelernt und dieser wirklich nichts weiter als Grundlagenwissen abgefragt hatte.

»Ja?« Mr Browning nickte ihr zu.

»Das müsste das harmonische Pendel sein?«

»Ist das eine Frage oder Ihre Antwort, Miss Jones?«, hakte er nach. Mr Browning war einer der jüngsten Dozenten an der Rosefield mit gerade einmal Ende zwanzig. Trotz seines Alters war er ein hervorragender Lehrer, der das perfekte Maß an Autorität an den Tag legte. Heute war seine Laune allerdings ziemlich im Keller.

»Meine Antwort?«, sagte Bianca. Dann räusperte sie sich und wiederholte etwas lauter: »Meine Antwort.«

Mr Browning nickte. »Korrekt.« Dann fuhr er mit seinen Fragen fort.

Ich lächelte Bianca zu, woraufhin sie erleichtert aufatmete. Glücklicherweise war ich heute aus dem Schneider und konnte mich weitestgehend zurücklehnen. Zwar hatte ich auch nur vierundachtzig Prozent erreicht, aber das lag an einem sehr schusseligen Flüchtigkeitsfehler und nicht daran, dass ich die Antwort nicht gekannt hatte.

Überraschenderweise empfand ich das Seminar bisher als erstaunlich einfach. Neben den Grundkursen Musiktheorie und Musikgeschichte hatten wir uns für ein Wahlpflichtfach entscheiden müssen. Nach einer längeren Zeit des Schwankens hatte ich mich gegen die Notationskunde und stattdessen für die Harmonielehre entschieden. Mittlerweile war ich nicht mehr sicher, ob diese Entscheidung die beste gewesen war.

Ich mochte den Unterricht bei Mr Browning, doch bisher hatte ich kaum etwas Neues gelernt. Die anderen Kurse waren zwar fordernd genug, und ich hatte keinen Grund, mich zu beschweren, aber ich war schließlich auch nach Rosefield gekommen, um mein komplettes Potenzial auszuschöpfen. Für das nächste Semester sollte ich besser Tristan zurate ziehen, welcher Kurs der lehrreichste war.

Beim Gedanken an ihn lächelte ich instinktiv, und mein Puls schnellte in die Höhe. Ich freute mich auf unser Date und fragte mich noch immer, was er wohl geplant hatte. Trotzdem durfte ich mein Ziel nicht aus dem Auge verlieren. Doch mit Tristan an meiner Seite würde es mir sicher gelingen, das Geheimnis um die Verbindung aufzudecken.

Bisher hatte ich allerdings keine Ahnung, wie wir genau

vorgehen sollten. Wir wussten von Beverly und Darcy, die eine Einladung zum Beitritt erhalten hatten. Sie direkt anzusprechen war eine Möglichkeit. Aber vermutlich würden sie sich daraufhin zurückziehen und kein einziges Wort preisgeben. Also blieb eigentlich nur die zweite Variante: ihnen auf Schritt und Tritt zu folgen und zu hoffen, auf diese Weise auf etwas zu stoßen. Was ein schwieriges Unterfangen sein dürfte, denn meine Tage waren beinahe gänzlich verplant.

Seufzend lehnte ich mich im Stuhl zurück und beobachtete, wie Mr Browning vor Wut außer sich wild gestikulierte. Ich hatte den Grund versäumt, aus dem er sich jetzt schon wieder so aufregte, vermutete aber, dass jemand die falsche Antwort auf eine seiner leichten Fragen gegeben hatte.

Bianca beugte sich zu mir rüber und musterte mich fragend. »Ist alles in Ordnung? Du wirkst so neben der Spur.«

Ich winkte ab. »Alles gut. Mir ist nur langweilig.«

Sie kicherte leise in ihre Hand. »Du bist wirklich ein Fall für sich. Die einzige Person, die sich an einer Eliteuni langweilt.«

»Sie sollten lieber aufpassen, wenn Sie diesen Kurs bestehen möchten«, sagte Mr Browning und schaute Bianca dabei mit zusammengezogenen Brauen an.

Ihre Wangen wurden tomatenrot, und sie zog den Kopf so weit ein, dass er beinahe in ihrer Bluse verschwand. »Tut mir leid«, stammelte sie.

Mr Browning schüttelte enttäuscht den Kopf, ehe er sich wieder an den Kurs wandte und mit seinem Wutanfall fortfuhr. Nicht einmal ich wagte es noch, den Mund zu öffnen.

Ein erleichtertes Seufzen ging durch die Reihen, als Mr Browning die Stunde schließlich für beendet erklärte.

»Möchtest du noch mit in die Kantine kommen?«, fragte Bianca, nachdem sie ihre Sachen verstaut hatte.

Gern hätte ich einen Happen gegessen, da ich in der Mittagspause kaum Hunger gehabt hatte. Doch die Einzelstunde wartete auf mich, und wenn Mrs Hildred eines nicht duldete, dann war es Unpünktlichkeit. »Nein, danke, ich habe noch Unterricht.«

»Schade, aber okay. Am Wochenende fahre ich mit ein paar anderen zum Shoppen nach Lincoln, wenn du dich anschließen willst, schreib mir gern.« Sie hob die Hand und verabschiedete sich.

Es war nett von Bianca, mich einzuladen. Ich brauchte noch immer unbedingt einen dickeren Mantel für den Winter, wollte ich nicht erfrieren. Aber ob ich mein Wochenende wirklich mit einigen aus meinem Kurs verbringen wollte, wusste ich nicht. Die meisten begegneten mir zwar oberflächlich freundlich, aber das war's auch schon.

Bevor ich zur Einzelstunde ging, steuerte ich den Waschraum ein paar Türen weiter an. Wie der Rest der Universität war dieser mehr als großzügig geschnitten. Der Vorraum allein war mindestens dreimal so groß wie mein Zimmer zu Hause. Der geflieste Boden zeigte wie der im Foyer das Wappen unserer Universität. Über den fünf breiten Waschbecken hingen goldgerahmte Spiegel, die keinen einzigen Wasserfleck aufwiesen. Als würde die ganze Zeit jemand vorbeikommen, um sie zu wischen.

Ich betrachtete mich in einem der Spiegel. Gott, sah ich furchtbar aus! In den letzten Wochen hatte ich viel zu wenig Schlaf bekommen, wodurch meine Haut fahl war. Dunkle Schatten lagen unter meinen Augen, und ich war leichenblass, was dem Mangel an Sonne geschuldet war. Ich holte eine Haarnadel aus der Hosentasche, um mir den Pony hochzuklemmen. Dann drehte ich den Wasserhahn auf und spritzte mir kaltes Wasser ins Gesicht.

Ein eisiger Schauder fuhr mir vom Scheitel bis zur Sohle. Aber ich fühlte mich schlagartig besser und vor allem wacher. Gerade als ich mich mit ein paar Papierhandtüchern abtrocknete, wurde eine Klospülung betätigt und eine Kabine aufgeschwungen. Ich hatte nicht bemerkt, dass jemand hier war.

»Und mit wem gehst du zum Winterball?« Noch bevor ich sie sah, erkannte ich Nicoles Stimme. Na toll! Ich konnte auf ein Zusammentreffen mit ihr durchaus verzichten.

»Mit Tristan.« Joanna.

Ich zuckte zusammen. Mein Herz raste, und ein fieser kleiner Stich setzte sich darin fest. Als die beiden um die Ecke kamen, betrachtete ich sie im Spiegel. Joanna verdrehte die Augen.

»Hallo«, presste ich möglichst freundlich hervor. Am liebsten wäre ich ihr aber an die Gurgel gegangen.

Anstatt zu reagieren, schnaubten die beiden und gingen zum Waschbecken am anderen Ende des Vorraums. Da ich ihr Gespräch weiter mit anhören wollte, drehte ich den Wasserhahn wieder auf und wusch mir die Hände – sehr ausgiebig.

»Ihr passt auch einfach so gut zusammen«, fuhr Nicole fort. »Es wundert mich, dass ihr noch kein Paar seid.«

Joanna zog erst ihren Lippenstift nach, dann holte sie eine kleine Parfümflasche aus ihrer Designerhandtasche. Sie besprühte ihren ganzen Körper, sodass ich einen Hustenanfall nur schwer unterdrücken konnte. Ich nahm das Stück Seife und hielt es unter den Hahn. »Das wird sicher nicht mehr lange dauern«, säuselte sie. »Ich wollte gleich zu ihm aufs Zimmer. Und dann mal sehen, was passiert.«

Die Seife glitt mir aus der Hand, flog im hohen Bogen durch den Vorraum und landete Joanna direkt vor den Füßen.

»Iiii, pass doch auf!«, rief sie so angeekelt, als hätte ich sie mit Mist beworfen.

»Sorry«, sagte ich leise und hob das Stück Seife auf. Dass Joanna und Nicole einander anschauten und erneut die Augen verdrehten, wusste ich, auch ohne hinsehen zu müssen.

Die beiden schulterten ihre Handtaschen und stöckelten aus dem Waschraum. Erst als die Tür ins Schloss fiel, entspannte sich meine Haltung ein wenig. Joannas Worte hätten mich nicht so wütend machen sollen. Eifersucht war bescheuert und kindisch und absolut unnötig. Tristan wollte nichts von ihr, sondern war nur nett, um es sich nicht mit ihr zu verscherzen, das war alles. Und vermutlich wusste er nicht mal, dass sie vorhatte, ihm einen Besuch abzustatten. Trotzdem ärgerte es mich, denn ich traute Joanna nicht über den Weg.

Andererseits waren Tristan und ich kein Paar. Wir hatten uns geküsst und würden nächste Woche zusammen ausgehen, aber das musste noch nichts bedeuten. Er konnte tun und lassen, was er wollte.

Noch einmal spritzte ich mir kaltes Wasser ins Gesicht, ehe auch ich hinausging, um meine Einzelstunde anzutreten. Aber ich wusste schon jetzt, dass Mrs Hildred heute keinen Spaß mit mir haben würde.

»Wieso hast du ihr nicht einfach eine reingehauen?« Mila sprang rücklings auf die Couch und schmiegte ihren Kopf ins Kissen.

»Gewalt ist keine Lösung«, ermahnte Charlotte sie und legte mir das Maßband an die Hüfte. »Hier festhalten, bitte.« Ich tat, was sie sagte, woraufhin sie es bis zu meinen

Fußknöcheln hinunterzog und mit ihrem Bleistift etwas auf ihrem Klemmbrett notierte.

Es war ein blöder Zufall gewesen, dass ich Joanna und Nicole ausgerechnet heute über den Ball hatte sprechen hören, wo Charlotte Milas und meine Maße nahm, damit sie uns die Kleider dafür schneidern konnte. Ich war wahnsinnig gespannt und aufgeregt, was sie zaubern würde. Aber es bestand kein Zweifel daran, dass sie eine fantastische Designerin war und wir absolut herausstechen würden.

Mila stöhnte. »Manche Menschen verdienen es nicht anders.«

»So wie Josh?«, fragte ich neckisch.

»Genau!«, stieß Mila hervor. »Ich wünschte, er wäre von der Uni geflogen, damit ich seine Visage nicht andauernd ertragen müsste.«

Charlotte schüttelte amüsiert den Kopf. »Arme ausstrecken.«

Mila hatte die Prozedur schon hinter sich gebracht. Ich fühlte mich ein bisschen wie eine Schaufensterpuppe, während ich Charlottes Anweisungen befolgte.

»Schade, dass er so gemein zu dir war. Er ist irgendwie süß.«

Mir entfuhr ein leises Kichern, während Mila empört nach Luft schnappte. Dann griff sie nach dem Kissen hinter sich und schleuderte es direkt Richtung Charlotte. Noch bevor ich sie warnen konnte, traf das Geschoss sie am Kopf. »Mila Harriett Clarkson, entschuldige dich auf der Stelle!«

»Du klingst wie meine Mutter«, brummte Mila. »Tut mir leid.«

Charlotte nickte, dann strich sie sich die zerzauste Frisur wieder glatt. »Gut.«

Eigentlich musste ich Charlotte recht geben, legte es aber

nicht darauf an, ebenfalls beworfen zu werden. Josh hatte kurze dunkle Haare und wache hellbraune Augen. Und die Art und Weise, wie es ihm letztens die Schamesröte ins Gesicht getrieben hatte, ließ darauf vermuten, dass er nur einen auf harter Kerl machte. Dennoch war es unverzeihlich, was er Mila angetan hatte. Zumal es um die weibliche Hauptrolle gegangen war. Die beiden hatten nicht mal in direkter Konkurrenz zueinander gestanden, was bedeutete, er hatte aus reiner Boshaftigkeit gehandelt.

»Vielleicht ist sein Verhalten nur ein Schutzmechanismus«, warf Charlotte ein. Sie schien es darauf anzulegen, Milas Zorn auf sich zu ziehen.

Diese kniff die Augen zu schmalen Schlitzen zusammen. »Wenn du ihn so süß findest, frag ihn doch, ob er mit dir zum Winterball geht.«

Charlotte notierte sich noch die letzten meiner Maße, ehe sie mich endlich wieder entließ. Ich senkte die Arme und schwang mich auf den Sessel. »Das wird nicht nötig sein. Ich habe schon einen Begleiter.«

»Was?«, entfuhr es Mila und mir zugleich.

»Wer ist es?«, fragte ich.

»Wieso hast du das nicht schon längst erzählt?«, fügte Mila hinzu.

Behutsam legte Charlotte das Klemmbrett auf den Tisch, strich sich den karierten Rock glatt und setzte sich neben Mila. »Es ist keine große Sache.«

»Keine große Sache? Miss Perfect hat ein Date, und du nennst es keine große Sache?« Mila sprang auf die Beine und schalt Charlotte mit erhobenem Zeigefinger.

»Er hat mich nur gefragt, ob wir zusammen hingehen. Der Ball ist erst in einigen Wochen, wer weiß, wie es bis dahin aussieht.«

Ich rutschte auf die äußerste Kante des Sessels und grinste Charlotte breit an. »Du hast uns immer noch nicht erzählt, wer er ist.«

Ihre Wangen nahmen einen sanften Rosaton an. Sie räusperte sich leise in die Faust. »Sein Name ist Benedict Fraser, und wir haben Design- und Modetheorie und den Kurs in Bekleidungskonstruktion zusammen.«

»Uhhhh«, machten Mila und ich erneut zugleich, woraufhin wir einen Lachanfall bekamen.

»Nichts *uhhh*. Wir sind nur Bekannte.«

»Ist er süß?« Mila zog fragend die Augenbrauen hoch.

»Schon ein bisschen«, sagte Charlotte etwas verlegen. »Aber eigentlich ist er nicht mein Typ.«

»Wie ist denn dein Typ?«, hakte ich nach. Bisher hatte Charlotte nicht ein einziges Mal über Männer gesprochen. Ich wusste nicht mal, ob sie schon mal in einer Beziehung war oder nicht. Generell gab sie nicht sonderlich viel über sich preis, ganz im Gegensatz zu Mila, die ein offenes Buch war.

Charlotte spielte mit dem Saum ihres Rocks. »Dunkelhaarig.«

»Und weiter?«, fragte Mila. Sie schien also auch nicht sonderlich viel über Charlotte und die Männerwelt zu wissen, obwohl sie ein Jahr Vorsprung hatte.

»Es muss einfach passen«, sagte sie und stand auf. »Ich mache mir einen Tee, möchtet ihr auch?«

Skeptisch legte ich die Stirn in Falten. Das war ein abrupter Themenwechsel wie fast immer, wenn es um ihr Privatleben ging. Ich hoffte, sie empfand es nicht als zu neugierig oder unhöflich, dass wir sie so ausquetschten. Ich wollte lediglich Interesse an meinen Mitbewohnerinnen zeigen. Vor allem, da die beiden sich mir so selbstlos angeschlossen hatten.

Mila schaute mich verwirrt an, aber ich schüttelte den Kopf, damit sie nicht auf die Idee kam, weiter nachzuhaken. Wir sollten Charlottes Privatsphäre respektieren.

»Ich nehme einen Kräutertee«, rief ich.

»Für mich nichts.« Mila hob die Hände. Dann wandte sie sich an mich. »Wollen wir Schichten einteilen, in denen jede von uns Beverly und Darcy ausspioniert?«

Ich kam nicht umhin, zu lachen. »Wir sind keine Undercover-Cops.«

»Was eigentlich schade ist, ich stelle mir das ziemlich cool vor. Aber wie sollen wir sonst vorgehen?«

»Ich weiß es auch nicht«, gestand ich und lehnte mich wieder im Sessel zurück.

»Setz doch Tristan auf sie an«, schlug Charlotte vor. Der kleine Teekessel stand auf dem Herd und dampfte. »Du sagtest, dass Beverly in eurem Kurs ist, dann kennt er sie vermutlich besser als du und könnte sich an sie ranhängen.«

»Wow, Charlotte, das hätte ich dir gar nicht zugetraut«, sagte Mila lachend.

Sie hob die Schultern und nahm den pfeifenden Kessel vom Herd. »Auch ich habe manchmal gute Einfälle.«

»Mhm«, machte ich. »Ich weiß nicht, ob ich Tristan da wirklich reinziehen sollte.«

»Aber er möchte doch helfen. Willst du lieber, dass er sich wie ein Nichtsnutz fühlt?« Mila verschränkte die Arme vor der Brust.

»Sehr witzig.«

Ich wusste nicht, was ich tun sollte. Im Grunde hatte sie recht damit, dass er helfen wollte. Trotzdem hatte ich ein schlechtes Gewissen. Ich wollte nicht, dass er meinetwegen andere ausnutzte, nur um an Informationen zu kommen.

Wenn ich das tat, war das eine Sache. Aber ich musste es nicht gutheißen, dass andere für mich genauso weit gingen.

Charlotte stellte eine dampfende Tasse Kräutertee vor mir ab. »Hier, ein warmes Getränk bewirkt oft Wunder.«

»Danke«, sagte ich und ließ mich von dem Duft einhüllen. Und womöglich hatte Charlotte recht und die Welt sah nachher schon ganz anders aus. Ich hoffte es jedenfalls.

19

Hazel

»Und, was sagt ihr?« Ich streckte die Arme von mir und drehte mich im Wohnzimmer um meine eigene Achse.

Mila und Charlotte saßen auf der Couch und nickten mein Outfit anerkennend ab. »Wow, du sieht hübsch aus«, sagte Charlotte.

»Aber du könntest ruhig einen tieferen Ausschnitt wählen«, fügte Mila hinzu.

Ich blieb stehen und verdrehte die Augen. »Tristan meinte, ich soll mich dem Wetter entsprechend anziehen.«

Noch immer wusste ich nicht, wohin er mich entführte. Aber schon der Gedanke an unser erstes richtiges Date trieb meinen Puls in die Höhe. Eigentlich gab es dazu keinen Grund. Immerhin kannten Tristan und ich uns mittlerweile. Ich wusste von seiner Familie, seiner Liebe zum Wandern und Schwimmen, hatte ihn als verträumt, charmant und humorvoll kennengelernt. Natürlich schlummerten in ihm sicher noch zahlreiche Facetten, die es zu ergründen galt. Trotzdem brauchte ich nicht nervös zu sein, der Tag würde großartig werden, daran bestand keinen Zweifel.

»Spätestens heute wird er sich Hals über Kopf in dich verlieben, da bin ich mir sicher«, sprach Charlotte mir weiter aufmunternde Worte zu. Ihre beruhigende Stimme sorgte dafür, dass ich ihr glaubte. Nun gut, zumindest teilweise, denn ein Gefühlsfeuerwerk war nichts, was ich nach einer ersten Verabredung von einem Mann erwartete. Es reichte schon, wenn er sich nach dem heutigen Tag gern ein weiteres Mal mit mir treffen wollte.

Ich schaute noch ein letztes Mal an mir hinunter. Da der Himmel heute bedeckt war, hatte ich mich für eine enge schwarze Hose entschieden, die meine Figur gut zur Geltung brachte, und einen grob gestrickten beigen Pullover. Er war kuschelig und daher perfekt für die kühlen Temperaturen. Ich vermutete, dass wir irgendwo hinlaufen würden, weshalb ich mir dunkle Boots übergestreift hatte. Kurz hatte ich überlegt, die Haare heute ausnahmsweise offen zu tragen, aber ich wollte nicht, dass der Wind mir die Frisur ruinierte, daher hatte ich sie doch zurückgebunden und mir lediglich den Pony geglättet.

»Eine Sache fehlt aber noch«, sagte Mila und stieß Charlotte sacht den Ellbogen in die Rippen.

Feengleich stand sie auf und klatschte in die Hände. »Du hast recht. Ich bin gleich zurück!«

Verwirrt schaute ich ihr erst hinterher, dann zu Mila, die ihre Lippen mit einem imaginären Schlüssel versiegelte. Irgendetwas führten die beiden doch im Schilde!

Es dauerte nicht lange, ehe Charlotte zurückkam. Die Hände versteckte sie hinter ihrem Rücken und lächelte sanftmütig. »Mach die Augen zu!«

»Ähm, in Ordnung.« Ich senkte die Lider und wartete ab. Einen Moment später legte sich etwas Kühles um meinen Hals. Instinktiv hob sich mein Mundwinkel.

»Okay, mach auf!«

Ich öffnete die Augen und ertastete mit den Fingern eine

große Kette, die nun um meinen Hals lag. Sie sah der ähnlich, die ich letztens an ihr so bewundert hatte. Nur dass die Farbe der Steine in dieser hier anders war. Sie schimmerten grünbraun, genau wie meine Augen. »Wow, Charlotte, die ist ja wunderschön!«

»Es freut mich, dass sie dir gefällt. Ich habe mich so beeilt, damit sie pünktlich für deine Verabredung fertig ist.«

Mein Kopf schnellte in die Höhe, und ich schaute meine Freundin überrascht an. »Die hast du extra für mich gemacht?« Sie nickte, dabei strahlte sie übers ganze Gesicht. »Aber das wäre doch nicht nötig gewesen.«

»Ich weiß, aber ich wollte es.«

Ich machte einen Schritt auf sie zu und umarmte Charlotte fest, obwohl das normalerweise gar nicht meine Art war. »Du bist wirklich die Beste.«

»Danke, aber ich ersticke«, sagte sie nach Luft ringend, sodass ich wieder von ihr abließ.

Noch nie hatte ich eine Freundin, die mir einfach aus Wohlwollen ein so wunderschönes Schmuckstück gebastelt hatte. Ich hatte ein richtig schlechtes Gewissen, denn ich wusste nicht, wie ich mich je bei Charlotte und Mila revanchieren sollte. Die beiden waren zu so engen Freundinnen für mich geworden, standen mir zur Seite, waren für mich da.

»Die Kette rundet das Outfit perfekt ab!« Mila reckte beide Daumen in die Höhe. »Aber jetzt solltest du gehen. Dein Loverboy wartet sicher schon.«

Grinsend legte ich mir den Mantel um und knöpfte ihn zu. Dann richtete ich ein letztes Mal meinen Pony und nickte. »Bis nachher. Wünscht mir Glück!«, rief ich, während ich die Wohnungstür ansteuerte.

Kaum im Flur angekommen, wummerte mein Herz gleich noch viel schneller. Ich zog das Tempo an, sprintete förmlich die Treppe hinunter und stieß die Tür auf. Eisige Luft peitschte mir entgegen. Doch die kalten Temperaturen waren vergessen, sobald ich Tristan sah. Er lehnte gegen das Wohnheim, die Hände tief in der Manteltasche vergraben. Der Wind pustete seine Haare in sämtliche Himmelsrichtungen, aber bei ihm sah das verdammt sexy aus.

Ich lief zu ihm. »Hey«, sagte ich leise. Ich wusste nicht, wie ich ihn begrüßen sollte. Wir hatten uns bereits mehrfach geküsst, trotzdem kam ich mir seltsam dabei vor. Händeschütteln war zu förmlich. Vielleicht umarmen? Oder einfach nur winken? Ich hätte mir vorher darüber Gedanken machen sollen.

Tristan schien von dem Chaos in meinem Kopf nichts zu ahnen. Lässig stützte er sich von der Hauswand ab und griff nach meiner Hand. Meine Haut prickelte, und Wärme legte sich über mich. Dann lehnte er sich nach vorn und gab mir einen flüchtigen Kuss auf den Scheitel. »Hey«, hauchte er ebenfalls und scannte mich von oben bis unten. »Du siehst wunderschön aus.«

»Danke«, entgegnete ich leicht verlegen. Wieso nur war ich so verdammt nervös? Das sah mir überhaupt nicht ähnlich! »Also, sagst du mir jetzt endlich, wohin es geht?«

Tristan schüttelte vehement den Kopf. »Nein. Folge mir einfach.« Er bückte sich nach einem Rucksack, den ich bis eben nicht bemerkt hatte, und legte ihn sich über die Schultern.

»Was ist das?«

»Ein Rucksack.«

Ich stöhnte, konnte ein Lachen jedoch nicht unterdrücken. »Witzbold! Und was ist *in* dem Rucksack?« Tristan setzte zu einer Antwort an, aber ich kannte sie ohnehin schon. »Ein Geheimnis. Ja, ja, hab's verstanden.«

Tristan lachte leise, trotzdem ließ der Laut meinen gesamten Körper vibrieren. Ich liebte es, wenn er lachte. Ich könnte ihm den ganzen Tag dabei zuhören und würde doch nie genug davon kriegen.

Er verschränkte unsere Finger ineinander und führte mich über den Innenhof der Academy, durch das Tor und vom Gelände. Also hatte ich schon mal recht damit, dass unser Date nicht hier stattfinden würde, was es gleich noch viel aufregender machte. Ich konnte kaum erwarten, wohin er mich brachte.

Tristan

Während wir den Hügel vorsichtig hinabstiegen und die Academy damit endgültig hinter uns ließen, lächelte Hazel breiter als jemals zuvor. Es brachte mein Herz förmlich zum Schmelzen, sie so zu sehen. Und es machte mich verdammt glücklich, dass sie wirklich aufgetaucht war.

Keine Ahnung, warum, aber kurzzeitig hatte ich geglaubt, sie würde es als Fehler ansehen und mich sitzen lassen. Aber sie hatte sich entschieden, zu kommen. Sie hatte sich für mich entschieden. Für uns. Also blieb nur zu hoffen, dass der Nachmittag so traumhaft werden würde, wie ich ihn geplant hatte. Ich wusste schon jetzt, dass Hazel Augen machen würde, sobald sie sah, wohin ich sie entführte.

»Ist es denn weit?«, fragte sie und stolperte zwei Schritte vorwärts, als sie an einer kleinen Wurzel hängen blieb. Sie zog die Nase kraus. »Ich wandere nicht nur ungerne, sondern habe auch nicht das beste Schuhwerk dafür.«

Ihre schwarzen Boots machten auf mich eigentlich einen ziemlich robusten Eindruck. »Keine Sorge, es ist nicht weit. Und da es nicht regnet, sollten wir in einer halben Stunde da sein.«

Sie atmete so tief durch, dass ihr Mantel um ihre Brust herum spannte. Ich fragte mich, was sie wohl darunter trug. Heute sah ich sie zum ersten Mal in einer Jeans, und diese stand ihr verdammt gut. Sie war so eng anliegend wie ihre Yogahose, sodass ich mich bei unserer Begrüßung sehr hatte zurückhalten müssen. Am liebsten hätte ich sie gegen die Wand gedrückt und hemmungslos geküsst. Aber ich wollte das hier nicht versauen, weil ich meinen Körper nicht im Griff hatte.

»Machen wir ein Picknick?«, fragte sie nach einigen Metern. »Oder gehen wir irgendwo was essen? Oder trinken? In ein Museum?«

»Du bist ganz schön hartnäckig«, sagte ich lächelnd und reichte ihr die Hand, damit sie sich bei mir abstützen und über eine Pfütze springen konnte. Letzte Nacht hatte es geregnet, und ich hatte schon geglaubt, dass es heute wieder schütten würde, womit mein gesamter Plan buchstäblich ins Wasser gefallen wäre. Aber das Wetter war halbwegs beständig, zumindest für britische Verhältnisse.

Hazel sprang mit einem Satz über die Pfütze. Doch auch als sie auf der anderen Seite angekommen war, ließ ich ihre Hand nicht los. Das hier fühlte sich richtig an.

»War ich denn wenigstens nah dran?« Sie hob den Blick und schaute mir direkt in die Augen. Ein neugieriges Funkeln lag in ihren.

»Nicht mal ansatzweise«, erwiderte ich. Nun, ganz so verkehrt hatte sie mit einer Sache nicht gelegen, aber ich wollte die Überraschung nicht vorwegnehmen.

Sie stöhnte theatralisch. Das musste sie sich bei ihrer Freundin Mila abgeguckt haben. »Okay, du sagtest, es sei ein Geheimnis. Dann sind es vielleicht versteckte unterirdische Gewölbe, in denen ein Schatz verborgen liegt?«

Das brachte mich zum Lachen. Wobei es keine schlechte Vorstellung war. Nur sie und ich allein in der Dunkelheit. »Du kannst davon ausgehen, dass ich dich nicht in einen dunklen Keller bringe. Ich bin ein Gentleman, schon vergessen?«

»Schade«, seufzte sie. »Also … dass es kein Kellergewölbe ist. Das mit dem Gentleman ist gut, schätze ich.«

Kopfschüttelnd lachte ich ein weiteres Mal. Hazel faszinierte mich, wie es niemand anderem in den letzten Jahren gelungen war. Sie war mutig, stark und selbstlos. Dazu talentiert, hilfsbereit und unglaublich sexy. Sie hatte keine Ahnung, welche Wirkung sie von der ersten Sekunde an auf mich hatte. Seit sie im Türrahmen zum Probenraum gestanden und nach meinem Stück applaudiert hatte. Die Art, wie sie dagestanden und mich mit einem leidenschaftlichen Funkeln in den Augen angesehen hatte. Nicht auf eine begierige oder anhimmelnde Weise, sondern als hätte sie mich *verstanden*. Als hätte sie genau gewusst, was ich mit jenem Stück hatte zum Ausdruck bringen wollen. Als hätte sie all den Schmerz gespürt, den auch ich gespürt hatte. Das war verrückt gewesen und doch real. In jenem Moment hatte ich gewusst, dass ich sie kennenlernen *musste*.

Ich ließ den Daumen auf ihrem Handrücken kreisen. Ich spürte, wie sich von der Berührung eine Gänsehaut über ihren Körper zog. Und es fühlte sich echt gut an, dass ich dafür verantwortlich war.

Allmählich wurde es windig. Eine Böe kam von vorn und riss uns beinahe von den Füßen. Es war schwierig, gegen den Wind zu laufen. Hazel kniff ihre Augen zusammen und legte sich die Hand an die Stirn. Die zweite lag weiterhin fest in meiner, und ich dachte gar nicht daran, sie allzu bald wieder loszulassen.

Aus dem Augenwinkel sah ich, wie Hazel immer wieder zu mir herüberschielte. Man konnte die Neugierde in jedem ihrer Züge deutlich erkennen.

»Wir sind gleich da«, rief ich und deutete zu einer kleinen Ansammlung von Bäumen am Ende des flachen Tals, das wir gerade überquerten.

»Kellergewölbe sind ein No-Go, aber mich in einen Wald zu verschleppen, wo mich niemand schreien hört, ist okay?«, fragte sie belustigt. Dabei versuchte sie sich den Pony aus den Augen zu halten, der vom Wind aufgewirbelt wurde. Da sie nur eine freie Hand hatte, sah sie etwas unbeholfen, aber verdammt niedlich dabei aus.

»Keine Sorge, der Wald besteht nur aus zehn Bäumen oder so. Dahinter wartet deine Überraschung.« Ich drückte ihre Hand und beschleunigte dann mein Tempo.

Lachend kam Hazel hinter mir hergestolpert. Sie klang frei und losgelöst, das gefiel mir. Die letzten Meter rannten wir durch das Tal und direkt auf die Bäume zu. Für einen Moment wurde es dunkel um uns herum, aber es dauerte lediglich wenige Sekunden, ehe die Bäume sich lichteten und unser Ziel offenbarten.

Nach Atem ringend blieben wir stehen und lenkten den Blick geradeaus. Wobei ich nicht umhinkam, Hazel anzuschauen. Den Mund hatte sie halb geöffnet, und ihre weit aufgerissenen Augen funkelten.

Ganz sacht ließ sie ihre Hand aus meiner gleiten und

trat staunend einige Schritte nach vorn. Vorsichtig setzte sie einen Fuß vor den anderen, als wäre sie darauf bedacht, keinen Lärm zu machen. Ihr Kopf wanderte von links nach rechts, wobei das Lächeln auf ihrem Gesicht immer breiter wurde.

Erleichterung durchflutete mich, denn ich hatte mit dieser Überraschung ins Schwarze getroffen.

Hazel wandte sich zu mir um, pure Lebensfreude in ihrem Gesicht. »Das ist der Wahnsinn!«

20

Hazel

Tristan hatte nicht übertrieben. Den gesamten Weg über hatte ich mich gefragt, wo er mich wohl hinbrachte. Doch darauf wäre ich nie gekommen – ein verlassenes Dorf in der Nähe der Uni.

Ein schmaler Schotterweg führte rechts und links entlang der wenigen Häuser. Die meisten von ihnen waren ziemlich marode, ein Windstoß würde vermutlich genügen, um alles zum Einsturz zu bringen. Eine Gänsehaut überzog meinen Körper, als ich einen Schritt vor den anderen machte. Der Schotter knirschte unter meinen Boots, und mir war, als würde ich auf einem Stück Geschichte wandeln.

Andächtig trat ich näher an das erste Haus heran. Das Holz war morsch, die Fenster mit Brettern vernagelt, und ein riesiges Loch prangte im Dach. Innen musste es komplett versifft und modrig sein. Das war so aufregend!

»Gefällt es dir?«, fragte Tristan vorsichtig.

»Ob es mir gefällt?« Ich drehte mich zu ihm um. Meine Beine waren ganz zittrig vor Aufregung. »Es ist perfekt! Danke.« Ohne zu zögern, schmiegte ich mich an ihn, vergrub den Kopf an seiner Schulter. Er erwiderte die Umarmung und legte mir die Hände an den Rücken, fuhr mit den Händen hoch und runter. Trotz der kühlen Temperaturen wurde mir schlagartig ganz warm.

»Das freut mich.« Langsam ließ er von mir ab und betrachtete mich lächelnd. »Das Dorf ist schon seit vielen Jahrzehnten verlassen.«

»Wieso? Was ist passiert?«, fragte ich gespannt.

Tristan lief den Schotterweg entlang, von dem ich vermutete, dass er früher die Hauptstraße des Ortes gewesen war. Er führte bis ans Ende der Häuseransammlung zu einer alten Windmühle, die nur noch drei ihrer vier Flügel besaß, was irgendwie traurig aussah. Ehrfürchtig folgte ich Tristan und nahm die Umgebung in mich auf. Versuchte sie nicht nur mit den Augen zu sehen, sondern mit meinem ganzen Wesen wahrzunehmen.

Ich überlegte, wie die Bewohner hier früher gelebt hatten. Sicher hatten hier große Familien gewohnt, Bauern und Metzger, Bäcker und Schneider. Ich stellte mir vor, wie sie diesen Weg entlang zum Marktplatz gelaufen waren, wo sie Waren untereinander getauscht, gespielt und gelacht hatten. Sicher gab es hier irgendwo auch eine alte Kirche, deren glanzvolle Zeit lange zurücklag. Doch früher, so glaubte ich, hatte sich das ganze Dorf an jedem Sonntag für eine Predigt dort versammelt. All dies spürte ich, während ich auf ebendiesem Weg ging.

»Es gibt viele Gerüchte und Legenden, die sich um das Dorf ranken«, begann Tristan mit einer tiefen Flüsterstimme, die mich zum Schmunzeln brachte. Es fehlte nur die Taschenlampe, mit der er sein Gesicht erleuchtete, und man könnte meinen, wir wären in einem Sommercamp, in dem man sich Gruselgeschichten am Lagerfeuer erzählte. »Man sagt, das Dorf sei auf Blut erbaut worden.« Tristan blieb stehen und deutete vor sich auf den Boden. »Dies war einst der Marktplatz, auf dem der Scheiterhaufen für die Hexen errichtet wurde. Zahlreiche vermutlich unschuldige Frauen haben hier ihr Leben gelassen. Aber waren sie wirklich alle so unschuldig?«

Ich prustete. »Du glaubst doch nicht wirklich an Hexen, oder?«

Er presste die Lippen aufeinander und schaute so ernst, dass ich nicht wusste, ob er mich auf den Arm nahm oder dieses Ammenmärchen wirklich glaubte. Aber es gefiel mir, wie Tristan Geschichten erzählte, weshalb ich mich darauf einließ. »In diesem Dorf wage ich es nicht, die Existenz von Hexen zu leugnen.« Er legte den Zeigefinger an die Lippen und schaute sich voller Ehrfurcht um. Dann griff er nach meinem Handgelenk und zog mich weiter.

Vor einer kleinen, ganz besonders heruntergekommenen Hütte blieb er stehen. Die Tür hing aus den Angeln, die Veranda, die einmal rund herumführte, war voller Löcher, und das Innere sah zerwühlt aus. Holzstühle lagen auf dem Boden, und dem Tisch fehlte ein Bein. »Hier soll Marigold gelebt haben. Die letzte Frau, die man als Hexe hingerichtet hat. Ihrem Mann und deren Tochter soll die Flucht gelungen sein. Hundert Jahre später, so erzählt man sich, kam eine junge Frau in das Dorf, die behauptete, Marigold wäre ihre Ururgroßmutter gewesen. Sie sprach einen dunklen Fluch über das Land, ehe sie wieder spurlos verschwand. So, als hätte sie nie einen Fuß in dieses Dorf gesetzt. Die Bewohner hatten sie für eine Verrückte gehalten und nicht an Magie und Flüche geglaubt, doch seit sie in jener Nacht aufgetaucht war, geschahen schreckliche Dinge.«

Tristan schluckte und schaute mich mit schreckgeweiteten Augen an. Ich hatte nicht bemerkt, wie mein Puls bei jedem seiner Worte in die Höhe gegangen war. Zwar glaubte ich nicht an Hexen, doch die Geschichte hatte mich in ihren Bann gezogen. Die Spannung war zum Zerreißen. »Was für Dinge?«, hakte ich nach.

Tristan atmete tief ein und stieß die Luft zwischen seinen Zähnen aus. »Erst wurde jeder im Dorf von einer mysteriösen Krankheit heimgesucht. Nur wenige haben überlebt. Und gerade als das Dorf sich langsam von diesem Schrecken erholt hat, ist der Müller wahnsinnig geworden.« Tristan führte mich weiter zu einem Haus ganz in der Nähe der klapperigen Mühle. Er stemmte sich gegen die Tür, die sich mit einem leisen Quietschen öffnete. Eine eisige Kälte fuhr durch mich hindurch. Mir war, als würde mich der Hauch des Todes empfangen.

Ich befeuchtete meine Lippen und schluckte. Dann lief ich vorsichtig die morschen Stufen hoch und trat hinter Tristan durch die Tür. Es roch muffig und nach Verwesung. Ein beißender Geruch, bei dem mir ganz anders wurde. Ich hielt mir die Nase zu. »Was ist das für ein Gestank?«

»Das, Hazel, ist der Geruch des Todes«, sagte Tristan so ernst, dass mir angst und bange wurde. Unbehagen kroch meine Wirbelsäule hinauf, legte sich wie ein Schleier um meinen Körper. Tristan kam näher, den Blick fest auf mich gerichtet. »Hier hat er seine Opfer erst gefoltert und dann auf bestialische Weise getötet.«

»Was?«, entfuhr es mir heiser. Vor Schreck taumelte ich einige Schritte zurück, wobei ich gegen das raue Holz der Wand stieß. »Das ist ein Scherz, oder?«

»Glaubst du wirklich, ich scherze?« Der Boden knarzte, als Tristan umherlief. Das Heulen des Windes, das durch das Haus fegte, ertönte wie ein Klagelied. Wie die Hilferufe derjenigen, die Opfer des Müllers geworden waren.

»Ja, das denke ich«, sagte ich mit leicht zittriger Stimme.

Einerseits war es ein absolut berauschender Gedanke, an einem solchen Ort zu stehen. Schließlich war es doch genau das, was ich so liebte. Andererseits drehte sich mir der Magen um, wenn ich daran dachte, dass das Blut Unschuldiger im wahrsten Sinne des Wortes an meinen Sohlen klebte.

Tristan blieb stehen und schaute mir eine Weile tief in die Augen. Dann atmete er tief durch und biss die Zähne zusammen. »Ja, okay, du hast recht«, entgegnete er und fing an, lauthals zu lachen. »Aber du müsstest mal dein Gesicht sehen!«

»Du bist doch bekloppt!«, sagte ich, weiterhin am ganzen Leib zitternd. »Ist überhaupt irgendwas von deiner Geschichte wahr?«

»Nicht die Bohne.«

Ich schnaubte. »Na toll! Und ich war schon kurz davor, dir das Märchen abzukaufen.«

»Du warst nicht nur kurz davor, du *hast* mir geglaubt!«

»Pff, träum weiter!« Kopfschüttelnd verschränkte ich die Arme vor der Brust. Aber er hatte mich erwischt.

»Tut mir leid.« Tristans Lachflash ebbte ab. »Da ich weiß, wie sehr du auf Lost Places abfährst, wollte ich diesem Ort eine besondere Geschichte verpassen.«

Meine Mundwinkel hoben sich. »Das hast du dir extra für heute ausgedacht? Für mich?« Er nickte. Es schmeichelte mir, dass er sich nur für mich diese Geschichte überlegt hatte, um mir eine Freude zu machen. Dabei wäre das nicht nötig gewesen. Mir genügte es, Zeit mit Tristan zu verbringen. »Warum ist das Dorf wirklich verlassen?«

»Du wirst es kaum bemerkt haben, aber wir befinden uns in einem relativ tiefen Tal. Es gab über die Jahre zu viele Überschwemmungen, weshalb das Dorf als unbewohnbar erklärt wurde.«

Geistesabwesend nickte ich. Es war mir beim Laufen wirklich nicht aufgefallen, dass wir in ein tiefer gelegeneres Tal gegangen waren. Aber bei dem unbeständigen Wetter waren Überschwemmungen kaum verwunderlich.

»Komm, lass uns abhauen. Hier stinkt es echt fürchterlich«, entschied Tristan.

»Was schauen wir uns als Nächstes an?«, fragte ich aufgeregt. Als ich in sein Gesicht schaute, wusste ich, dass ich keine Antwort erhalten würde. »Okay, noch eine Überraschung.«

»Immerhin lernst du dazu.« Er bedeutete mir, voranzugehen. Kaum war ich neben ihm angekommen, nahm er meine Hand in seine. So, als musste es genau so sein und nicht anders. Und es gefiel mir.

Gemeinsam schlenderten wir an der alten Mühle vorbei über eine Wiese, deren Gras mir bis zu den Hüften reichte. Ich durfte nicht darüber nachdenken, was für Krabbelviecher womöglich darin saßen. Der Wind hatte mittlerweile nachgelassen, aber ein leichter Nebel war dabei, sich über das Tal zu legen. Ich liebte dieses Wetter. Es hatte etwas Mystisches, wodurch die von Tristan erfundene Legende des Dorfes beinahe wahr zu werden schien.

Vor einem kleinen Bach blieben wir stehen. Tristan nahm seinen Rucksack ab und holte eine Decke hervor, die er am Ufer ausbreitete. Anschließend stapelte er ein paar Tupperdosen darauf. Es war zwar nicht das perfekte Picknickwetter, aber der Inhalt der zwei Thermoskannen, die er gerade herausholte, würde uns sicher aufwärmen. »Das Festmahl ist angerichtet«, sagte er mit einem Lächeln auf den Lippen.

»Du hast uns Essen gemacht?« Ich bückte mich nach einer der Dosen und öffnete sie. Darin waren zahlreiche köstlich duftende Scones, bei deren Anblick mir das Wasser im Mund zusammenlief.

Tristan fuhr sich durch die Haare und wich meinem Blick aus. »Nicht direkt, sonst hätte ich dich womöglich versehentlich vergiftet«, sagte er leicht verlegen. »Mein Mitbewohner hat mir vielleicht etwas unter die Arme gegriffen.«

Überrascht hob ich die Brauen. »Dieser Josh kann backen?«

Lachend schüttelte Tristan den Kopf. »Der lässt sogar Nudeln anbrennen. Nein, ich meine Harvey. Er ist etwas eigen, und wir haben nicht viel miteinander zu tun. Aber wenn es ums Kochen und Backen geht, ist er absolut spitze.« Tristan warf sich auf die Decke und deutete neben sich. Mit der Dose Scones bewaffnet, setzte ich mich zu ihm.

»Was hat er uns noch gezaubert?«, fragte ich und biss von dem Gebäck ab. Jeder Bissen war ein absoluter Gaumenschmaus. »Gott, sind die lecker«, sagte ich schmatzend.

Tristan nickte. »Wir haben auch Clotted Cream. Und als Hauptgericht hat er uns Pasta Caprese gezaubert.«

»Sag ihm bitte danke von mir!« Schnell schob ich mir den Rest des Scones in den Mund. Am liebsten hätte ich die komplette Dose in mich reingeschaufelt, aber ich wollte nicht unhöflich sein. Nun ja, und ich wollte auch unbedingt die Pasta erst probieren, bevor ich mir mit Gebäck den Magen vollschlug.

Nach und nach holte Tristan Einweggeschirr aus seinem Rucksack und verteilte das Essen darauf. Die Nudeln rochen köstlich, und noch bevor ich den ersten Bissen zu mir nahm, wusste ich, dass sie fantastisch schmecken würden.

»Wieso genau hast du nicht viel mit Harvey zu tun?«, fragte ich.

»Er ist oft für sich. Und Josh und er können sich absolut nicht leiden.«

»Das wundert mich nicht«, nuschelte ich an meine Gabel.

So wie dieser Kerl sich Mila gegenüber verhalten hatte, musste er einer der größten Volltrottel auf der Welt sein.

Tristan lachte. »Josh ist eigentlich ziemlich cool. Man muss ihn nur besser kennenlernen. Vielleicht können wir ja mal alle etwas zusammen unternehmen.«

»Damit Mila ihm den Hals umdreht?« Das würde mit Sicherheit passieren. Schon bei deren Aufeinandertreffen letzte Woche hatte ich geglaubt, sie würde ihm jeden Moment den Kopf abreißen.

»Das hoffe ich nicht. Aber wäre es nicht schön, wenn unsere Freunde sich verstehen würden?«, hakte Tristan nach. Als ich von meiner Pasta hochsah, schaute er mich liebevoll an.

»Das fänd ich auch schön«, sagte ich mit klopfendem Herzen. Wenn Tristan und ich mehr Zeit miteinander verbrachten – und ich hoffte, dass das passierte –, würden Josh und Mila unweigerlich häufiger aufeinandertreffen.

Noch eine Weile blieben wir auf der Decke sitzen, aßen und unterhielten uns über alles Mögliche. Mit Tristan kam ein Gespräch nie ins Stocken. Wir konnten problemlos von einem Thema zum anderen wechseln, ohne dass es merkwürdig wurde. Er erzählte mir von seinen Eltern, die Dirigent und Ballerina waren und sich vor fünfundzwanzig Jahren bei der Arbeit kennengelernt hatten. Kunst schien seiner Familie im Blut zu liegen. Ganz im Gegensatz zu meiner Familie, über die er mich ebenfalls ausfragte. Doch nicht auf eine unangenehme Weise. Er stellte genau die richtigen Fragen und wusste, wann es besser war, nicht weiter nachzubohren. Ich fühlte mich bei Tristan nicht nur wohl, sondern auch verstanden und akzeptiert.

»Ich würde dir gern noch eine weitere Frage stellen.« Tristan griff nach meiner Hand. Ein angenehmes Prickeln durchströmte mich.

»Natürlich, was denn?« Das Lächeln auf seinen Lippen wurde wieder breiter, und ein weiteres Mal verliebte ich mich in diese kleinen Grübchen, die mein Herz jedes Mal Purzelbäume schlagen ließen, wenn ich sie sah.

»Würdest du mir die Ehre erweisen und mit mir zum Winterball gehen?«, fragte er herzlich.

Schmetterlinge flatterten wie wild in meinem Magen. Ich nickte. »Ja, sehr gerne sogar.«

Tristan hob meine Hand an seine Lippen und drückte ihr einen sanften Kuss auf, ehe er mir wieder direkt in die Augen blickte. »Jeder wird vor Neid erblassen, wenn ich mit der schönsten Frau der Uni dort aufkreuze.«

Hitze stieg mir in die Wangen. Tristan war ein unglaublich attraktiver Mann. So etwas aus seinem Mund zu hören, machte mich zugleich verlegen und glücklich. Ich hatte mich nie als besonders hübsch empfunden, eher als durchschnittlich. Aber die Art und Weise, wie er mich ansah, gab mir das Gefühl, etwas Besonderes zu sein. In Tristans Augen waren nichts als Wärme und Zuneigung zu erkennen, wann immer er mich ansah.

Ich rutschte näher an ihn heran. So nah, bis uns nur noch wenige Zentimeter voneinander trennten. Seit Tagen hatte ich auf dieses Date gewartet, darauf hingefiebert, ihm wieder so nah zu sein wie in jener Nacht im Gewächshaus. Tristan hob die Hand an meine Wange und fuhr vorsichtig mit dem Daumen darüber. Sofort begann das Blut in meinem Körper, zu rauschen. Ich neigte mich ihm entgegen, spürte seinen warmen Atem. Er streifte seine Lippen zärtlich über meine. Ein Kuss so sanft wie eine Feder. Ich seufzte leise.

Seine Hand strich über meinen Nacken, fuhr durch meine Haare. Dann legte er seine Lippen auf meine. Fest und leidenschaftlich. Hitze und Verlangen pulsierten in meinem Inneren, während die Welt um uns versank.

Ich zog Tristan an seinem Mantel näher an mich heran. Wir verloren das Gleichgewicht. Ich taumelte zurück, landete mit dem Rücken auf der Decke und Tristan auf mir. Er küsste mich weiter, bedeckte erst meinen Mund und wanderte dann meinen Kiefer entlang zu meinem Hals. Bis er die empfindliche Stelle hinter meinem Ohrläppchen erreichte. Erneut seufzend gab ich mich den Gefühlen hin, die seine Berührungen in mir auslösten.

Plötzlich ertönte ein ohrenbetäubendes Donnergrollen über unseren Köpfen. Ich zuckte zusammen. Wir lösten uns voneinander und blickten zum Himmel.

»Zieht bestimmt vorbei«, sagte Tristan, neigte sich wieder zu mir und bedeckte meinen Mund mit seinem.

Doch von jetzt auf gleich riss der Himmel auf, und ein Regenschauer begrub uns unter sich.

»Shit!« Tristan sprang auf die Beine. Schnell packte er alles zusammen und warf es zurück in den Rucksack. Er reichte mir die Hand und half mir auf. Wir griffen nach der Decke und legten sie über unsere Köpfe, aber der Regen war zu stark. Die Decke war binnen Sekunden klitschnass.

»Was sollen wir machen?«, rief ich über den prasselnden Regen hinweg. Meine Lippen prickelten noch immer von unserem Kuss, und meine Beine waren wackelig.

Tristan verschränkte unsere Finger ineinander und zog mich hinter sich her. »Wir müssen uns unterstellen.« Er nickte Richtung alte Mühle, und ich verstand.

Mit der Decke weiterhin über unseren Köpfen rannten wir über die Wiese. Ich war komplett aufgeweicht und zitterte am ganzen Leib. Auf halber Strecke blieb mein Stiefel in einer matschigen Pfütze hängen. Mit einem saftig quietschenden Plopplaut konnte ich mich befreien. Doch ich verlor das Gleichgewicht. Gerade im letzten Moment griff Tristan nach meinem Ellbogen, sodass ich nicht fiel.

»Alles okay?«

Ich nickte. »Nichts passiert.«

Meine Klamotten hingen bleischwer an meinem Körper.

An der alten Mühle angekommen, warf sich Tristan mit der Schulter gegen die Tür, die durch sein Gewicht sofort aufschwang. Ich folgte ihm ins Innere. Staub wurde aufgewirbelt, ich musste husten. Die Partikel flirrten durch die Luft. Bei genauerer Betrachtung stellte ich fest, dass es sich nicht um Staub handelte. »Ist das Mehl?«

»Ja.« Tristan nickte und führte mich an einigen umgekippten Säcken tiefer in die Windmühle hinein. Es war stickig und dreckig, aber wenigstens schien das Dach intakt zu sein.

Ich zitterte. Mit den durchtränkten Klamotten am Körper würde ich definitiv morgen mit einer dicken Erkältung aufwachen.

Im Innenraum gab es zahlreiche Gerätschaften, von denen ich nicht wusste, wozu sie dienten. Ich hatte mich noch nie mit dem Aufbau einer Mühle beschäftigt. Unter anderen Umständen hätte ich mich jetzt umgesehen und neues Wissen in mich aufgesogen. Aber mir war zu kalt, um mich auf etwas anderes als meine zitternden Glieder zu konzentrieren.

Unverhofft ließ Tristan von mir ab und lief ein wenig umher. Das Wasser perlte von seinen Haaren und tränkte den Boden unter ihm.

Ich legte meinen Mantel ab und schlang mir die Arme um den Oberkörper. Leider war der Regen so stark gewesen, dass auch die Sachen unter dem Mantel nass waren. Meine Zähne klapperten vor Kälte aufeinander.

»Shit, du frierst ja richtig«, sagte Tristan besorgt, als er sich wieder zu mir umwandte. Er nahm den Rucksack ab und entledigte sich ebenfalls seines Mantels. Dann kam er zu mir und zog mich an sich. Mit den Händen rieb er über meinen Rücken, um mich zu wärmen, aber es half nur bedingt. Trotzdem fühlte es sich gut an.

Ich schmiegte mich an ihn und ließ mich halten. Und je länger wir so dastanden und er über meinen Rücken fuhr, desto wärmer wurde mir. Doch diese Wärme entstammte meinem tiefsten Inneren, das sich der Nähe zu Tristan nur allzu bewusst war. Das da anknüpfen wollte, wo wir eben aufgehört hatten.

Ich presste mich näher an ihn, krallte die Finger förmlich in seinen Pullover und vergrub den Kopf an seiner Schulter. Die Bewegungen seiner Hände an meinem Rücken wurden langsamer. Sachte fuhr er die Hand nach oben, bis seine Finger über meine Schulter glitten. Mein Pulli war heruntergerutscht. Die Berührung auf meiner Haut ließ mich erschaudern.

Ganz sanft zog Tristan kleine Kreise auf meinem Schulterblatt. Die zweite Hand lag auf meinem unteren Rücken. Ich hob das Kinn. Unsere Nasenspitzen berührten sich. Ich ließ von seinem Pulli ab, fuhr die Hände stattdessen Stück für Stück seine Brust hinauf. Ich spürte seine Muskeln durch den Stoff. Tristan atmete tief durch, schluckte, während ich seinen Körper weiter erkundete. Langsam stellte ich mich auf die Zehenspitzen.

»Wir werden krank, wenn wir die nassen Sachen anlassen«, hauchte ich an seine Lippen. »Vielleicht sollten wir sie besser ausziehen.«

Tristan nickte. »Mhm, vermutlich hast du recht«, raunte er.

Ich spürte seine Hände, wie sie quälend langsam meinen Körper hinabwanderten. Jeder Zentimeter meiner Haut schien plötzlich in Flammen zu stehen. Am Saum meines Pullis hielt Tristan einen Moment inne, als wolle er sichergehen, dass es wirklich das war, was ich wollte.

Ich verschränkte die Hände in seinem Nacken, zog ihn zu mir herunter und presste meine Lippen auf seine. Tristan verstand und schob die Hände unter meinen Pullover, den er mir mit einem Ruck über den Kopf zog und auf den Boden warf. Darunter trug ich noch ein ärmelloses weißes Oberteil, das vom Regen durchsichtig geworden war, und die Kette von Charlotte.

Tristan löste sich von mir und betrachtete mich auf eine Weise, als stünde ein kostbarer Schatz vor ihm. Ich liebte es, von ihm begehrt zu werden. Ganz sanft strich er mir die nassen Haare aus dem Gesicht und lächelte. Dann hob er mich an. Ich schlang die Beine fest um seine Hüften und drängte mich ihm entgegen.

Er legte seine Lippen wieder auf meine. Küsste mich hart und ungestüm. Mit der Zunge fuhr er erst über meine Unterlippe, ehe er zärtlich daran knabberte. Ich stöhnte leise an seinen Mund, was ihn dazu veranlasste, den Kuss zu intensivieren. Beinahe forsch drang seine Zunge in meinen Mund ein und neckte meine.

Ich vergrub die Hände in seinen Haaren, presste mich näher an ihn heran und küsste ihn, als wolle ich nie mehr etwas anderes tun. Tristan stolperte durch den Raum und legte mich vorsichtig auf einigen Mehlsäcken ab. Sie waren ein wenig kratzig, aber weich und trocken.

Etwas unbeholfen zupfte ich an Tristans Pullover und zog ihn ihm ebenfalls über den Kopf. Das T-Shirt folgte wenig später.

Ich ließ die Finger über seine kräftigen Arme gleiten. Seine Muskeln fühlten sich so gut an. Tristan beobachtete jede meiner Regungen. Erbebte unter jeder meiner Berührungen. Behutsam fuhr ich seine Brust entlang, hinunter über seine Leiste und hielt am Bund seiner Hose inne. Ein leises Stöhnen drang aus seiner Kehle.

Tristans Puls ging schnell, als ich Knopf und Reißverschluss öffnete und ihm die Hose mit einem Ruck herunterzog, sodass er nur noch die enge schwarze Boxershorts trug. Ich bewunderte jedes Stückchen seiner Haut. Sein Körper war trainiert und makellos.

Tristan lehnte sich über mich, küsste mich erneut. Dieses Mal wilder als zuvor. Seine Zunge erforschte erst meinen Mund. Dann küsste er meinen Hals entlang. Dabei glitten seine Hände so sanft über mein Shirt, dass ich von seinen Berührungen erschauderte. Während er meinen Hals küsste, rollte er mein Oberteil quälend langsam hoch.

»Du bist so verdammt perfekt«, hauchte er unablässig. Er bedeckte mein Dekolleté mit Küssen, wanderte zwischen meinen Brüsten hinunter bis zu meinem Bauch, zupfte mit den Lippen leicht an meinem Piercing. Dann hielt er einen Moment inne, um mir ebenfalls die Hose abzustreifen.

Mit dem Daumen glitt er über den Bund meines Slips. Ein Inferno wütete in meinem Inneren. Ich streckte ihm die Hüften erwartungsvoll entgegen. Aber Tristan war sanft, kostete den Augenblick voll aus. Er beugte sich wieder zu mir herunter, platzierte seine Arme neben meinem Kopf und schaute mir tief in die Augen. Dann küsste er mich. Auf die Lippen, den Hals, knabberte an meinem Ohrläppchen. Mir entfuhr ein leises Stöhnen, während er mit den Händen meinen Körper erforschte. Er nahm meine Brüste, drückte sie sanft. Eine feurige Welle der Lust fuhr durch mich hindurch.

Dann öffnete er meinen BH und schob mir die Träger von den Schultern. Mein Herz hämmerte und meine Atmung beschleunigte sich, als Tristan meine Brüste mit sanften Küssen bedeckte. Ich schlang die Beine um seine Hüften und zog ihn näher an mich heran, spürte seine Erektion durch meinen Slip. Ich schnappte nach Luft, mein Blut kochte immer heißer.

»Ich bin gleich wieder da«, hauchte er und gab mir einen sanften Kuss auf die Lippen. Er drehte sich um und holte etwas aus seinem Rucksack. Ich hörte ein Knistern, als er wieder zu mir zurückkam.

Mit einer raschen Bewegung streifte er seine Boxershorts ab. Ich hielt den Atem an, als er die kleine Folie aufriss, ein Kondom hervorzog und es sich überstreifte.

Ich zog mir selbst den Slip runter und trat ihn zur Seite. Tristan kam zu mir, schob sich mit dem Körper zwischen meine Beine und beugte sich über mich. Er bedachte mich mit einem so intensiven Blick, dass mein Puls noch weiter in die Höhe getrieben wurde.

Ganz langsam lehnte Tristan sich weiter zu mir herunter. Dabei ließ er die Finger über meinen Bauch gleiten. Ich erschauderte unter der Berührung, keuchte vor Lust.

»Ich hoffe, du weißt, dass ich dich nicht hergebracht habe, um dich zu verführen«, sagte er leise. »Das hier bedeutet mir etwas. *Du* bedeutest mir etwas.«

Ich nickte. »Ich weiß«, flüsterte ich, kaum in der Lage zu sprechen. »Du bedeutest mir auch etwas. Viel sogar.«

»Gut.« Er drückte mir einen hungrigen Kuss auf, griff dabei meine Hüften und zog mich an sich heran. Als er in mich eindrang, stöhnte ich seinen Namen. Es dauerte nicht lange, bis seine Bewegungen drängender und schneller wurden.

Ich biss ihm leicht in die Unterlippe, er stöhnte an meinem Mund. Meine Hände glitten über seinen Körper, und auch er erforschte meinen mit seinen Händen. Seine Berührungen wandelten sich von flüchtig zu gierig, aber es fühlte sich verdammt gut an, ihn auf und in mir zu spüren.

Unsere Bewegungen wurden schneller. Mein Herz hämmerte wie wild gegen meinen Brustkorb, und ich rang schwer nach Atem. Tristans Finger krallten sich in meinen Po, ich vergrub meine in seinen Haaren. Er keuchte, stöhnte an meinen Lippen. Der Laut vibrierte in seiner Brust.

»Tristan«, hauchte ich. Eine Welle des Verlangens überrollte mich und begrub mich unter sich. Ich fuhr ihm mit den Fingern über den Rücken, kratzte über seine Haut.

Tristan knurrte. Seine Stöße wurden härter, die Berührungen intensiver. Es fühlte sich so gut an, das war mehr, als ich ertragen konnte. Tristan machte mich wahnsinnig. Es war, als wären unsere Körper füreinander geschaffen.

Ich schlang die Beine fester um ihn. Ließ mich vollends fallen. Und als er spürte, dass ich mich dem Höhepunkt näherte, beschleunigte er sein Tempo.

»Hazel«, stöhnte er, als wir beide gemeinsam kamen. Und noch nie hatte sich mein Name so perfekt angehört.

21

Tristan

»Kommt ihr mit eurer Prüfung überhaupt noch voran, wenn ihr die Finger nicht voneinander lassen könnt?«, witzelte Josh und erhöhte die Geschwindigkeit des Laufbands.

Ich wischte mir mit dem Handtuch den Schweiß von der Stirn, ehe ich mich an das Butterfly-Gerät setzte. Eigentlich war ich kein großer Fan von Fitnessstudios, aber Josh hatte mich Anfang des Semesters dazu überredet, einmal wöchentlich mit ihm herzukommen. Mittlerweile hatte ich mich zwar daran gewöhnt, trotzdem empfand ich Schwimmen als deutlich entspannender.

»Die Komposition steht so weit. Hier und da ändern wir noch ein paar Akkorde. Aber es ist nicht mehr viel.« Ich presste die Worte hervor, während ich die Griffstangen vor meiner Brust zusammenführte. Meine Muskeln standen unter Strom.

»Dann dürft ihr weitermachen«, sagte Josh grinsend.

»Danke, aber wir brauchen deine Erlaubnis nicht.«

»Ich weiß, aber ich bin dein bester Freund. Ich muss sichergehen, dass du dich weiterhin auf die Uni konzentrierst.«

»So wie du es tust?«, fragte ich belustigt. »Ein Mädchen ärgert dich, und du schwänzt den Unterricht.«

Josh pustete sich eine Strähne aus der Stirn, dann verlangsamte er das Tempo des Laufbands wieder. »Das ist etwas anderes. Sie ist kein Mädchen, sondern der Teufel.«

Ich führte meine Übung noch drei weitere Male aus, ehe ich von dem Gerät aufstand und die Muskeln lockerte. »Bestimmt ist sie eigentlich echt korrekt«, schnaufte ich. »Wir sollten uns mal alle zusammen treffen.«

Mit einem Satz sprang Josh vom Laufband und starrte mich mit schreckgeweiteten Augen an. »Alter, hat dir jemand ins Hirn geschissen?« Er schüttelte entsetzt den Kopf. »Nur über meine Leiche.«

»Okay, okay. Wir dachten nur, es wäre vielleicht nett, wenn ihr euch verstehen würdet.«

»Und mit *wir* meinst du Hazel und dich? Denkst du wirklich, dass das zwischen euch eine Zukunft haben wird?« Seine Worte waren wie Messerstiche. Mein Kiefer mahlte. »Hey, du weißt, wie ich das meine. Hast du mit ihr geredet? Über …«

»Nein«, unterbrach ich ihn. Das war nichts, was ich im Fitnessraum der Uni ausdiskutieren wollte. Natürlich hatte er recht. Auch ich hatte mir Gedanken darüber gemacht, was passieren würde, sollte sie es erfahren. Aber bis auf Josh und ich wusste niemand davon. Er war einer der wenigen Menschen, denen ich hier vertraute. Er würde mir nicht in den Rücken fallen.

Josh nickte. »Ich hoffe einfach, du weißt, was du tust.«

»Klar weiß ich das. Machst du noch weiter?« Wieder nickte er.

Ich schwang mir das Handtuch über die Schulter und steuerte die Duschen an. Das Wasser umschloss mich. Sofort dachte ich an vergangene Woche zurück. An unser Date. Noch immer war mir, als könnte ich ihre Haut auf meiner spüren. Wie ihre Finger meinen Körper erforschten. Ich hatte nicht damit gerechnet, dass wir schon bei unserem ersten Date so weit gehen würden. Doch ich bereute keine Sekunde.

Meine Gefühle für Hazel waren stark. Viel stärker, als sie zu diesem Zeitpunkt unserer Beziehung sein sollten. Und das machte es verdammt schwer, ihr nicht die ganze Wahrheit erzählen zu können. Vielleicht irgendwann …

Ich stellte die Brause heißer, wollte die Gedanken vertreiben. Doch als ich die Augen schloss, sah ich ihr Gesicht vor mir. Ich sah all die Momente, in denen sie sich mir geöffnet hatte. Sah das glasige Schimmern in ihrem Blick, als sie mir von ihrer Schwester erzählt hatte.

Noch immer prasselte das Wasser auf meinen Rücken. Die Kabine füllte sich mit immer mehr Dampf.

Verdammt, verdammt, verdammt!

Ich hob die Lider, blickte zu meinem Unterarm. Die tätowierte Taschenuhr stierte mir gehässig entgegen. Sie tickte in meinen Gedanken immer lauter. Verhöhnte mich. Bedeutete mir, dass die Zeit schnell voranschritt. Sie zerrann wie Sand zwischen meinen Fingern. Ich musste mich entscheiden.

Aber nicht jetzt. Nicht heute. Nicht hier.

Ich stellte das Wasser ab und wickelte mir das Handtuch um die Hüfte. Mit dem zweiten kleineren fuhr ich mir durch die Haare und ging zur Umkleide. Schnell streifte ich mir ein paar frische Klamotten über und stopfte die schmutzige Wäsche in meine Sporttasche, ehe ich das Gebäude verließ.

Als ich nach der Türklinke griff, hakte sich jemand bei mir unter. Das penetrant süße Parfüm von Joanna stieg mir in die Nase. Ich gab mir Mühe, nicht die Augen zu verdrehen.

»Hey, was gibt's?«, fragte ich möglichst gelassen und versuchte, ihren Arm abzuschütteln, aber sie saugte sich an mir fest wie ein Blutegel.

Joanna lächelte und zwirbelte sich eine Strähne um den Finger. »Hey, Darling. Wir verbringen kaum noch Zeit miteinander.« Sie schob schmollend ihre Unterlippe vor und klimperte mit den Wimpern.

Ich öffnete die Tür, und wir traten hinaus. »Wir haben noch nie Zeit miteinander verbracht.«

Empört schnappte sie nach Luft. »Dann sollten wir dringend damit anfangen, meinst du nicht?« Sie wechselte in eine verführerische Stimmlage, der vermutlich viele Kerle verfallen wären. Dabei strich sie mir langsam über den Arm und rückte mir ziemlich auf die Pelle.

Nachdem wir ein paar Meter gegangen waren, blieb ich abrupt stehen und schob Joanna von mir. Verwirrt blinzelte sie mich an. »Hör zu«, sagte ich und atmete tief durch. »Ich weiß nicht, was das werden soll, aber zwischen uns beiden wird nichts laufen.«

Erst dachte ich, sie würde jeden Moment ausrasten. Aber zu meiner Überraschung legte sie den Kopf in den Nacken und fing schallend an, zu lachen. »Darling, du machst dich lächerlich.«

»Wenn du das sagst.« Wenn ich auf eines keinen Bock hatte, dann, mit ihr zu diskutieren. Also lief ich weiter an den Gärten entlang.

Aber Joannas Schritte waren dicht hinter mir. Sie legte mir die Hand auf die Schulter und zwang mich so, stehen zu bleiben und sie anzusehen. »Was ist jetzt noch?«, fragte ich leicht genervt. Sie stellte sich vor mich und fing meinen Blick auf. Doch als ich an ihr vorbeisah, erkannte ich Hazel. Sie saß auf einer Bank am Teich, ein Buch in ihrem Schoß.

Schlagartig verbesserte sich meine Laune, und ich musste lächeln.

Etwas, das Joanna nicht entging. Sie drehte sich um, folgte meinem Blick. Und als auch sie Hazel sah, schnaubte sie. »Ist das dein Ernst?« Joanna verschränkte die Arme vor der Brust und schüttelte ungläubig den Kopf. »Du spielst in einer ganz anderen Liga als sie. Das mit euch kann niemals funktionieren. Du und ich allerdings …« Sie trat auf mich zu und legte mir die Hände an die Brust.

Ich umklammerte ihre Handgelenke – vermutlich etwas zu fest, da sie leise zischte – und stieß sie ein weiteres Mal von mir. »Ich bin nicht interessiert. Und daran wird sich nichts ändern.«

Ihre hellbraunen Augen funkelten gefährlich. »Glaub mir, Tristan, das wird dir noch leidtun.« Dann kam sie einen Schritt näher, beugte sich nach vorn und legte ihre Lippen an mein Ohr. »Ich weiß, was du verbirgst. Es war ein Fehler von dir, mich von dir zu stoßen.«

Dann trat sie wieder zurück und machte auf dem Absatz kehrt. Mein Puls beschleunigte sich, als ich Joanna dabei beobachtete, wie sie in der Ferne immer kleiner wurde. Instinktiv ballten sich meine Hände zu Fäusten. Sie war schon immer eine hinterlistige Bestie gewesen. Ich hatte gewusst, dass ich mit dem Feuer spielte, würde ich sie je verärgern. Aber welche Wahl hätte ich gehabt?

Dennoch bereiteten mir ihre Worte Sorgen. Entweder es war ein verdammt guter Bluff von ihr gewesen oder sie wusste es wirklich. Sie hatte Kontakte, gute Kontakte. Auch außerhalb dieses Geländes. Ich musste sie irgendwie zum Schweigen bringen. Und ich wusste auch schon, wie …

»Tristan!« Hazel rief meinen Namen.

Einen Moment zögerte ich. Überlegte, ob ich so tun

sollte, als hätte ich sie nicht gehört. Nicht weil ich nicht zu ihr gehen, sie in die Arme nehmen wollte, sondern wegen Joanna.

»Hey, Tristan!«, rief sie ein weiteres Mal.

Ich atmete tief durch und schluckte die Verärgerung von eben runter. Stattdessen drehte ich mich lächelnd zu Hazel um und lief auf sie zu. Je näher ich ihr kam, desto mehr verpuffte meine Wut auf Joanna. Hazel hatte eine verdammt beruhigende Wirkung auf mich. In ihrer Nähe fühlte ich mich so wohl, als könne niemand mir etwas anhaben. Als könne ich es mit der ganzen Welt im Alleingang aufnehmen. Und das war fatal.

»Na, was machst du hier draußen?«, fragte ich, während ich meine Sporttasche auf die Bank warf und ihr einen flüchtigen Kuss auf den Scheitel gab.

Sie hob das Buch an, sodass ich den Titel lesen konnte. »Alice im Wunderland?«, las ich vor. »Mir gefällt der zweite besser.«

»Den habe ich nie gelesen … irgendwann vielleicht«, sagte sie und strich über den Einband. »Das hier war Lucys Lieblingsbuch. Sie hat es mir zum Geburtstag geschenkt und mich gezwungen, es auch zu lesen. Es ist nicht unbedingt meine liebste Geschichte, aber irgendwie fühle ich mich auf diese Weise sehr verbunden mit ihr. Kannst du das verstehen?« Ein Hauch von Wehmut lag in ihrer Stimme.

Ich presste die Lippen aufeinander. »Ja, natürlich.« Dann setzte ich mich neben sie und nahm ihre Hand. Sie war eiskalt, also musste sie sich schon länger hier draußen aufhalten. »Bedrückt dich etwas?«, hakte ich vorsichtig nach. Es musste einen Grund geben, aus dem sie das Buch ausgerechnet heute in die Hand genommen hatte.

Sie schloss die Deckel und atmete tief durch. »Ich bin

nur frustriert«, gestand sie. »Das Lernen für die Zwischenprüfungen, das mit uns …« Sie legte ihre andere Hand ebenfalls auf meine und strich über meinen Handrücken. Ich liebte das Gefühl ihrer Haut auf meiner.

»Wenn dir das zu schnell geht, können wir auch …«

»Nein, nein, das meine ich gar nicht«, unterbrach sie sofort. Erleichterung durchflutete mich, denn für den Bruchteil einer Sekunde hatte ich geglaubt, sie wolle mich abschießen. »Es frustriert mich nur, dass der Tag nicht mehr Stunden hat. Ich bin immer noch keinen Schritt weiter, herauszufinden, was in jener Nacht wirklich geschehen ist.« Sie rutschte näher heran und senkte die Stimme. »Seit wir Beverly und Darcy im Gewächshaus belauscht haben, gibt es keine neuen Informationen. Das ist zwei Wochen her. Ich weiß auch nicht …«

»Soll ich mal mit Beverly reden?« Es war das letzte, was ich tun wollte. Eigentlich wollte ich mich nicht in die Sache einmischen. Aber ich war mir sicher, dass Hazel zur Not auch allein handeln und sich einer unnötigen Gefahr aussetzen würde. Und das wollte ich in jedem Fall vermeiden. Es durfte nicht noch einer nahestehenden Person etwas geschehen. Das könnte ich mir niemals verzeihen.

Hazels Augen weiteten sich, und ihre perfekten Lippen formten ein Lächeln. »Das würdest du tun?«

Ich hob die Schultern. »Wenn ich dir damit helfen kann, natürlich.«

Sie stieß ein entzückendes Quietschen aus und schlang die Arme um meinen Hals. »Danke, danke, danke. Sag mir, wie ich mich dafür revanchieren kann.«

Meine Hand lag auf ihrem unteren Rücken, und das Blut rauschte wieder durch mich hindurch. »Das tue ich wirklich gern«, sagte ich bloß.

Hazel rückte heran, so nah. Dann gab sie mir einen Kuss. Sie wanderte mit den Lippen meine Kieferpartie entlang und küsste meine Halsbeuge. Mir entfuhr ein leises Seufzen. »Sicher, dass dir da nichts einfällt?«, hauchte sie.

Und ob mir da etwas einfiel! Es gab unzählige Dinge, die ich jetzt allzu gern mit ihr angestellt hätte. Trotzdem legte ich meine Hände auf ihre Schulter und schob sie von mir. »Du weißt, wie gern ich an letzte Woche anknüpfen würde, aber ich muss echt noch was für meine Prüfungen machen.«

Schmerz war deutlich in ihrem Blick zu erkennen. Sie rutschte auf der Bank zurück und nickte. »Ja, na klar. Das verstehe ich.«

»Hey, sobald wir die Prüfungen geschafft haben, gehöre ich ganz dir.«

Wieder nickte Hazel. »Okay, das hört sich gut an.« Sie klang verunsichert. Ich wollte ihr nicht das Gefühl geben, dass mir das zwischen uns nichts bedeutete. Denn das stimmte nicht. Es bedeutete mir viel. Zu viel.

»Sei bitte nicht enttäuscht.«

»Bin ich nicht«, versicherte sie und lächelte. Die Bedenken waren mit einem Mal aus ihrem Blick und ihrer Stimme verschwunden. »Ich habe ja auch noch viel zu tun. Wir sollten das Studium nicht schleifen lassen.«

»Okay.« Ich stand auf und hängte mir die Sporttasche wieder über die Schulter. »Gehen wir zusammen zurück?«

Sie schüttelte den Kopf. »Nein, geh ruhig. Ich möchte noch ein wenig hier draußen lesen.«

»In Ordnung. Wir sehen uns morgen.«

»Ja.« Hazel lächelte, dann schlug sie das Buch wieder auf und vergrub die Nase darin.

Es brach mir das Herz, zu gehen. Aber ich hatte etwas zu erledigen.

22

Hazel

Die ersten beiden Zwischenprüfungen liefen nicht so gut wie erhofft. Ich hatte jeden Tag nach den Kursen in der Bibliothek gesessen und gelernt. Nicht einmal mit Tristan hatte ich mich getroffen; wir hatten unsere Proben verschoben. Auch die Spurensuche musste hintangestellt werden. Zu voll war mein Kopf gewesen. Und trotzdem hatte ich die Prüfungen nur mit Ach und Krach überhaupt geschafft. Die Ergebnisse standen zwar noch aus, aber ich vermutete, dass meine Noten eher bescheiden ausfallen würden. Meine letzte Hoffnung legte ich in Harmonielehre, denn in diesem Kurs fand die Prüfung erst nächste Woche statt.

»Du hast keinen Grund, nervös zu sein«, flüsterte Charlotte und schaute auf meine Hände, die ich gedankenverloren knetete. »Es geht sicher nicht um die Prüfungen.«

Mein Blick huschte über die Menge. Wir hatten uns alle im Theater versammelt, da Rektor Cavanaugh ein dringendes Anliegen hatte. Das letzte Mal war ich am Tag der Einführung hier gewesen. Ich erinnerte mich noch gut daran, wie aufgeregt ich gewesen war. So aufgeregt, dass ich kaum Gelegenheit hatte, die Schönheit des Theaters wirklich zu bestaunen.

Der Innenraum bestand aus drei Rängen unterschiedlicher Höhe und vier Balkonen, die jeweils rechts und links verliefen. Die Sitze waren mit rotem Samt überzogen, der sich weich an meiner Haut anfühlte. Behutsam strich ich über die Lehne. Auf der Bühne standen einige Requisiten, die zur Aufführung von *Cats* gehörten, für die die Musicalstudenten fleißig probten.

Mila hatte in dieser Inszenierung nur eine Nebenrolle ergattert – die des Kätzchens Victoria. Dementsprechend hatte sie keinen Solosong, da ihre Rolle sich eher auf Tanznummern fokussierte. Und diese beherrschte Mila wie keine Zweite. Erst hatte ich geglaubt, es ginge ihr schlecht damit, nicht die Hauptrolle erhalten zu haben, aber es war ganz im Gegenteil so, dass sie sich lieber auf die Audition für *Moulin Rouge* konzentrieren wollte, weshalb es ihr gelegen kam, nur einen Nebencharakter in der Aufführung ihrer Fakultät zu spielen.

»Ich hoffe, es geht bald mal los. Ich will wieder zurück ins Bett«, murmelte Mila zu meiner Rechten. Sie hätte jetzt eine Freistunde gehabt, weshalb es ihr gar nicht in den Kram passte, hier sein zu müssen. Es herrschte zwar Anwesenheitspflicht, aber niemand kontrollierte, ob wir wirklich vollzählig waren. Doch Charlotte hatte darauf bestanden, dass wir an der Versammlung teilnahmen und sie nicht schwänzten. Eigentlich hatte ich gehofft, hier vielleicht auf Tristan zu treffen, aber ich konnte ihn in der Menge nicht ausmachen.

Leises Tuscheln ging durch die Ränge. Zahlreiche Studenten hatten ihre Köpfe zusammengesteckt und stellten Vermutungen darüber an, weshalb man uns hergebeten hatte.

Vor uns saßen zwei Mädchen, die Mila begrüßt hatten, als wir uns gesetzt hatten. Sie waren alle zusammen im

Schauspielkurs. »Ich habe gehört, dass Cavanaughs Sohn im Gefängnis ist«, flüsterte die Brünette ihrer Freundin zu.

Diese hob überrascht die Brauen. »Was hat er angestellt?«

»Keine Ahnung.«

Ich schaute zwischen Charlotte und Mila hin und her, die ebenfalls bloß mit den Schultern zuckten. »Ich wusste gar nicht, dass der Rektor einen Sohn hat«, flüsterte ich.

»Zwei sogar«, sagte Mila. »Vor ein paar Jahren hat er mit seiner zweiten Frau noch einen Sohn bekommen. Wie heißt der noch gleich?« Sie legte sich Zeigefinger und Daumen ans Kinn.

Die Brünette vor uns drehte sich um. »Cody heißt der Kleine, der mittlerweile aber auch schon zehn sein müsste. Der Problemfall ist Andrew. Bringt sich immer nur in Schwierigkeiten. Aber ich frage mich, was er sich wohl dieses Mal geleistet hat, wenn er sogar im Gefängnis gelandet ist.« Sie riss die blauen Augen weit auf.

»Armer Rektor Cavanaugh«, flüsterte Charlotte und presste die Lippen aufeinander.

Mila schnaubte. »Ist ja klar, dass du wieder Mitleid mit dem Rektor haben musst. Vielleicht ist Andrew ja zu Unrecht im Gefängnis? Schon mal daran gedacht, wie *er* sich fühlen muss?«

»Das kann gut sein. Trotzdem muss es auch für einen Vater schwer sein, den eigenen Sohn so zu sehen«, entgegnete sie.

Bevor noch jemand von uns weiter auf das Thema eingehen konnte, trat der Rektor auf die Bühne und ans Pult. »Guten Morgen. Es freut mich, dass Sie so zahlreich erschienen sind. Eigentlich liegt es mir fern, Sie vom Unterricht abzuhalten, aber ich habe leider keine Wahl.« Er räusperte sich ins Mikro und ließ den Blick dann über die Menge schweifen. »Leider wurde ich in den vergangenen Wochen vermehrt über Regelbrüche informiert. Aus diesem Grund möchte ich mit Ihnen noch einmal das umfangreiche Regelwerk der Rosefield Academy of Arts durchgehen. Ich habe bereits zahlreiche Abmahnungen ausgestellt, und die betreffenden Studierenden wurden informiert. Dennoch muss ich sagen, dass ich sehr enttäuscht von Ihnen bin. So viele Regelbrüche hat es in der Geschichte der Academy noch nicht gegeben. Wir sind bekannt dafür, großartige Künstler hervorzubringen und keine Partygänger, die sich betrunken die Nächte um die Ohren schlagen.«

Rektor Cavanaugh schüttelte ungläubig den Kopf. Doch ich war erleichtert, dass es nur darum ging. Ich hatte mir nichts zuschulden kommen lassen und war daher aus dem Schneider. Also hatte ich vollkommen umsonst befürchtet, es könne um die grausigen Prüfungsergebnisse gehen.

Noch eine Stunde sprach Rektor Cavanaugh über die Vorfälle, die ihm zu Ohren gekommen waren. Von unerlaubten Partys über illegale Übernachtungsgäste bis hin zu Vandalismus war auf seiner Liste alles vertreten. Überraschenderweise hatte ich von alldem in den letzten Wochen nichts mitbekommen.

Ja, es wurde schon mal lauter gefeiert, aber ansonsten war es eher zivilisiert zugegangen. Doch da sah man mal wieder, wie wenig man von dem wusste, was sich hinter verschlossenen Türen abspielte. Wobei ich ohnehin so sehr mit Lernen beschäftigt gewesen war, dass neben mir eine Bombe hätte hochgehen können, ohne dass ich es mitbekommen hätte.

»Ich wünsche Ihnen noch einen angenehmen Tag. Und vergessen Sie nicht: In der kommenden Woche finden die restlichen Zwischenprüfungen statt, ich erwarte Bestleistungen«, beendete Rektor Cavanaugh seine Ansprache. Ein Raunen ging durch die Ränge. Als hätte irgendjemand das vergessen können!

Ich stand auf und streckte meine müden Glieder durch. Eigentlich war ich froh um die Versammlung, denn so war der Musiktheoriekurs ausgefallen. Und unter keinen Umständen wollte ich Mrs Taylor in die Augen sehen, in denen sicher nichts als Enttäuschung zu erkennen wäre.

»Wollen wir vielleicht gemeinsam nach Setham fahren?«, fragte Charlotte. Sie strich sich den leicht zerknitterten beigen Rock glatt. »Dort befindet sich ein niedlicher kleiner Stoffladen. Wir könnten etwas für eure Winterball-Kleider aussuchen.«

»Hast du die Entwürfe denn schon fertig?«, fragte Mila überrascht.

Charlotte nickte. »Zumindest die Erstentwürfe, ja.«

»Wow, du bist der Wahnsinn«, freute ich mich. »Zeigst du sie uns?«

»Natürlich. Meine Mappe ist in meinem Zimmer.«

»Dann mal los«, entschied Mila und ging voran. Die Bänder in ihren Haaren baumelten auf und ab.

Ich war ziemlich nervös. Zwar hatte Charlotte uns nach Wünschen für die Kleider gefragt, doch inwieweit sie diese umgesetzt hatte, wussten wir nicht.

Es dauerte heute etwas länger, bis wir wieder im Wohnheim waren. Da so viele Studenten an der Versammlung teilgenommen hatten, mussten wir uns förmlich aus dem Theater quetschen. Ich fühlte mich wie eine eingelegte Sardine.

Als wir schließlich zu Hause ankamen, konnte ich meine Aufregung kaum verbergen. Ich wusste erstaunlich wenig darüber, welcher Kleidungsstil Tristan an einer Frau gefiel. Andererseits, welcher Kerl würde bei einer Frau im Ballkleid nicht schwach werden? Dennoch hoffte ich, dass es ihm gefallen würde. Obwohl ich mir darüber nicht zu viele Gedanken machen sollte. Am wichtigsten war es, dass ich mich wohlfühlte.

Charlottes Zimmer war etwas kleiner als meins. Bisher hatte ich es erst zweimal betreten. Einmal kurz nachdem ich eingezogen war und ein weiteres Mal, als ich mir in ihrer Abwesenheit ihren Regenschirm ausgeliehen hatte. Es war ein großer roter Schirm, auf dem ein dicker Marienkäfer prangte – eines von Charlottes Lieblingstieren, was ich irgendwie passend fand.

Seitdem hatte sich hier drin nichts verändert, bis auf die Kleidung an ihrer Schneiderpuppe. Neben dem Sekretär, der in jedem Zimmer der Academy zu finden war, hatte Charlotte sich einen zusätzlichen kleineren Tisch hingestellt, auf dem sich ihre antik aussehende Nähmaschine befand. An manchen Tagen hörte ich sie bis tief in die Nacht daran sitzen. Anfangs hatte mich das Geräusch gestört, mittlerweile konnte ich kaum noch ohne einschlafen. Das leise Rattern hatte eine beruhigende Wirkung.

Gegen ihren Kleiderschrank lehnten zahlreiche Rollen Stoff, weitere Reste waren fein säuberlich nach Farben auf ihrem Nachttisch sortiert. Und ich würde darauf wetten, dass ihre Schubladen ebenfalls mit vielfältigen Näh- und Bastelutensilien gefüllt waren.

Charlotte öffnete die Schublade ihres Sekretärs und holte eine große Mappe hervor. Sie blätterte einige Seiten vorwärts, bis sie die richtige gefunden hatte. »Setzt euch.« Sie deutete auf ihr ordentlich gemachtes Bett. Ich bewunderte sie ein wenig dafür, wie sauber es hier war.

Mila und ich machten es uns bequem.

»Wenn euch die Entwürfe nicht gefallen, dann sagt es

mir unbedingt. Ich habe sie auf eure Wünsche hin angepasst und finde, sie spiegeln euch sehr gut wider. Aber wenn ihr das anders seht …« Charlotte verlor sich in einem nervösen Stammeln. So hatte ich sie bisher nicht erlebt.

»Jetzt mach dir nicht ins Hemd. Zeig schon her«, sagte Mila in ihrem gewohnt fordernden Tonfall.

Charlotte drehte die Mappe um und reichte sie uns. Vorsichtig betteten Mila und ich sie auf unserem Schoß.

Mir stockte der Atem. Charlotte brauchte nicht mal zu sagen, für wen sie welches Kleid designt hatte, denn es war ganz offensichtlich. Behutsam fuhr ich die einzelnen Linien der Skizzen nach. Ich spürte, wie das Lächeln auf meinen Lippen immer breiter wurde.

Milas Kleid war an die Zwanzigerjahre angelehnt. Knielang, mit Pailletten und Fransen bestückt. Dazu ein passendes Stirnband, das Charlotte, der Skizze nach zu urteilen, mit Glitzersteinen und einer Feder besetzen wollte.

Ihr eigenes Kleid war hochgeschlossen mit kurzen Ärmeln, am Oberkörper eng anliegend, und ab der Hüfte floss es in einen ausladenden knielangen Tüllrock, der sie wie ein Sahnebaiser aussehen lassen würde.

Und mein Kleid … Es war perfekt. Schulterfrei mit enger Corsage. Der wallende Rock endete vorn kurz oberhalb der Knie, hinten reichte er bis zum Boden. Bei genauerer Betrachtung fielen mir die zwei Lagen des Kleides auf.

»Ich hatte einen metallisch schimmernden Überstoff für dein Vokuhila-Kleid im Sinn«, erklärte Charlotte, die meinen Blick bemerkt haben musste. »Als Farbe hatte ich an Silber gedacht, ein bisschen wie Nebel. Das gibt dem Look etwas Mystisches.«

Tränen brannten in meinen Augen. »Charlotte, das ist perfekt«, sagte ich. »Wie soll ich dir je danken?«

»Bitte nicht weinen, sonst muss ich auch weinen«, sagte sie und fächelte sich Luft ins Gesicht.

»Hazel hat recht. Die Kleider sind der absolute Oberhammer! Es ist bemerkenswert, wie gut du unsere Persönlichkeiten damit eingefangen hast!« Mila grinste breiter als ein Honigkuchenpferd, während sie weiterhin die Skizze ihres Kleides betrachtete.

Charlotte schniefte leise. »Danke. Es bedeutet mir viel, dass sie euch gefallen.«

»Und uns bedeutet es viel, dass du das für uns tust.« Ich griff nach ihrer Hand und drückte sie einen Moment. Ich war kaum in der Lage, zu sprechen.

Mila war die Erste, der einfiel, dass wir noch in den Ort fahren wollten. Sie schloss die Mappe und reichte sie Charlotte. Diese verstaute sie wieder ordentlich an ihrem Platz.

»Dann mal los. Der Bus nach Setham kommt in zwanzig Minuten«, sagte Mila, sprang vom Bett, und wir folgten ihr.

23

Hazel

Ich habe es verbockt.

Die Worte stierten mir von meinem Handydisplay entgegen. Meine Hände zitterten so sehr, dass ich kaum in der Lage war, die Nachricht anzutippen. Und ehrlicherweise hatte ich auch Angst davor. Was meinte Tristan damit, dass er es verbockt hatte? Das mit uns? Hatte er noch etwas mit einer anderen am Laufen? Ob Joanna ihn wohl kleingekriegt und doch verführt hatte?

Unzählige Gedanken schwirrten durch meinen Kopf und machten es mir schier unmöglich, die Nachricht zu öffnen. Aber wollte ich eine Antwort, musste ich nachsehen. Völlig gleich, was Tristan angestellt hatte, Unwissenheit war noch viel schlimmer.

Ich atmete tief durch. Mein Daumen glitt über die Push-Benachrichtigung, woraufhin sich das Fenster unseres Chats öffnete.

Ich habe es verbockt. In Zukunft sollten wir lieber dir die Detektivarbeit überlassen. Beverly ist misstrauisch geworden und hat dicht gemacht. Danach haben sie und Darcy miteinander getuschelt. Ich glaube, sie führen etwas im Schilde. Wollen wir sie ein bisschen ausspionieren?

Erleichterung durchflutete mich. Meine Gedanken waren natürlich deutlich schlimmer gewesen als das, was Tristan mir eigentlich hatte sagen wollen. Schnell tippte ich eine Antwort:

Klar. Wann und wo?

Es dauerte nur wenige Sekunden, ehe eine weitere Nachricht von Tristan eingegangen war.

Beverly hat heute Probe mit ihrem Ensemble. Ich hole dich um halb acht vor dem Wohnheim ab.

Mein Blick huschte zur Uhr. Es war kurz vor fünf, mir blieben also noch ein paar Stunden, um zu lernen und mich auf nachher vorzubereiten. Es war aufregend. Seit Wochen hatte es keine Fortschritte gegeben, daher hoffte ich, dass der heutige Abend etwas daran ändern würde.

»Wohin gehst du?«, fragte Mila, als ich nach meinem Mantel griff.

»Wir verfolgen eine Spur«, erklärte ich. Ich hörte sie zwar noch etwas sagen, doch ich war schon halb zur Tür raus. Als ich das Wohnheim verließ, war es dunkel. Heute war es ausgesprochen kalt. Man merkte deutlich, dass wir uns mit großen Schritten dem Winter näherten. Kaum zu glauben, wie schnell die Zeit vergangen war. In vier Wochen fand bereits der Ball statt.

Ich rieb die Hände aneinander und pustete hinein. Dabei hüpfte ich auf der Stelle auf und ab. Wo blieb Tristan nur?

Doch im nächsten Moment kam er in meine Richtung gejoggt. »Sorry für die Verspätung«, sagte er, schlang den Arm um meine Taille und zog mich an sich. Während er mir in die Augen blickte, überlegte ich, wie ich überhaupt nur den kürzesten Moment hatte denken können, dass er mich hinterging. Niemand hatte mich je mit solch einem leidenschaftlichen Blick angesehen.

Als unsere Lippen sich fanden, zerschmolz ich in seinen Armen, und jeder Anflug von Kälte war vergessen.

»Komm, lass uns gehen, damit du kein Eiszapfen wirst«, sagte er und nahm meine Hand.

»Dafür ist es zu spät«, bibberte ich.

Tristan grinste und führte mich zügig Richtung Hauptgebäude. Um diese Uhrzeit waren an der Rosefield nur wenige Studenten unterwegs. Es gab diejenigen, die in ihren Zimmern oder der Bibliothek hockten und für die nächsten Prüfungen büffelten, und diejenigen, denen Rektor Cavanaughs Worte von der Versammlung egal waren. Sie würden trotzdem, mit Alkohol gewappnet, irgendwo eine illegale Party schmeißen und ihren Platz an der Academy riskieren. Oder sie fürchteten keinen Rauswurf, da ihre Eltern der Uni genug Geld spendeten und man ihnen daher ohnehin einiges durchgehen ließ.

Wir steuerten den Vorgarten des Hauptgebäudes an, passierten die Springbrunnen, die abends ausgeschaltet waren, und liefen zum Seiteneingang der Musikfakultät. Als wir hineingingen, empfing uns eine angenehme Wärme. Meine Hände tauten sofort auf. Tristan deutete auf die Treppe in den ersten Stock. Dort fanden viele Proben der Ensembles statt. Ein wenig schämte ich mich dafür, mir selbst noch keines gesucht zu haben. Doch ich war einfach zu beschäftigt gewesen und hatte den Arbeitsaufwand deutlich unterschätzt.

Wir liefen den Flur entlang. Dabei scannte Tristan die Raumnummern, bis er schließlich zu einer Tür nickte. »Hier ist es.« Leise Klänge drangen aus dem Inneren.

Ich drehte mich um meine eigene Achse, um nach einem geeigneten Versteck zu suchen, bis die Probe vorbei war. Ich zog Tristan hinter mir her um die Ecke. Der Probenraum war zwar von hier aus etwas weiter entfernt, aber das war vermutlich auch besser so. Sollte Beverly in unsere Richtung gelaufen kommen, hätten wir genügend Zeit, uns ein neues Versteck zu suchen.

»Was machen wir so lange?«, fragte Tristan an mein Ohr.

»Pssst«, machte ich, woraufhin er entschuldigend die Hände hob. Ich wollte das hier unter keinen Umständen vermasseln. Wir konnten nicht sicher sein, dass Beverly nach der Probe wirklich etwas vorhatte, aber das war die beste Chance, die sich uns bot. Wir mussten die Gelegenheit beim Schopfe packen.

Ich linste vorsichtig um die Ecke und atmete möglichst leise. Doch das laute Klopfen meines Herzens hallte in meinen Ohren wider. Langsam wischte ich mir die schwitzenden Hände am Mantel ab. Das Adrenalin rauschte durch mich hindurch. Es kam mir wie eine Ewigkeit vor, dabei warteten wir erst ein paar Minuten.

Tristan lehnte sich über mich, um ebenfalls einen Blick in den Flur zu erhaschen. Ein Geräusch ertönte. Ich griff nach seinem Arm und zog ihn zurück. Ihm entfuhr ein leises Zischen, woraufhin ich ein stummes *sorry* mit den Lippen formte. Es war nicht meine Absicht gewesen, ihn so vehement an seinem Mantel zu ziehen.

Ich presste meinen Rücken gegen die Wand und spitzte die Ohren. Eine kurze Zeit waren nur leise Schritte zu hören.

»Tolle Probe. Wir sehen uns nächste Woche.« War das Beverly?

Ganz langsam beugte ich mich wieder nach vorn und schaute um die Ecke. Beverly drehte sich in genau diesem Moment in meine Richtung um. Mir entfuhr ein erschrockener Laut, als ich mich wieder aufrichtete und gegen die Wand lehnte.

Tristan legte die Stirn in Falten, ein fragender Ausdruck auf seinem Gesicht. Mein Puls beschleunigte sich abermals. Hatte sie mich gesehen?

Schritte erklangen. Schweiß perlte von meiner Stirn. Ich spürte, wie Tristan nach meiner Hand griff und mich in die entgegengesetzte Richtung ziehen wollte. Doch ich hielt kopfschüttelnd dagegen.

Die Schritte wurden leiser. Gott sei Dank!

Ein weiteres Mal spähte ich den Flur entlang. Beverly war schon kaum mehr in Sichtweite. »Wir müssen uns beeilen«, sagte ich über meine Schulter hinweg.

Tristan nickte. »Dann los.«

Mit angezogenem Tempo folgten wir Beverly. Aus der Entfernung wirkte ihr Körper angespannt. Wann immer sie sich umdrehte, pressten wir uns gegen eine Tür und hofften, dass sie uns nicht gesehen hatte.

»Was hast du angestellt, dass sie so paranoid ist?«, fragte ich im Flüsterton.

»Nichts …«, meinte Tristan. Dann fuhr er sich durch die Haare und wich meinem Blick aus.

»Was hast du getan?«

»Ich habe sie einfach geradeheraus nach der Einladung zur Verbindung gefragt.«

Meine Augen weiteten sich. »Du hast *was*?« Am liebsten wäre ich laut geworden, um meinen Standpunkt zu untermauern. Aber ich konnte nicht zulassen, dass Beverly uns hörte.

»Ich sage ja, du bist die bessere Detektivin.«

»Eindeutig.« Ich konnte es nicht fassen, dass er das getan hatte. Dann hätte ich sie in den letzten Wochen auch selbst direkt ansprechen können. Ich hatte geglaubt, dass Tristan genug Menschenverstand besaß, um behutsamer vorzugehen.

»Tut mir leid, ich habe es verbockt.« Als ich den Blick hob, schaute er wie ein trauriger Dackel, dem man seinen Knochen verweigert hat. Ein Anflug von Mitleid ergriff mich. Als Tristan dann auch noch die Unterlippe vorschob und mit seinen dichten Wimpern klimperte, biss ich mir auf die Innenseite meiner Wangen, um nicht zu lachen.

Ich schüttelte den Kopf. »Schon gut. Aber hör auf, so zu gucken.«

Beverly steuerte in dem Moment die Treppe an und lief nach unten. Wir warteten einen Augenblick, ehe wir ihr folgten. Am Geländer warf ich einen Blick hinunter, um zu sehen, welche Richtung sie einschlug. »Sie nimmt den Ausgang zu den Gärten.«

Die Tür hinter Beverly fiel ins Schloss. Wir zogen das Tempo weiter an und rannten die Stufen hinunter.

»Ich verstehe so langsam, warum du Geheimnisse so magst«, sagte Tristan. »Es ist irgendwie aufregend.«

»Habe ich dir doch die ganze Zeit gesagt«, entgegnete ich keuchend. Es freute mich wahnsinnig, dass meine Begeisterung allmählich auf ihn überging. »Und es wird sicher noch besser, wenn wir sie bei irgendetwas Illegalem erwischen.«

Tristan lachte. »Bist du sicher, dass sie etwas vorhat?«

»So wie sie sich die ganze Zeit umgesehen hat? Definitiv.«

Mein Bauchgefühl hatte mich bisher selten im Stich gelassen. Ich hatte hervorragende Instinkte, wenn es um Geheimnisse ging. Und jetzt sagten mir ebenjene, dass es wichtig war, Beverly zu folgen. Sie führte etwas im Schilde. Daran bestand absolut kein Zweifel. Es blieb nur zu hoffen, dass sie einen Fehler beging, der uns auf die Spur der *Prophets* brachte.

Wir stießen die Tür nach draußen auf. Adrenalin pumpte durch mich hindurch, und meine Lunge brannte von der eisigen Luft, die mir plötzlich die Kehle zuschnürte.

»Da ist sie«, sagte Tristan leise und deutete zu den Gärten. Die wenigen Laternen auf dem Gehweg waren eingeschaltet, sodass wir gerade so sehen konnten, wie Beverly einen der Spaliere passierte und in der Dunkelheit verschwand.

Tristan griff nach meiner Hand und zog mich hinter sich her. Aber er steuerte die entgegengesetzte Richtung an. »Was soll das werden?«

»Ich weiß, wo wir sie einholen können.«

Ich vertraute darauf, dass Tristan wusste, was er tat. Mir blieb ohnehin keine andere Wahl mehr, da wir bereits zwischen die Bäume zum Konzerthaus traten. Hinter dem Gebäude, das mir noch immer den Atem raubte, machte Tristan einen kleinen Schlenker und steuerte einige dichte Büsche an. Er ging hinter ihnen in die Hocke, und ich tat es ihm nach.

Er verlangsamte sein Tempo und legte sich den Zeigefinger an die Lippen.

Vorsichtig schob ich ein paar dünne Äste zur Seite. Wir befanden uns hinter dem Japanischen Garten. Beverly schlenderte gemächlich den Weg entlang, doch ihr Blick huschte immer wieder über ihre Schulter, als ginge sie sicher, dass ihr niemand folgte. So verhielt sich kein Mensch, der einfach nur in den Gärten spazieren ging. So verhielt man sich nur, wenn man etwas anderes vorhatte.

In aller Ruhe lief sie weiter und verschwand dann aus unserem Sichtfeld. Ich schaute zu Tristan, der mit dem Kopf in ebenjene Richtung nickte. In weiterhin gebückter Haltung krochen wir hinter den Büschen entlang. Es fiel mir zunehmend schwerer, meine Atmung zu kontrollieren. Bei jedem Schritt überkam mich die Panik, dass ich versehentlich auf einen Ast treten und Beverly so auf unser Versteck aufmerksam machen würde.

Beverly verlangsamte ihr Tempo und reckte das Kinn. Sie befeuchtete ihre Lippen und drehte sich noch einmal in alle Richtungen um. Dann nahm sie die Tasche von ihrem Rücken und stellte sie vor sich ab. Ganz langsam öffnete sie den Reißverschluss und holte etwas hervor.

Als ich einen silbernen Umschlag zwischen ihren Fingern erkannte, hätte ich am liebsten einen Freudenschrei ausgestoßen. Auch Tristan neben mir verkrampfte bei dem Anblick. Aus seiner Miene war nicht zu schließen, wie er sich fühlte. Ob er sich daran erinnerte, dass sie und Darcy im Gewächshaus darüber gesprochen hatten?

Ich krallte mich an Tristan fest. Ich benötigte seine Nähe, seinen Halt.

Beverly faltete den Brief zusammen und schob ihn sich in die hintere Hosentasche. Dann atmete sie tief durch, ehe sie sich noch einmal bückte und in den Rucksack griff. Als sie ihre Hand herauszog, hielt sie darin … Ich kniff die Augen zusammen, um das Gerät anzuvisieren. War das eine Heckenschere? Was hatte sie damit vor?

Sie setzte die Heckenschere an einen der unteren Äste des Baumes an, vor dem sie stand. Ich legte den Kopf schief.

Der Geruch, der in der Luft lag, kam mir bekannt vor. Ein lautes Knacken echote durch die Nacht. Ein eisiger Schauder kroch meine Wirbelsäule hinauf. Eine cremefarbene Blüte glitt zu Boden.

Das hier war der Baum, vor dem ich mit Rektor Cavanaugh gestanden hatte. Der Franklinbaum, der vom Aussterben bedroht war. Nur noch rund zweitausend Exemplare sollte es auf der ganzen Welt geben.

Nach und nach schnitt Beverly auch die übrigen Blüten ab. Mit jedem Schnitt brach mein Herz ein kleines bisschen mehr. Wir sollten etwas tun. Wir konnten nicht einfach hier herumsitzen und sie dabei beobachten, wie sie eine seltene Pflanze zerstörte. Tristan musste meine veränderte Gemütslage bemerkt haben, denn er festigte den Griff um meinen Arm und schüttelte den Kopf. Seine Augen fragten, ob ich wahnsinnig war.

»Das ist nicht richtig«, flüsterte ich. Ich wollte mich aus Tristans Griff befreien, aber er war zu stark. Stattdessen zog er mich so ruckartig näher zu sich, dass ich das Gleichgewicht verlor. Mit rudernden Armen versuche ich mich irgendwo festzuhalten, aber ich griff ins Leere. Meine Sohlen rutschten auf dem Laub weg, und ich stieß gegen Tristans Oberkörper.

»Ist da jemand?« Beverlys erschrockene Stimme ließ mich zusammenfahren. Ich presste die Lider aufeinander, hielt den Atem an.

Eins. Zwei. Drei.

Ich rechnete damit, dass sie jeden Augenblick hier auftauchen und uns zur Rede stellen würde.

Vier. Fünf. Sechs.

Mein Herz polterte weiter unaufhörlich. Tristans schneller Atem kitzelte mein Gesicht.

Sieben. Acht. Neun.

Ein lautes Scheppern, gefolgt von einem Rascheln. Schritte. Schnelle Schritte. Und mein Herz, das so sehr raste, als wolle es mir aus dem Brustkorb springen.

Ich zählte noch weitere zwanzig Sekunden, ehe ich es wagte, die Lider zu öffnen. Langsam. Eines nach dem anderen. Tristan hatte die Lippen aufeinandergepresst. Seine Augen waren vor Schreck weit aufgerissen, und auch auf seiner Stirn schimmerte der Schweiß.

Ganz vorsichtig drehte ich den Kopf und spähte zwischen die Äste. »Sie ist weg«, flüsterte ich. Tristan lockerte den Griff um meine Schultern und ließ mich aufstehen. Ich schaute nach rechts und links, aber Beverly war fort.

»Wieso hat sie die Blüten abgeschnitten?«, fragte Tristan und zwängte sich zwischen den Büschen hindurch auf den Weg. Anschließend reichte er mir die Hand, damit ich ungehindert neben ihn treten konnte. Ich klopfte mir die Erde von Mantel und Hose.

»Vermutlich war das ihre Prüfung?«

»Aber wieso diese Blüten?« Tristan lief ein paar Schritte weiter und bückte sich nach einem Blütenblatt, das Beverly liegen gelassen hatte. Die übrigen musste sie in ihren Rucksack gesteckt haben, ehe sie die Flucht ergriffen hatte.

Der süße Geruch der Blüte kitzelte in meiner Nase. »Vor einigen Wochen hat Rektor Cavanaugh mir erzählt, wie selten dieser Baum ist. Aber was sie mit den Blüten anfangen wollen, ist mir auch schleierhaft.«

Es war eine seltsame Prüfung, jemanden auf die Zerstörung einer Pflanze anzusetzen. Womöglich sollte dies ein Test sein, um festzustellen, wie weit die Anwärter gehen würden.

So oder so, es war eine neue Frage, die aufgeworfen wurde

und auf die wir keine Antwort hatten. Und dummerweise war Beverly uns entwischt.

»Wollen wir sie suchen?«, schlug Tristan vor.

Seufzend nickte ich. »Ja.« Ich deutete auf die Schuhabdrücke, die wieder zurück Richtung Hauptgebäude führten. »Sie ist zurückgegangen.«

»Es tut mir leid, dass das nicht nach Plan verlaufen ist«, sagte Tristan leise.

»Ist doch nicht deine Schuld. Früher oder später werde ich schon herausfinden, was es mit der Verbindung auf sich hat.« Pure Entschlossenheit schwang plötzlich in meiner Stimme mit. Woher ich diese neugewonnene Zuversicht nahm, wusste ich nicht, doch sie würde mir eine Hilfe sein.

Tristan hielt mir seine Hand entgegen.

»Dann lass uns dieses Rätsel knacken«, sagte er.

Entschieden nickte ich und griff seine Hand. Gemeinsam traten Tristan und ich den Weg in die Dunkelheit an. Nicht ahnend, was uns am Ende erwarten würde.

24

Hazel

Eigentlich hätten Tristan und ich den Konzertsaal für eine Probe gehabt. Doch es war der Geburtstag seiner Schwester, weshalb er mich gebeten hatte, sie heute ausnahmsweise ausfallen zu lassen. Natürlich hatte ich eingewilligt, denn in keinem Fall wollte ich, dass er ihren Geburtstag versäumte. Im Gegenteil, es machte mich sogar glücklich, wie viel ihm seine Familie bedeutete.

Von Joanna hatte ich lediglich einen missbilligenden Blick kassiert, als ich stattdessen mit Charlotte und Mila den Saal betreten hatte. Sie hatte nicht nach Tristan gefragt, aber es war eindeutig zu erkennen, dass sie lieber ihn statt mich gesehen hätte. Ich hoffte, sie würde eines Tages begreifen, dass er kein Interesse an ihr hatte. Irgendwann musste jeder die Vergangenheit hinter sich lassen und nach vorn blicken.

»Danke, ehrlich«, sagte Mila zum wiederholten Mal. Sie wippte nervös auf ihren Ballen vor und zurück. Mit den Fingern spielte sie an den Knöpfen ihres schwarzen Blazers herum.

Ich rückte mir die Klavierbank zurecht und setzte mich. Charlotte hatte in der ersten Reihe vor der Bühne Platz genommen. Ihre Zeichenmappe lag auf ihrem Schoß. Sie wollte die Zeit nutzen, um an einigen Skizzen für ihren Kurs zu arbeiten. Trotzdem wollte sie sich meine Probe mit Mila nicht entgehen lassen.

»Das habe ich dir doch versprochen.« In den letzten Wochen hatte ich sie schon ein paarmal am Klavier begleitet. Bisher war sie nie so nervös gewesen wie heute. »Ist es der Konzertsaal?«

Sie nickte und zupfte an einem ihrer Bänder. »Die Bühne. Die vielen Plätze. Ich habe mich extra wie für eine Audition angezogen. Das alles zusammen.«

Es tat mir leid, sie so zu erleben. Ich kannte mich nicht mit Lampenfieber aus, konnte ihr daher auch keinen Tipp geben. »Du schaffst das«, sprach ich ihr Mut zu. Aber ich merkte selbst, wie ausgelutscht und dämlich diese Phrase klang. Wäre das so einfach, würde niemand unter Lampenfieber leiden.

»Hazel hat recht. Du bist eine großartige Sängerin, denk immer daran.« Lächelnd schaute Charlotte von ihrer Zeichenmappe hoch.

Doch Mila war total blass um die Nase. Vielleicht half es, wenn ich einfach loslegte? Ich knetete meine Finger und kreiste die Handgelenke. Dann spielte ich die ersten Klänge. Ich begann damit, die Tonleiter zu spielen. Mila stimmte ein, wärmte ihre Stimme dadurch auf.

Wir führten diese Übung einige Minuten mit den unterschiedlichen Tonleitern durch. Es gab wirklich keinen Grund für Mila, Angst zu haben. Ihre Stimme war atemberaubend. Ich wechselte in die ersten Akkorde von *Come What May*, eines der Lieder, das Mila bei der Audition vorsingen wollte.

Dabei handelte es sich um den Titelsong von *Moulin Rouge*. Ein Lied, das die beiden Hauptcharaktere aus dem

Musical gemeinsam geschrieben hatten, um sich immer wieder an ihre Liebe zueinander zu erinnern. *Komme, was wolle.* Eine Liebe, die nur im Geheimen existieren konnte und zum Scheitern verurteilt war. Absolute Herzschmerzgarantie!

Als Mila die ersten Töne sang, breitete sich eine Gänsehaut auf meiner Haut aus. Sie hielt die Augen geschlossen und konzentrierte sich auf nichts weiter als den Song. Jeder einzelne Ton saß perfekt und vibrierte in meinem Körper nach.

Selbst Charlotte hatte innegehalten und starrte Mila mit geöffneten Mund an.

Hier im Konzertsaal war ihre Stimme noch um einiges heller und klangvoller, hallte von den hohen Decken wider. In jenem Moment stellte ich sie mir in dem roten paillettenbesetzten Kleid der Satine aus dem Musical vor. Mit ihrer blassen Haut, den dunkelroten Lippen, wie sie Christian – ihren Erwählten – ansah und ihm mit diesen Zeilen ihre ewige Liebe versprach.

Und auch noch lange nachdem der letzte Ton verklungen war, brannten meine Augen. So etwas Unbeschreibliches hatte ich noch nie gehört.

Mila atmete tief durch und hob die Lider. Unsicher blickte sie zwischen Charlotte und mir hin und her. »Wieso sagt ihr nichts? War es so schlecht?«

»Ähm …« Ich räusperte mich. »Mila, das war … wow!«

Charlotte nickte zustimmend. »Dieses Lied ist dir wie auf den Leib geschneidert.«

»Meint ihr wirklich?«

»Ja!«, stießen wir gleichzeitig hervor, woraufhin wir in Gelächter ausbrachen.

Behutsam legte Charlotte ihre Zeichenmappe ab und kam zu uns auf die Bühne. Sie schlang die Arme fest um

Mila und versicherte ihr ein weiteres Mal, wie wundervoll sie gesungen hatte.

Erleichtert atmete Mila auf. »Gut, dann machen wir weiter mit dem *Elephant Love Medley.*«

»Aye, aye«, sagte ich lachend und spielte die ersten Töne. Mila hatte neuen Mut geschöpft. Die restliche Probe über hatte sie ein breites Grinsen auf ihrem Gesicht.

Tristan

»Es ist so schön, dich zu sehen, mein Junge.« Dad umarmte mich fest.

»Ich war doch erst vorige Woche hier«, entgegnete ich und schob mich durch die geöffnete Tür. Mum musste in der Küche stehen, denn ich hörte das Brutzeln und Spritzen von Fett. Außerdem roch es ganz fantastisch nach geschmortem Huhn und Bratkartoffeln. Mein Magen rumorte.

»Hättest du dich dazu entschieden, bei uns wohnen zu bleiben, könntest du jeden Tag Mums Köstlichkeiten zu dir nehmen«, sagte Dad lachend und nahm meinen Mantel, um ihn aufzuhängen.

Der lange Schal, den Granny mir gestrickt hatte, strangulierte mich beinahe. Ich wickelte ihn zügig ab und warf ihn über den Haken neben meinem Mantel. »Das hatten wir doch schon. Es tut mir gut, auf dem Campus zu wohnen.«

Dieses Gespräch führten wir jedes Mal, wenn ich zu Besuch war. Meine Eltern konnten einfach nicht verstehen, weshalb es für mich so wichtig war, im Wohnheim zu leben, wo ich doch die dreißig Minuten am Tag pendeln konnte. Aber wie sollten sie auch?

»Da bist du ja endlich!«, stieß Lynn hervor. Sie grinste breit. Auf ihrem blonden Schopf saß ein pink glitzernder Partyhut, und um ihren Hals lagen zahlreiche bunte Luftschlangen. »Gefällt dir mein Look?«

»Sehr«, sagte ich lachend und beugte mich zu ihr hinunter, um sie in den Arm zu nehmen. »Das hier ist für dich.« Ich reichte ihr eine Geschenktüte, die sie mir sofort aus den Fingern riss und quietschend an sich presste.

»Was ist das?« Sie hielt sich die Tüte ans Ohr und schüttelte sie ordentlich durch.

»Mach es auf. Oder wir gehen erst mal zusammen ins Wohnzimmer und ich begrüße die anderen.«

Lynn schnaubte. »Na schön.« Sie lenkte den Rollstuhl um und gestattete mir, sie ins Wohnzimmer zu schieben. Ihr Geburtstag war der einzige Tag im Jahr, an dem sie es zuließ, dass jemand ihr half. Sie legte viel Wert auf ihre Selbstständigkeit und hasste es, anderen zur Last zu fallen. Obwohl sie niemals eine Last für mich sein würde. Oder für sonst jemanden. Dennoch respektierten wir ihren Wunsch. Und es machte mich stolz, wie sehr sie kämpfte. Tagein, tagaus. Nur manchmal wünschte ich mir, mehr für sie tun zu können.

Jahrelang hatte das schlechte Gewissen an mir genagt, und auch heute machte ich mir noch Vorwürfe. Immer wieder kreisten die Gedanken in meinem Kopf. Ob ich den Unfall hätte verhindern können? Womöglich. Doch ich war viel zu sehr mit mir selbst beschäftigt gewesen. Ich hätte einfach zuhören, für sie da sein sollen. Aber ich war es nicht. Und dieses Päckchen würde ich vermutlich für den Rest meines Lebens mit mir herumtragen. Allerdings war heute nicht der richtige Tag für solch trübe Gedanken. Heute ging es nur um Lynn und ihren fünfundzwanzigsten Geburtstag.

Dad folgte uns ins Wohnzimmer, das am Ende des Flurs lag. Gareth saß auf der Couch und zappte durch das Fernsehprogramm. Seine dunkelblonden Haare fielen in Locken über seine Ohren. Er hatte die Haare unserer Mutter geerbt, während meine eine Mischung beider Elternteile waren.

»Hey, Gareth«, sagte ich. Mein kleiner Bruder hob den Kopf und brummte irgendwas, was vermutlich eine Begrüßung sein sollte. Dann widmete er sich ohne ein weiteres Wort wieder seiner Fernsehsendung.

»Sei nicht so unhöflich«, sagte Lynn pampig zu ihm. »Es ist *mein* Tag. Könnt ihr euch nicht wenigstens heute mal vertragen? Als Geschenk für mich?«

Gareth schaltete den Fernseher ab und funkelte Lynn aus braunen Augen an. »Dann ist das aber auch dein einziges Geschenk.«

»Schön«, sagte sie und stöhnte.

Ich lehnte mich zu ihr und gab ihr einen Schmatzer auf die Wange. »Meins darfst du trotzdem behalten. Ich geh kurz Mum begrüßen.«

»Mach das und bring mir einen Sekt mit.« Dann senkte sie ihre Stimme. »Ohne Alkohol ist das hier nur schwer zu ertragen.«

Schmunzelnd schüttelte ich den Kopf und ging in die Küche. Wie erwartet, stand Mum summend am Herd und bereitete das Essen zu. Ihre Blümchenschürze, die sie vor ewigen Zeiten zum Muttertag von uns bekommen hatte, hatte schon unzählige Löcher und Flecken, die man auch mit der Maschine nicht mehr herausbekam. Trotzdem hätte sie es nie über sich gebracht, sie zu entsorgen. Denn es war ein Geschenk von uns dreien.

»Hey, Mum.«

Sie warf mir ein Lächeln über ihre Schulter zu. Schweiß benetzte ihre Stirn, das tat dem Funkeln in ihren blauen Augen aber keinen Abbruch. »Verlief die Fahrt angenehm?«

»Es ist nur eine halbe Stunde Busfahrt, Mum«, entgegnete ich lächelnd. »Also keine nennenswerten Vorkommnisse.«

»Das freut mich.« Sie deutete mit dem Pfannenwender in ihrer Hand zum Schrank. »Wärst du so lieb, den Tisch zu decken? Essen ist gleich fertig.«

Ich holte ein paar Teller aus dem Schrank und Besteck aus den Schubladen und brachte alles ins Wohnzimmer. Früher hatten wir ein Esszimmer, das neben der Küche lag. Aber Mum und Dad hatten es zu einem Rückzugsort nur für sie beide umgebaut. Dort bewahrte Dad zahlreiche seiner kostbaren Antiquitäten auf, die er so gern sammelte. Im Grunde handelte es sich bei dem Raum um eine kleine Lounge, in der zwei große Sessel vor einem Kamin standen. Die Wände waren von Regalen und Vitrinen umsäumt.

Gareth hatte es sich mittlerweile doch wieder vor dem Fernseher bequem gemacht. Kopfschüttelnd platzierte ich die Teller auf dem Tisch. Ich fand es unhöflich, wie er sich benahm, aber ich hielt die Klappe. Lynn hasste es, wenn wir stritten, ihr zuliebe würde ich also meinen Frust hinunterschlucken.

Nachdem ich auch Gläser und die Schüsseln mit den Beilagen bereitgestellt hatte, widmete ich mich wieder Lynn.

»Darf ich jetzt endlich auspacken?«, fragte sie aufgeregt.

Mum kam gerade durch die Tür und stellte das Huhn auf den Tisch. Sie wischte sich die Hände an der Schürze ab und setzte sich neben Gareth auf die Couch. Ihr Blick glitt erwartungsvoll zu der kleinen Tüte, die Lynn sich an die Brust presste.

»Ich schätze, du darfst«, sagte ich und deutete auf das Geschenk.

Lynn quietschte so schrill, dass der Ton für Fledermäuse ganz hervorragend zu verstehen sein musste. Mit einem Ruck zog sie den rechteckigen Karton hervor und warf die Tüte lieblos zu Boden. »Hast du das verpackt oder hast du neuerdings eine Freundin, von der wir nichts wissen?«, fragte sie lachend, als ihr Blick auf das Geschenkpapier fiel.

»Ich habe der Dame im Geschäft zwei Pfund extra dafür gegeben, es hübsch einzupacken«, sagte ich grinsend.

Lynn zupfte an der Schleife, die sich elegant öffnete. Dann fuhr sie sacht mit dem Finger über die Kanten und pulte vorsichtig den Tesafilm ab.

»Reiß es doch einfach auf!«, sagte Gareth genervt.

Lynn verdrehte zwar die Augen, tat aber, was mein kleiner Bruder sagte. Sie zerriss das pink-rote Glitzerpapier, sodass die Partikel den halben Teppichboden bedeckten. Entschuldigend schaute ich zu Mum, die allerdings abwinkte.

»Wow!«, hauchte Lynn und drehte den Karton in ihrer Hand. »Ist das eine Sonderanfertigung?«

»Ja«, entgegnete ich nickend. »Das Foto habe ich mit der Handykamera aufgenommen. Als ich im Rathaus von Lincoln die Aufführung hatte, habe ich es dort in einem kleinen Shop abgegeben. Zum Glück kam das Paket noch rechtzeitig, es hatte irgendwelche Lieferprobleme gegeben.«

»Das ist wirklich ein schönes Geschenk«, pflichtete Dad bei und nippte an seinem Bier.

Früher hatte Lynn sich unglaublich gern bewegt. Nicht nur hatte sie getanzt, sondern war mit mir wandern oder schwimmen gewesen, war Fahrrad gefahren, hatte Volleyball gespielt. Als sie dann den Unfall hatte, der sie in den Rollstuhl zwang, hatte sie sich nach anderen Hobbys umgesehen und war schließlich beim Puzzeln hängen geblieben.

Mum und Dad hatten einige der Puzzles eingerahmt und in den Flur gehängt. Dieses hier würde dort sicher ebenfalls einen Ehrenplatz erhalten. Ich hatte ein Foto von Lynns Lieblingsplatz in den Lincolnshire Wolds gemacht. Ein grüner Hügel mit Blick auf eine kleine Ruine vor einem plätschernden Bach. Erst wollte ich ein Zehntausend-Teile-Puzzle anfertigen lassen, aber die Qualität der Aufnahme war dafür zu schlecht, weshalb sie sich nun mit zweitausendfünfhundert Teilen begnügen musste. Aber es war der Wille, der zählte.

Auch Mum kam zu uns und betrachtete das Puzzle. »Da hast du dir richtig was einfallen lassen.«

»Danke, Tristan. Das ist wirklich das wundervollste Geschenk!« Lynn legte ihre Hand auf meine und drückte sie. Dann lächelte sie in die Runde. »Wollen wir essen? Ich sterbe vor Hunger.«

In genau diesem Moment fing auch mein Magen an, zu knurren. Ich hatte heute noch nichts gegessen, da ich gewusst hatte, dass ich mir hier den Bauch vollschlagen würde.

Am Tisch schenkte ich Lynn ein Glas Sekt ein, danach sangen wir Happy Birthday. Wobei nur meine Eltern und ich sangen. Erneut hätte ich Gareth gern die Meinung gegeigt, aber wir hatten Lynn unser Wort gegeben, uns heute zu vertragen.

Ich schaufelte mir eine ordentliche Portion Bratkartoffeln auf den Teller, legte mir eine Hühnerkeule dazu und bereitete mir eine kleine Schüssel Salat zu. »Das riecht himmlisch, danke, Mum.«

»Das freut mich sehr. Ich hoffe, es schmeckt euch.« Mittlerweile hatte sie die Schürze abgestreift. Darunter trug sie ein wunderschönes schwarzes Kleid. Zwar tanzte Mum schon einige Jahre nicht mehr, trotzdem hatte sie noch immer die elegante Figur einer Balletttänzerin.

»Wie läuft es an der Uni?«, fragte Lynn mit vollem Mund.

Ich kaute zu Ende und schluckte runter. »Sehr gut. Die Zwischenprüfungen sind durch. Die Noten stehen zwar noch aus, aber ich sollte relativ gut abgeschnitten haben.«

»Nur relativ gut?«, hakte Dad nach und bedachte mich mit einem strengen Blick. »Wir bezahlen keine Tausende Pfund für *relativ gut.*«

»Miles«, zischte Mum.

Dad war sich aber keiner Schuld bewusst.

Seufzend lehnte ich mich im Stuhl zurück. »Ich habe ein paar Fehler in Notationskunde gemacht. Sollte nicht gravierend sein. Zur Not kann ich das mit der Abschlussprüfung wieder rausholen.«

»Das klingt doch großartig«, sagte Lynn. Dann schaute sie zu Dad. »Fehler sind menschlich. Niemand ist perfekt. Und es wird niemanden umbringen, wenn du mal nicht hundert Prozent in einer Prüfung erreichst. Schließlich hast du ja auch noch ein Privatleben, oder?«

»Mehr oder weniger«, sagte ich. Ich wollte ernst bleiben, nicht an Hazel denken, aber ihr Bild flackerte vor meinem geistigen Auge auf. Instinktiv hoben sich meine Mundwinkel.

»Sag nicht, du hast *wirklich* eine Freundin, von der wir nichts wissen.« Lynn schlug mir gegen den Oberarm. »Wieso hast du das nicht erzählt? Ich bin enttäuscht von dir!«

Mir entfuhr ein kehliges Lachen. Mum stützte die Ellbogen auf den Tisch und grinste breit. Seit Addy und ich uns getrennt hatten, wünschte sie sich eine neue Freundin für mich. Die vergangenen Jahre waren aber hart gewesen. Ich hatte nicht nur mit einem gebrochenen Herzen zu kämpfen gehabt, sondern auch mit der Sorge um Lynn, den letzten Schuljahren und dann dem Beginn der Uni. Da war keine Zeit für Dates gewesen.

Dad schob sich eine Gabel voll Bratkartoffeln in den Mund und schwieg. Er war ein gutmütiger Mann, aber sehr darauf bedacht, dass ich den Fokus nicht verlor. Ich konnte mir denken, dass es ihm lieber gewesen wäre, ich wäre bis zu meinem Abschluss keusch geblieben.

Wie zu erwarten, war Gareth absolut desinteressiert und schaute nicht von seinem Teller hoch.

»Wir sind zusammen im fortgeschrittenen Kompositionskurs«, erklärte ich. »Während der Proben für unsere gemeinschaftliche Abschlussprüfung haben wir uns besser kennengelernt.« Ich zuckte mit den Schultern. »Es ist nichts Besonderes.«

Das war eine deftige Lüge. Es war etwas Besonderes. Hazel war besonders. Aber bevor ich nicht wusste, ob das mit uns beiden Bestand hatte, wollte ich nicht mehr daraus machen, als es war. Auch wenn mein Herz beim bloßen Gedanken an sie schneller klopfte denn je. Außerdem gab es da noch immer ein Problem …

»Das freut mich, Tris, ehrlich. Bring sie gern mal mit«, fügte Lynn, weiterhin von einem Ohr zum anderen strahlend, hinzu.

Dass sie mir diesen furchtbaren Spitznamen aufdrückte, ließ ich ihr heute nur durchgehen, weil es ihr Geburtstag war. »Vielleicht irgendwann.«

In den nächsten Stunden saßen wir zusammen, aßen, spielten Karten und lachten. Es waren Momente wie diese, in denen ich es vermisste, die Abende zu Hause zu verbringen.

»Gehen wir ein wenig auf die Veranda?«, fragte Lynn irgendwann und legte sich eine Decke um die Schultern.

»Natürlich.« Ich nahm die Schiebegriffe und brachte Lynn hinaus. Es war eisig. Die Kälte kroch augenblicklich durch jede Ritze meines Pullovers, weshalb ich zügig reinging und uns beiden unsere Mäntel holte. Mum, Dad und Gareth blieben im Wohnzimmer.

Ich ließ den Blick schweifen. Tealby war ein wunderschönes idyllisches Sechshundert-Seelen-Dorf. Malerische kleine Häuser, plätschernde Bäche, eine entzückende Kirche, einmalige Landschaften. Kein Wunder, dass das Dorf als Motiv für unzählige Postkarten diente.

Außerdem gab es in und um Tealby einige Wanderwege, die nicht nur Touristen, sondern auch Einheimische anlockten. Irgendwann wollte ich den Viking Way bezwingen – dieser reichte vom Humber, ein langes Ästuar an der Ostküste Englands, bis nach Rutland Water, einem Stausee wenige Kilometer östlich von Leicester. Die gesamte Strecke des Fernwanderwegs betrug etwa zweihundertfünfzig Kilometer, weshalb ich bisher keine Zeit dafür gefunden hatte. Aber vielleicht, sobald ich das Studium abgeschlossen hatte.

»Du siehst glücklich aus. Deine Augen strahlen richtig. Das Mädchen muss dir viel bedeuten«, sagte Lynn nach einer Weile.

Ich nickte. »Ja, das tut sie.«

»Wieso möchtest du dann nicht von ihr erzählen?« Skepsis schwang in ihrer Stimme mit. Wenn mich jemand kannte, dann war es Lynn. Sie hatte sofort durchschaut, dass etwas nicht stimmte.

Ich vergrub die Hände in der Manteltasche, vermied es, sie anzusehen. Aber das machte es im Grunde noch schlimmer. »Ihr Name ist Hazel«, begann ich ruhig, »Hazel Gibbs.«

Lynns Kopf schnellte in meine Richtung. Ihre Augen waren vor Überraschung weit aufgerissen. »So wie …?«

»Ja.«

»Scheiße«, fluchte Lynn. Das tat sie nur in den seltensten Fällen. Sie war die Besonnenste von uns. Immer ruhig und gelassen. Die Streitschlichterin. Wenn sie mal fluchte, dann war es ernst. »Aber du hast ihr nichts gesagt?«

Ich schüttelte den Kopf. »Natürlich nicht.«

»Gut. Versprich mir, dass du schweigst, Tris. Scheiße, wieso hast du dich überhaupt auf sie eingelassen? Weißt du, was du damit anrichtest?« Lynns Stimme überschlug sich. Natürlich war sie wütend, sie hatte auch jedes Recht dazu.

»Es ist nicht so einfach.« Ich atmete tief durch und fing Lynns Blick auf. In ihren Augen waren unterschiedliche Emotionen zu erkennen. Am deutlichsten waren Unsicherheit und Angst. Ich ging vor ihr in die Hocke und nahm ihre Hände in meine. »Ich habe es dir schon einmal versprochen, und daran halte ich mich. Du kannst dich auf mich verlassen, Kaitlyn, das weißt du doch.«

Ihre Mundwinkel zuckten, wie sie es immer taten, wenn ich ihren vollen Namen nannte. Behutsam nickte sie. »Pass bitte auf dich auf. Und auf sie. Ich will nicht, dass einem von euch etwas passiert.«

»Wird es nicht. Auch das verspreche ich dir.«

Doch dies war ein Versprechen, von dem ich nicht wusste, ob ich es würde halten können.

25

Hazel

Seit dem Geburtstag seiner Schwester hatte ich das Gefühl, dass Tristan mir aus dem Weg ging. Keine Ahnung, ob ich mir das nur einbildete, aber er war nach unseren Kursen und der Probe am Dienstag relativ kurz angebunden gewesen, hatte gesagt, er müsse weg. Wenn ich nachgefragt hatte, wohin er musste, hatte er jedes Mal behauptet, sich mit Josh zu treffen.

Ich wollte mich von seinem Verhalten nicht durcheinanderbringen lassen. Und ganz sicher wollte ich auch nicht klammern. Wenn er sich nicht mit mir treffen wollte, dann konnte ich daran nichts ändern.

Trotzdem waren da immer wiederkehrende Gedanken, Was-wäre-wenn-Szenarien, die in meinem Kopf umherkreisten. Lag es an mir? Fand er mich plötzlich langweilig und unattraktiv? Hatte er das Interesse an mir verloren, nachdem wir zusammen im Bett waren? Gab es noch andere, mit denen er sich traf?

Ich hasste diese Gefühle, die Tristans Abwesenheit in mir hervorriefen. Es sah mir nicht ähnlich, mich so von einem Kerl abhängig zu machen, und es war auch nicht das, was ich wollte. Genau deshalb hatte ich mich gar nicht erst darauf einlassen wollen. Zumindest war das einer der Gründe.

Krampfhaft versuchte ich, die negativen Gedanken zu vertreiben und mich stattdessen auf den Controller in meiner Hand zu konzentrieren. Die doppelte Itembox flackerte auf. Ich lenkte das Bike von Toadette nach links, verdrängte Yoshi – gespielt von Mila – in seinem Turboflitzer von der Fahrbahn und schnappte ihm die Items direkt vor der Nase weg.

»Ey, das kriegst du zurück!«, grummelte Mila.

Toadette drehte sich lachend auf ihrem Bike um, ihre gedrehten Zöpfchen schlackerten im Wind. Die Boxen hatten mir einen roten Pilz und drei grüne Panzer beschert. Ich nutzte den Schub des Pilzes, um mich an Iggy Koopa und Bowser jr. vorbeizudrängeln.

In der Ferne sah ich Charlotte – sie hatte sich für Baby Peach in einem pinken Cabrio entschieden. Ich hasste dieses gehässige kleine Baby mit seinem Schnuller im Mund. Sie hatte uns vorhin alle mit einem Blitz ausgeschaltet, der dazu geführt hatte, dass ich erst in einen Pinguin gerast und anschließend ins Eiswasser gefallen war.

Nun war die Rache jeden Augenblick mein. Es waren nur noch wenige Meter bis zum Ziel. Ich war Charlotte alias Baby Peach dicht auf den Fersen. Wo Mila abgeblieben war, wusste ich nicht, vermutete sie allerdings auf einem der letzten Plätze.

»Komm schon«, sagte Charlotte und hämmerte wie wild auf die Tasten des Controllers ein.

Ich visierte sie an und schoss meine grünen Panzer ab. Einen nach dem anderen. Den ersten beiden konnte sie haarscharf ausweichen, aber der letzte traf die Heckstoßstange ihres Cabrios. Baby Peach machte einen Vorwärtssalto, und ich brauste lachend an ihr vorbei und als Erste durchs Ziel.

»Ha!«, rief ich und sprang von der Couch. »Gewonnen, gewonnen, gewonnen!«

Charlotte seufzte, Mila verdrehte stöhnend die Augen. Diesen Sieg konnte mir niemand mehr nehmen.

»Du weißt schon, dass das erst die zweite Strecke des Propeller-Cups war, ja?« Mila streckte mir die Zunge raus und lehnte sich ins Couchkissen zurück. »An der Pilz-Schlucht und der Eiscreme-Eskapade wirst du kläglich scheitern!«

Charlotte nickte. »Ja, das war nur Anfängerglück.«

»Ihr seid ganz schlechte Verliererinnen.«

Mila kniff die Augen zusammen. »Und du eine ganz schlechte Gewinnerin.«

Wir hatten uns vorhin den neuen Booster-Streckenpass für Mario Kart 8 heruntergeladen. Während Mila und Charlotte mich in den alten Cups jedes Mal besiegten, war ich ein Naturtalent bei den neuen. Tja, daran erkannte man deutlich, dass sie nur so gut waren, weil sie viel Vorsprung hatten und die früheren Strecken monatelang üben konnten. Bei den neuen Updates sah das Ganze schon anders aus. Da erkannte man wahres Talent!

Noch eine Weile blieben wir im Wohnzimmer sitzen, spielten alle bisher freigeschalteten Strecken durch. Um uns herum lagen zahlreiche leer gefutterte Süßigkeitentüten. Diesen Tag Auszeit hatten wir uns redlich verdient, nachdem auch die letzte Prüfung geschrieben war. Ab morgen konnten wir dann wieder voll durchstarten und uns voller Elan in die zweite Hälfte des Semesters stürzen. Schon der Gedanke daran bereitete mir Bauchschmerzen. Oder es lag an den zwei Tafeln Schokolade, die ich allein verdrückt hatte. Für gewöhnlich war ich eher der Kuchen- oder Chips-Typ. Wenn es aber um eine Tafel *Cadbury* Erdnussbutter-Karamell-Crisp ging, konnte ich schwerlich widerstehen. Und Charlotte hatte eine ganze Tüte voll aus Setham mitgebracht. Blieb nur zu hoffen, dass ich nach dem heutigen Tag meine Hose noch zubekam.

»Was wollen wir als Nächstes zocken?«, fragte Mila und legte den Controller neben sich ab.

»Sucht ihr etwas aus«, sagte Charlotte und strich sich die Haare hinter die Ohren.

»Wir können auch einen Film gucken. Vielleicht irgendeine kitschige RomCom?«, schlug ich vor.

Sowohl Charlotte als auch Mila schauten mich mit vor Entsetzen weit aufgerissenen Augen an.

»Was hat der Loverboy dir angetan? Hat er dich verletzt? Hat er sich doch als Arschloch entpuppt? Ich wusste es! Wer mit Joshua Hanover befreundet ist, *muss* einfach ein Idiot sein!« Mila redete ohne Punkt und Komma.

Lachend schüttelte ich den Kopf. »Nichts dergleichen. Es ist nur …« Ich holte tief Luft. »Keine Ahnung. Ich verhalte mich kindisch. Ich hatte gehofft, wir würden jetzt mehr Zeit miteinander verbringen, aber Tristan ist andauernd kurz angebunden. Das ist bescheuert von mir.«

»Ist es nicht«, sagte Charlotte. »Es ist logisch, dass du in einer so frischen Beziehung gern mehr Zeit mit deinem Freund verbringen möchtest.«

»Er ist nicht mein Freund.«

»Ach, nicht?« Mila hob eine Braue und verschränkte die Arme vor der Brust. »Was ist er deiner Meinung nach denn sonst?«

Ich öffnete den Mund, schloss ihn aber kurz darauf wieder. Wir waren in jedem Fall mehr als Projektpartner. Freunde mit gewissen Vorzügen? Nein, das passte auch nicht. Ich hob die Schultern.

»Siehst du!«, entgegnete Mila. »Sicher war das nur der Prüfungsstress. Du warst doch auch sehr beschäftigt in den letzten Wochen. Da blieb für weitere Dates einfach keine Zeit.«

Charlotte nickte. »Da gebe ich Mila recht. Du wirst schon sehen.«

Die beiden klangen aufrichtig. Und womöglich machte ich mir wirklich zu viele Gedanken. Es würde sich schon alles zum Guten wenden, und falls nicht, dann sollte es vielleicht einfach nicht sein. Man konnte keine Beziehung erzwingen, nur weil da eine gewisse Anziehung war. Ja, ich würde einfach abwarten und schauen, wie es sich entwickelte.

Es klopfte an der Tür. Mila sprang auf, hechtete Richtung Diele und öffnete. »Du bist nicht der Pizzabote.«

»Nein, tut mir leid.« *Tristan*. Die wenigen Worte aus seinem Mund zu hören, genügte, dass mein Puls in die Höhe schoss.

Einen Augenblick später kamen Mila und Tristan ins Zimmer. Er sah wie immer fantastisch aus in seiner Chino und dem Strickpulli, den er auch bei unserem Date getragen hatte.

Ich blickte an mir runter. Eine ausgewaschene Jogginghose und ein XXL-Pullover, auf dem Schokoflecken prangten, und meine Haare hatte ich zu einem unordentlichen Dutt hochgezwirbelt. Shit! Charlotte erstickte ihr Kichern in der Hand.

»Hey«, sagte ich unsicher. Er sollte mich so nicht sehen. »Was machst du hier?«

Tristans Mundwinkel kräuselten sich. »Eine sehr nette Begrüßung. Ich dachte, du freust dich, mich zu sehen.«

»Natürlich«, fügte ich schnell hinzu und versuchte unbeholfen, einen besonders hartnäckigen Fleck Schokolade vom Pulli zu kratzen.

»Keine Sorge, du siehst toll aus«, sagte Tristan mit einem Lächeln in der Stimme.

Schamesröte stieg mir in die Wangen. »Danke. Aber bist du dieses Wochenende nicht bei deiner Familie?«

Tristan schüttelte den Kopf. »Ich wollte eigentlich, habe es mir aber anders überlegt. Da ich letzte Woche schon da war, hatte ich gehofft, dass du und ich vielleicht etwas unternehmen.«

»Siehst du, haben wir doch gesagt«, flüsterte Charlotte leise.

Tristan hatte sie aber trotzdem gehört. Er legte fragend den Kopf schief. »Was meint sie?«

»Ach, nichts«, sagte ich schnell und sprang auf. »Was möchtest du unternehmen?«

»Ey und was ist mit unserer Pizza?« Mila stützte die Fäuste in die Seite und bedachte mich mit einem strengen mütterlichen Blick, den sonst nur Charlotte so perfekt beherrschte.

»Kalte Pizza schmeckt hundertmal besser«, entgegnete Tristan. »Ich bringe sie euch bald wieder zurück, versprochen.«

Mila betrachtete ihn argwöhnisch. »Du denkst also, du kannst hier reinplatzen, unseren Mädelstag stören und sie springt? So gut siehst du dann doch nicht aus, Loverboy.«

»Mila!«

»Na, ist doch so, oder nicht?« Sie verschränkte die Arme vor der Brust und schaute zwischen Tristan und mir hin und her.

»Ja, du hast recht …«, sagte ich kleinlaut. »Das ist unser Tag, ich kann nicht einfach weg.«

Enttäuschung spiegelte sich auf Tristans Gesicht.

»Geh, hau ab!«, sagte Mila und lachte. »Dieses Schmollgesicht ist ja nicht zu ertragen. Wir können nachher noch Filme gucken.«

»Wirklich?«, hakte ich vorsichtig nach. Unter keinen Umständen wollte ich, dass meine Freundinnen sich von mir im Stich gelassen fühlten.

»Ja, wirklich«, fügte Charlotte vom Sessel aus hinzu und nickte. »Und Tristan liegt gar nicht mal so falsch damit, dass kalte Pizza besser schmeckt.«

»Okay, danke!« Dann wandte ich mich Tristan zu, dessen Gesicht sich merklich erhellt hatte. »Ich muss mich noch fertig machen. Setz dich ruhig, das dauert ein bisschen.«

Er griff nach meiner Hand und drückte sie. Eine wohlige Wärme füllte mich aus. »Ist nicht nötig, du siehst zum Anbeißen aus.«

»Urgh«, machte Mila und warf sich wieder auf die Couch.

»Sicher, ich kann auch …?«

Tristan unterbrach mich. »Nein, wirklich nicht. Wir müssen auch nur ins Hauptgebäude. Wirf dir also kurz deinen Mantel über, und dann können wir los.«

»In Ordnung.« Ich verabschiedete mich von Mila und Charlotte, die schon das nächste Spiel angeschmissen hatten und gar nicht bemerkten, dass ich ging. Typisch!

Als wir gemeinsam das Wohnheim verließen, schaute ich Tristan skeptisch von der Seite an. »Sagst du mir dieses Mal, wohin es geht?«

Er hob amüsiert die Mundwinkel. »Was glaubst du denn?«

»Also nein«, sagte ich und holte tief Luft.

»Dafür, dass du Geheimnisse so gern magst, bist du ziemlich neugierig.« Tristan verschränkte unsere Finger ineinander, während wir dem Pfad zum Hauptgebäude folgten. Es war frisch, ein leichter Nieselregen benetzte mein Gesicht.

»Ist das nicht logisch? Schließlich ergründe ich gern Geheimnisse, um meine Neugierde zu befriedigen.«

»Wenn es dir nur um Befriedigung geht, kann ich gern Abhilfe schaffen.«

Ich prustete und schlug Tristan gegen den Oberarm. »Du bist unmöglich.«

»Autsch«, machte er leise und rieb sich die Stelle.

Lachend verdrehte ich die Augen. »Komm, du Baby.«

Wir steuerten den Seiteneingang des Westflügels an und traten ein. Die plötzliche Wärme ließ meine Haut prickeln.

Tristan deutete den linken Flur entlang, dem wir bis zu den Treppen folgten. Ich stöhnte. »Schon wieder nach oben?«

»Nur bis in den ersten Stock«, sagte er lachend und zog mich hinter sich her. Zu seinem Glück steuerte er in der ersten Etage wirklich gleich einen der Flure an. Wir passierten das Sekretariat und kamen an einigen Studenten vorbei, die mein Outfit argwöhnisch betrachteten. Aber es war mir egal, denn Tristan gefiel der Aufzug, und auch ich fühlte mich wohl. Das war es, worauf es ankam.

Am Ende des Flurs blieb Tristan vor einer unscheinbaren schmalen Tür stehen. Sofern ich die Orientierung nicht verloren hatte, mussten wir uns schräg über der Universitätsbibliothek befinden.

Quälend langsam griff Tristan nach der verschnörkelten Klinke. Ich hielt vor Aufregung die Luft an. Leise quietschend öffnete sich die Tür. Wir traten über die Schwelle, und ich legte unwillkürlich den Kopf in den Nacken und betrachtete den Raum von Ehrfurcht erfüllt.

»Wow, was ist das hier?« Zwar war dieses Zimmer nicht vergleichbar mit der Bibliothek, aber auch hier reihten sich eine Vielzahl von Bücherregalen aneinander. Der Raum war vielleicht siebzig Quadratmeter groß, genügend Platz also, um Tausenden Geschichten ein Zuhause zu geben.

Tristan ließ von meiner Hand ab, drehte sich zu mir um und streckte die Arme von sich. »Offiziell wird es Lesezimmer genannt. Während sich in der Hauptbibliothek die Fachliteratur befindet, werden hier die meisten Romane aufbewahrt.«

»Das ist …«, begann ich. Doch meine Lippen fühlten sich außerstande, den Gedanken laut auszusprechen. Die Dielen knarzten leise, je weiter ich in den Raum hineinging. Vor der großen Fensterfront, die heute nur schummeriges Licht hineinließ, stand ein alter Schreibtisch, an dem man sicher hervorragend arbeiten konnte. Weitere kleinere Tische standen im Raum verteilt. Lauter rustikaler Schnickschnack befand sich darauf.

Ich steuerte einen der quadratischen Tische an, der zwei Regale voneinander trennte. Wie von selbst glitten meine Finger über die alte Schreibmaschine, die darauf stand. Ich hatte es schon immer faszinierend gefunden, dass man früher eine solche Gerätschaft zum Tippen verwendet hatte.

»Eine echte antike Underwood-Schreibmaschine von 1900.« Tristan war neben mich getreten und beobachtete meine Bewegungen.

»Woher weißt du das?«, fragte ich interessiert.

»Mein Urgroßvater hat uns eine vererbt. Sie steht bei uns in einer Vitrine, die unter keinen Umständen jemals geöffnet werden darf.«

Mir entfuhr ein leises Lachen. »Ist sie so wertvoll?«

»Eigentlich nur ein paar hundert Pfund wert. Aber Dad mag es nicht, wenn Sammlerstücke einstauben oder man ›seine schmierigen Fingerabdrücke darauf hinterlässt‹. Zitat Ende.«

Das konnte ich verstehen. Ich war zwar keine Sammlerin, aber wenn man einer Leidenschaft nachging, versuchte man, möglichst sorgsam damit umzugehen. Von Johnny wusste ich beispielsweise, wie sehr er es hasste, wenn man Büchern den Rücken brach. Seiner Meinung nach mussten sie selbst nach dem Lesen noch wie neu aussehen. Für ihn waren es keine Gebrauchsgegenstände, sondern Schätze.

Ich ging weiter zu einem großen Ledersessel, der seine besten Tage hinter sich hatte. Trotzdem ließ ich mich hineingleiten und versackte augenblicklich. »Wow, in diesem Ding könnte ich schlafen.«

Aber Tristan hörte mich nicht. Stattdessen rollte er sich die Regalleiter heran und stieg bis auf die oberste Sprosse. Konzentriert schien er die einzelnen Buchtitel zu lesen, bis er den gefunden hatte, nach dem er wohl gesucht hatte. Er zog das Buch aus dem Regal und kam wieder zu mir herunter.

»Hier«, sagte er und streckte mir die Hand entgegen.

Ich nahm das kleine rote Buch und las den Titel. »*Alice hinter den Spiegeln.*«

»Damit du es auch wirklich liest. Und nicht erst *irgendwann vielleicht.*« Tristan lehnte sich gegen den Tisch mir gegenüber. »Und sag mir dann unbedingt, wie es dir gefallen hat.«

Ich strich über den Einband und presste mir das Buch dann an die Brust. Es war unglaublich, dass er sich daran erinnerte. Nur einmal kurz hatten wir darüber gesprochen, dass Lucy mir den ersten Band geschenkt hatte, weil es ihr Lieblingsbuch gewesen war. »Danke«, hauchte ich. »Aber ich kann es doch nicht einfach mitnehmen.«

Tristan hob abwehrend die Hände. »Ich habe absolut nichts gesehen.«

»Ist das nicht Diebstahl?«, fragte ich entsetzt.

»Nicht, wenn du es wieder zurückbringst, sobald du fertig bist.«

Charlotte durfte davon niemals etwas erfahren, ansonsten würde ich mir die Standpauke meines Lebens anhören dürfen. »Du bist wirklich ganz schön kriminell.«

Tristan zwinkerte. »Nur wenn es für den guten Zweck ist. Nenn mich ruhig Robin Hood.«

Ich fing an, zu lachen. Hatte ich heute früh noch geglaubt, er hätte womöglich das Interesse an mir verloren, schaffte er es nun binnen kürzester Zeit, jeden trüben Gedanken zu vertreiben und mich nichts als pures Glück empfinden zu lassen. Ich hoffte, dass dieses Gefühl noch lange anhalten würde.

»Danke«, sagte ich ein weiteres Mal ehrlich. »Lucy hätte dich sehr gemocht.«

»Wie war sie so?«, fragte Tristan und schob sich einen kleinen Sessel heran und setzte sich zu mir. »Also natürlich nur, wenn du darüber sprechen magst.«

Ich schlug meine Beine übereinander und dachte an meine Schwester, die so voller Güte gewesen war. »Sie war unglaublich. Großzügig, hilfsbereit, und sie hatte einen tollen Sinn für Humor. Wir haben oft zusammen gelacht. Auch lange nach ihrem Tod hatte ich oft noch das Gefühl, diesen Klang durch das Haus hallen zu hören.« Ich atmete tief durch, um mich zu sammeln. »Sie war Dads Liebling. Er würde es niemals zugeben, aber die beiden hat so viel verbunden. Es war für uns alle schwer, aber ihn hat ihr Tod ganz besonders getroffen. Auch heute kann er kaum über sie sprechen. Es ist, als wäre eine dunkle Gewitterwolke sein ständiger Begleiter.«

Tristans Adamsapfel trat hervor, als er schluckte. Langsam nickte er. »Ist das der Grund, aus dem du dir in den Kopf gesetzt hast, ihren Tod aufzuklären?«

»Ich denke, schon. Zumindest teilweise«, gestand ich und betrachtete meine Nägel, um Tristans Blick auszuweichen. »Aber vom ersten Moment an hatte ich das Gefühl, dass etwas am Tathergang nicht stimmt. Ich hoffe einfach, dass es meine Familie wieder enger zusammenschweißt, wenn ich dahinterkomme. Wir brauchen diesen Abschluss.«

Er nickte. »Das verstehe ich. Ich werde alles in meiner

Macht Stehende tun, um dich zu unterstützen. Was immer du brauchst, sag es mir einfach.«

»Ich habe doch schon alles, was ich brauche.« Behutsam stand ich vom Sessel auf, legte das Buch ab und trat zu Tristan. Lächelnd griff er um meine Taille und zog mich auf seinen Schoß. Ich fuhr durch seine Haare, die heute ganz besonders weich waren.

Die Art, wie er mich ansah, mit dem Funkeln in seinen Augen und dem Lächeln auf den Lippen, gab mir zu verstehen, dass seine Worte ernst gemeint waren. Ich lehnte mich zu ihm, fing seinen Blick auf. »Danke. Für alles«, hauchte ich, ehe ich seinen Mund mit meinem bedeckte.

Wir küssten uns, als wäre dies das einzig wahre Lebenselixier.

26

Tristan

Mein Blick huschte zur Uhr. Erst zehn Minuten vergangen. Wann immer man etwas vorhatte, verging die Zeit quälend langsam.

Meine Beine wippten nervös auf und ab. Noch eine halbe Stunde, bis der Nachtwächter seine Runde abgeschlossen hatte. Dann konnte ich ungehindert das Wohnheim verlassen. Mir würde nicht viel Zeit bleiben, weshalb ich den perfekten Moment in keinem Fall verpassen durfte.

Gedanklich ging ich noch mal jeden Schritt durch, um bloß keinen Fehler zu machen. Aber ich war bereit. Schließlich hatte ich Wochen Zeit für die Planung gehabt.

Noch einmal schaute ich zur Uhr. In ein paar Minuten war es so weit. Ich zog eine kurze dunkle Jacke über meinen schwarzen Pullover. Dann streifte ich mir die dunklen Handschuhe über und schob das kleinen Werkzeugset in meinen hinteren Hosenbund. Pulli und Jacke zog ich darüber, damit man nichts sah.

Ein letzter Blick über meine Schulter. Ich hatte nichts vergessen. Vorsichtig öffnete ich die Tür und spähte aus meinem Zimmer. Der Fernseher lief, aber von Josh fehlte jede Spur. Er musste vergessen haben, den TV abzuschalten. Egal.

Leise zog ich die Tür hinter mir zu. Das Einrasten des Schlosses war für mich ohrenbetäubend. Ich befeuchtete meine Lippen und schluckte. Niemand kam. Gott sei Dank!

Weiterhin darauf bedacht, keinen Laut zu machen, schlüpfte ich in die Diele und legte mein Ohr an die kühle Tür. Mit geschlossenen Lidern wartete ich. Die Schritte waren kaum zu vernehmen, aber da ich genau wusste, wonach ich lauschte, hörte ich sie. Viele Nächte hatte ich hier gestanden, um mir einen Zeitplan zu erstellen.

Die Schritte waren fast lautlos. Beinahe, als würde der Nachtwächter über den Boden gleiten. Er lief an unserer Wohneinheit vorbei, räusperte sich. Hatte er meinen Herzschlag durch das Holz gehört? Nein. Er entfernte sich wieder.

Ich hob den Blick, schob die Ärmel etwas hoch und schaute auf die Armbanduhr. Viertel nach zwei. Seine Runde war beendet. Nun würde er vorerst in die Pause gehen, ehe er um 3 Uhr wieder durch die Flure der Wohnheime lief.

Weitere fünf Minuten wartete ich, um sicherzugehen, dass der Wächter wirklich weg war. Dann öffnete ich die Tür, schlüpfte hinaus in den Flur und schloss sie hinter mir. Schweiß benetzte meine Stirn, und Adrenalin rauschte durch mich hindurch. Noch einmal tastete ich nach meinem Werkzeug, es war noch da.

Also nahm ich die Beine in die Hand und rannte aus dem Wohnheim. Der Wind peitschte mir ins Gesicht, riss heftig an meinen Klamotten. Die eisige Kälte schnürte mir die Kehle zu, aber das war egal. Ich musste mich beeilen.

Ich steuerte einen der versteckten Seiteneingänge an, von dem ich wusste, dass kein Nachtwächter um diese Uhrzeit daran vorbeikam. Erst im Inneren der Uni wagte ich es, wieder aufzuatmen.

Es war stockduster. Kein Fünkchen Licht brannte. Mit leicht nervösen Fingern holte ich die kleine Taschenlampe aus meiner Jackentasche und schaltete sie ein. Der Kegel warf seinen kümmerlichen Schein auf den Boden. Auch so konnte ich gerade zwei Meter weit gucken. Aber das sollte genügen. Ich kannte das Gebäude schließlich wie meine Westentasche.

Einen Moment lang hielt ich inne, schloss die Augen und atmete tief durch. Das war Irrsinn, das wusste ich selbst. Ich riskierte alles, was ich mir über so viele Jahre aufgebaut hatte. Aber das war es wert.

Mit klopfendem Herzen steuerte ich die Treppen an. Ob Hazel sich auch immer so fühlte, wenn sie etwas auf der Schliche war? Shit, ich sollte jetzt nicht an sie denken. Das war das Letzte, was ich gebrauchen konnte. Doch wem machte ich etwas vor? Es war schlicht unmöglich, *nicht* an sie zu denken. Wenn ich schlief, träumte ich von ihr, war ich wach, sah ich ihr Bild vor mir, und wenn sie bei mir war, konnte ich die Augen nicht von ihr abwenden. Es war wie ein Rausch und sie die Droge, von der ich nicht genug bekam.

Ich musste mich dringend fokussieren. Auch in der ersten Etage war es still. Ich presste meinen Rücken gegen die Wand, spähte vorsichtig um die Ecke.

Die Luft war rein. Da ich den Seiteneingang genommen hatte, musste ich bis ans Ende des Flurs gehen, um zu Rektor Cavanaughs Büro zu gelangen. Der Uhrzeitcheck besagte, dass es zwanzig vor drei war. Ich musste also unbedingt einen Zahn zulegen.

Zügig joggte ich den Flur entlang, blickte alle zwei Schritte über meine Schulter, um sicherzugehen, dass mich niemand erwischte. Vor der Bürotür ging ich in die Hocke. Mit einer schnellen Handbewegung holte ich mein Werkzeugset hervor, öffnete es, leuchtete hinein. Ich visierte einen

Moment das Schloss an, dann entschied ich mich für einen der Dietriche.

Das Set schob ich zurück an seinen Platz, klemmte die Taschenlampe zwischen die Zähne und machte mich an dem Schloss zu schaffen. Mein Herzschlag dröhnte in meinen Ohren. Schweiß perlte von meiner Stirn. Meine Finger waren verdammt zittrig, weshalb ich mehr als einmal abrutschte und gedanklich einen Fluch ausstieß.

Das Schloss war hartnäckig. Ein weiterer Blick auf die Uhr. Shit, zehn vor drei. Ich fuhr mit dem Ärmel über meine Stirn, konzentrierte mich auf das Schloss. Blendete alles um mich herum aus. Nur das wilde Hämmern meines Herzens konnte ich nicht ignorieren.

Dann endlich! Einrasten. Klacken. Die Tür öffnete sich. Ich drückte das Holz einen Spaltbreit auf. Atmete tief durch. Zählte im Kopf von fünf runter. Ich wollte mich aufrichten, doch in jenem Augenblick legte sich eine Hand auf meine Schulter.

Mein Körper verkrampfte, meine Atmung beschleunigte sich. Die Taschenlampe fiel von der ruckartigen Bewegung aus meinem Mund. Traf laut polternd den Boden und rollte davon.

Fuck, fuck, fuck!

Ich hatte nicht mehr auf Schritte geachtet. Wie konnte ich so dämlich sein?

»Was zur Hölle machst du da?«, schnauzte mich die Stimme an.

Mein Kopf schnellte in die Höhe. Ich blickte in Joshs verdattertes Gesicht. Er trug seine Schlafklamotten, die Haare standen ihm wild zu Berge. »Wieso bist du hier?«, schnappte ich wütend.

»Ich bin dir gefolgt. Glaubst du, ich habe nicht bemerkt,

dass du seit Tagen um 2 Uhr nachts durch unsere Bude läufst?«

Meine Körperhaltung entspannte sich wieder. »Du hast mich zu Tode erschreckt!«

»Ich dich? Du schleichst dich mitten in der Nacht aus dem Wohnheim und brichst in das Büro des Rektors ein. Was soll das?«

Für Erklärungen blieb keine Zeit, was ich Josh durch einen Blick unmissverständlich klarmachte. Er holte tief Luft, seufzte. Dann nickte er und verschränkte die Arme vor der Brust. »Ich schieb Wache. Beeil dich.«

»Danke, Mann.« Ich hob die Taschenlampe wieder auf und leuchtete Richtung Büro.

»Los jetzt!«

Schnell schob ich die Tür ein weiteres Stück auf und schlüpfte hinein. Ich war nicht oft hier drin gewesen, wusste aber, dass rechts eine kleine Tür zum Aktenarchiv abging. Mit wenigen Schritten war ich bei der Tür angekommen und griff nach der Klinke. Glücklicherweise war sie nicht verschlossen.

Die Aktenschränke waren alphabetisch nach Nachnamen sortiert. Hier wurden nur die aktuellsten Akten der vergangenen fünf Jahre aufbewahrt, die älteren befanden sich im Untergeschoss in der Nähe des Heizungskellers.

Ich leuchtete den ersten Schrank zu meiner Linken an.

A-C.

Nein, ich musste noch einen weiter.

D-F.

Ja, hier war ich richtig. Hastig öffnete ich die oberste Schublade. Ein kurzer Blick genügte, um sie wieder zu schließen. Ich hockte mich hin und öffnete dieses Mal die unterste Schublade. In dieser sah ich die Akten all jener Studenten, deren Nachname mit einem *F* begann.

Ich schob mir die Taschenlampe wieder zwischen die Lippen und studierte die Namen.

Faith.

Farley.

Farrell.

Eine Akte nach der anderen schnippte ich fort. Bis ich sie endlich fand.

Fernsby.

Mit einem Ruck holte ich sie aus der Schublade und klappte sie auf.

Fernsby, Joanna.

Ich scannte die Daten, um sicherzugehen, dass es sich wirklich um die Akte von Joanna handelte.

Alter stimmte, Fachrichtung stimmte, Beruf der Eltern stimmte.

Ich schloss die Akte, presste sie mir an die Brust und atmete tief durch die Nase ein und durch den Mund wieder aus. Ich stieß die Schublade zu. Ein lautes Scheppern echote von den Wänden. Das war dumm von mir gewesen, aber ich hatte keine Zeit, weiter darüber nachzudenken.

Ich hob den Pullover an, schob die Akte in meinen Hosenbund und verließ das Büro. Josh stand noch immer vor der Tür und hielt Wache. Eigentlich hatte ich keinen Bock, ihm die Sache zu erklären, aber wenn es einer verstehen würde, dann Josh.

»Können wir?«, fragte er sichtlich genervt.

Ich nickte. »Ja, lass uns abhauen.« Ein Blick auf die Armbanduhr verriet, dass ich genau rechtzeitig fertig geworden war. Es war eine Minute nach drei.

Nun blieb nur zu hoffen, dass niemandem das Fehlen der Akte auffallen würde.

27

Hazel

Es war ungewohnt, nicht von Milas Gesang geweckt zu werden. Mit dem Handrücken rieb ich mir über die Augen und drehte mich zum Wecker auf meinem Nachttisch. Es war schon 11 Uhr mittags.

Gestern nach dem Unterricht hatten Charlotte und ich Mila zum Bus begleitet. Sie verbrachte das Wochenende in London, da endlich die Audition für *Moulin Rouge* anstand. Ihr Termin war heute Nachmittag, doch sie wollte schon einen Tag früher anreisen, für den Fall, dass es zu Zugausfällen kam. Ich war schon sehr gespannt darauf, was sie nachher berichten würde.

Als ich mein Zimmer verließ, war Charlotte nicht da. Mit schlurfenden Schritten steuerte ich den Küchentresen an. Sie hatte eine Nachricht hinterlassen, dass sie eine Fahrradtour machte. Das bedeutete, dass ich in den kommenden Stunden die Wohnung für mich allein hatte.

Meine Aufgaben für die Kurse hatte ich schon erledigt, weshalb ich entspannt die Beine hochlegen konnte. Das hatte ich mir redlich verdient!

Ich setzte mich aufs Fensterbrett in meinem Zimmer und lehnte die Stirn gegen das Fenster. Der Regen prasselte gegen die Scheibe. Mit dem Zeigefinger fuhr ich die Bahn eines Tropfens nach, bis er vom Fensterladen perlte und im Nirwana verschwand.

Eine Weile blätterte ich durch *Alice hinter den Spiegeln*, da ich Tristan versprochen hatte, es bald zu lesen. Aber ich konnte mich heute irgendwie nicht auf die Geschichte konzentrieren. Seufzend schloss ich den roten Ledereinband und legte ihn behutsam auf die Decke unter mir. Ich blickte wieder nach draußen.

Da ich in den letzten Wochen den Kopf so voll gehabt hatte, wusste ich schon gar nicht mehr, was man tat, wenn man mal wirklich frei hatte. Noch immer waren es einige Stunden bis zur Probe mit Tristan. Es war eine der letzten Proben bis zur Aufführung im kommenden Jahr. In zwei Wochen war bereits der Winterball und kurz darauf auch schon Weihnachtsferien.

Ich konnte es kaum erwarten, zu meinen Eltern nach Cardiff zu fahren. Zwar hatte ich mir vorgenommen, bis zu unserem Wiedersehen Antworten zu haben, aber diese schienen noch immer in weiter Ferne. Trotzdem wollte ich Mum und Dad bald wieder in die Arme schließen. Besonders um die Weihnachtszeit. Und auch Johnny fehlte mir. Wir hatten in den Monaten, seit ich an die Rosefield gegangen war, kaum geschrieben und telefoniert. Doch es stand fest auf dem Plan, dass auch wir uns in den Ferien trafen, denn er wollte mir unbedingt jemanden vorstellen.

Schon mein Leben lang war ich ein großer Fan des Winters in Cardiff. Kaum sanken die Temperaturen, wurde die Stadt mit zahlreichen Lichtern geschmückt. Ganz besonders grell leuchteten die unzähligen Weihnachtsmärkte in den Straßen, die den Duft von frischem Gebäck und Glühwein verströmten. Früher hatten wir auch einige Male am klassischen walisischen Winterschwimmen teilgenommen. Diese

Veranstaltungen fanden im ganzen Land verteilt statt, wobei die kompletten Einnahmen für wohltätige Zwecke gespendet wurden.

Ich erinnerte mich noch genau an mein erstes Mal in dem eisigen Wasser im Winter. Nach wenigen Sekunden hatte ich schon bibbernd herausrennen wollen, aber Lucy hatte mich bekräftigt und mir immer wieder Mut zugesprochen, mir versichert, dass ich das konnte. Und gemeinsam hatten wir es durchgezogen. Warum ich gerade jetzt an diese Zeit zurückdachte, war mir schleierhaft.

Ich schwang die Beine vom Fensterbrett und streckte mich ausgiebig. Der Regen hatte zumindest teilweise nachgelassen.

Mittlerweile war es kurz vor zwei. Daher machte ich mich für die anstehende Probe fertig. Die letzte Stunde verbrachte ich damit, durch das Fernsehprogramm zu zappen, aber bis auf die tausendste Wiederholung von *Downton Abbey* lief nichts, was mich ansprach.

Mein Handy vibrierte. Eine neue Nachricht von Tristan war eingegangen:

Ich stehe vor dem Wohnheim. Kommst du runter?

Ein breites Grinsen legte sich auf meine Lippen. Sofort schaltete ich den Fernseher ab, schlüpfte in Mantel und Schuhe und lief hinunter.

Tristans Gesicht erhellte sich, als er mich sah. Sofort streckte er mir die freie Hand entgegen, zog mich an sich und gab mir einen Kuss auf die Lippen. Dass der leichte Regen uns einhüllte, war mir egal. Tristans Lippen auf meinen zu spüren sorgte für eine Wärme, die sich durch meinen kompletten Körper zog.

Als er sich von mir entfernte, lächelte ich. »Hey.«

»Hey«, sagte auch er. »Bereit?«

»Mehr oder weniger.«

»Sag nicht, du bist nervös?«

Ich hob die Schultern. »Vielleicht ein wenig. Ich habe einfach die Sorge, dass wir nicht das Beste aus der Komposition herausgeholt haben. Obwohl ich genau weiß, wie großartig sie ist. Aber womöglich bin ich etwas zu perfektionistisch. Nach den Zwischenprüfungen will ich einfach nicht auch noch die Abschlussprüfung versemmeln.« Ich sprach ohne Punkt und Komma, weshalb ich Tristan nach meinem kurzen Monolog entschuldigend anschaute.

Ein dunkles Lachen drang aus seiner Kehle und ließ meinen Körper vibrieren. »Du solltest dir nicht zu viele Gedanken machen. Außerdem hast du die Prüfungen doch gar nicht versemmelt.«

»Na ja …« Im Grunde hatte er recht, in den meisten Kursen hatte ich erstaunlich gut abgeschnitten. Nur in Musikgeschichte hätte es besser laufen können, doch immerhin hatte ich auch in dieser Prüfung fünfundsechzig Prozent erreicht, was deutlich mehr war, als ich geglaubt hatte.

Wir zogen unser Tempo an, da der Regen stärker wurde und wir nicht riskieren wollten, dass die Geige nass wurde. Wenige Minuten später hechteten wir ins Konzerthaus. Kaum im Foyer angekommen, hörten wir bereits die ruhigen Klänge des Klaviers und Saxophons. Joanna und Christian schienen sich verbessert zu haben.

»Magst du nach der Probe noch auf einen Film zu uns kommen?«, fragte Tristan, während wir die Treppen zu den Rängen erklommen. »Harvey hat gekocht.«

Ich wurde hellhörig. »Was gibt es denn Leckeres?« Schon bei dem Gedanken an die köstliche Pasta Caprese, die er uns für das Date gezaubert hatte, lief mir das Wasser im Mund zusammen.

»Gratin mit Salat. Einfach himmlisch«, schwärmte Tristan lächelnd.

Ich nickte. »Das klingt wirklich super. Ich komme gern.«

»Das freut mich sehr. Und vielleicht lernen Josh und du euch dann besser kennen.« Ich rümpfte die Nase, was nicht unbemerkt blieb. Tristan lachte. »Du glaubst mir immer noch nicht, dass er in Ordnung ist, oder?«

»Nicht wirklich«, entgegnete ich kopfschüttelnd. »Aber ich lasse mich gern vom Gegenteil überzeugen.«

Tristan öffnete die Tür. Joanna und Christian waren gerade fertig mit ihrer Probe. Sie wechselten auf der Bühne noch ein paar Worte miteinander, ehe sie, ohne uns eines Blickes zu würdigen, verschwanden.

Verwirrt schaute ich den beiden hinterher. Mir war schon aufgefallen, dass sie Tristan zumindest im Kompositionskurs nicht mehr aus der Ferne anhimmelte. Das hier war aber neu. »Ist was passiert?«, fragte ich.

Tristans Körperhaltung versteifte sich einen Moment. Dann schüttelte er allerdings den Kopf. »Nein, alles bestens.« Aber das Lächeln auf seinen Lippen war gezwungen, nicht ansatzweise so aufrichtig, wie es sonst der Fall war. Seine Reaktion bereitete mir Bauchschmerzen.

»Sicher? Du kannst mit mir reden.«

Ganz sanft drückte Tristan meine Hand. »Ich weiß, aber es ist wirklich nichts.«

»In Ordnung.« Das sagte ich zwar, fühlte mich jedoch nicht so. Aber ich wollte ihn auch nicht drängen, darüber zu sprechen, wenn ihm nicht danach war. Vermutlich hatte er ihr lediglich endlich eine richtige Abfuhr verpasst, und sie hatte verstanden, dass es nichts brachte, ihn weiter anzuhimmeln. Ja, das schien mir eine sinnvolle Erklärung für ihr Verhalten zu sein.

Langsam traten wir auf die Bühne. Ich wandte mich Richtung Ränge und nahm alles in mich auf. Dabei versuchte ich, mir vorzustellen, dass sämtliche Plätze mit Zuschauern gefüllt waren. Mit Menschen, die nur hier waren, um unserer Musik zu lauschen. Es war ein zugleich berauschendes und auch beängstigendes Gefühl.

In den vergangenen Jahren hatte ich schon mehrfach vor einem größeren Publikum gespielt. Aber eine Aufführung im Konzerthaus der Rosefield war eine andere Hausnummer. Hier spielten nur die Besten der Besten, und ich war eine von ihnen.

Ob die Ränge am Tag der Präsentation gefüllt sein würden? Aufregung überkam mich bei dem Gedanken.

»Bist du bereit?«, fragte Tristan nach einer Weile. Er stand vor dem Notenständer und legte die Geige an.

Ich nickte. »Ja, wir können starten.« Noch einmal glitt mein Blick über die Sitze, dann wandte ich mich um und schob mir die Klavierbank zurecht.

Behutsam spielte ich ein paar Töne. Das tat ich jedes Mal, sobald ich mich setzte. Obwohl ich mittlerweile schon oft an diesem Flügel gesessen hatte, benötigte ich zu Beginn eine Minute, um mich an das Instrument zu gewöhnen. Eins mit ihm zu werden.

»Okay, los«, sagte ich und ließ die Finger über die Tasten gleiten.

Während ich spielte, gingen mir unzählige Dinge durch den Kopf. Ich fragte mich, ob Mila die Audition schon hinter sich gebracht hatte. Ob sie sehr nervös gewesen war? Charlotte war mit ihr einige Atemübungen durchgegangen, die sie anwenden sollte, bevor sie sang.

Bei unseren gemeinsamen Proben war sie fantastisch gewesen. Jeder Ton hatte gesessen, weshalb ich mir wirklich wünschte, sie würde die Rolle erhalten. Da es eine kleine Inszenierung war, die im kommenden Sommer für wenige Wochen aufgeführt werden sollte, würde das zeitlich perfekt für Mila passen. Ihr Studium würde davon unberührt bleiben, und sie konnte eine einmalige Erfahrung damit verbuchen.

Es blieb nur zu hoffen, dass sie das Lampenfieber nicht gepackt hatte. Und …

Ich hielt inne und starrte auf die Tasten vor mir.

»Was ist los?«, fragte Tristan mit einem leichten Anflug von Besorgnis in der Stimme.

»Ich habe die Noten vergessen«, sagte ich verunsichert. »Ich habe gerade an Mila und ihr Lampenfieber gedacht, und da waren sie weg.«

»Aber du leidest nicht unter Lampenfieber, oder?«

»Nein«, entgegnete ich kopfschüttelnd. »Eigentlich nicht. Vermutlich ist mein Kopf einfach zu voll momentan.«

Tristan nickte. »Das verstehe ich. Wollen wir es noch mal versuchen?«

»Ja, einmal noch.«

Er setzte die Geige wieder an, und ich legte die Finger zurück auf die Tasten. Ich schloss die Augen, holte tief Luft und spielte. Dieses Mal konzentrierte ich mich auf nichts weiter als die Noten, die Geschichte, die wir mit dem Stück zum Ausdruck bringen wollten. Und auch wenn ich die Komposition eigentlich im Schlaf hätte spielen können, drifteten meine Gedanken erneut ab. Ich spielte den falschen Akkord.

»Scheiße«, fluchte ich und schlug auf die Tasten. Der dunkle, unmelodische Klang hallte von der Decke wider.

»Hey, alles ist gut.« Tristan kam auf mich zu und setzte sich neben mich. Er schlang die Arme um meine Taille und strich mir behutsam über den Rücken. Es fühlte sich gut an, gehalten zu werden. Ich vergrub den Kopf an seiner Schulter und atmete seinen vertrauten Duft ein.

»Danke«, hauchte ich. »Ich bin einfach so unentspannt. Aber du schaffst es immer, dass ich runterkomme.«

Ich spürte das Lächeln auf seinen Lippen. »Das ist schön, zu hören. Mit dir geht es mir genauso.« Die Kreise, die er auf meinem Rücken zog, wurden kleiner, seine Berührungen sanfter.

Ganz langsam hob ich den Kopf. Tristan ließ seine Hand meinen Arm hinaufgleiten, fuhr mir erst über die Wange und dann durch die Haare. Seine Augen ruhten auf mir, und wie immer hätte ich mich in diesem Blick verlieren können. Er schaute mich an, als würde er in meinen Augen die ganze Welt sehen. Als wäre *ich* seine Welt. Und das gab mir das Gefühl, wirklich begehrt zu werden. Aber in ihnen war noch etwas anderes zu sehen: ein loderndes Verlangen, das kleine Stromstöße durch meinen Körper sandte und dafür sorgte, dass sich meine Eingeweide auf eine angenehme Weise zusammenzogen.

Tristans Blick glitt von meinen Augen zu meinen Lippen. Instinktiv ließ ich die Zunge darüber gleiten. Er folgte der Bewegung. Ich rutschte auf der Klavierbank näher an ihn heran, sodass ich seinen ganzen Körper an meinem spüren konnte. Seine Wärme fühlte sich an, als wurde ich von der Sonne geküsst. Angenehm, prickelnd, berauschend.

Er griff mir in den Nacken und zog mich an sich. Seine Lippen brannten auf meinen. Ich seufzte in unseren Kuss hinein, während Tristan die Hände sinken ließ und sie um meine Hüfte schlang. Eine Welle von Lust erfasste mich und überflutete meine Sinne. Ich krallte mich in seinen Schultern fest und intensivierte den Kuss. Tristan keuchte leise, ich liebte den Laut.

Unverhofft ließ er einen Moment von mir ab. Er stand auf und hob mich hoch. Mir entfuhr ein Seufzer, den er mit seinen Lippen erstickte. Mit mir auf dem Arm drehte er sich zum Flügel und setzte mich auf der Klaviatur ab.

Er presste sich zwischen meine Beine, mit denen ich nun seine Hüfte umschlang. Während Tristan meinen Hals mit Küssen bedeckte, legte ich den Kopf in den Nacken und ließ mich treiben. Und dann spielten unsere Körper ihre ganz eigene Melodie.

28

Hazel

»Das wirst du mir noch büßen!« Ein fast schon bestialisches Knurren lag in Milas Stimme, während sie mich aus zusammengekniffenen Augen in Grund und Boden starrte.

»Gib ihm doch wenigstens eine Chance.«

Mila stöhnte, verdrehte die Augen und stapfte in ihr Zimmer.

»Was hast du dir auch dabei gedacht?«, fragte Charlotte und blickte von ihrer Teetasse hoch. »Du hättest wissen müssen, wie sie darauf reagiert.«

»Genau deswegen habe ich nicht gefragt.«

Charlotte holte tief Luft und schüttelte sacht den Kopf.

»Ich wusste, das hier war ein Fehler.« Josh verschränkte die Arme vor der Brust und warf sich auf unseren Sessel. »Wieso hast du mich noch gleich dazu überreden können?«

Tristan lachte klangvoll. »Weil du eine Sache noch mehr hasst als sie. Und das ist putzen. Denk daran, bis zum neuen Jahr musst du das nicht mehr erledigen.«

Josh stöhnte und lehnte sich in das Kissen zurück. Nachdem ich ihn besser kennengelernt hatte, musste ich Tristan insoweit zustimmen, dass er eigentlich echt in Ordnung war. Er war witzig und laut, etwas zu melodramatisch, aber genau das erinnerte mich so an Mila. Ich vermutete schon fast, dass sie sich deshalb so oft in die Haare kriegten, weil sie einander viel zu ähnlich waren.

»Ich werde mal nach ihr sehen«, sagte ich. Aber ehe ich Milas Zimmer ansteuerte, lehnte ich mich zu Tristan herab und gab ihm einen flüchtigen Kuss. Augenblicklich stellten sich mir die Härchen am gesamten Körper auf. Ich hoffte, dass er auf ewig diese Wirkung auf mich haben würde.

Charlotte lächelte verlegen, als ihr Blick auf uns fiel.

»Du fehlst mir jetzt schon«, hauchte Tristan, als ich mich zurückzog.

»Um Gottes willen, ihr seid so furchtbar kitschig.« Erneut stöhnte Josh und schüttelte ungläubig den Kopf.

»Na, spricht da der Neid aus dir?«, fragte ich.

Er hob eine seiner ziemlich perfekt gestutzten Brauen. »Worauf? Auf diesen Kitsch? Nein, danke, das brauch ich nicht.«

»Ein bisschen Romantik hat noch niemandem geschadet«, pflichtete Charlotte mir bei.

»Vielen Dank. Jetzt geh ich aber wirklich.«

Ich klopfte zweimal an Milas Tür, wartete aber nicht darauf, dass sie mich hereinbat. Ich wusste, dass sie das ohnehin nicht tun würde.

»Was?«, grummelte sie und hob den Blick von dem Buch, durch das sie blätterte.

»Willst du nicht rauskommen? Wir könnten alle einen Film zusammen schauen.«

»Lieber würde ich eine Woche Durchfall in Kauf nehmen, als mit diesem Kerl zusammenzusitzen.« Sie schnaubte.

Mir entfuhr ein leises Lachen. »Das meinst du nicht so.« Ich ging zu ihr rüber und setzte mich auf die Bettkante. »Sieh es positiv.«

»Was gibt es daran positiv zu sehen?«

»Na ja, du bist wegen der Audition geknickt. Vielleicht ist es ganz gut, wenn du dir etwas Luft machst? Und wer wäre da besser geeignet als Josh?«

Etwas in Milas Gesicht veränderte sich schlagartig. Ich wusste genau, dass ich sie damit rumkriegen würde. Leider war ihre Audition nicht optimal verlaufen. Wir hatten viel mit ihr geprobt, und die Atemtechniken, die sie mit Charlotte durchgegangen war, hatten auch etwas gebracht. Aber sie hatte einen anderen Blackout gehabt.

Bei der Audition wurden je ein Mann und eine Frau als Paar eingeteilt für die Performance des *Elephant Love Medley*. Und als ihr Gegenüber sie geküsst hatte – was eigentlich auch Teil der Show war –, hatte Milas Hirn ausgesetzt und sie den Text vergessen. Es waren nur wenige Zeilen gewesen, aber sie vermutete, dass man ihr die Rolle deshalb nicht anbieten würde. Noch stand die Entscheidung zwar aus, doch ihre Laune war dementsprechend unterirdisch. Wir konnten es ihr nicht verdenken, schließlich hatte sie so hart darauf hingearbeitet.

»Also?«, hakte ich vorsichtig nach.

Sie seufzte tief, warf das Buch aufs Bett und schwang die Beine über die Kante. »Aber denk bloß nicht, dass ich ihn nach heute mögen werde.«

»Nein, nein, das würde ich im Leben nicht denken.« Das war eine glatte Lüge. Ich war mir sogar ziemlich sicher, würden sie ihre Fehde einfach mal beilegen, könnte daraus eine wunderbare Freundschaft entstehen … oder mehr. Aber das behielt ich lieber für mich.

Im Wohnzimmer warteten die anderen bereits auf uns. Josh schaute kurz in unsere Richtung. Es war deutlich zu erkennen, dass ihm etwas auf der Zunge lag, aber er behielt seinen bissigen Kommentar für sich.

»Schön, was gucken wir?«, fragte Mila mit vor der Brust verschränkten Armen. Sie machte keine Anstalten, sich hinzusetzen, ich hingegen steuerte die Couch an und schmiegte mich an Tristan. Heute hatte er wieder eine leichte Chlor-Note an sich.

»Wie wäre es mit dem neuen *John Wick*?«, schlug Josh vor.

Charlotte verzog angewidert den Mund und schüttelte den Kopf. Die Art und Weise, wie sie ihre Nase krauszog, sah auf ihrem Feengesicht total niedlich aus.

»Charlotte ist nicht so für blutige Filme zu haben«, erklärte ich.

Josh seufzte.

Tristan nickte. »Okay. Wie wäre es mit *Inception*? Wobei, den sollte schon jeder gesehen haben.«

»Ich kenne ihn nicht«, entgegnete ich.

»Wie? Was?« Tristan riss die Augen vor Entsetzen auf.

Mila kam näher und setzte sich auf die Couchlehne. »Hab ich auch noch nie gesehen.«

Nun wandte Tristan sich ihr zu und schaute sie ebenso entsetzt an. Als sein Blick zu Charlotte und Josh glitt, schüttelten auch die beiden den Kopf.

»Scheint, als wärst du der Einzige, der diesen Film kennt«, sagte ich. »Worum geht es da überhaupt? Ich weiß nur, dass Leo mitspielt.«

Tristan atmete tief ein und plusterte die Wangen auf. Dann stieß er die Luft so ruckartig aus, dass ich ein paar Sabberspritzer ins Gesicht bekam. Angewidert wischte ich mit der Hand drüber. »Es geht um Bewusstseinsbeeinflussung und eine Technologie, die es möglich macht, in die Träume von Menschen einzusteigen.«

»Klingt irgendwie lahm«, sagte Mila trocken.

Tristan schüttelte vehement den Kopf. »Nein, der Film ist ein episches Meisterwerk. Wir schauen uns den an, den muss man wirklich gesehen haben.«

»Ist er gruselig?«, wollte Charlotte wissen.

»Nein, gar nicht«, sagte Tristan. »Es ist ein Science-Fiction-Thriller, aber auf allen Ebenen komplex und mind-blowing!« Während er sprach, gestikulierte er wild herum, weshalb ich ein Stück zurückrutschte, um nicht gleich auch noch eine Hand ins Gesicht zu kriegen.

»Klingt geil«, sagte Josh und griff nach der Chipsschüssel, die auf dem Tisch stand.

»Es ist süß, wie aufgeregt du bist«, sagte ich zu Tristan. »Der Film scheint wirklich gut zu sein. Ich wäre dafür. Hat irgendwer Einwände?«

Jeder von uns schüttelte den Kopf, was Tristan zum Anlass nahm, den richtigen Streamingdienst rauszusuchen und den Film einzuschalten. Doch bevor er auf *Play* drückte, wandte er sich noch einmal mit ernster Miene an uns. »Ihr müsst wirklich gut aufpassen. Wer also noch mal aufstehen muss, sollte das jetzt tun.«

Langsam erhob Charlotte sich und strich ihr Kleid glatt. »Dann werde ich mir noch eine Kanne Tee kochen. Möchtet ihr sonst noch etwas?«

»Bringst du mir noch was zum Snacken?«, sagte Mila und warf sich vor die Couch auf den Boden. Dann rümpfte sie die Nase. »Und du nimm deine Käsemauken aus meinem Gesicht.«

»Setz dich doch woanders hin, wenn es dich stört«, schnappte Josh und stopfte sich noch eine Handvoll Chips in den Mund.

»Wohne ich hier oder du? Du kannst auch gern den Film von der Küche aus anschauen. Oder am besten in *deiner*

Wohnung.« Mila kniff die Augen zusammen und funkelte Josh wütend an.

Dieser setzte an, um etwas zu erwidern, doch Tristan warf ihm einen ziemlich eindeutigen Blick zu, der besagte, dass er besser schweigen sollte. Josh biss die Zähne zusammen und atmete tief durch. Dann hob er die Beine und schwang sie über die Sessellehne. »Gut so, *Prinzessin*?«

»Na ja, von gut kann nicht die Rede sein, solange du hier bist. Aber besser ist es allemal.«

Gedanklich zählte ich die Sekunden runter. Ich wartete nur darauf, dass die Situation gleich eskalierte und die beiden sich die Augen auskratzten. Aber es blieb erstaunlich ruhig. Ich befürchtete allerdings, dass dies nur die Ruhe vor dem Sturm war.

Charlotte räusperte sich leise. »Sonst noch jemand?«

»Haben wir noch *Cadbury* im Kühlschrank?« Sie nickte. »Dann sehr gern noch eine Tafel …« Mein Magen knurrte. »… besser zwei.«

»Wer bewahrt denn Schokolade im Kühlschrank auf?«, fragte Tristan belustigt.

»Normale Menschen?«

»Schokolade muss Zimmertemperatur haben, dann zergeht sie doch erst richtig auf der Zunge.«

»Du hast keine Ahnung, wovon du redest. Schokolade muss kühl und hart sein, dann kann man so schön daran lutschen.«

Seine Mundwinkel kräuselten sich amüsiert, und sein Blick glitt zu meinen Lippen. »Okay, überzeugt, das muss ich mir ansehen.«

Mein Puls schoss in die Höhe. Leicht verlegen grinste ich und schlug ihm gegen den Arm. »Du bist echt unglaublich.«

Tristan lehnte sich zu mir herüber und legte seine Lippen an mein Ohr. Sein Atem kitzelte in meinem Nacken. »Unglaublich scharf auf dich, ja.«

»Dir ist schon bewusst, dass ich dich höre, Loverboy?« Entrüstet schaute Mila hoch zur Couch und schüttelte den Kopf. »Unglaublich eklig, das seid ihr.«

»Ach komm, Prinzessin, du sehnst dich doch auch nur nach deinem Prinzen«, sagte Josh neckisch, was nur dazu führte, dass Mila nach dem Couchkissen griff und es ihm an den Kopf pfefferte, ehe er ausweichen konnte. Josh schnappte empört nach Luft und strich sich die nun zerzausten Haare glatt. »*Teufel* trifft es doch immer noch am besten.«

»So, nun beruhigen sich unsere Gemüter erst mal wieder.« Charlotte trat mit der frischen Kanne Tee im genau richtigen Moment zu uns heran. Sie platzierte sie auf dem Tisch, holte die Tassen und die Snacks und setzte sich dann wieder zu Tristan und mir auf die Couch. »Dann können wir nun starten.«

Tristan schaltete den Film ein, griff sich eine Coladose vom Tisch und legte die Fernbedienung neben sich ab. Dann hob er den Arm, sodass ich mich wieder an ihn herankuscheln konnte, was ich nur allzu gern tat. Ich schmiegte den Kopf an seine Schulter und schlang den Arm um seine Hüfte. Das fühlte sich richtig schön an. Während ich den Blick auf den Fernseher richtete, lauschte ich dem rhythmischen Klang seines Herzens.

Der Film startete, und ich versuchte, mich zu konzentrieren. Aber meinem Körper war Tristans Nähe so bewusst, dass ich mich schwer auf etwas anderes fokussieren konnte. Da Tristan allerdings nichts als den Film zu sehen schien, atmete ich tief durch und schaltete meine Gedanken ebenfalls ab.

Es ging in dem Film um das vom US-Militär entwickelte

Traum-Sharing, durch das es möglich war, die Träume eines beliebigen Opfers zu steuern und zu beeinflussen. Cobb, gespielt von Leonardo DiCaprio – der in dem Film zum Anbeißen aussah –, war einer der Besten seines Fachs. Doch er wurde ins Exil verbannt, wodurch er von seiner Familie getrennt wurde. Nun erhielt er den Auftrag, bei einem mächtigen Industriellen eine Inception durchzuführen – einen vorher nicht existenten Gedanken in dessen Gehirn einzupflanzen, damit er seine Firma aufgab. Als Gegenleistung sollte Cobb zurück zu seiner Familie dürfen.

Der Film hatte ein sehr spannendes und originelles Konzept. Dazu waren die Effekte der Wahnsinn, sodass es unglaublich schwerfiel, Traum von Realität zu unterscheiden. Ich erwischte mich selbst immer wieder dabei, mitzurätseln und erschrocken den Atem anzuhalten, wenn eine Szene ihren Höhepunkt erreichte. Tristan lächelte, als ich mich vor Spannung in sein Hemd krallte.

Als ich den Blick hob, sah ich, dass auch die anderen gebannt auf den Fernseher starrten. Mila hatte die Beine angezogen und ihren Kopf auf die Knie gebettet, Josh griff in die bereits leere Chipsschüssel, ohne es zu merken, und Charlotte umklammerte ihre Teetasse so fest, dass es mich wunderte, dass diese nicht zerbrach.

Nach knapp zwei Stunden erfuhren wir, was Cobb in der Vergangenheit Schreckliches zu erleiden hatte. Ich erwischte mich dabei, leise zu schniefen, woraufhin Tristan kleine Kreise auf meinem Arm zog. Sofort legte sich wieder eine beruhigende Wärme über mich.

Wenige Minuten später hatte der Film sein überragendes Ende erreicht. Die letzte Szene zeigte Cobb, wie er einen Kreisel drehte. Fiel er um, befand er sich wieder in der Realität, drehte er sich immer weiter, war er gefangen in einem

Traum. Gebannt starrte ich auf den Kreisel. Das Herz hämmerte unaufhörlich gegen meinen Brustkorb. Er drehte und drehte sich immer weiter, schlackerte herum. Und dann … war der Film vorbei.

»Echt jetzt?«, entfuhr es mir empört. Sofort richtete ich mich auf. »Was ist das denn für ein Ende? Hat er es jetzt geschafft oder nicht? Ist er aus dem Traum raus und darf zurück zu seiner Familie?«

Tristan grinste von einem Ohr zum anderen, dann fing er an, zu lachen. »Das ist die Frage, die sich die ganze Welt nach dem Film stellt.«

»Wieso zwingst du uns, so was zu schauen? Das ist doch absolut unbefriedigend!«, sagte ich schnaubend.

»Der Kreisel hat sich noch gedreht. Also befindet er sich weiterhin im Traum«, sagte Charlotte und nickte. »Ganz eindeutig.«

»Das denke ich auch«, stimmte Tristan ihr zu.

»So ein Unsinn!«, rief Mila. »Man hat doch deutlich gesehen, wie das Teil rumgewackelt hat.«

»Ja! Der Kreisel ist umgefallen, ganz sicher.«

Überrascht schaute ich zwischen Mila und Josh hin und her. »Seid ihr gerade einer Meinung?«

Sie schauten einander an und hoben gleichzeitig ihre Schultern.

»Versteht ihr jetzt, warum dieser Film ein Meisterwerk ist?« Tristan streckte sich ausgiebig, das breite Lächeln zierte weiterhin sein Gesicht.

»Das Ende hat mir den Film eher versaut.« Ich verschränkte die Arme vor der Brust und lehnte mich zurück. »Ist doch bescheuert, so hängen gelassen zu werden.«

»Der Kreisel ist umgefallen!«, betonte Mila noch einmal. »Ein Happy End für alle!«

»Na ja, außer für die Frau«, nuschelte Josh leise und griff erneut in die Chipsschüssel. Dieses Mal bemerkte er allerdings, dass sie bereits leer war, und stellte sie auf den Tisch.

Die Diskussion ging noch eine Weile weiter. »Da hast du aber etwas angerichtet«, sagte ich leise an Tristan gewandt.

Er zuckte mit den Schultern. »Wenigstens habt ihr jetzt alle den weltbesten Film gesehen. Und außerdem hat das Ende dafür gesorgt, dass Mila und Josh einander zustimmen. Das verbuche ich als Erfolg.«

Womit er recht hatte. Die beiden redeten gerade wild auf Charlotte ein und versuchten, ihr ihre Meinung aufzudrücken. Die Arme scannte den Raum schon nach einer Fluchtmöglichkeit ab.

»Hast du gut gemacht«, sagte ich und beugte mich zu Tristan. Ich gab ihm einen sanften Kuss auf die Lippen, was mich alles um uns herum vergessen ließ.

29

Hazel

Vor Nervosität wippte mein Bein auf und ab.

»Halt still«, wies Charlotte mich an, während sie die letzten Haarnadeln in meiner Hochsteckfrisur fixierte.

»Entschuldigung«, murmelte ich zum wiederholten Mal. Aber stillhalten konnte ich trotzdem nicht.

Charlotte atmete tief durch, und ich sah förmlich vor mir, wie sie den Kopf schüttelte. Sie beugte sich näher zu mir und vergrub eine weitere Spange in meinen Haaren. Dann richtete sie vorsichtig eine lose Strähne.

»Perfekt. Wir sind fertig.« Aufgeregt klatschte sie in ihre Hände. Ich hüpfte vom Stuhl, wobei ich mit den Absätzen meiner Heels am Rock hängen blieb und mich nur mit Müh und Not an Charlotte festkrallen konnte.

Nachdem ich mich erneut entschuldigt hatte, sprang ich vor den Ganzkörperspiegel in der Diele. Das Lächeln auf meinem Gesicht wurde immer breiter, während ich mich betrachtete. »Wow«, sagte ich zu mir selbst. Es war das erste Mal in meinem Leben, dass ich mich wunderschön fand. Das Vokuhila-Kleid saß wie angegossen, und durch den silbrig schimmernden Oberstoff sah ich wahrlich aus wie der Nebel vor dem Fenster.

Das Kleid hatte ich mit silbernen Pumps kombiniert, in denen ich nicht sonderlich gut laufen konnte. Aber flachere Schuhe sähen zu dem Outfit doof aus. Ein schmales silbernes Armband baumelte an meinem Handgelenk und eine passende Kette um meinem Hals.

Ich drehte mich zur Seite, um meine Frisur in Augenschein zu nehmen. Da meine Haare nur bis knapp über die Schultern reichten, hatte Charlotte mir Locken gedreht und diese an meinem Hinterkopf mit silbernen Haarnadeln befestigt.

In Setham hatten wir uns neben dem Stoff auch passende Masken besorgt. Ich hatte mich für eine weiße venezianische Maske im Stil eines Schmetterlings entschieden. Kleine grüne Steinchen waren in seinen Flügeln verarbeitet. Sie bedeckte lediglich meine Augen und brachte die Farbe darin zum Leuchten.

Anerkennend nickte ich mein Outfit ab, ging zurück ins Wohnzimmer und zog Charlotte in eine feste Umarmung. »Danke, danke, danke. Das ist unglaublich schön geworden.«

»Nichts zu danken«, sagte sie aufrichtig.

Mila kam singend aus ihrem Zimmer. Das Zwanzigerjahre Fransenkleid stand ihr hervorragend.

»Wo ist deine Maske?«

Sie winkte ab. »Ich habe mich dagegen entschieden. Mit dem Make-up sieht das besser aus, oder nicht?«

Ich betrachtete sie mit schief gelegtem Kopf, dann nickte ich. »Du hast recht.« Sie hatte sich weißen, blauen und silbernen Glitzer um die Augen und auf die Wangenknochen aufgetragen. Akzentuiert mit kleinen Strasssteinchen.

Zu guter Letzt zog sich auch Charlotte ihre Maske über die Augen. Ich konnte mir ein Grinsen nicht verkneifen.

Zwar hatte ich schon vermutet, dass sie aussehen würde wie ein Sahnebonbon – aber die Maske tat ihr Übriges. Sie war schneeweiß und mit unzähligen Federn besetzt. Okay, ich musste meinen Gedanken revidieren. Sie sah nicht aus wie ein Sahnebonbon, sondern wie ein wunderschöner Schwan aus wallendem Tüll.

»Wir werden die heißesten Mädels auf dem Ball sein.« Mila drängelte sich zwischen uns und legte Charlotte und mir je einen Arm auf die Schulter. »Die Kerle werden Schlange stehen!«

Ich lachte. »Wir haben Dates, schon vergessen?«

Mila schnaubte. »Ja, ja, ihr und eure schnuckeligen Kerle. Ich werde so richtig die Sau rauslassen!«

»Wollen wir noch ein Foto zusammen machen?«, schlug Charlotte vor. Sie öffnete ihre kleine Clutch und holte ihr Handy heraus.

»Das ist eine prima Idee! Das muss ich unbedingt meinen Eltern schicken!«, entgegnete ich. Mum und Dad waren fast genauso aufgeregt wie ich wegen des Balls gewesen. Da sie von dem Desaster meines Abschlussballs wussten, wollten sie, dass ich ihn heute gewissermaßen nachholte. Und das würde ich tun. Mit dem perfekten Date an meiner Seite. Heute konnte nichts schiefgehen.

Charlotte stellte den Selbstauslöser auf zehn Sekunden und platzierte ihr Handy dann auf den Küchentresen. Wir posierten gerade im letzten Moment, bevor der Blitz losging und das Foto geknipst wurde. Als wir es uns auf dem Display anschauten, lachten wir.

»Das sieht schrecklich aus. Was mache ich denn da?« Mila griff nach dem Handy und hielt es sich direkt vor die Augen. »Sieht aus, als müsste ich niesen.«

»Ich finde das Foto perfekt«, sagte ich und meinte die

Worte auch so. Gerade die Imperfektion sorgte dafür, dass ich es nur umso schöner fand.

»Wir können ja im Laufe des Abends noch ein paar machen.« Charlotte schob das Handy zurück in ihre Tasche. »Jetzt sollten wir unsere Dates nicht mehr warten lassen. Benedict hat schon geschrieben, dass er unten steht.« Trotz der Maske auf ihrer Nase sah ich deutlich, dass ihre Wangen sich röteten.

»Dann mal los!«, entschied Mila und ging voran.

Schnell befestigte ich noch meine Oberschenkelhalterung, in die ich mein Handy schob. Das Kleid bedeckte sie glücklicherweise, und so brauchte ich keine Tasche mit mir herumzuschleppen.

Ich hatte mir nur einen hauchdünnen Schal umgelegt, aber der Weg zum Haupthaus war zum Glück relativ kurz. Zwar würde ich die paar Meter frieren, aber das war es wert.

Meine Atmung beschleunigte sich, und meine Handflächen wurden vor Aufregung feucht. Aber ich wollte sie nicht an dem schönen Stoff meines Kleides abwischen.

Wir stießen die Tür aus dem Wohnheim auf. Eisige Luft peitschte uns entgegen. Ich hatte wohl unterschätzt, *wie* kalt es wirklich war, weshalb meine Zähne aufeinanderschlugen.

»Charlotte!«, sagte ein Junge und hob winkend die Hand. Er war niedlich. Kaum größer als sie, mit kurzen blonden Haaren, durch die seine Kopfhaut schimmerte. Das Lächeln auf seinem Gesicht wirkte freundlich.

Als wir bei ihm ankamen, gab er Charlotte einen flüchtigen Kuss auf die Wange. Wow, die beiden schienen sich näherzustehen, als wir geglaubt hatten. Sie stellte uns Benedict vor, ehe sie sich vorerst verabschiedete. Gemeinsam schlenderten die beiden Richtung Veranstaltungssaal.

»Da geht doch was«, sagte Mila und wackelte mit ihren Augenbrauen.

»Du spinnst!«, entgegnete ich lachend. »Wir reden hier von unserer lieben kleinen Charlotte.«

»Ich glaube nicht, dass sie *wirklich* so unschuldig ist.«

Da wir erstaunlich wenig über ihr Liebesleben wussten, konnte ich Mila nicht mal widersprechen.

»Hey«, ertönte es hinter uns, und sofort war die Kälte vergessen. Langsam drehte ich mich zu Tristan um. Er sah unglaublich attraktiv in seinem strahlend weißen Anzug aus. Darunter trug er ein hellblaues Hemd, das seine Augen hinter seiner schlichten weißen Maske aufblitzen ließ.

»Hey«, sagte auch ich verlegen, während ich ihn von oben bis unten scannte. Gab es dort draußen irgendeine Frau, die Männer in Anzügen *nicht* attraktiv fand? Es war wie mit Hundewelpen – man musste sie einfach mögen.

Tristan machte drei große Schritte auf mich zu, schlang den Arm um meine Taille und zog mich an sich. Voller Leidenschaft küsste er mich, was ich bereitwillig zuließ. »Wow!«, hauchte er, als er sich von mir löste. »Du siehst wunderschön aus, Hazel.«

Meine Mundwinkel hoben sich. »Das Kompliment kann ich nur zurückgeben.«

Ein Räuspern ertönte, das nicht von Mila herrührte. Ich war so gefangen von Tristans Anzug gewesen, dass ich Josh nicht bemerkt hatte. Er trug das gegenteilige Outfit von Tristan, so als hätten sie sich abgesprochen – ein babyblauer Anzug mit einem weißen Hemd darunter und eine ebenfalls hellblaue Maske.

»Hey, Josh. Du siehst auch echt schick aus.«

»Ach, in diesem alten Ding?«, sagte er und winkte ab.

Ich musste lachen. »Mila, findest du nicht auch, dass er gut aussieht?«, fragte ich an meine Freundin gewandt.

»Ja, ganz toll«, erwiderte sie.

Tristan und ich schauten einander an und schüttelten den Kopf. Das hier war unser Abend, den würden wir uns nicht von den zwei Streithähnen vermiesen lassen. Er reichte mir seinen angewinkelten Arm. »Mylady.«

»Oh, ein Gentleman«, sagte ich und hakte mich bei ihm unter.

Er zwinkerte. »Immer.«

Wir liefen voran, Mila und Josh dicht hinter uns. Auf dem Weg kamen uns unzählige Studenten entgegen. Fast jeder von ihnen hatte sich an das Motto *Arctic Dance* gehalten und Kleidung in den Farbtönen Weiß, Silber und Blau gewählt. Lediglich ein paar von ihnen stachen durch ihre knalligen Farben heraus, was vermutlich Absicht war.

Mittlerweile hatte sich wieder eine Gänsehaut über meine Arme gelegt, da der dünne Schal nur semi-hilfreich war. Zwar sonderte Tristan eine unglaubliche Wärme ab, aber selbst diese genügte bei den eisigen Temperaturen nicht. Daher war ich froh, als wir ins Hauptgebäude traten. Augenblicklich prickelte meine Haut, als meine Glieder auftauten.

Wir steuerten den Ballsaal an. Je näher wie kamen, desto aufgeregter wurde ich. Behutsam strich Tristan mir über die Hand. Als ich zu ihm hochblickte, lächelte er und sagte: »Wir werden einen fantastischen Abend haben.«

»Das hoffe ich«, entgegnete ich.

Ein Studentenstrom kam uns entgegen. Der Ball hatte erst vor einer Stunde begonnen, und schon torkelten unzählige Betrunkene durch die Flure. Das hier war eine der wenigen von der Universität ausgerichteten Veranstaltungen, bei denen der Konsum von Alkohol gestattet war. Und das schienen einige mächtig auszunutzen.

Die Musik wurde lauter, als wir in das Foyer einbogen. Die Flügeltüren waren geöffnet und offenbarten den Blick auf den festlich geschmückten Ballsaal. Überall glitzerte und blinkte es. Der Bass dröhnte in meinen Ohren.

»Wollen wir uns erst umsehen?«, fragte Tristan über die Lautstärke hinweg. Ich nickte und ließ mich von ihm hineinführen. Mit einem schnellen Blick über die Schulter ging ich sicher, dass Mila und Josh noch da waren. Waren sie – und sie unterhielten sich sogar miteinander. Ein weiterer Erfolg war zu verbuchen!

Die Tanzfläche war gut gefüllt mit Studenten, die zu dem Beat wackelten und grölten. Ich wusste nicht, was ich erwartet hatte, aber eine solche Party war es nicht. An einer Universität wie Rosefield hatte ich mit ruhiger klassischer Musik gerechnet, zu der man nur langsam im Takt hin- und herschaukeln konnte.

An der rechten Wand war ein umfassendes Büfett aufgetürmt, hinter dem zahlreiche Küchenmitarbeiter wuselten. Sie trugen neben ihrer Uniform ebenfalls Masken und passten sich damit den Feierwütigen an.

Vor der Champagnerbar blieben wir stehen und nahmen uns jeder ein Glas. Gemeinsam stießen wir an. Während ich an dem prickelnden Getränk nippte, ließ ich den Blick weiter schweifen. Rektor Cavanaugh musste ein ordentliches Budget in den Ball gesteckt haben. Überall waren detailreiche Eisskulpturen aufgebaut, und in regelmäßigen Zeitabständen wurde ein sanfter Nebel in den Saal gepustet. Riesige silberne und blaumetallische Heliumballons verhüllten die halbe stuckverzierte Decke, und große Lampen beschienen die Kronleuchter. Das von ihnen reflektierte Licht warf glitzernde Punkte durch den Saal, sodass er aussah wie ein funkelnder Sternenhimmel.

Tristan nickte Richtung Terrasse. Ich winkte Mila und Josh mit der Hand heran. Es war zu laut, um sich vernünftig zu unterhalten.

Ich stieß die kleine Tür auf. Mir stockte der Atem. Die komplette Terrasse war ebenfalls geschmückt, und unzählige Heizpilze waren aufgebaut worden, unter denen sich Studenten mit Speisen und Getränken versammelten, sich unterhielten und miteinander lachten. Am anderen Ende hinter dem ausgeschalteten Springbrunnen sah ich auch Charlotte, die mit Benedict sprach. Sie sah glücklich aus, und das machte auch mich glücklich.

»Unsere kleine Miss Perfect, was sagt man dazu?« Mila grinste, während auch sie zu Charlotte schaute.

»Miss Perfect?«, hakte Josh nach.

»Sie bricht niemals eine Regel«, erklärte ich. »Und hält uns ebenfalls davon ab.«

Tristan prustete. »Ja, weil du dich sicher auch an jede Regel hältst.«

»Und wie!«, protestierte ich, obwohl ich wusste, dass dem nicht so war. Aber das brauchte Josh nicht zu wissen. Womöglich hatte Tristan ihm ohnehin von unserem nächtlichen Ausflug ins Gewächshaus erzählt. Die beiden waren immerhin enge Freunde, wobei ich nicht wusste, ob Tratschen so ein Männerding war.

Die Beats der Musik änderten sich. Das laute Trommeln wurde von ruhigen Klängen abgelöst, so wie ich es mir für den Ball vorgestellt hatte. Mein Gesicht erhellte sich.

»Möchtest du tanzen?«, fragte Tristan lächelnd.

Ich nickte und schmiegte mich enger an ihn an. »Sehr gern sogar.«

»Willst du vielleicht auch?« Josh schaute zu Mila.

Sie verschränkte die Arme vor der Brust und hob eine Braue. »Wieso?«

»Weil das ein Ball ist, und ich dachte, es wäre nett, sich zu amüsieren?« Er spiegelte ihre Pose und verschränkte ebenfalls die Arme vor der Brust. »Wir können heute Spaß haben und uns morgen wieder die Köpfe einschlagen, wie klingt das?«

»Gut«, sagte ich schnell an ihrer statt.

»Hazel!«, fauchte sie und verdrehte die Augen, aber ich sah genau, wie sie versuchte, ihr Lächeln zu verstecken.

»Schön«, schnaubte sie. »Ein paar Tänze, zwei Drinks und du denkst nicht mal dran, irgendwas bei mir zu versuchen.«

Josh schüttelte lachend den Kopf. »Ganz sicher nicht, darauf kannst du Gift nehmen.« Er streckte Mila den Arm entgegen, den sie einen Moment abschätzig musterte, ehe sie tief durchatmete und sich untergehakt Richtung Tanzfläche führen ließ.

»Wir sind richtig gute Kuppler«, sagte Tristan an mein Ohr.

Leise kichernd nickte ich. »Absolut deiner Meinung.«

Ich kannte das Lied nicht, das gespielt wurde. Aber das war egal. Tristan führte mich auf die Tanzfläche und legte seine Hände auf meine Taille. Ich verschränkte meine in seinem Nacken und schaute ihm tief in die Augen. Wir bewegten uns langsam zu der Musik, ein Stehblues, wie man ihn typischerweise auf Highschool-Abschlussbällen tanzte. Sachte fuhr Tristan über meinen Rücken, streifte dabei die Haut an meiner Schulter.

»Es ist schön, mit dir hier zu sein«, sagte er leise und legte seine Stirn an meine.

Ich schloss die Lider, genoss es, Tristan so nah bei mir zu haben, seinen Atem auf meiner Haut und seine Berührungen an meinem Rücken zu spüren. »Finde ich auch. Danke, dass du mich gefragt hast.«

»Natürlich. Es gäbe keine andere, mit der ich hier sein wollte.« Er lächelte und küsste meine Nasenspitze.

Tief durchatmend schmiegte ich mich enger an Tristan an, legte meinen Kopf auf seine Schulter. Das Lied wechselte, blieb aber so langsam, dass wir uns weiterhin sanft wie ein Grashalm im Wind im Takt wiegen konnten. Genau wie das nächste und das übernächste.

Ich wusste irgendwann schon gar nicht mehr, wie lange wir so verharrten, eng umschlungen, die Nähe des jeweils anderen genießend. Aber die Zeit hätte von mir aus auch stillstehen können.

Als Tristan ein wenig verkrampfte, hob ich den Kopf. Besorgt legte ich die Stirn in Falten. »Ist alles in Ordnung?«

»Hm?«, machte er und schaute mich verständnislos an.

»Du bist auf einmal so angespannt«, sagte ich und strich ihm über die Schultern. Jeder Muskel war verhärtet.

Er atmete tief durch, und ich spürte, wie er sich unter meiner Berührung wieder entspannte. Als er meinen Blick auffing, schüttelte er sacht den Kopf. »Alles ist in bester Ordnung.«

Ein flüchtiger Kuss auf den Scheitel trieb meinen Puls wieder in die Höhe.

Plötzlich ertönte ein so lauter Knall, dass ich zusammenzuckte. Einige Studenten schrien auf, fingen dann aber an, zu lachen, als sie feststellten, dass nur die Konfettikanonen gezündet worden waren. Ich stimmte mit ein, legte den Kopf in den Nacken und ließ mich von den würfelgroßen Glitzerpartikeln berieseln.

»Lucy hätte es geliebt«, sagte ich weiterhin lächelnd. So wie ich war auch sie keine Partygängerin gewesen, aber sie hatte es geliebt, Geburtstage auszurichten. Wann immer sie aufwendig dekorieren konnte, war sie voll in ihrem Element gewesen. Irgendwann hatten wir ihr gestattet, all unsere Geburtstage zu planen, was sie mit Freude getan hatte. Und dazu hatten immer Konfettikanonen in unterschiedlichen Größen gehört. Man hatte nie gewusst, wann oder wo sie eine zünden würde. Aber genau darin lag der Spaß.

Bei dem Gedanken an sie wurde ich wehmütig. Wie gern ich diesen Augenblick mit ihr geteilt hätte! Aber das war nicht möglich. Trotzdem spürte ich sie bei mir, als hätte ihre Seele die Academy nie verlassen. Und das würde sie auch nicht, bis ihr Tod endlich aufgeklärt war. Ich schloss die Lider und atmete tief durch. Das hier war ein so glücklicher Abend, unter keinen Umständen wollte ich jetzt traurig sein. Ich wollte die Zeit mit Tristan genießen.

Als ich das Kinn hob, sah ich den leicht besorgten Ausdruck in seinen Augen. Ich brauchte nicht sein komplettes Gesicht zu erkennen, um zu wissen, was in ihm vorging. Der dunkle Blauton um seine Iriden sprach Bände.

»Ich war nur kurz betrübt, alles wieder gut«, versicherte ich und strich mit der Hand über seine weiche Wange. Er fuhr seine Lippen sanft über meinen Handballen. Ich kicherte leise. »Das kitzelt.«

»Diesen Laut wollte ich dir entlocken.«

»Und das hast du geschafft«, entgegnete ich. »Du bist der einzige Mensch, der es schafft, mich selbst in den trübsten Momenten wieder aufzumuntern.«

Tristan legte den Zeigefinger an mein Kinn und hob es an. »Und das werde ich auch an jedem weiteren Tag tun, versprochen.« Er lächelte zwar, aber in seinen Augen erkannte ich noch immer andere Emotionen, die nicht mit seinen Worten im Einklang standen. Es war keine Besorgnis mehr, stattdessen sah ich Unsicherheit, die beinahe schon ängstlich wirkte.

Tristans Blick huschte an mir vorbei. Er fixierte jemanden oder etwas hinter mir. Eine kleine Furche zeichnete sich zwischen seinen Brauen ab. Als ich über die Schulter schaute, konnte ich aber niemand Bestimmten erkennen.

»Wo schaust du hin?«, fragte ich verwirrt.

Langsam schüttelte er den Kopf. »Nirgends, tut mir leid. Ich war gerade einfach nur in Gedanken.«

»Okay … Möchtest du mir sagen, worüber du nachgedacht hast? Du sahst so ernst aus.«

»Ich weiß es schon gar nicht mehr so genau. Es war nichts Wichtiges.« Er strich behutsam über meine Schultern, meine Arme hinunter und verschränkte unsere Finger ineinander. Irgendetwas stimmte nicht. Tristan war niemand, der nach zwei Sekunden nicht mehr wusste, worüber er nachgedacht hatte. Ich war mir sicher, dass er mir irgendetwas verschwieg. »Alles in Ordnung«, fügte er hinzu. »Ich müsste mal zur Toilette. Mila und Josh sind gerade raus auf die Terrasse, falls du bei ihnen warten möchtest.« Er lehnte sich kurz zu mir rüber, gab mir einen schnellen Kuss auf die Wange, ehe er von mir abließ und Richtung Ausgang verschwand.

Perplex blickte ich ihm hinterher. Wieso hatte er es plötzlich so eilig? Ich schnaubte. Ich sollte dringend damit aufhören, in allem eine Verschwörung zu sehen. Dennoch … da war dieses Kribbeln in meinem Bauch, das immer dann einsetzte, wenn ich sicher war, etwas auf der Spur zu sein. Ich überlegte einen Moment, wirklich zur Terrasse zu gehen, entschied mich aber dagegen. Stattdessen hob ich mein Kleid an und rannte Tristan nach.

Mit den Heels verhedderte ich mich trotzdem andauernd im Stoff, aber es gelang mir, das Gleichgewicht zu halten. Im Vorbeigehen rempelte ich gegen einige Studenten und hob entschuldigend die Hand. Ich hechtete die Stufen hoch, stellte mich in die Mitte des Foyers und drehte mich im Kreis. Wohin war er gegangen?

Gerade als ich den rechten Flur ansteuern wollte, sah ich einen blonden Mann im weißen Anzug mit angezogenem Tempo um eine Ecke biegen. Es musste sich dabei nicht zwangsläufig um Tristan handeln, aber das Kribbeln setzte erneut ein.

Ich umfasste den Stoff des Kleides, hob ihn so an, dass ich nicht noch mal hängen blieb, und rannte in die Richtung, in der er eben verschwunden war. Schweiß benetzte nicht nur meine Stirn, sondern legte sich über meinen kompletten Körper. Meine Atmung ging schwer, trotzdem beschleunigte ich meine Schritte.

Das Klackern meiner Absätze hallte in meinen Ohren wider. Ich stützte mich an der Wand ab und nahm Schwung um die Ecke. Der Mann drehte sich um, schaute beinahe schon nervös hinter sich in den Gang. Ich presste mich gegen die Tür und hielt die Luft an. Hatte er mich gesehen?

Gedanklich zählte ich bis fünf, dann schaute ich wieder zu ihm. Er öffnete die Tür zum Seitenausgang und verschwand in der Dunkelheit. Der Weg führte zu den Gärten. Stirnrunzelnd folgte ich ihm weiter. Bevor ich hinaustrat, öffnete ich die Tür nur einen Spaltbreit und linste hinaus.

Auf halber Strecke wandte er sich noch einmal um. Das Licht der eingeschalteten Laternen fiel auf sein Gesicht. Mein Herzschlag beschleunigte sich abermals. Er war es. *Tristan.*

Was machte er um diese Uhrzeit hier draußen? Wieso hatte er behauptet, auf die Toilette zu müssen? Was verschwieg er mir? Die Gedanken drehten sich wie ein Karussell, aber wollte ich Antworten, musste ich ihm nach.

Ich schlang den dünnen Schal fester um mich und folgte ihm in die Nacht.

30

Hazel

Der eisige Wind blies mir ins Gesicht, sodass mir einzelne Strähnen aus der Hochsteckfrisur gerissen wurden. Es ärgerte mich, da Charlotte sich so viel Mühe gegeben hatte, aber das hier war wichtiger. Ich musste unbedingt herausfinden, was Tristan vorhatte.

Er schritt durch die Gärten. Ich versteckte mich hinter den Büschen, um zu sehen, wohin er ging. Als ich auf einen kleinen Ast trat, der ohrenbetäubend knackte, dachte ich schon, aufgeflogen zu sein, aber Tristan hatte nichts mitbekommen.

Immer wieder drehte er sich um, ging sicher, dass er allein war. Die Situation erinnerte mich an jene Nacht, in der wir Beverly gefolgt waren. Auch sie hatte sich paranoid umgesehen.

Plötzlich blieb Tristan stehen. Ich wusste nicht, in welchem Teil der Gärten wir uns befanden. Hier war ich bisher nicht gewesen. Hinter einem Strauch ging ich in die Hocke, schob vorsichtig ein paar Äste zur Seite, damit ich zwischen ihnen hindurchspähen konnte.

Tristan warf noch einen letzten Blick über seine Schulter, dann bückte er sich nach einem fußballgroßen Stein.

Schnaufend verrückte er ihn einige Zentimeter und wischte sich dann den Schweiß von der Stirn.

Adrenalin pumpte durch mich hindurch. Die Anspannung war schier unerträglich. Tristan griff nach etwas, das unter dem Felsen gelegen hatte. Ich kniff die Augen zusammen, versuchte, den Gegenstand anzuvisieren, konnte ihn aber nicht genau ausmachen. Es sah aus wie eine Mappe oder ein Ordner. Sicher war ich mir dessen allerdings nicht.

Tristan hob sein Jackett an und schob den Gegenstand in seinen Hosenbund. Dann strich er sein Outfit wieder glatt, streckte den Rücken durch und lief weiter. Was zur Hölle …?

Wenig später hatten wir das Ende des Geländes erreicht. Vor uns erstreckte sich lediglich noch der Irrgarten. Er wollte doch nicht etwa …? Doch, wollte er. Tristan lief schnurstracks auf den Eingang des Irrgartens zu und verschwand darin.

Mein Puls raste. Sollte ich ihm wirklich noch weiter folgen? Der Himmel war bedeckt, ein eisiger Wind wehte, und es gab keine Laternen, die das Innere erleuchteten.

Ich musste mich überwinden. Das hier war ein Abenteuer. Ich wollte ein Geheimnis aufdecken. Also musste ich sämtliche Sorgen hinunterschlucken und meinen gesamten Mut zusammennehmen. Noch ein letztes Mal atmete ich tief durch, dann trat ich aus meinem Versteck und steuerte den Irrgarten an.

Der Eingang war imposant, die Hecken reichten mehrere Meter in die Höhe und verschluckten jedes Fitzelchen Licht. Ich tastete nach meinem Handy und zog es aus der Halterung. Mit zittrigen Fingern entsperrte ich das Display und schaltete die Taschenlampe ein. Dann tippte ich eine schnelle Nachricht an Charlotte und Mila.

Ich bin da etwas auf der Spur. Sollte ich in spätestens einer Stunde nicht zurück sein, findet ihr mich im Irrgarten.

Zügig schloss ich unseren Gruppenchat wieder und leuchtete in den Irrgarten. Trotz des sanften Scheins der Taschenlampe war es verdammt dunkel. Als ich den Atem ausstieß, bildete sich eine kleine Wolke vor meinem Mund. Ich musste mich zwingen, mein Zittern zu unterdrücken. Wobei das Adrenalin dafür sorgte, dass ich die Kälte nur oberflächlich etwas spürte.

Am Ende des Weges leuchtete ich nach links und rechts. Wohin sollte ich gehen? Als der Kegel meiner Taschenlampe auf den Boden fiel, erkannte ich frische Schuhabdrücke in der Erde. Erleichterung durchflutete mich. Ich brauchte lediglich den Abdrücken zu folgen, dann würde ich Tristan erreichen.

Ich beschleunigte mein Tempo wieder, nahm den linken Weg und rannte bis zum Ende, bog dann zweimal rechts und noch dreimal links ab. Mein Herz raste, der Schal flatterte hinter mir her. Es war still bis auf das Heulen des Windes in der Ferne.

Ein weiteres Mal bog ich rechts ab. Schlagartig wurde es heller. Ein gelber Schein erleuchtete den Weg ein wenig, weshalb ich die Taschenlampe ausschaltete und mir das Handy an den Brustkorb drückte. Dann machte ich langsam einen Schritt vor den anderen, darauf bedacht, keinen Laut von mir zu geben.

Je näher ich dem Ende des Weges kam, desto deutlicher konnte ich Stimmen vernehmen. Es waren mehrere, sie klangen dunkel und verzerrt, als würden sie durch etwas gedämpft.

Die Schweißtropfen, die von meiner Stirn perlten, kitzelten meine Haut. Am Ende der Hecke ging ich vorsichtig in die Hocke und spähte um die Ecke. Das Blut rauschte mir in den Ohren. Vor mir lag der Zielplatz des Irrgartens. Er war größer, als es von außen den Anschein machte. Da der Platz relativ ungeschützt dalag, blies der Wind darüber und peitschte mir ins Gesicht.

Ein Kreis aus Fackeln war errichtet worden, weshalb es plötzlich so hell gewesen war. Und nun roch ich auch das Feuer und hörte das leise Knistern der Flammen. Ich presste die Lippen aufeinander und schob den Kopf etwas weiter um die Ecke.

Vier Gestalten standen dort, ihre Rücken mir zugewandt. Sie alle waren in dunkle Umhänge gehüllt und trugen riesige Masken auf ihren Köpfen. Von ihnen gingen die gedämpften Stimmen aus, wie ich nun feststellte.

Vor ihnen befanden sich weitere Personen. Wenn ich es richtig sah, mussten es sechs an der Zahl sein. Mein Blick glitt über die Personen, von denen zwei Mädchen mir vage bekannt vorkamen. Ihre Gesichter waren von den Masken verdeckt, trotzdem glaubte ich, dass es sich um Beverly und Darcy handelte. Als ich unter ihnen auch Tristan erkannte, schluckte ich schwer.

Was war das hier? Eine Frage, die in meinen Gedanken umherkreiste, obwohl die Antwort offensichtlich war. Trotzdem wollte ich es nicht glauben, brauchte Gewissheit.

Ich schluckte schwer, wartete darauf, dass etwas geschah. Eine Weile blieb es still. So lange, dass ich befürchtete, was auch immer das hier war, bereits verpasst zu haben. Doch dann trat eine der dunklen Gestalten hervor und streckte die Arme von sich.

»Anwärter, habt ihr eure letzten Prüfungen abgeschlossen?«

Ich hatte es zwar gewusst, trotzdem traf mich die Erkenntnis wie ein Schlag. Meine Augen brannten, und ich spürte, dass sich Tränen in ihnen sammelten.

Verrat. Dieses eine Wort schoss mir durch den Kopf. Immer und immer wieder.

»Ja«, kam es von den anderen sechs. Jeder von ihnen reichte der dunklen Gestalt etwas. Tristan zog die Mappe aus seinem Hosenbund, und als dem Mädchen neben ihm einige cremefarbene Blüten aus der Hand glitten, wusste ich mit Sicherheit, dass es sich um Beverly handelte.

Die Gestalt lief von Person zu Person – oder sollte ich sagen, von Anwärter zu Anwärter? – und nahm die Gegenstände an sich. Anschließend reichte sie sie den anderen drei Maskierten, die die Köpfe zusammensteckten und leise tuschelten. Es vergingen mehrere Minuten, bis sie wieder auseinanderfuhren und das Wort an ihren Anführer richteten.

Ich wünschte, ich wäre näher dran, um etwas zu verstehen. Aber es gab auf dem Zielplatz kein Versteck, weshalb mir nichts anderes übrig blieb, als hinter der Hecke zu bleiben.

»Darcy und Emil, tretet vor«, sagte der Anführer plötzlich mit einem dunklen Grollen in der Stimme. Ich zuckte zusammen. Die beiden taten wie geheißen und machten zwei Schritte vorwärts. »Ihr seid entlassen. Eure Anwärterschaft wird abgelehnt. Sprecht mit niemandem, oder ihr werdet dafür bezahlen.« Ein eisiger Schauer kroch meine Wirbelsäule hinab.

»Aber …«, begann Darcy, wurde aber jäh unterbrochen.

»Schweig und geh.«

Sie ballte die Hände zu Fäusten, sagte aber nichts weiter. Stattdessen drehten sie und der Junge namens Emil sich um und stapften in die entgegengesetzte Richtung. Zum Glück gab es nicht nur einen Ausgang aus dem Irrgarten, sonst wären sie direkt in mich hineingerannt und mein Versteck wäre aufgeflogen. Und der Stimme des vermeintlichen Anführers nach zu urteilen, *wollte* ich auch nicht beim Rumschnüffeln erwischt werden. Wer auch immer sich unter der Maske verbarg, war niemand, mit dem man sich anlegen sollte, so viel stand fest.

Ich war wie erstarrt, während ich die Übriggebliebenen beobachtete.

»Seid ihr bereit, euer Leben den *Prophets* zu verschreiben? Teil der Gemeinschaft zu werden? Der Familie?«

»Ja.« Auch Tristans Lippen formten dieses Wort. Ein Wort. Zwei Buchstaben. Mein Herz brach in tausend Teile. Ein unkontrolliertes Wimmern drang aus meiner Kehle, das ich schnell mit der flachen Hand erstickte.

Wie konnte er mir das antun? Wochenlang hatte ich nach Spuren gesucht, nach Anhaltspunkten über diese Verbindung. Und all die Zeit gehörte ausgerechnet Tristan zu ihren Anwärtern? War er deshalb öfter kurz angebunden gewesen? Weil er seine Prüfungen hatte absolvieren müssen, ohne dass ich davon Wind bekam?

Wieso? Wieso? Wieso?

Dieser verdammte Verräter! Eine ungekannte Wut stieg in mir auf, brachte mein Blut zum Kochen. Ich lockerte den Griff um mein Handy. Kein Empfang wie vermutet. Schnell knipste ich ein paar Fotos. Sie waren unscharf, und man konnte nur wenig auf ihnen erkennen. Aber es genügte – vorerst.

Ich wusste nicht, was ich tun sollte. Ich hatte keinen Plan, kein gar nichts. Ich konnte nicht einfach aufspringen und mich zu erkennen geben, dafür waren es zu viele von ihnen, und ich hatte nichts, womit ich mich im Ernstfall verteidigen konnte. Und außerdem – was dann? Sollte ich geradeheraus nach Lucy fragen? Sie dazu zwingen, mir die Wahrheit über jene Nacht zu verraten? Das war ein lächerlicher Gedanke. Sie würden mir ohnehin nichts verraten. Also was dann?

Ich versuchte, einen klaren Gedanken zu fassen, mir irgendetwas zurechtzulegen.

Keine Urteilssprechung ohne Beweise.

Egal, wie die nächsten Minuten oder Stunden verliefen, ich brauchte mehr als ein paar verschwommene Fotos. Also richtete ich die Kamera wieder auf die Gruppe, zoomte heran und machte ein Video. Der Wind heulte immer lauter, riss mir an Haaren und Kleid.

Es wurde gesprochen, aber ich verstand nichts. Dafür beobachtete ich das Szenario genauestens. Die drei anderen Gestalten traten neben den Anführer. Dann griff jeder von ihnen hinter sich unter seinen Umhang. Als sie die Hände wieder hervorzogen, hielten sie alle jeweils einen silbernen Dolch in die Höhe.

Ich presste die Hand fester auf meinen Mund, damit mir kein Laut entfuhr, aber das war verdammt schwer. Ich zitterte und hatte panische Angst vor dem, was bevorstand. Die Flammen flackerten im Wind, trugen ihren verkohlten Geruch in meine Richtung.

Die Anwärter streckten ihre rechte Hand aus. Dann setzten die Mitglieder der *Prophets* die Klingen an.

»*Prophets* gestern.« *Schnitt.* »*Prophets* heute.« *Schnitt.* »*Prophets* morgen.« *Schnitt.* »*Prophets* für immer.« *Schnitt.*

Jubelnd wurde applaudiert. »Willkommen in unserer Familie.«

Der Anführer hob seinen Dolch über den Kopf. Einzelne Blutstropfen perlten von der Klinge und landeten auf der Erde. Als er einen Schritt zur Seite trat, fiel mein Blick wieder auf Tristan. Er hielt sich die rechte Hand, aber auf seinem Gesicht lag ein Lächeln. Das Lächeln, das ich sonst so an ihm liebte, verursachte in diesem Moment nichts als Brechreiz in mir.

Ich hatte den Kiefer aufeinandergepresst, hielt den Blick starr auf Tristan gerichtet. Die Wut von eben wandelte sich in Erschütterung und Trauer. Ich hatte ihm mein Herz ausgeschüttet, ihn hineingelassen. Und wie dankte er es mir? Indem er mich belog und hinterging. All die Wochen hatte er mir etwas vorgemacht, und ich war zu blind gewesen, es zu bemerken.

Tränen rannen mir über die Wangen, tränkten mein Kleid. Der Adrenalinrausch war beinahe verpufft, weshalb ich die eisige Kälte plötzlich am ganzen Körper spürte. Oder war das wegen des Verrats?

»Genießt die Feierlichkeiten, bevor jemand euer Verschwinden bemerkt. In wenigen Tagen erhaltet ihr Zugang zu unseren privaten Räumen.« Der Anführer wischte das Blut an seinem Umgang ab, ehe er den Dolch zurück an seinen Platz schob.

Und dann drehten sich alle plötzlich um und kamen direkt auf mich zu.

»Shit«, zischte ich leise, beendete das Video und sprang auf die Beine. Ich knickte weg. Zu lange hatte ich in der hockenden Position verharrt, weshalb ich kein Blut mehr in den Beinen hatte. Es dauerte einen Moment, ehe das Gefühl in ihnen zurückgekehrt war.

Schnell drehte ich mich um und rannte los. Das Herz hämmerte mir augenblicklich wieder bis zum Hals, und meine Lunge brannte wie Feuer. Ich bog um die erste Hecke ab, folgte dem Weg bis zur nächsten Ecke. War ich hier richtig? Mein Blick glitt zum Boden, auf dem ich versuchte, Schuhabdrücke ausfindig zu machen, doch es war zu dunkel. Ich wagte es nicht, die Taschenlampe einzuschalten.

Instinktiv entschied ich mich, nach rechts abzubiegen. Ich rannte schneller als jemals zuvor. Als ich um die nächste Ecke bog, rutschte ich auf kleinen Kieselsteinen weg und landete unsanft auf dem Boden. Die Steinchen bohrten sich in meine Knie, und ich spürte sofort, wie sich Blut an einer Schürfwunde sammelte. Es tat höllisch weh.

Schritte. Stimmen. Sie kamen näher.

Mir blieb keine Zeit. Ich rappelte mich hoch, aber als ich auftrat, bemerkte ich, dass ich einen meiner Schuhe verloren hatte. Leise fluchend drehte ich mich im Kreis, aber konnte den Schuh im Dunkeln nicht ausmachen.

Shit, shit, shit!

Ein flackerndes Licht am Ende des Weges. Sie würden gleich hier einbiegen. Also entschied ich mich für das einzig Sinnvolle: Ich zog auch den anderen Schuh aus, nahm ihn fest in die Hand und rannte um mein Leben.

31

Tristan

Ich starrte auf den blutigen Schnitt in meiner Hand. Der rostige Geruch kitzelte in meiner Nase. Mir war flau im Magen, und ein bitterer Geschmack hatte sich auf meine Zunge gelegt. Der Geschmack von Verrat.

Es brach mir das Herz, Hazel so hintergangen zu haben. Nichts hätte ich ihr lieber erzählt, aber ich konnte es nicht. Es ging nicht. Aber ich war sicher, dass sie Verdacht schöpfen würde. Zu lange war ich weg gewesen, obwohl ich behauptet hatte, nur auf die Toilette zu müssen. Sie war so klug, sie hatte meine Lügen mit Sicherheit längst durchschaut.

Einer der anderen Anwärter legte mir seine Hand auf die Schulter und schüttelte mich durch. »Ey, Alter, wir haben es geschafft! Wir sind *Prophets!*«

Ich lächelte und nickte, obwohl sich alles in mir zusammenzog und ich mich am liebsten übergeben hätte. Ich hatte das hier nicht gewollt. Ich hatte geglaubt, dass sich irgendwann die Gelegenheit bieten würde, die *Prophets* zu stürzen. Vorher. Ohne dass ich mich ihnen anschließen musste. Aber ich hatte mich getäuscht. Und nun stand ich hier, war einer von ihnen und würde mich selbst nie wieder im Spiegel anschauen können.

Beverly erleuchtete uns mit ihrer Handytaschenlampe den Weg. Es war verdammt dunkel, allein hätte ich mich hier drin sicher verirrt. Vor allem in diesem Zustand, mit meinen umherkreisenden Gedanken, die immer und immer wieder ihren Weg zu Hazel fanden. Ich sah ihr Gesicht vor mir. Die Enttäuschung in ihren Augen, wenn sie erfuhr, dass ich sie die ganze Zeit belogen hatte. Ich hatte ihr weisgemacht, sie bei ihrer Suche zu unterstützen, alles in meiner Macht Stehende zu tun, dass sie endlich die Antwort auf die Frage erhielt, was in jener Nacht wirklich mit ihrer Schwester geschehen war.

Stattdessen hatte ich hinter ihrem Rücken gehandelt, hatte meine eigenen Plänen verfolgt. Ich wusste, dass sie mir das niemals verzeihen würde. Trotzdem hoffte ich es. Hazel bedeutete mir die Welt, sie zu verlieren könnte ich nicht ertragen.

Ich wollte das nicht. Hatte es nie gewollt. Doch hätte ich ihr die ganze Wahrheit gesagt, dann hätte ich einen anderen geliebten Menschen in meinem Leben enttäuscht. Und ich wusste nicht, welcher Verrat der schlimmere wäre.

Beverly leuchtete von links nach rechts, ging so sicher, dass ihr nichts im Weg lag, worüber sie hätte stolpern können. Mit der anderen Hand hielt sie sich das wallende Ballkleid hoch. Als der Kegel der Taschenlampe die Hecke an der linken Seite traf, sah ich etwas Schimmerndes, das sich in den Zweigen verfangen hatte. Stirnrunzelnd ging ich darauf zu. Die anderen bemerkten nicht einmal, dass ich mich von ihnen entfernte. Aber das war auch gut so.

Ich warf einen Blick über meine Schulter. Dann ging ich in die Hocke und griff nach dem Gegenstand in den Zweigen. Als ich ihn herauszog, stellte ich fest, dass es sich um einen silbernen Tanzschuh handelte. Wie kam der denn hierher?

Ich betrachtete ihn genauer. Er kam mir bekannt vor, obwohl ich bei Frauen nicht unbedingt zuerst auf ihre Füße schaute. Aber dieser Schuh …

»Kommst du?«, rief Beverly, woraufhin ich mich aufrichtete. Ich schob den Schuh in den Bund meiner Hose und zog die Jacke so darüber, dass man ihn nicht sehen konnte.

Dann trat ich mit den anderen den Weg aus dem Irrgarten an.

Wir entschieden uns, dass wir im Abstand von wenigen Minuten in den Veranstaltungssaal zurückkehren sollten. Damit niemand auf den Gedanken kam, dass wir gemeinsame Sache machten.

»Ich muss dringend zurück zu meinem Date, bevor sie Verdacht schöpft«, sagte ich schnell, um als Erster gehen zu können. Die anderen hatten keine Einwände, weshalb ich mit zügigem Tempo zurück zum Saal joggte.

Ich wusste nicht genau, wie viel Zeit bereits vergangen war. Waren es fünfzehn Minuten? Zwanzig? Eine halbe Stunde, mehr?

Die Musik wurde lauter, genauso wie das Stimmengewirr. Mir kamen unzählige Sturzbesoffene entgegen. Ruckartig riss ich die Tür auf und hielt nach Hazel Ausschau. Sie stand weder bei den Getränken noch beim Büfett. Daher entschied ich, mich durch die Menge vorzukämpfen und nach ihr zu suchen. Auch auf der Tanzfläche war sie nicht zu finden. Ich vermutete sie auf der Terrasse, schließlich hatte ich ihr gesagt, dass ihre Freundin dort war.

Ich stellte mich unter den ersten Heizpilz und schaute durch die Menge. Es waren nicht sonderlich viele Studenten hier draußen, und auch von Hazel fehlte weiterhin jede Spur. Überraschenderweise konnte ich aber auch Mila und Charlotte nirgends sehen. Waren sie bereits gegangen? War ich so lange weg gewesen, dass sie dachte, ich käme nicht zurück?

Fluchend fuhr ich mir durch die Haare. Das war alles nicht so gelaufen, wie ich es geplant hatte. Ich wollte, dass das hier unser besonderer Abend wird. Mit engen Tänzen, vielen Küssen und noch mehr Spaß. Als der Brief mich erreicht hatte, dass ich um 23 Uhr im Irrgarten sein musste, hätte es nicht unpassender sein können.

Mein Blick glitt zur Uhr. Es war fast Mitternacht. Kein Wunder, dass Hazel gegangen war.

»Hey, Mann, wo warst du so lange?« Josh zog an meinem Arm und drehte mich zu sich um. Als er den Schnitt an meiner Handfläche sah, riss er entsetzt die Augen auf. »Fuck, was ist passiert?«

»Hast du Hazel gesehen?«, fragte ich, ohne ihm eine Antwort zu geben.

Verwirrt legte Josh die Stirn in Falten. »Sie kam vor etwa einer Viertelstunde total verdreckt hier an, hat Charlotte und Mila geholt und ist mit ihnen gegangen. Das hat mir ganz schön die Tour beim Teufel vermasselt.« Er grinste und wackelte mit den Augenbrauen.

Schnaubend schüttelte ich den Kopf. Mila würde ihm eher die Augen auskratzen, als ihn wirklich ranzulassen. »Was war mit ihr? Wieso war sie schmutzig?«

»Keine Ahnung, sie sah irgendwie verheult aus. Vielleicht ist sie gestürzt? Ich hatte keine Gelegenheit zu fragen, die waren zu schnell weg.«

»Fuck«, zischte ich und tastete nach dem Schuh unter meiner Jacke.

Hazel. Sie war im Irrgarten gewesen.

Ich hätte es wissen müssen. Sie war zu neugierig und ich verdammt schlecht darin, zu lügen.

»Komm«, sagte ich zu Josh und lief los.

»Was? Wohin?«

»Zu Hazel.«

Ich stieß die Tür wieder auf und lief schnell durch die Flure. »Habt ihr euch gestritten?«

»Nicht direkt.«

»Was dann? Wenn du mich von einer Party mit Gratisdrinks wegzerrst, dann sag mir wenigstens, was Sache ist«, bohrte Josh weiter nach.

Ich atmete tief durch und wandte mich ihm im Laufen zu. »Du weißt noch, wofür ich die Akte brauchte?«, fragte ich flüsternd.

»Klar.«

»Die Initiation war heute.«

Erst schien Josh nicht zu begreifen, dann aber öffneten seine Augen sich in Slow-Motion. »Bist du total bescheuert?«, fragte er und öffnete die Tür. Es war verdammt kalt geworden. Wie beschleunigten unsere Schritte zum Wohnheim.

»Ja, bin ich. Aber das ist nicht das Schlimme. Hazel war da.«

»Warte – und was ist daran schlimm? Sie weiß doch vermutlich gar nicht, was da abging. Also wieso machst du dir so viele Gedanken?«

»Doch, sie weiß es.«

Ehe ich zu Ende sprechen konnte, unterbrach Josh mich. »Du hast es ihr erzählt?«

»Nein, habe ich nicht.«

Er fuhr sich durch die Haare. »Okay, dann verstehe ich rein gar nichts.«

»Ihre Schwester ist damals gestorben … bei der letzten Prüfung. Hazel will den Tod ihrer Schwester aufdecken.«

Endlich machte es bei Josh klick. »Also wusstest du

die ganze Zeit, was bei ihr Sache war, sie hatte aber keine Ahnung, was bei dir Sache ist. Und im Grunde habt ihr gegeneinander gearbeitet, weil du nicht mit ihr sprechen wolltest?«

»Ich kann nicht«, sagte ich knurrend. »Das weißt du genau.«

»Ich habe dir gesagt, dass das nach hinten losgeht, aber du wolltest ja nichts davon hören. Wie immer.«

»Auf deine Vorwürfe kann ich verzichten.« Mit einem Ruck öffnete ich die Tür zum Wohnheim B und hechtete die Treppe hoch in den zweiten Stock, in dem das Zimmer von Hazel lag. Vor der Nummer vierundzwanzig blieb ich stehen und klopfte mehrmals. So lange, bis sich Schritte näherten und geöffnet wurde.

Mila hatte die Arme vor der Brust verschränkt und funkelte mich wütend an. »Was willst du hier?«

»Mit Hazel sprechen.«

»Kommt nicht in die Tüte!«

»Lass mich rein, bitte.« Ein flehender Ton lag in meiner Stimme, und ich war kurz davor, bettelnd auf die Knie zu fallen. Aber das war nicht nötig. Hazel tauchte hinter ihrer Freundin auf. Ihre Augen waren verquollen, und es versetzte mir einen Stich, dass ich dafür verantwortlich war. Ich streckte meine Hand nach ihr aus, aber Mila trat zwischen uns. »Können wir reden? Bitte?«

Hazel musterte mich auf eine Weise, wie ich es noch nie bei ihr gesehen hatte. Nicht nur unterkühlt, sondern mit einem Ausdruck von Enttäuschung und Trauer in ihren Augen. Ich konnte sie nur zu gut verstehen.

»Rede«, sagte sie trocken.

Ich biss die Zähne zusammen und atmete tief durch. »Alleine?«

»Na gut.« Sie drehte sich um und stapfte in die Wohnung. Eher widerwillig ließ Mila Josh und mich eintreten. Ich folgte Hazel in ihr Zimmer und schloss die Tür hinter uns.

»Es tut mir leid.«

»Was?«, unterbrach sie mich direkt. »Dass du mich belogen und hintergangen hast?«

»Ja«, sagte ich und schluckte. Dann griff ich in meine Jacke und zog den Schuh hervor. Vorsichtig legte ich ihn auf den Sekretär. Hazel atmete überrascht auf. »Ich mache dir keine Vorwürfe, dass du mir gefolgt bist. Eigentlich hätte ich es wissen müssen.«

»Wieso? Wieso hast du das getan?«, fragte sie leise. Ein Wimmern lag in ihrer Stimme, und am liebsten hätte ich sie fest in die Arme genommen und ihr versichert, dass alles wieder gut werden würde. Aber ich war mir sicher, dass sie meine Nähe gerade nicht ertrug.

Also blieb ich stehen.

»Es gibt Gründe. Gute Gründe. Und glaube mir, wenn ich dir sage, dass ich mir nichts sehnlicher wünsche, als dir alles zu erzählen. Aber ich kann nicht. Vertrau mir in dieser Sache einfach. Bitte.«

Sie schnaubte, dann fing sie an, hysterisch zu lachen. Ungläubig schüttelte sie den Kopf, wobei einige Strähnen aus ihrer Frisur rutschten. »Dir vertrauen? Ist das dein Ernst? Du bist einer Verbindung beigetreten, die mir meine Schwester genommen hat. Sie ist verdammt noch mal tot! Und du wagst es allen Ernstes, mich so zu hintergehen, obwohl du wusstest, wie sehr ich leide? Und jetzt besitzt du die Frechheit, mir zu sagen, ich soll dir vertrauen?« Ihre Stimme überschlug sich. Sie sprang auf, kam näher und tippte mit wutentbrannt auf die Brust. »Du solltest dich eher glücklich schätzen, dass ich nicht genug Beweise für euren kranken Scheiß habe, um euch alle anzuzeigen.«

»Hazel, tu das nicht«, presste ich zwischen meinen Zähnen hervor. »Egal, wie aufgebracht du bist. Alles wird sich zum Guten wenden, das verspreche ich dir. Aber du darfst nicht zur Polizei gehen, glaub mir.«

»Dir vertrauen, dir glauben … Was denn noch alles?« Mit voller Kraft stieß sie gegen meinen Oberkörper.

»Ich weiß, dass du wütend bist, dazu hast du jedes Recht. Aber ich gehöre nicht zu den Bösen. Ich wollte dir nie etwas verschweigen und verspreche dir, ich stehe auf deiner Seite«, versuchte ich es weiter. Aber davon wollte Hazel nichts hören. Sie war zu aufgebracht.

»Du bist das Letzte, Tristan McKee. Ich wünschte, wir hätten uns nie kennengelernt.« Tränen rannen unkontrolliert über ihre Wangen. Sie trommelte weiter gegen mich, und ich ließ es geschehen. »Ich hasse dich.« Ihre Worte waren wie Messerstiche, aber ich hatte sie verdient. Zu gern hätte ich ihr gesagt, wie ich empfand. Dass ich sie liebte und all dies nur zu ihrem Besten geschah. Aber sie würde mir kein Wort glauben. Wie sollte sie auch?

Irgendwann kam nur noch ein Wimmern über ihre Lippen, und in einem schwachen Moment ließ sie es zu, dass ich sie hielt. Sie krallte die Hände in mein Hemd und vergrub den Kopf im Stoff. Ich schlang die Arme um sie und prägte mir den Moment ein. Denn ich wusste, dass dies unser Abschied war.

32

Hazel

»Vielleicht solltest du doch lieber zur Polizei gehen«, schlug Charlotte vorsichtig vor.

Ich lag auf der Couch und schaute zum wiederholten Mal das Video aus der Nacht des Balls an. »Das bringt doch nichts.«

»Aber vielleicht ja doch.«

»Ich weiß, du meinst es gut, aber man erkennt nichts und hört nichts. Was soll ich denen sagen? Ein paar Studenten haben sich am Tag des Maskenballs in die Hände geschnitten und sind eine Blutsbrüderschaft eingegangen?« Kopfschüttelnd schnaubte ich.

Charlotte presste die Lippen aufeinander und schaute betrübt. »Tut mir leid, ich dachte nur …«

»Ich weiß.« Sie wollte helfen. Weil ich ein seelisches Wrack war und nichts mit mir anzufangen wusste.

Tristan hatte in den ersten Tagen versucht, noch mal mit mir zu sprechen, aber da ich ihn ignorierte, hatte er es schließlich aufgegeben. Im Kompositionskurs musste ich mich zwingen, den Blick nicht von Mr Price abzuwenden. Vor allem, da ich spürte, dass Tristan mich die ganze Stunde über anstarrte. Seine Blicke hinterließen ein Prickeln auf meiner Haut, und dafür hasste ich mich. Ich wollte, dass es aufhörte. Er sollte keine Wirkung mehr auf mich haben.

Schnell schloss ich die Augen und atmete mehrfach tief durch. Es half nur bedingt, doch vertrieb es zumindest die Tränen, die andauernd aus mir herausbrechen wollten.

Leider schaffte ich es nicht, *nicht* über ihn nachzudenken. Denn seine Worte hatten sich in mein Hirn gefressen und sich dort wie lästige kleine Parasiten eingenistet. Ich sollte ihm vertrauen, alles würde sich zum Guten wenden. Vermutlich wollte er seine Taten damit bloß rechtfertigen, mich beschwichtigen. Trotzdem musste ich immer wieder an eines denken: Was, wenn er die Wahrheit sagte? Womöglich steckte viel mehr dahinter, als ich im Moment noch ahnen konnte. Oder er nutzte meinen Glauben an Verschwörungstheorien wirklich nur aus, damit ich nicht zur Polizei ging. Keine Ahnung, was ich überhaupt noch denken sollte.

Die Tür schwang auf und fiel kurz darauf lautstark ins Schloss. Mila blieb in der Tür zum Wohnzimmer stehen, stieß einen lauten deprimierten Schrei aus und stampfte auf den Boden.

Schnell richtete ich mich in der Couch auf. »Ist alles in Ordnung?«

»Nichts ist in Ordnung!«, schnappte sie, warf sich neben mich und drückte ihr Kopf in eines der Kissen. Nur um einen erneuten Schrei auszustoßen.

Charlotte und ich tauschten einen verwirrten Blick miteinander aus. Behutsam legte ich Mila die Hand auf den Rücken. Sie versteifte sich einen Moment und schrie erneut. Ich zuckte zusammen. Kurz darauf entspannte sich ihre Muskulatur, und sie sprang so schnell wieder auf, wie sie sich eben auf die Couch geworfen hatte.

»Schlechter Tag?«, fragte Charlotte behutsam.

Mila nickte. Sie zwirbelte eines ihrer bunten Bänder um ihren Zeigefinger und seufzte tief. »Ich habe eben einen Anruf bekommen. Sie haben Satine mit einer anderen besetzt. Nicht mal eine Nebenrolle oder Zweitbesetzung haben sie mir angeboten.«

»O nein, das tut mir schrecklich leid!«, sagte ich und zog Mila fest an mich.

»Danke«, murmelte sie in meine Haare. »Es ist einfach so scheiße. Ich habe echt gedacht, dass ich das schaffen kann.«

Charlotte stellte ihre Tasse auf dem Tisch ab und hockte sich vor uns. »Beim nächsten Mal klappt es ganz bestimmt.«

»Und wenn nicht? Was, wenn ich niemals eine erfolgreiche Musicaldarstellerin werde?« Mila löste sich von mir und wandte Charlotte den Blick zu. »Es läuft nicht immer alles nach Plan. Und bei mir scheint gerade alles den Bach runterzugehen.«

»Auf jeden Regen folgt auch wieder Sonnenschein.«

Mila schnaubte. »Hast du heute einen Glückskeks gefrühstückt oder was?«

Ich stupste ihr in die Seite und strafte sie mit einem bösen Blick. Charlotte versuchte lediglich, uns aufzumuntern. Es war nicht fair, unsere schlechte Laune an ihr auszulassen.

»Tut mir leid, ich bin nur so frustriert.«

»Und das darfst du sein«, sagte ich bestätigend. »Wir könnten gemeinsam deprimiert sein und uns mit ungesundem Kram vollstopfen.«

»Das klingt nach einem hervorragenden Plan. Aber was ist mit Charlotte?«

»Was sollte mit mir sein?« Sie legte den Kopf schief.

»Bei dir läuft alles so perfekt! Wieso bist du nie neben der Spur?« Mila stöhnte und ließ sich wieder in die Kissen sinken.

Charlottes Wangen röteten sich. Verlegen strich sie sich die Haare aus dem Gesicht und hinter die Ohren. Anstatt ihrer üblichen Perlen hatte sie sich heute für kleine goldene Creolen entschieden, die gut zu ihrem braunen Strickkleid passten. »Bei mir ist nicht alles perfekt.«

»Ach, nicht? Ich habe in fast eineinhalb Jahren nicht einmal erlebt, dass es dir mies ging.«

»Das liegt aber nicht daran, dass bei mir alles perfekt läuft. Sondern daran, dass ich meine schlechte Laune wegmeditiere, damit sie niemand abbekommt«, entgegnete sie lächelnd. »Aber wenn wir schon ehrlich miteinander sind …« Sie schluckte und betrachtete uns dann aus ihren großen braunen Augen, die heute jedoch nicht dieselbe Wärme wie sonst ausstrahlten. »Benedict hat mich nur zum Ball eingeladen, weil er mich ins Bett kriegen wollte.« Sie fixierte ihre Fingernägel. »Sie nennen mich die kleine Jungfrau Maria.«

»Oh, Charlotte. Wieso hast du uns das nicht gesagt?« Ich legte meine Hand auf ihre – sie war eiskalt und zitterte leicht.

»Du warst so aufgebracht wegen Tristan, da wollte ich euch nicht auch noch meine Probleme aufhalsen.«

Mir entgleisten sämtliche Gesichtszüge, und das schlechte Gewissen überkam mich. Ich hatte das Gefühl, mich in dieser Freundschaft andauernd in den Mittelpunkt zu drängen, obwohl das nie meine Absicht gewesen war. Weil ich mal wieder Probleme hatte, konnten meine Freundinnen nicht mit mir reden. Ich fühlte mich beschissen.

»Das tut mir ehrlich leid, Charlotte.« Mila ging in die Hocke und umarmte sie. »Du kannst immer mit uns reden.«

»Ja, bitte«, pflichtete ich ihr bei und drückte Charlottes Hand. »Ihr beide, wirklich. Ihr seid mir so wichtig, ich möchte, dass wir über alles reden können. Zu jeder Zeit.«

Charlotte schniefte. »Jetzt bringt ihr mich noch zum Weinen.«

»Bitte nicht!« Mila ließ von ihr ab und setzte sich zu ihr auf den Boden. »Meine Mascara ist nicht wasserfest.«

Ich lachte, und auch die anderen beiden stimmten mit ein. »Wir sind schon ein seltsamer Haufen.«

»Da sagst du was.« Mila wischte sich eine Träne aus dem Augenwinkel. Sie hatte recht, ihre Mascara war nicht wasserfest. Die verschmierte Farbe ließ sie wie einen Waschbären aussehen. »Vielleicht habe ich auch noch ein Geständnis zu machen.«

»Dass du mit Josh rumgeknutscht hast, meinst du?« Charlotte grinste breit.

Mila riss die Augen auf, und ihre Kinnlade klappte hinunter. Aber nicht nur das – ihr Gesicht nahm die gleiche knallige Farbe wie ihre Haare an. Das war der Moment, in dem ich wusste, dass Charlotte ins Schwarze getroffen hatte.

Ich packte Mila am Arm. »Was? Wie? Wann? Warum? Wo?«

»Eine W-Frage fehlt noch«, sagte sie trocken.

»Wer es war, wissen wir ja«, entgegnete ich neckisch. »Und jetzt sag schon.«

»Da gibt es nichts zu erzählen.« Sie wich meinem Blick aus. Bis zum jetzigen Zeitpunkt hatte ich nicht geglaubt, dass man Mila irgendwie in Verlegenheit bringen konnte. Sie war aufbrausend, sagte, was immer sie dachte, und es war ihr egal, was andere davon hielten. Diese Schamesröte war neu.

»Das war in der Ballnacht. Tristan und du wart im Zimmer, und ich war im Bad. Als ich rauskam, haben die beiden auf dem Sofa geknutscht«, erklärte Charlotte ganz sachlich, lächelte dabei aber.

Ich blinzelte perplex. »Wow!« Mehr konnte ich dazu nicht sagen. Wir hatten zwar schon damit gerechnet, dass die beiden sich eigentlich ganz gut verstehen würden, sollten sie einfach mal miteinander reden. Aber das …

»Es war ein dummer Fehler. Wir hatten zu viel getrunken, und ich war so … verletzlich. Das mit der Audition hat mich mitgenommen, und dann waren da der Ball, die Musik und der ganze verdammte Gratissuff.«

»Aber wie kam es denn dazu?«

»Keine Ahnung. Wir saßen hier, haben uns schon wieder wegen irgendwas gestritten. Dabei wurde es hitzig, und den Rest könnt ihr euch denken.« Sie vergrub das Gesicht in den Händen. »Ich schäme mich so sehr. Ich kann den Kerl echt nicht leiden. Wieso mache ich so etwas nur?«

»Womöglich findest du ihn doch nicht so furchtbar«, sagte Charlotte und hob die Schultern. »Ihr habt euch doch ganz gut verstanden.«

Ich presste die Lippen aufeinander. Gleich würde Charlotte wieder irgendwas an den Kopf geworfen bekommen, da war ich mir sicher. Doch ausnahmsweise tat Mila nichts dergleichen.

»Nein. Er ist ätzend, ich hasse ihn und damit basta. Wir gehen uns auch immer noch nur an die Gurgel. Und daran wird sich auch nichts ändern.«

»Wenn du meinst.« Charlotte grinste weiterhin wissend, und auch ich dachte mir meinen Teil.

Es war schön, mit den beiden zusammenzusitzen. Sie hatten mich in den letzten Minuten auf andere Gedanken gebracht. Kurzzeitig war es mir gelungen, Tristan zu vergessen. Zu vergessen, was er getan hatte, und zu vergessen, was geschehen war.

Nun kamen die Gedanken zurück, erdrückten mich unter

sich. Ich sah Tristan vor mir. Im Irrgarten. Wie er den *Prophets* beigetreten war und mich verraten hatte. Doch wenn ich an Tristan dachte, waren da noch andere Dinge. Mein Körper sehnte sich nach seinen Berührungen und meine Lippen nach seinen Küssen. Es fehlte mir, von ihm gehalten zu werden. Von ihm zum Lachen gebracht zu werden. Sosehr ich ihn auch hassen wollte – und das hatte ich ihm in jener Ballnacht mehr als einmal an den Kopf geworfen –, es gab einen Teil in mir, der es nicht konnte. Zu schön waren die Erinnerungen, die ich an ihn hatte, zu schön die Augenblicke, die wir geteilt hatten.

»Kommt mit«, sagte ich irgendwann und sprang auf. »Zieht euch an, wir gehen raus.«

Charlotte rümpfte die Nase und schaute zum Fenster. »Es regnet und ist kalt.«

»Egal, kommt schon!«

»Was hast du vor?«, hakte Mila vorsichtig nach.

»Ich will, dass wir zusammen alles rausschreien. Lucy hat das immer gemacht und gesagt, es wäre befreiend.«

Zwar tauschten Charlotte und Mila einen skeptischen Blick aus, standen allerdings ebenfalls auf und nickten. »Okay, tun wir es.«

Wir schnappten uns unsere Mäntel, knöpften sie bis oben hin zu und rannten hinaus. Es regnete in Strömen, und es waren höchstens fünf Grad, aber das war uns egal. Wir rannten an den Wohnheimen vorbei in Richtung Wald. Aber wir liefen nicht zwischen die Bäume, sondern stellten uns direkt davor.

Ich breitete die Arme aus, legte den Kopf in den Nacken und schrie aus vollem Halse. Der Laut wurde vom Regen verschluckt und vom Wind davongetragen. Ich schrie, bis mir die Kehle brannte.

Charlotte und Mila standen lachend neben mir und beobachteten mich. Doch dann stimmten sie mit ein.

»Scheiß auf Männer!«, brüllte Mila und sprang in eine Pfütze. Das Wasser wurde aufgespritzt und durchtränkte ihre Beine. Aber sie sprang trotzdem immer und immer wieder hinein, gefolgt von Charlotte, die aber nur leise »Männer sind Schweine« murmelte, was vermutlich schon eines der schlimmsten Dinge war, die sie je gesagt hatte.

Gemeinsam schrien wir unseren Frust in die Welt, hakten uns beieinander unter und tanzten im Regen. Es dauerte nur wenige Minuten, bis wir völlig durchgeweicht waren und uns die Haare platt am Kopf hingen. Aber das war uns egal. Denn wir hatten uns.

Wer brauchte schon einen Kerl? Niemand! In Mila und Charlotte hatte ich zwei Freundinnen gefunden, mit denen ich durch dick und dünn gehen konnte. Und zusammen lernten wir, im Regen zu tanzen, anstatt auf den Sonnenschein zu warten.

33

Hazel

Neues Jahr, neues Glück.

Die Weihnachtsferien waren viel zu schnell vergangen. Es war unglaublich schön gewesen, Mum und Dad nach all der Zeit endlich wieder in die Arme schließen zu können. Sie hatten sich so viel Mühe gegeben, eine festliche und gemütliche Atmosphäre in unserem Haus zu schaffen.

Wir hatten viel gelacht, zusammen gekocht und gebacken und es uns richtig gut gehen lassen. Mehrmals waren wir gemeinsam durch die geschmückten Straßen von Cardiff geschlendert, hatten uns einen Glühwein geholt und den Klängen der Weihnachtslieder gelauscht. Zweimal hatte ich mich auch mit Johnny getroffen und seine neue Freundin kennengelernt. Es freute mich, wie glücklich er war. Sie tat ihm eindeutig gut. Die Tatsache, dass er in einer frischen Beziehung steckte, vertrieb auch ein wenig das schlechte Gewissen, das ich gehabt hatte, weil ich in den letzten Wochen kaum Zeit für Telefonate mit ihm gehabt hatte.

Es waren fast nur schöne Momente, die mir im Gedächtnis geblieben waren, doch natürlich war Lucys Abwesenheit in jeder Sekunde spürbar. Einmal hatte ich ihr Zimmer betreten, mich umgesehen und ihren Duft aufgesogen. Zwar

war dieser längst verflogen, aber ich hatte das Gefühl, dass er noch immer in der Luft hing.

In jenem Augenblick hatte ich auch an Tristan und seinen Verrat denken müssen. Ich hatte mir doch nichts sehnlicher gewünscht, als Lucys Tod aufzuklären. Nun wusste ich zwar von Tristan, dass er Teil der Verbindung war, aber er würde sich in Schweigen hüllen. *Aus guten Gründen.* Also hatte ich noch immer nicht alle Antworten trotz der Brotkrumen, die ich Woche um Woche gesammelt hatte. Und das machte mich wütend und frustrierte mich ungemein.

Mehr als einmal hatten Mum und Dad gefragt, ob alles in Ordnung sei. Doch ich hatte es nicht über mich gebracht, ihnen die Wahrheit zu sagen. Nicht über Lucy. Und über Tristan schon gar nicht.

Ihm in den nächsten Tagen wieder unter die Augen treten zu müssen würde unfassbar schwierig sein. Immerhin würde das Semester in vier Wochen enden, dann konnte ich ihm wieder eine Weile aus dem Weg gehen. Doch bis dahin standen die Abschlussprüfungen an. So auch die Aufführung unserer gemeinsamen Komposition. Eine Generalprobe hatten wir hierfür noch. Ich hätte gut und gern darauf verzichtet, vier Stunden auf engstem Raum mit ihm zu verbringen. Aber es ging um meine Abschlussnote. Und dafür musste ich meinen Stolz hinunterschlucken.

Zahlreiche Personen stiegen mit mir am Bahnhof von Lincoln aus. Ich quetschte mich aus der Tür, fiel beinahe mit der Umhängetasche kopfüber, weil ein Mann mich von hinten schubste. Ich hatte Menschenansammlungen schon immer gehasst.

Als ich den stickigen Zug endlich verlassen hatte, atmete ich tief durch, wobei mir Zigarettenrauch in die Lunge drang und ich husten musste. Mit den Händen wedelte ich vor meinem Gesicht herum und steuerte den Ausgang an. Wann hatten die Menschen es eigentlich verlernt, Respekt voreinander zu haben?

Grummelnd ging ich durch die Haupthalle und öffnete die Tür zum kleinen Parkplatz vor dem Bahnhof. Es war wieder ausgesprochen kalt, aber ich hatte von Mum und Dad einen neuen Daunenmantel zu Weihnachten bekommen, in den ich mich bei den Temperaturen schön einkuscheln konnte.

Ich reckte das Kinn, um den Shuttle zur Uni ausfindig zu machen. Ich hatte mich extra vorhin noch mal erkundigt, wann er abfuhr, damit ich nicht schon wieder den Linienbus nehmen musste. Aber von einem Shuttle fehlte jede Spur. Doch auf dem Bürgersteig standen ein paar Fahrer mit Schildern in der Hand. Auf einem davon erkannte ich meinen Namen.

Verwirrt ging ich auf den älteren Herrn zu, der mich aus grauen Augen freundlich anlächelte. »Hazel Gibbs?«

»Die bin ich«, erwiderte ich nickend. »Was ist mit dem Shuttle?«

»Panne. Man hat mich geschickt, um Sie zu holen. Folgen Sie mir.«

»In Ordnung, vielen Dank.« Sicher hatten Charlotte und Mila ihn geschickt. Ich musste ihnen gleich unbedingt dafür danken. Denn noch einmal über eine Stunde im Linienbus bis zur Rosefield zu sitzen, hätte ich nicht ertragen.

Wir steuerten einen schwarzen BMW an. Der Herr öffnete den Kofferraum, damit ich meine schwere Umhängetasche verstauen konnte, anschließend rutschte ich auf die Rückbank und schmiegte mich ins weiche Leder.

Kaum wurde der Motor gestartet, fielen mir die Augen zu und ich döste weg.

Keine Ahnung, wie lange wir schon unterwegs waren, als ich von einem Schlagloch wieder geweckt wurde. Ich blinzelte ein paarmal und lenkte den Blick aus dem Fenster. Wir fuhren auf einer gepflasterten Straße, vorbei an gestrichenen Backsteinhäusern mit geziegelten Dächern. Der Fahrer bog auf einen etwas sandigen Weg, neben dem ein schmaler Bach plätscherte. Die darauf scheinende Sonne ließ ihn funkeln wie Abertausende Diamanten.

»Wo sind wir hier?«, fragte ich neugierig. Das Ende der Straße führte in eine grüne Oase, die im Sommer sicher einen einzigartigen Anblick bot. Nun aber waren die Bäume überwiegend kahl.

»In Tealby, Miss. Wir sind gleich am Ziel.«

Stirnrunzelnd schaute ich zum Rückspiegel, aus dem mich der Fahrer betrachtete. »Ich muss an die Rosefield Academy in der Nähe von Setham.«

»Man hat mich angewiesen, Sie hierherzufahren.«

»Aber …« *Tristan*. Es waren nicht Charlotte oder Mila, die für den Fahrer gesorgt hatten. Er war es. Tealby, ich wusste, dass der Name mir bekannt vorkam. Seine Familie lebte hier, unweit der Academy. Ich konnte es nicht fassen. »Halten Sie sofort an!«, wies ich den Fahrer an. »Ich will aussteigen. Sofort!«

Verwirrung zeichnete sich auf seinem Gesicht ab, doch er hielt den Wagen an. Schnell öffnete ich den Gurt und stieg aus. Ich holte meine Tasche aus dem Kofferraum und hängte sie mir über die Schulter. Als ich mich umdrehte, sah ich ihn.

Tristan saß am Ende der Straße auf einer Bank unter einem Baum. Er stützte die Ellbogen auf den Knien ab und sprach mit einer Person ihm gegenüber. Als konnte er meinen Blick spüren, hob er den Kopf und schaute in meine Richtung.

Mein Herz schlug Purzelbäume, als unsere Blicke sich trafen. Ich wollte umdrehen und weggehen. Nicht mit ihm sprechen, sondern ihn zum Teufel jagen. Aber meine Beine gehorchten mir nicht.

Die Erde knirschte unter meinen Sohlen. Bei jedem Schritt wurden meine Beine wackliger und meine Hände schwitziger. Warum war ich hier? Was hatte das alles zu bedeuten?

Tristans Gesicht erhellte sich, als er bemerkte, dass ich auf ihn zuging. Ich blieb vor ihm stehen. Ich wollte etwas sagen, ihn berühren. Aber ich konnte es nicht.

»Danke, dass du gekommen bist«, sagte er ruhig, unsicher.

»Ich hatte ja auch keine andere Wahl, oder?« Mein Blick glitt zu dem Mädchen, mit dem Tristan sich unterhalten hatte. Sie musste etwa Mitte zwanzig sein und saß in einem Rollstuhl. Instinktiv fragte ich mich, wie das geschehen war. »Hi.«

»Hi, du musst Hazel sein. Es freut mich sehr, dich endlich kennenzulernen.« Sie streckte mir ihre Hand entgegen, die ich schüttelte. »Ich bin Lynn.«

Überrascht hob ich die Brauen. »Tristans Schwester?« Er hatte mir nie gesagt, dass sie im Rollstuhl saß. Im Grunde war es nicht wichtig, trotzdem wunderte es mich, weshalb er das verschwiegen hatte. Aber eigentlich sollte mich bei ihm gar nichts mehr wundern.

Sie lächelte. »Na ja, mehr oder weniger.«

Verwirrt schaute ich von ihr zu Tristan. Er zog den Kopf ein, als fühlte er sich ertappt. Dann deutete er neben sich auf die Bank. »Wenn du dich setzt, erklären wir dir alles.«

Ich atmete tief durch. »Wieso glaubst du, dass es mich interessiert, was du zu sagen hast? Du verdienst keine Minute meiner Aufmerksamkeit. Ich bin nur hier, weil du mich mit einem Fahrer hergelockt hast. Woher wusstest du überhaupt, wann mein Zug ankommt?«

Seine Mundwinkel kräuselten sich. »Josh hat Mila für mich bearbeitet.«

Stöhnend verdrehte ich die Augen. Da meine Umhängetasche allmählich schwer wurde, nahm ich sie von meiner Schulter und stellte sie vor mir auf dem Boden ab. Die Hände vergrub ich in der Manteltasche, da es kühl war.

Wieder deutete Tristan zu dem Platz neben sich. »Du hast fünf Minuten«, sagte ich und setzte mich an die äußerste Kante der Bank. Ich wollte ihm nicht zu nahe kommen, da mein Körper noch immer auf ihn reagierte.

»Es ist meine Schuld«, sagte Lynn plötzlich. Ihre blonden Haare wurden vom Wind aufgewirbelt. »Wenn du jemanden hassen willst, dann mich. Aber bitte sei nicht böse auf ihn.«

Ich schnaubte. »Im Ernst, Tristan? Du schickst deine Schwester vor? Ist dir das nicht peinlich?«

»So ist das nicht, Hazel.« Er streckte die Hand nach mir aus, ließ sie aber wieder sinken, bevor er mich berühren konnte. Mein Herz sehnte sich danach, seine Haut auf meiner zu spüren.

»Zeig es ihr«, forderte Lynn.

Tristan nickte und holte ein großes Buch aus seiner Umhängetasche. Es war ledergebunden, aber bereits völlig zerfleddert. Einzelne Seiten lagen lose darin und drohten, beim nächsten Windstoß davonzuwehen oder einfach zu Staub zu zerfallen. Er öffnete eine Seite und streckte mir das Buch entgegen. Noch immer verwirrt nahm ich es an mich, wobei unsere Fingerspitzen sich berührten. Augenblicklich legte sich wieder die wohlige Wärme über mich, die ich immer spürte, wenn unsere Haut sich streifte. Ich versuchte, das Gefühl zu verdrängen, und konzentriere mich auf die Seiten vor mir. Sie waren vergilbt und die geschwungene Schrift schwer zu entziffern.

»Elfter Mai zweitausendneunzehn«, las ich leise vor. Ich hatte das Gefühl, keine Luft mehr zu bekommen. »Anwärter: Corinne Blythe, Jonas Hustler, Kaitlyn Rutherford, Henry Smith und Lucy Gibbs. Prüfung: Einbruch in den Glockenturm, House Running. Prüfung fehlgeschlagen. Unfalltod.« Ich atmete tief durch. Meine Finger zitterten. »Woher hast du das?«

Ich hob den Blick und schaute Tristan direkt in die Augen, in denen ein Sturm tobte. Er rang mit sich, suchte nach den passenden Worten. Dann räusperte er sich, streckte den Rücken durch und griff nach meiner Hand. Dieses Mal ließ ich es geschehen. »Das ist der Grund, weshalb ich dir nicht die Wahrheit sagen konnte. Ich konnte dich da nicht mit reinziehen, Hazel.«

Aber ich verstand nicht.

»Was Tristan sagen will, ist, dass ich ihm das Versprechen abgenommen habe, zu schweigen. Vor seinem verrückten Freund ist es ihm schon mal herausgerutscht, weshalb er mir schwören musste, die Klappe zu halten. Nicht nur mir zuliebe, sondern zum Schutz anderer«, erklärte Lynn sachlich, mit den Händen im Schoß verschränkt.

»Was hast du denn damit zu tun?« Das war alles verwirrend und ergab für mich überhaupt keinen Sinn.

Tristan drückte meine Hand, um meine Aufmerksamkeit zu erregen. Ich schaute ihn an, wartete auf eine Erklärung. »Was wir vorhin sagen wollten … Lynn ist im Grunde nicht meine leibliche Schwester. Als ihre Eltern vor fünfzehn Jahren gestorben sind, ist sie zu uns gezogen. Da war ich gerade erst fünf und sie zehn. Wir sind zusammen aufgewachsen, daher ist sie für mich meine große Schwester. Rein rechtlich sind wir aber Cousin und Cousine.«

»Okay …«, sagte ich. Wieder etwas, was er mir verschwiegen hatte. Aber diesen Punkt konnte ich verstehen. Ob sie nun seine leibliche Schwester war oder nicht, spielte keine Rolle. Sie war Familie, und das war alles, was zählte. Trotzdem erklärte das noch nichts.

Lynn war es, die wieder das Wort ergriff. »Ich habe vor vier Jahren nicht nur beinahe mein Leben, sondern auch meine Fähigkeit zu gehen verloren. Die Ärzte sagen, es ist unwahrscheinlich, dass sich daran je etwas ändern wird. Mein Traum, Balletttänzerin zu werden, ist in jener Nacht geplatzt. Als die Aufnahmeprüfung der *Prophets* einen tragischen Verlauf genommen hat.«

»Du … was?«, entfuhr es mir. Ich schüttelte den Kopf. »Aber du warst nicht dabei. Ich habe die Aufzeichnungen gelesen, die Zeugenaussagen, dein Name …« Und da fiel es mir wie Schuppen von den Augen. Sie war nicht Tristans Schwester. Sie trugen nicht denselben Nachnamen. »Kaitlyn Rutherford.«

Sie nickte.

Ich legte das Buch auf die Bank und stand auf. Tristans Hand glitt von meiner. Auf dem Weg lief ich auf und ab. Die Gedanken kreisten wie wild in meinem Kopf. Allmählich setzte sich ein Puzzle Stück für Stück zusammen.

Abrupt hielt ich inne. »Dieses Buch, gehört das …?«

»Der Verbindung«, sagte Tristan. »Darin enthalten sind die Namen sämtlicher Mitglieder und die Prüfungen, die sie absolvieren mussten. Seit dem Tag, an dem die *Prophets* gegründet wurden. Aber es ist nicht nur das Buch, es gibt so viele Unterlagen über ihre illegalen oder moralisch fragwürdigen Aktivitäten. Und durch die Prüfungen, bei denen die Anwärter sich am Rande der Legalität bewegen müssen, haben sie etwas gegen sie in der Hand. Sie haben Erpresserfotos und Videos. Das ist krank.«

Ich nickte geistesabwesend. Das bedeutete … »Du hast die Verbindung bestohlen? Bist du wahnsinnig?«

»Das habe ich ihm auch gesagt. Aber er ist jahrelang nicht von diesem Plan abgewichen«, sagte Lynn. »Also habe ich schlussendlich klein beigegeben unter der Bedingung, dass er niemanden mit reinzieht.«

»Ich wollte schon damals zur Polizei gehen, aber ohne Beweise oder Namen hätte man nichts ausrichten können. Diese Unterlagen sind eine Goldgrube. Ich musste sie mitgehen lassen.«

»Wir konnten nicht ungeschehen machen, was passiert ist. Aber wir konnten einen Weg finden, die Verbindung zu zerschlagen.«

Das Herz klopfte mir bis zum Hals, und ich zitterte am ganzen Körper. Das waren unglaublich viele Informationen auf einmal. »Das ist verrückt und gefährlich.«

»Hazel.« Tristan stand auf und trat neben mich. Sacht legte er seine Hand auf meine Schulter. »Genau deshalb wollte ich dich davon fernhalten. Aber du warst so entschlossen, den Tod deiner Schwester aufzuklären, dass ich dich nicht davon abbringen konnte, dich auf die Suche nach der Verbindung zu begeben. Jeden einzelnen Tag hatte ich Angst davor, dass du mit reingezogen werden könntest. Ich hätte es nicht ertragen, wäre dir etwas zugestoßen. Ich habe das hier nicht nur für Lynn und mich getan, sondern auch für Lucy und dich. Damit ihr endlich euren Frieden finden könnt.«

Meine Kehle wurde enger. Meine Augen brannten. »Was waren deine Aufgaben?« Ich wusste nicht, ob ich die Antwort überhaupt hören wollte.

»Neben zwei leichten Prüfungen muss jeder Anwärter eine letzte abschließen, um zu beweisen, wie ernst ihm der Beitritt ist. Früher war es eine Gruppenvertrauensprüfung. Nach dem Unfall wurde das geändert.« Er betrachtete mich weiterhin eingehend. »Ich sollte eine Akte aus dem Büro von Rektor Cavanaugh stehlen.«

Erschrocken atmete ich auf und schaute Tristan entsetzt an. »Wenn du die Verbindung auffliegen lässt, wirst du dafür von der Uni fliegen.«

Er nickte. »Ich weiß. Aber das ist es mir wert.«

Ich gehöre nicht zu den Bösen. Das hatte er mir in der Nacht des Balls gesagt. Und allmählich verstand ich seine Gründe.

»Du hättest dich mir anvertrauen können. Gemeinsam hätten wir eine Lösung gefunden.« Meine Augen wurden glasig, sodass ich Tristan nur noch durch einen Schleier sah.

Entschieden schüttelte er den Kopf. »Nein, Hazel. Ich möchte, dass du dich raushältst. Bring dein Studium zu Ende, werde eine der größten Pianistinnen aller Zeiten. Du hast es dir so verdient.« Er hob die Hand, wischte mir mit dem Daumen eine einzelne Träne von der Wange. Ich hatte nicht mal bemerkt, dass ich sie vergossen hatte.

In mir tobte ein Sturm. Er hatte mich belogen. Das war eine Tatsache, die sich nicht leugnen ließ. Aber seine Motivation war nie eine böse gewesen, im Gegenteil. Er hatte es für seine Familie getan, und ich wusste, wie viel Lynn ihm bedeutete. Für sie wäre er durchs Feuer gegangen, jederzeit. Ich schloss die Augen, atmete tief durch. Hätte ich anders gehandelt? Vermutlich nicht. Auch ich hatte ihm anfangs nicht die Wahrheit gesagt. Der einzige Grund, aus dem ich mich ihm offenbart hatte, war der, dass er mich ins Gewächshaus begleitet hatte und ich ihm eine Erklärung schuldig war.

Womöglich hätte ich es ihm sonst bis heute nicht gesagt. Was mich nicht besser machte.

Das leise Knirschen von Rädern auf der Erde holte mich zurück in die Realität. Ich öffnete die Augen und sah zu Lynn, die mich entschuldigend anblickte. Sie und Tristan sahen sich ähnlich, die blonden Haare, die gleichen wachen, blauen Augen. Ich wäre nie darauf gekommen, dass sie keine leiblichen Geschwister waren.

»Ich hoffe wirklich sehr, dass du ihm verzeihen kannst«, sagte Lynn mit einem aufrichtigen Lächeln auf den Lippen, das ihre Augen zum Strahlen brachte. »Und vielleicht sehen wir uns dann bald mal wieder. Du bist jederzeit herzlich zum Essen eingeladen.« Sie drehte sich zu Tristan um. »Ich muss los. Rufst du mich nachher an, oder kommst du noch mal kurz nach Hause?«

»Ich ruf dich an.«

»Okay. Tschüss, Hazel.«

»Bye, hat mich gefreut«, erwiderte ich. Kurz darauf war Lynn aus unserem Sichtfeld verschwunden.

Mein Blick huschte zur Bank, auf der noch immer das Verbindungsbuch lag. Der Beweis dafür, dass Lucys Tod wirklich ein Unfall war, auch wenn die *Prophets* mit ihren lebensbedrohlichen Mutproben die Schuld daran trugen. Und endlich gab es konkrete Beweise.

Tristan schaute mich weiterhin an, erwartungsvoll.

»Du hast mich belogen«, sagte ich ruhig, aber bestimmt.

Er nickte. »Ich weiß.«

Ich machte einen Schritt auf ihn zu, legte meine Hände an seine Brust, in der ich sein schnell schlagendes Herz spürte. »Aber ich verstehe deine Beweggründe. In deiner Situation … ich weiß nicht, wie ich gehandelt hätte. Vermutlich aber genauso. Ich bin enttäuscht und verletzt, das möchte ich auch nicht kleinreden.« Meine Hände glitten über seinem Mantel seinen Brustkorb hinauf. Hinter seinem Nacken verschränkte ich sie ineinander. »Doch ich bin der Meinung, dass jeder Mensch eine zweite Chance verdient.«

Tristans Gesicht erhellte sich. Er schlang die Arme um meine Taille und zog mich an sich. Sein unverkennbarer Duft stieg mir in die Nase, als ich mich an ihn schmiegte. Ich hatte es so sehr vermisst, von ihm gehalten zu werden. Hier in seinen Armen fühlte ich mich geborgen.

»Ich weiß nicht, womit ich dich verdient habe«, hauchte er an meine Haare.

»Vermassle es einfach nicht noch mal, okay?«

Er nickte und löste sich ganz langsam von mir. Ich hob das Kinn, schaute Tristan in die Augen. »Versprochen«, sagte er, und ich glaubte ihm. Er beugte sich zu mir, seine Lippen streiften meine. Zaghaft, fast scheu.

Mit diesem Kuss besiegelte er sein Versprechen.

Epilog

Tristan

»Wir werden das versauen, durchfallen, das Jahr nicht bestehen und von der Uni fliegen«, sagte Hazel nervös. Sie lief hinter der Bühne auf und ab, sodass es mich wunderte, dass sie noch kein Loch in den Boden gelaufen hatte.

Lächelnd schüttelte ich den Kopf. »Wir schaffen das, unsere Komposition ist super.«

»Glaubst du das wirklich?« Sie blieb stehen und schaute mich aus großen grünbraunen Augen an.

»Ja, ich glaube das wirklich.«

»Okay, ich vertraue dir.« Diese Worte aus ihrem Mund zu hören, nach allem, was zwischen uns passiert war, bedeutete mir die Welt. Ich hatte es nicht verdient, dass sie mir vertraute. Ich hatte *sie* nicht verdient. Aber sie war bei mir geblieben, hatte mir eine Chance gegeben, mich zu beweisen. Und das tat ich und würde es an jedem weiteren Tag tun.

Dass ich heute hier mit ihr stehen durfte, grenzte an ein Wunder. Nachdem Lynn und ich sämtliche Unterlagen kopiert hatten – sicher war sicher –, hatte ich mich an Rektor Cavanaugh gewandt. Er war vollkommen außer sich gewesen. Doch er erinnerte sich gut an die Nacht des Unfalls, weshalb er von einer Anzeige gegen mich abgesehen hatte. Die gestohlene Akte hatte ich ihm wiedergegeben, was ihn insoweit milde gestimmt hatte, dass ich an der Rosefield bleiben durfte.

Gemeinsam mit einigen Polizeibeamten und Staatsanwalt Bakersfield hatte er die Verbindungsräume gestürmt und die Mitglieder zur Rechenschaft gezogen. Dass ausgerechnet Clay zum Vorstand der *Prophets* gehört hatte, hatte Hazel und mich sehr verwundert. Er war einer der Letzten, von denen wir es erwartet hätten. Das bewies wieder einmal, dass man sich über niemanden vorschnell ein Urteil bilden sollte.

Zwar durfte ich bleiben, sollte ich mir allerdings auch nur einen einzigen weiteren Fehltritt erlauben, würde ich die Uni nur noch aus einer Entfernung von einhundert Metern betrachten dürfen. Doch das war mehr, als ich mir hätte erträumen können.

»Sie sind die Nächsten«, sagte Mr Price und deutete auf Hazel und mich.

»Okay.« Es war nur ein leises Fiepen, das aus ihrer Kehle drang.

Ich schmunzelte und griff nach ihrer weichen Hand, die ich sanft drückte. Es beruhigte sie jedes Mal, wenn ich das tat. »Wir schaffen das«, wiederholte ich. »Denk immer daran, wie sehr ich dich liebe, ganz egal, wie das hier heute ausgeht.«

Sie nickte. »Ich weiß. Es sind nur so viele Leute. Das ist beängstigend.«

»Stell sie dir nackt vor. Ich habe gehört, dass das hilft«, sagte ich schulterzuckend.

Hazel prustete und schüttelte energisch den Kopf. »Du bist doch verrückt! Willst du dir Rektor Cavanaugh oder Mr Price ernsthaft nackt vorstellen?«

Angewidert verzog ich den Mund. »Ich sagte ja auch, *du* sollst das tun, nicht ich.«

Lachend schlang sie ihre Hände um meinen Nacken und legte ihre Lippen auf meine. Gott, wie ich dieses Gefühl liebte! Ich konnte mir beim besten Willen nichts Schöneres vorstellen.

Mr Price drehte sich noch einmal zu uns um und bedeutete uns, auf die Bühne zu gehen. Wir lösten uns voneinander, Mr Price zog den Vorhang zurück und ließ uns hinaustreten.

Das Scheinwerferlicht war grell, sodass ich die Augen zusammenkniff. Einen Moment später wurde es aber glücklicherweise etwas dunkler gestellt. Applaus ging durch die Reihen des Saals, als Hazel und ich unsere Plätze einnahmen. Ich blickte über die Zuschauer und erkannte meine Eltern, Gareth und Lynn in der ersten Reihe. Ich war froh, dass sie hier waren. Nun, da Hazel die ganze Wahrheit kannte, hatte ich sie zu unserer Abschlussprüfung doch einladen können. Schräg hinter ihnen saßen Charlotte und Mila, die aufgeregt grinsten und winkten. Josh verdrehte lediglich die Augen.

Ein Paar mittleren Alters saß in der zweiten Reihe ganz außen. Sie hielten beide eine Kamera hoch und richteten sie auf Hazel. Das mussten ihre Eltern sein.

»Applaus für Miss Hazel Gibbs und Mr Tristan McKee«, sagte Mr Price, ehe er wieder den Bühnenrand ansteuerte und sein Klemmbrett taxierte.

Ich schaute zu Hazel in dem Moment, in dem auch sie mich ansah. Als sie nickte, setzte ich den Bogen an, und gemeinsam spielten wir uns die Seelen aus dem Leib.

Die gesamte Zeit über hielt ich die Augen geschlossen, konzentrierte mich auf nichts weiter als die Musik, die wir erschufen, die Geschichte, die wir erzählten. Paradoxerweise fiel mir erst jetzt auf, wie viele Parallelen sie zu mir aufwies, zu meinem Verhalten der letzten Monate. Mit dem Unterschied, dass meine Geschichte nicht mit dem Tod endete, sondern mit der bezauberndsten Frau an meiner Seite, die ich je kennenlernen durfte.

Als der letzte Ton verklungen war, öffnete ich die Augen. Die Menge tobte. Wir hatten es geschafft. Die Abschlussprüfung. Und jeder Ton hatte gesessen.

Hazel erhob sich von der Klavierbank und trat an meine Seite. Ihre Hand fand meine und umschloss sie fest. Wir verbeugten uns und winkten, ehe wir wieder hinter die Bühne traten. Im Laufen rollte ich mir die Ärmel meines Hemdes hoch.

Erst jetzt bemerkte ich, wie das Adrenalin durch meinen Körper rauschte. Ich war nie jemand, der Schiss vor einer Aufführung hatte, aber diese Prüfung … nicht nur meine Karriere hing daran, sondern auch Hazels.

Kaum waren wir hinter der Bühne angekommen, sprang sie mir in die Arme. Lachend drehten wir uns im Kreis.

»Das war der Oberhammer!«, rief sie begeistert. »Wir waren so gut!«

»Habe ich doch gesagt«, entgegnete ich und stellte sie vor mir ab. Eine Strähne war ihr in die Stirn gefallen. Vorsichtig strich ich sie ihr hinters Ohr und sah die Gänsehaut, die meine Berührung bei ihr auslöste.

»Und du hattest recht.« Sie lächelte, schmiegte ihr Gesicht an meine Hand und atmete tief durch. Dann fuhr sie mit ihrem Zeigefinger die Konturen meiner Tätowierung nach, die ich nun endlich nicht mehr vor ihr verbergen musste. Die Taschenuhr zeigte die Zeit an, zu der es den Ärzten gelungen war, Lynns Herz wieder zum Schlagen zu bringen. Ihr zweites Leben hatte um 3:34 Uhr morgens am zwölften Mai vor vier Jahren begonnen. Diese Uhrzeit und dieses Datum hatte ich mit dem Tattoo auf meiner Haut verewigt. Um mich immer daran zu erinnern, wie kostbar jede einzelne Sekunde des Lebens war.

Hazel hob das Kinn und schaute mich an, mit nichts als Zuneigung in den Augen. »Ich liebe dich, Tristan.«

Mein Herz schwoll vor Glück. Es war das erste Mal, dass sie mir ihre Liebe gestanden hatte. Ich hatte es gewusst, spürte es jeden Tag. Diese Worte aber von ihren Lippen zu hören, machte das zwischen uns noch realer. Und es fühlte sich verdammt gut an.

Ich blickte Hazel in die Augen und wurde von Dankbarkeit erfüllt. Ich war dankbar dafür, sie in meinem Leben zu wissen. Wir hatten unsere Schwierigkeiten gehabt, aber wir hatten sie überwunden. Sie hielt zu mir und ich zu ihr.

Hazels und meine Geschichte fing gerade erst richtig an. Wir hatten das Kapitel *Prophets* abgeschlossen und ein neues aufgeschlagen, das wir nun Seite um Seite füllten. Und ich konnte schon jetzt kaum erwarten, was das Buch des Lebens noch alles für uns bereithielt.

Aber eines wusste ich mit Sicherheit – wir konnten jede Hürde meistern, solange wir es gemeinsam taten.

ENDE BAND 1

Danksagung

Ich kann gar nicht glauben, dass ich am heutigen Tag bereits hier sitze und die Danksagung für ein Buch schreibe, das ich gefühlt erst gestern begonnen habe. Habe ich natürlich nicht, aber es kommt mir so vor, denn Hazel und Tristan haben es mir unglaublich leicht gemacht. Ihre Geschichte ging mir so locker von der Hand wie bisher keine vor ihnen, so als hätten sie viele Jahre nur darauf gewartet, endlich an der Reihe zu sein. Und nun ist bereits das Lektorat abgeschlossen, ein Jahr bevor das fertig gedruckte Buch überhaupt das Licht der Welt erblickt. Ich kann mich schon gar nicht mehr daran erinnern, wann wir zuletzt einen so riesigen Zeitpuffer hatten.

Mit dem ersten Band der *Rosefield Academy of Arts* erscheint nun auch bereits mein zehntes Buch. Ich bin so dankbar und vor allem stolz darauf, wo ich heute stehe. Deshalb habe ich das Buch auch mir bzw. meinem Vergangenheits-Ich gewidmet. Danke, Vergangenheits-Ana, dass du nie aufgehört hast, zu träumen. Egal, wie steinig und schwer der Weg manchmal auch war, du bist drangeblieben, hast nie aufgegeben und für deine Träume gekämpft. Ohne dich würde es dieses und jedes kommende Buch nicht geben.

Aber natürlich haben mich auch viele weitere Menschen auf dem Weg begleitet. Meine Agentinnen, die mir immer mit Rat und Tat zur Seite stehen, meine *everlove*-Lektorin Ronja Keil, die an mich und meine Geschichten glaubt, Michelle Stöger, die dem Skript den letzten Feinschliff verpasst hat, Ivonne Szynkiewicz, die Hazel und Tristan von Anfang an ins Herz geschlossen hat, meine lieben Patrons, allen voran die liebe Jacqueline Runge, die mich schon seit dem ersten Buch begleitet und unterstützt, meine Freunde und Familie, die immer für mich da sind, mein Freund, der mein ganz persönlicher Tristan McKee ist. ♥

Außerdem danke ich meinen zahlreichen lieben Kolleginnen für den Austausch, das gegenseitige Aufbauen, die unzähligen gemeinsamen Schreibsessions und einfach dafür, dass ihr da seid. Ohne euch wäre es ziemlich langweilig.

Danke auch an all die wunderbaren Blogger*innen, die mich seit Jahren unterstützen oder mich gerade erst frisch entdeckt haben. Ich liebe eure Beiträge, und auch wenn ich mal nicht auf jedes Bild reagiere und nicht alles reposte, so sehe ich eure Beiträge doch und erfreue mich daran. Aber natürlich danke ich auch jedem Leser und jeder Leserin und all den Buchhändler*innen dort draußen, die meine Bücher lesen, rezensieren, empfehlen und auslegen. Ihr tragt alle einen wesentlichen Teil dazu bei, dass ich auch in Zukunft meine Geschichten mit euch teilen darf.

Ich hoffe, wir lesen uns in Band 2 wieder, wenn Charlotte an der Reihe ist, ihre Geschichte zu erzählen!

Alles Liebe
Eure Ana

everlove

Die Liebe ist wunderbar und unendlich vielseitig!
Deshalb finden bei everlove auch alle Facetten der Liebe einen Platz.

WERDE TEIL UNSERER COMMUNITY

#allyouneediseverlove

everlove.verlag everloveverlag

everloveverlag everlove-verlag.de

VERPASSE KEINE NEUIGKEITEN MEHR

Melde dich jetzt für unseren Romance-Newsletter an!

piper.de/newsletter

DU HAST WÜNSCHE, ANMERKUNGEN ODER FEEDBACK?

Schreib uns gerne!

everlove@piper.de